# AS AVENTURAS PSICANALÍTICAS
# DO INSPETOR CANAL

**Blucher**                    KARNAC

# AS AVENTURAS PSICANALÍTICAS
# DO INSPETOR CANAL

Bruce Fink

Tradução
Patrícia Fabrício Lago

Authorised translation from the English language edition published by Karnac Books Ltd.

As aventuras psicanalíticas do Inspetor Canal

Título original: *The Adventures of Inspector Canal*

© 2010 Bruce Fink

© 2017 Editora Edgard Blücher Ltda.

Imagem da capa: iStockphoto

**Equipe Karnac Books**

*Editor-assistente para o Brasil* Paulo Cesar Sandler

*Coordenador de traduções* Vasco Moscovici da Cruz

*Revisão gramatical* Beatriz Aratangy Berger

*Conselho consultivo* Nilde Parada Franch, Maria Cristina Gil Auge, Rogério N. Coelho de Souza, Eduardo Boralli Rocha

# Blucher

Rua Pedroso Alvarenga, 1245, 4º andar
04531-934 – São Paulo – SP – Brasil
Tel.: 55 11 3078-5366
contato@blucher.com.br
www.blucher.com.br

Segundo o Novo Acordo Ortográfico, conforme 5. ed. do *Vocabulário Ortográfico da Língua Portuguesa*, Academia Brasileira de Letras, março de 2009.

É proibida a reprodução total ou parcial por quaisquer meios sem autorização escrita da editora.

Todos os direitos reservados pela Editora Edgard Blücher Ltda.

FICHA CATALOGRÁFICA

Fink, Bruce
   As aventuras psicanalíticas do Inspetor Canal / Bruce Fink ; tradução de Patrícia Fabrício Lago. — São Paulo : Blucher, 2017.
   432 p.

ISBN 978-85-212-1154-9
Título original: *The Adventures of Inspector Canal*

1. Ficção norte-americana 2. Psicanálise – Ficção I. Título. II. Lago, Patrícia Fabrício.

16-1470                     CDD 813.6

Índices para catálogo sistemático:
1. Ficção norte-americana

# Conteúdo

O caso do objeto perdido                      7

O caso da fórmula pirateada               133

O caso do aperto de liquidez             293

# O caso do objeto perdido

"*O homem roubado que sorri rouba alguma coisa do ladrão;
O que chora, a si mesmo rouba outra porção.*"

Shakespeare

Chovia muito e as luzes já haviam vacilado duas vezes quando o telefone tocou no amplo escritório do apartamento do inspetor Canal em Manhattan.

Após dois toques, a frase *jamais deux sans trois* ocorreu a Canal. Ele refletiu que a expressão mais próxima em inglês, "a terceira vez é a mágica", era otimista. Já a expressão francesa era definitivamente pessimista: se algo aconteceu duas vezes, estava condenado a acontecer uma terceira.

Os franceses e os americanos, Canal refletia enquanto o telefone continuava tocando, eram uma aula de contrastes, tão opostos como poderiam ser. Não somente em suas assim chamadas características nacionais – a diferença forjava-se já em seus idiomas.

Tocqueville, Canal refletiu, poderia ter se poupado de uma longa e perigosa viagem de barco e gasto o tempo de forma mais proveitosa estudando as expressões idiomáticas norte-americanas...

Quando Canal acordou de seus devaneios e deu-se conta de que o mordomo que geralmente atendia ao telefone estava de folga, a ligação já havia caído. Mas no momento em que o supostamente aposentado inspetor do Serviço Secreto Francês voltou a sentar-se para se concentrar no curto artigo sobre negação que analisava, o telefone começou novamente a tocar. Dessa vez ele sem demora apanhou o aparelho.

"Dr. Canal?", perguntou a voz.

"Sim?"

"É o Olivetti", afirmou a voz. "Está desaparecido! O–."

"Olivetti está desaparecido?"

A comunicação entre Canal e Olivetti, o inspetor do Departamento de Polícia de Nova York, sempre foi levemente dificultada pelo forte sotaque francês de Canal, em que "x" geralmente soava como "cz", e "e" como "é". Mas hoje o inspetor divertiu-se à custa de Olivetti, fingindo entender que o "está" referia-se ao próprio. O francês sempre instava o americano a prestar atenção à forma como as pessoas se expressavam, em oposição ao que elas tentavam comunicar. Mas Olivetti prestava pouca atenção às explicações de Canal, considerando que a forma como algo era dito não tinha importância.

"Não, não Olivetti", respondeu o americano, inquieto, "Aqui é o Olivetti".

"Enton quem está desaparecido?", perguntou Canal.

"Ninguém. É um movimento".

"O que é um movimento?"

"Um movimento está desaparecido", Olivetti tentou explicar.

"Um movimento?" Canal perguntou confuso. "Movimento de quem?"

"Se eu soubesse, não estaria ligando para o senhor".

"*J'y perds mon latin*", Canal resmungou. "O senhor bebeu, inspetor?"

"Não, claro que não."

"Então talvez devesse beber. Fale com algum sentido, homem! De que tipo de movimento estamos falando?"

"Um movimento em uma peça, me disseram", Olivetti respondeu.

"Uma o quê?"

"Uma peça: P-E-Ç-A".

"Que tipo de peça?", perguntou Canal, mais confuso do que nunca. "Uma peça de teatro? Peça de algum equipamento?"

"Equipamento? Não, nada assim!", lamuriou o americano. "É algum tipo de peça musical, uma partitura".

"Ah, uma partitura!" Canal começou a ver a luz. "O que o senhor quer dizer, está faltando um movimento?"

"Alguém tomou".

"Tomou? Como se toma um movimento? Você o coloca entre os lábios e sorve seu conteúdo?" questionou Canal, ironicamente.

"Não se faça de burro comigo!" o oficial rosnou. "O senhor entendeu muito bem o que quero dizer – foi roubado!".

"Mas o senhor não respondeu à minha pergunta", continuou Canal, serenamente, "Como se rouba um movimento de uma partitura?"

"Da mesma forma que se rouba qualquer outra coisa – o senhor pega e sai correndo!"

"Mas se é um movimento de uma partitura, o senhor provavelmente está falando de música clássica."

"Acredito que sim." O nova-iorquino aquiesceu reservadamente.

"E non ecziste um dono de uma música clássica, certo?"

"Aparentemente, ecziste sim", respondeu Olivetti, imitando involuntariamente o sotaque anormalmente acentuado de Canal.

"Então a quem pertence a música em questão?"

"É difícil dizer no momento."

"Difícil dizer?" Canal repetiu.

"Sim, ainda não está claro a quem ela pertence."

Canal coçou sua cabeça, um gesto perdido por Olivetti. "Se o senhor não sabe a quem a partitura pertence, como sabe que foi roubada?"

Olivetti acenou com a cabeça em concordância, um gesto perdido por Canal. "Olha, eu sei que parece ridículo, mas o senhor poderia vir me encontrar no Lincoln Center em uma hora?"

"Se o senhor me prometer que será mais claro lá do que ao telefone, não deixarei de encontrá-lo".

"Obrigado", Olivetti consentiu, "Nos vemos em uma hora".

"Onde no Lincoln Center?" perguntou Canal, um pouco depois. Mas era tarde demais: Olivetti já havia desligado.

*I*

Felizmente para Canal, o carro de Olivetti, sempre estacionado de forma irregular, oferecia uma indicação quanto ao paradeiro do nova-iorquino. Adentrando pelas portas mais próximas ao decadente Ford Taurus, Canal percebeu de relance seu contato parado ao lado do balcão de informações, conversando com uma atraente recepcionista cerca de vinte anos mais jovem.

Olivetti enrubesceu levemente quando percebeu Canal, um homem grisalho de porte médio cerca de vinte anos mais velho do que ele, parado ao seu lado. Ele rapidamente perguntou à recepcionista, "Então você disse que é o quarto 302, no segundo corredor à esquerda?"

"Sim, isso mesmo", respondeu a recepcionista, visivelmente surpresa pelo abrupto retorno de Olivetti ao tema.

"Tenho que correr", Olivetti decidiu, "Vejo você um pouco mais tarde". Ele se virou e apertou a mão de Canal. "Obrigado por vir tão rapidamente", disse enquanto levava o francês ao elevador.

"Ela não está exatamente ao seu alcance", Canal observou, apontando com seus olhos para a recepcionista, "ou devo dizer 'em sua geração'?"

"Não deve dizer nada", Olivetti respondeu defensivamente, enrubescendo, "Ela estava apenas querendo ajudar." E apertou o botão para chamar o elevador.

"O senhor está procurando uma nova amante?" perguntou Canal. "Já se cansou da sua antiga amante?"

"Nova amante? Do que o senhor está falando?"

"O que a Sra. Olivetti diria?"

"A Sra. Olivetti não diria nada, porque não há uma Sra. Olivetti faz anos – nos divorciamos há bastante tempo."

As portas se abriram, Canal e Olivetti entraram no elevador, e Olivetti pressionou o botão.

"Perdão", respondeu Canal, "Eu não fazia ideia..."

"Tudo bem. Não tenho o hábito de anunciar publicamente."

"De fato, o senhor anuncia exatamente o oposto."

"O que o Sr. quer dizer?"

"Não é uma aliança que vejo em sua mão esquerda?"

"Ah, isso! Esqueci-me disso!"

"O senhor esqueceu-se de algo como isso?"

"É que eu não consigo tirá-la. O nó do meu dedo está inchado, muito maior do que costumava ser, e–."

Canal interrompeu a explicação, "Há quanto tempo o senhor se divorciou?"

As portas do elevador se abriram e Olivetti conduziu Canal para o andar pelo cotovelo. "Deve fazer três anos agora".

"Então o senhor ainda arrasta as asas por ela, acho que é como vocês, americanos, dizem?"

"Eu não diria exatamente isso..."

"O que o senhor diria?" insistiu Canal.

"Acabou. Ela se foi. Ela está saindo com outra pessoa."

"Mas o senhor ainda tem esperanças?"

"Não, não tem sentido."

"Mas ainda assim, talvez o senhor continue tendo esperanças?"

"Basta! Chega de análise", Olivetti disse com firmeza, "Aqui está o quarto que estamos procurando". Ele bateu na porta.

Não houve resposta. Olivetti bateu de novo, mas Canal sacudiu a cabeça "O senhor está perdendo tempo".

"O que Senhor quer dizer?"

"Essa é a porta errada", Canal respondeu.

"Como poderia ser a porta errada?", perguntou Olivetti, confuso.

"O senhor inverteu os números: a garota disse 302 e o senhor nos trouxe para o 203." Ele murmurou baixinho: "*Peut-être il peut y avoir deux sans trois*, um casal sem um triângulo, mas então não funciona em italiano, funciona: *due cento e tre*? Talvez no inglês antigo *two nought three*[1] funcione melhor, especialmente considerando que *nought* parece bastante com *not*". Mais alto ele disse,

"O senhor está se perguntando como se livrar desse terceiro, esse novo homem com quem sua ex-mulher está saindo?"

Olivetti virou-se para Canal parecendo espantado. Quando finalmente falou, ele admitiu, "Sim, acho que realmente troquei os números."

"E o senhor disse que se passaram três anos desde o divórcio?" Canal prosseguiu, enquanto era levado de volta ao elevador. Olivetti não ofereceu resistência quando Canal mudou de direção e o levou às escadas, refletindo que era mais difícil subir um andar necessitando de esforço físico para chegar lá, do que quando se tratava somente de apertar botões.

Olivetti olhou distraidamente para o chão. "Sim, três anos, e não se passou um dia sem que eu pensasse nela. Que tolo fui! Nunca a valorizei quando a tinha... É como dizem: 'Você nunca sabe o que tem, até que se vá'."

"E mesmo então!", Canal opinou. "Aqui estamos."

## II

Canal guiou Olivetti para uma porta com o número 302. "Era por essa pessoa que o senhor estava procurando, o diretor musical da Orquestra Filarmônica de Nova York?" perguntou o francês.

"Sim, Rolland Saalem."

"Era dele o movimento que foi roubado?" perguntou Canal.

"Bem, como eu disse, não tenho certeza se o movimento era dele, mas foi ele quem ligou para a polícia. Eu logo soube que iria querer a sua ajuda com..."

Enquanto Olivetti buscava a descrição mais apropriada, Canal proferiu, "Com um grande figurão como ele?"

O nova-iorquino piscou para o francês e então bateu.

A porta abriu, revelando um homem distinto com seus setenta e poucos anos. Sua forma pequena e esbelta contrastava acentuadamente com a de Olivetti, que era maior e mais largo em virtualmente todos os aspectos imagináveis. "Inspetor Olivetti, eu presumo?" ele perguntou. Olivetti aquiesceu. "E esse é?"

Olivetti pareceu despreparado para responder a essa pergunta aparentemente simples. Ele hesitou, "É um amigo, ou melhor, um consultor. Bem, na verdade ele é um–."

Canal interrompeu o trem desgovernado. Estendeu sua mão para Saalem, dizendo, com seu sotaque carregado habitual "Dr. Canal, a seu serviço. Sou um inspetorrr aposentadô do Serviço Secreto Francês."

"*Très hereux de faire votre connaissance*", respondeu Saalem, que passara parte dos seus anos como estudante em Versailles. Apertou a mão de Canal, embora incerto quanto aos motivos da presença daquele homem. Então, dando-se conta de que ainda não tinha apertado a mão estendida de Olivetti, rapidamente o fez. "Entrem, cavalheiros. Sintam-se em casa," acrescentou, apontando para as poltronas excessivamente estofadas ao redor da mesa de café, à direita do quarto excepcionalmente grande e bem equipado. Olivetti e Canal rodearam o aparador à frente da porta e o piano de cauda Steinway imediatamente à sua direita, passaram por diversas, grandes e transbordantes estantes de livros – Canal demonstrando muito mais interesse do que Olivetti – e sentaram-se com as janelas apontando para o parque Damrosch atrás deles. Eles viram-se diante de Saalem, com uma estonteante coleção de quadros com molduras douradas dos séculos dezoito e dezenove na parede atrás dele.

Saalem iniciou os procedimentos, "Posso oferecer-lhes algo para beber? Vinho do Porto? Whiskey?" Vendo Olivetti sacudir a cabeça às duas ofertas, tentou um caminho diferente, "Coca-cola? Água com gás?"

Olivetti assentiu à penúltima oferta, "Sim, Coca-Cola seria ótimo."

Saalem deslizou dois painéis cor de cereja, revelando um bar bastante elaborado ao lado de um refrigerador considerável. Escolheu um copo, abriu a porta do refrigerador, removeu uma pequena garrafa de vidro de Coca-Cola, abriu-a, verteu o conteúdo no copo e entregou-o a Olivetti, que o aceitou grato. Saalem então olhou para Canal, inquisitivo, "Algo para o senhor, Dr. Canal?"

"Não pude deixar de notar o que pareceu um fabuloso Sauternes no seu refrigerador – estaria errado em supor que se trata de um Château Yquem?"

O choque no rosto de Saalem era evidente. "O senhor conseguiu ver que era um Château Yquem de onde está sentado?"

"Então é um Château Yquem?" O deleite animava as feições de Canal.

"De fato é. Sua visão é tão boa que o senhor consegue ler um rótulo a vinte passos de distância?"

"Ah, não, isso tem pouca relação com visão. O senhor me consideraria terrivelmente atrevido se eu pedisse uma pequena prova?"

Saalem hesitou por um pequeno instante, e Canal apressadamente disse, "Vejo que, como de costume, eu ultrapassei meu–."

Saalem silenciou-o, dizendo: "De forma alguma. O senhor veja, eu nunca soube exatamente quando abrir essa garrafa – afinal, não se recebe uma garrafa assim todos os dias."

"Certamente não!", exclamou Canal.

"Eu sempre pareço estar à espera de uma ocasião verdadeiramente especial para abri-la, e a combinação certa de comida e companhia..."

Canal olhou para o diretor musical. "Sim, eu suponho que discutir o roubo de seu movimento com dois inspetores grosseiros dificilmente se qualifica como uma ocasião especial..."

Saalem reabriu o refrigerador e, pronunciando as palavras simples, *"Tant pis*, o senhor só vive uma vez", tirou a garrafa de onde estava e colocou-a em uma bandeja de prata, ao lado de três copos. "O senhor se juntará a nós, certo, inspetor Olivetti?"

"Receio que nunca durante o trabalho", Olivetti disse balançando a cabeça.

"O senhor pode nunca ter a chance de provar algo assim novamente," Canal opinou. "Se alguma vez pensou em quebrar as regras, este é o momento para fazê-lo!"

*"On dirait que vous savez de quoi vous parlez"*, Saalem disse a Canal. Dirigindo-se a Olivetti, que havia se permitido ser persuadido a provar o Sauternes, ele perguntou, *"Vous parlez français?"* Olivetti ainda estava olhando para a garrafa que Saalem havia colocado na mesa de café. A falta de resposta do inspetor parecia fornecer a Saalem a resposta que seus lábios não haviam fornecido. "Eu acho que devemos falar inglês", disse a Canal.

"Sim, acho que sim," Canal concordou. Ele olhava ansiosamente enquanto Saalem habilmente abria a garrafa e derramava pequenas quantidades do precioso líquido dourado nos copos.

"*Santé*", exclamou Saalem, enquanto os três homens levantavam seus copos.

"A encontrar o seu movimento perdido!" Canal adicionou.

Expressões de satisfação apareceram lentamente nos rostos dos dois homens mais velhos enquanto eles bebiam o líquido âmbar. Lançaram, um ao outro, olhares significativos, enquanto observavam Olivetti esvaziar o copo em um gole e voltar sem delongas à sua bebida gaseificada colorida artificialmente.

"É um gosto adquirido", Saalem disse.

"Como tantos outros," Canal concordou. "Então por que o senhor não nos conta o que aconteceu, Maestro?"

"É tudo muito curioso, na verdade," ele começou.

"Curioso?" Canal reiterou.

"Sim, recebi um telefonema inesperado, na semana passada, de um afinador de pianos que costumava trabalhar nos pianos para a Orquestra Metropolitana de Pittsburgh, quando eu era seu regente, há alguns anos. Ele me disse que havia encontrado o que parecia ser o manuscrito original de uma partitura, em um piano velho que estava desmontando, e queria que eu a identificasse e autenticasse para ele. Ele havia rapidamente lido a peça e não pôde reconhecer a música, mas o estilo lhe pareceu do século XVIII. Eu lhe disse que não era especialista em autenticação de peças antigas. Perguntei por que ele queria enviá-la para mim ao invés de para alguém na sinfonia em Pittsburgh. Ele disse que havia atritos entre ele e o atual diretor musical e regente, e que ele preferia que eu a visse, em vez deles."

"Atritos? Então o que mais há de novo?" Olivetti murmurou para si mesmo.

"Concordei em dar uma olhada na peça para ele", continuou o maestro, "e ele disse que a enviaria durante a noite para mim. Comentei que não havia pressa, pois estaria fora do país naquele final de semana, mas ele respondeu que se sentiria melhor sabendo que eu a tinha, mesmo se eu não tivesse tempo de analisá-la imediatamente. Como esperado, o pacote chegou dois minutos antes de eu sair para o aeroporto. Eu o abri, olhei para a primeira página, e coloquei-o com o conteúdo para baixo sobre esse aparador exatamente ao lado da porta, antes de sair. O fiz relutantemente, *la mort dans l'âme*", ele acrescentou, olhando de relance para Canal, "porque parecia bastante intrigante, mas eu realmente tinha que ir, e minhas malas já estavam mais cheias do que as companhias aéreas permitem nos dias de hoje."

O músico parou por um momento, enquanto reabastecia dois dos três copos. Tomando um gole, sorriu, mas então seu semblante mudou. "Quando cheguei aqui na noite de segunda-feira, a porta estava entreaberta e as páginas estavam espalhadas por todo o chão. Parecia que alguém tinha arrombado e estava no processo de roubar a partitura quando algo aconteceu – talvez o telefone tenha tocado, talvez passos tenham ecoado no corredor, quem sabe? Levei uma eternidade para tentar colocar a partitura de volta na ordem correta, pois, como acontece frequentemente, as páginas não estavam numeradas. Em suma, parece que alguém conseguiu sair com o movimento lento".

"Parece que," Canal repetiu com uma entonação interrogativa.

"Há, praticamente sempre, um movimento lento neste tipo de peça, e não havia mais."

"Não havia mais?" Canal pontuou. "Como o senhor pode saber se havia um antes, se o senhor só olhou para a primeira página?" Ele fez uma pausa, e depois acrescentou: "A menos que o movimento lento estivesse em cima..."

"Eu não olhei para a música tão de perto – essencialmente somente para a escrita no topo da página e para o papel em si. Mas o pacote parecia mais grosso e mais pesado quando eu o recebi do que quando voltei e o remontei."

"Parecia mais grosso e mais pesado?" perguntou Olivetti, imitando o estilo conciso de questionamento de Canal.

"Sim", Saalem balançou a cabeça, ignorando a insinuação, "parecia que havia um pouco mais de papel antes."

"Algo mais estava faltando em seu escritório?" Canal perguntou, dando ao aposento um olhar circular.

"Não pelo que posso dizer," Saalem respondeu, "mas, como o senhor pode ver, há tanta música e tantos livros neste escritório que eu poderia levar muito tempo para perceber que algo está faltando. Graças a Deus, nenhum dos meus quadros foi tocado!"

Canal ergueu a taça: "E eles não furtaram seu fabuloso Sauternes!"

"Não, mas o que eles roubaram pode valer milhares de vezes mais! Exemplares autografados desse tipo por vezes são vendidos por milhões na Christie's e Sotheby's–."

"Entendi que o senhor havia dito que não estava assinada", Olivetti interrompeu-o, confuso. "Se está autografada, já sabe o autor."

"Claramente não estava assinada," Saalem esclareceu, "caso contrário meu amigo em Pittsburgh já teria sabido o compositor, e não apenas o período. Em música, uma cópia autografada significa simplesmente a peça original, como escrita pelo compositor. Como eu estava dizendo, partituras manuscritas pelo autor valem milhões de vezes mais, se você tiver toda a partitura."

"O senhor quer dizer que eles podem voltar pelo restante?" Olivetti questionou.

"Exatamente", respondeu Saalem. "E seria uma simples questão de sair do prédio com as páginas escondidas em uma pasta comum, já que qualquer um que tentasse passar pela segurança, na saída, com telas enroladas debaixo do braço, certamente teria algumas explicações a dar."

"Então precisamos garantir que a música seja mantida em um lugar mais seguro a partir de agora", continuou Olivetti.

"Existe alguma chance de darmos uma olhada nessa música?" Canal questionou.

"Não vejo por que não", respondeu Saalem. "Ainda não tive a oportunidade de identificá-la ou autenticá-la, já que estive preocupado com o roubo e ocupado planejando minha agenda de shows." Ele caminhou até uma estante com portas de vidro, abriu-a, tirou um maço de papéis, colocou-o em algo que parecia uma mistura de estante de música e púlpito, e chamou seus convidados para ficarem ao seu lado.

Quando se aproximaram, Canal tirou um par de óculos de leitura do bolso da camisa e equilibrou-os em seu nariz estreito. "Então é sobre isso que há todo o rebuliço – *merveilleux!*"

"Sim, é realmente maravilhoso", Saalem consentiu. "O senhor não segura esse tipo de manuscrito em suas mãos todos os dias."

"Certamente parece velho", opinou Olivetti.

"Velho, sim, acho que isso está bastante claro", Saalem respondeu. "Mas será a mais antiga versão existente desta peça, e que peça é? Tive somente a oportunidade de sondar os primeiros compassos, mas concordo com Bill Barnum que parece ser do século XVIII."

"Quem é Bill Barnum?" Perguntou Olivetti.

"O afinador de piano em Pittsburgh que mencionei."

"O senhor compreende as palavras escritas no topo da página?", perguntou Canal. "Elas parecem formar um título de algum tipo..."

Olivetti apertou os olhos e, em seguida, declarou: "Eu não consigo entender nada."

Saalem, ajustando seus próprios óculos, olhou mais atentamente. "Parecem ser francês, *Les six rires*, Os Seis Risos, mas há outra palavra ao lado dessas, *nept* – não sei o que isso significa – ou talvez seja *neyt*".

"Soa como 'não'", Olivetti riu.

Canal ponderou: "As seis maneiras de rir ou as seis maneiras de dizer não? As seis maneiras como se pode rir de alguém ou as seis maneiras como alguém pode receber um não..."

"Um título bastante estranho", Saalem respondeu. "*Six rires* soa um pouco como *sourire*, sorrir..."

"Mas mais como *s'y rire*, embora isso realmente não signifique nada até onde eu sei, ou *sire* ou *cire*," Canal continuou. "Talvez a música deva soar como uma risada, mas a palavra extra ao final faz com que pareça mais como um enigma de algum tipo. O senhor sabe de algum músico na época que tinha propensão para intitular suas obras com enigmas?"

Saalem considerou a questão. "Não, não que eu lembre agora", respondeu. "A grande maioria das peças nunca receberam títulos, simplesmente ficaram conhecidas como o Concerto em Dó maior, por exemplo, ou a Sinfonia nº 2 em Si bemol menor."

"O título em francês não sugere um compositor francês?" Olivetti interrompeu.

"Pode ser que sim", Saalem admitiu, "mas era bastante comum que os músicos empregassem a língua de qualquer país em que estivessem trabalhando no momento, e o italiano era utilizado em praticamente qualquer ocasião."

"Talvez a música em si possa servir como uma assinatura?" Canal disse.

"É possível", Saalem respondeu, "mas também era bastante comum os músicos deliberadamente imitarem uns aos outros. Mozart foi uma vez contratado para escrever uma peça no estilo de outra pessoa, e o próprio Mozart teve diversos imitadores".

"Eu estava pensando em outro tipo de assinatura," Canal prosseguiu. "Se não me engano, uma vez Bach assinou seu próprio nome, por assim dizer, ao final de uma de suas fugas, utilizando uma configuração especial de notas."

"O senhor já ouviu falar sobre isso?", Perguntou Saalem, visivelmente impressionado. "Isso dificilmente é de conhecimento comum."

"Eu tento manter-me atualizado," Canal respondeu modestamente.

"Vejo que nosso bom inspetor de polícia aqui estava certo ao pedir-lhe para vir junto."

Olivetti estava a ponto de dizer algo no sentido de que ele era, pelo menos, suficientemente inteligente para reconhecer suas próprias limitações, mas Saalem prosseguiu antes que ele pudesse fazê-lo. "Foi ao final das Variações Canônicas de uma velha canção de Natal que Bach encontrou uma forma muito criativa de assinar musicalmente seu próprio nome."

"Talvez encontremos algo semelhante nesta peça", afirmou Canal.

"Talvez", Saalem ponderou.

"E o papel em si – não poderia nos contar uma história?" Canal continuou. "Ao olhar para correspondências de séculos anteriores, muitas vezes podemos descobrir muito pelo tamanho do papel, as marcas d'água, e até mesmo simplesmente pela forma como ele é dobrado."

"Receio não ser perito nessa peça – sem trocadilhos," Saalem afirmou. "Eu, é claro, estudei a história da música, mas não tanto a história da mídia envolvida na sua transcrição."

"Também não sou especialista em tais assuntos," Canal assegurou, "mas achei útil em algumas ocasiões, ao examinar documentos, tratados, ou cartas roubadas supostamente oficiais. O senhor se importaria muito se eu abrisse a partitura?"

"De forma alguma, *mon cher. Allez-y*," Saalem respondeu.

Canal cuidadosamente levantou a primeira página da música. Encontrou um grande fólio dobrado em dois, proporcionando duas superfícies de escrita com o dobro do tamanho da partitura contemporânea, sendo que ambas haviam sido pautadas e escritas. "Como eu suspeitava," Canal disse, mais para si mesmo do que para os outros. Em seguida, mais audivelmente, ele continuou, "O fólio é cortado a partir de uma folha maior – o senhor vê a borda mais áspera em cima?" Ele traçou a borda ligeiramente irregular com o dedo. "O segundo fólio é provavelmente a metade superior da folha original", disse ele, pegando e desdobrando a segunda página da partitura. Ele caminhou até a mais próxima das enormes janelas e alinhou as duas folhas no vidro. "As marcas d'água nas metades superior e inferior devem alinhar-se e complementar-se..." Olivetti e Saalem seguiram Canal para a janela e tentaram detectar as marcas d'água. "Mas vejo que isso não ocorre... Pelo menos em teoria, isso deveria tornar o trabalho de colocar as páginas em ordem um pouco mais fácil."

"Sim, mas não tão fácil como se poderia pensar", disse o diretor musical, "porque a ordem física do manuscrito não é a mesma que a ordem musical da peça."

"O quê?", Exclamou Olivetti.

"Mesmo se eu pudesse descobrir exatamente em que ordem as páginas deveriam estar, eu não saberia, necessariamente, em que ordem as diferentes partes deveriam ser tocadas – existem codas e reprises, em suma, uma dor de cabeça colossal."

"No entanto," Canal refletiu, "não devemos ser capazes de inferir, a partir da apresentação física da peça, se alguma coisa está ou não faltando?"

"Obviamente, se as páginas estivessem numeradas..."

"Mas nós não seríamos capazes de determinar se o movimento lento está faltando, se encontrássemos o seu início em um desses fólios, mas não encontrássemos o resto?"

Saalem refletiu em voz alta: "Sim, o senhor está certo... Mas somente se o movimento lento tivesse sido escrito logo após o primeiro movimento rápido."

"Ou antes do segundo," Canal opinou.

"Sim, ou antes do segundo", Saalem concordou, "mas teríamos que ter a sorte de um movimento terminar no meio de um fólio. Então, supondo que o compositor fosse suficientemente privado de recursos para utilizar cada pedaço de papel disponível, o próximo movimento começaria na mesma folha em que o movimento anterior terminou."

"Então podemos, pelo menos, verificar isso," Canal concluiu com um olhar de satisfação no rosto. Após uma ligeira pausa, acrescentou, "isto pressupõe, no entanto, que os movimentos foram escritos em ordem, ou seja, na mesma ordem em que eles devem ser executados. Alguém realmente escrevia dessa maneira?"

"O senhor levanta um bom ponto, *mon cher*...", Saalem respondeu. "Movimentos lentos eram às vezes escritos como peças de prática para estudantes, e eram tocados independentemente dos movimentos rápidos, que eram escritos mais tarde. Encontramos, algumas vezes, movimentos lentos escritos em folhas separadas de papel, que são inseridas em fólios que incluem o final de um movimento rápido e o início de outro, sem qualquer divisão no papel. Nesses casos, é bastante claro que o movimento lento foi escrito em outro momento em fólios separados. O fato é que não sabemos muito sobre os métodos de composição de muitos artistas – se eles concebiam uma obra como um todo ou em duas ou três partes separadas."

"E, no entanto," Canal comentou: "Mozart escreveu uma vez em uma carta sobre uma sonata magnífica que surgiu em sua cabeça, com um rondo ao final como um extra! O que sugere que a peça foi construída – se é que se pode falar em construção nesse caso – como um todo, completa, com todos os seus diferentes movimentos. Provavelmente deveríamos, ao invés, falar em concepção, no sentido de nascimento, já que ela nasceu toda de uma vez – quer dizer, se acreditarmos na carta de Mozart."

"De fato", Saalem concordou.

Olivetti interrompeu os dois homens mais velhos, "Eu não quero estragar sua diversão, meus senhores, mas–."

"Quando alguém começa uma frase dessa forma, sempre quer estragar" Canal interrompeu.

"Com todo o respeito", Olivetti continuou, "os senhores não estão tornando isso mais difícil do que é? Se é provável que essa partitura seja tão valiosa, não teria esse Barnum feito uma cópia antes de enviá-la para o senhor? Por que o senhor não telefona, simplesmente para ele e pergunta quantas páginas ele tem?"

"Por que não pensei nisso antes," disse Saalem, batendo em sua testa com a palma da mão. "Ele também pode ser capaz de me dizer em que ordem encontrou as páginas. Deem-me licença por um momento, cavalheiros." Ele caminhou até sua mesa no lado oposto da sala, abriu a agenda de endereços, pegou o telefone e discou. Ouvindo ao serviço de atendimento de Barnum, deixou uma breve mensagem pedindo ao afinador para ligar de volta assim que possível.

Mas Olivetti não havia finalizado seu exame de questões práticas. "Algo mais lhe deu a impressão de que havia ocorrido um arrombamento?", ele perguntou a Saalem.

Saalem refletiu. "Bem, como disse antes, a porta do meu escritório estava entreaberta, sendo que eu sempre a fecho–."

"Fecha? Ou tranca?" Olivetti interrompeu.

"É a mesma coisa aqui, porque quando você fecha a porta do meu escritório ela é automaticamente trancada."

"Alguém mais tem a chave?" Olivetti persistiu nessa linha de questionamento.

"Não que eu saiba."

"Não há uma equipe de limpeza e manutenção no edifício?"

"O senhor está certo, deve haver – eu nunca os vejo, mas os tapetes são sempre aspirados e as lixeiras esvaziadas."

Olivetti estava contente de estar liderando a investigação, para variar, e prosseguiu com sua vantagem. "Se o Lincoln Center funciona como a maioria dos outros lugares, a mesma pessoa limpa o seu escritório todas as semanas. O senhor pode ligar para a manutenção e pedir-lhes para enviá-la para cá?"

"É claro", respondeu Saalem, enquanto andava até o telefone e discava zero. Falou brevemente com o operador e, em seguida, com o chefe de manutenção. Colocando o fone no gancho, ele anunciou: "Estamos com sorte, a servente estará aqui em um minuto."

## III

Canal continuou sua inspeção da partitura, virando página após página, e examinando cada uma contra a vidraça. Saalem permaneceu ao lado de sua escrivaninha, folheando sua agenda, enquanto Olivetti caminhava ao redor do escritório, olhando para um ou outro detalhe.

Bateram na porta, e Saalem a abriu.

"Servente da equipe de limpeza Ripley ao seu serviço, senhor!" Disse a recém-chegada em voz alta o suficiente até mesmo para Olivetti, que ainda estava do outro lado do escritório, ouvir. Ela não propriamente saudou, mas "*C'était tout comme*", pensou Canal.

"Entre, Sra. Ripley", Saalem disse, apontando com seu braço. Fechou a porta atrás dela.

"Senhor, se não se importa, sem Sra., é apenas Ripley, senhor." Ela entrou e ficou em posição de sentido, por assim dizer, a uma distância respeitosa.

"Não precisa me chamar de senhor, Ripley. Apenas me chame de Maestro", Saalem propôs.

"Sim senhor, senhor Maestro", respondeu Ripley. Em seguida, ela continuou: "O chefe me disse que o senhor estava querendo me ver a respeito de algo?"

"Sim", Saalem respondeu, "nós temos algumas perguntas para você." Ele apresentou Canal, que estava bem perto, e Olivetti, que se aproximou do lado oposto do escritório.

Olivetti tinha toda a intenção de liderar esta parte da investigação. "É você que geralmente limpa este escritório?", perguntou, olhando-a nos olhos.

"Senhor, sim, senhor, a única. Durante os últimos 14 anos, pelo menos. Há algo de errado com meus serviços de limpeza, senhor? Eu esqueci algum local, ou esqueci uma lata de lixo?"

"Não, nada disso", respondeu Saalem.

"Estou muito aliviada ao ouvir isso, senhor-er, Maestro," Ripley disse, e relaxou de sentido para à vontade, com as mãos atrás das costas.

Olivetti retomou: "Quando foi a última vez que você esteve neste escritório?"

"Bem, senhor, eu limpo os escritórios neste andar todas as terças e sextas-feiras, então deve ter sido na última sexta. Calculo que costumo chegar a este escritório por volta das 17:30, mais ou menos."

"Alguma coisa pareceu incomum para você na sexta-feira passada, quando você esteve aqui?" Olivetti continuou.

Ela fez uma pausa, buscando em sua memória. "Nada que me ocorra. Tudo parecia em ordem. Talvez alguns copos sujos a mais na pia do que o habitual, mas isso é bastante comum às sextas-feiras." Com isso, Saalem corou, mas apenas muito ligeiramente, e mais por causa de Olivetti do que por Canal.

"Você não notou qualquer papel no chão?"

"Papéis, senhor? Não, algumas cascas de pistache perto da mesa de café, mas nenhum papel, senhor."

"Qualquer coisa incomum em relação à porta?"

Ripley parecia perplexa, "A porta, senhor?"

"Sim, você percebeu alguma coisa em relação à porta?", perguntou Olivetti.

"Eu não posso dizer com exatidão... Eu inseri o código para entrar, como sempre faço, e fechei a porta quando saí, trancando-a. Faço o meu melhor para trabalhar com eficiência, Maestro – digo, senhor."

"Eu tenho certeza que sim", Saalem sorriu.

"Inseriu o código?", perguntou Canal, seus ouvidos se recuperando pela primeira vez desde a chegada de Ripley. "Não é uma fechadura com chave?"

"Claro que não – veja por si mesmo," Ripley disse, abrindo a porta e apontando.

Olivetti olhou para o teclado na porta e virou-se para questionar Saalem. "Quando eu lhe perguntei anteriormente se alguém tinha a chave, por que não disse que não há nenhuma chave?"

"Eu sempre me esqueço do teclado numérico, porque eu só uso a minha chave", Saalem respondeu, com naturalidade.

"Sua chave?" Canal perguntou.

"Sim, minha chave funciona muito bem. E, de qualquer maneira, eu nunca consigo me lembrar do maldito código!"

Olivetti olhou para a fechadura mais de perto. "Ah, entendo. Há uma alternativa com chave manual, então você pode usar um código ou uma chave."

Virando-se para Ripley, ele perguntou: "Então você tem certeza de que a porta não estava aberta quando chegou, e você tem certeza de que fechou a porta ao sair?"

"Senhor, sim senhor, eu tenho certeza," respondeu Ripley, praticamente entrando em sentido novamente. "Porque, ela estava aberta quando o maestro retornou, senhor?"

"Sim, estava," Olivetti respondeu, balançando a cabeça.

"Sinto muito por ouvir isso," respondeu Ripley. "Não sei como isso pode ter acontecido."

Olivetti tentou uma última pergunta: "Você não notou alguma outra porta aberta, por acaso, não é?"

Ripley fez uma pausa para refletir. "Não posso dizer que sim", ela finalmente proferiu. "As portas estão sempre fechadas e trancadas neste edifício."

"Alguma outra pergunta, cavalheiros?", perguntou Saalem, examinando seus rostos.

Olivetti balançou a cabeça. Canal disse que não, mas parecia estar perdido em pensamentos. Saalem agradeceu a Ripley pelo seu tempo, e a acompanhouaté a porta.

"Ao que parece, senhores, não avançamos muito em relação a antes," Saalem opinou.

"Bem", Olivetti ponderou, "pelo menos tenho algumas ideias para prosseguir. Vou ver o que consigo descobrir a respeito dessa fechadura, e verificar com a segurança se eles têm alguma vigilância por vídeo no prédio."

"E eu vou avisá-los", acrescentou o diretor musical, "quando Barnum retornar minha ligação. Se bem me lembro, ele disse algo sobre ficar fora por alguns dias…"

Ficou acordado que cada um deles entraria em contato com os outros se qualquer nova informação viesse à tona. Todos apertaram as mãos e Saalem mostrou-lhes a saída.

## IV

No dia seguinte, Canal recebeu um telefonema de Saalem, logo cedo, propondo que eles se reunissem para falar sobre a partitura. O diretor musical estava animado, após aparentemente ter estado acordado por horas devido ao *jet lag*, e estava ansioso para discutir algumas descobertas matinais. O inspetor, que não era madrugador, tentou controlar o entusiasmo de Saalem solicitando meia hora para o café da manhã antes dele "aparecer".

Vinte minutos mais tarde, Canal mal tinha terminado de comer quando seu criado, Ferguson, anunciou Saalem. Canal olhou para seu relógio e percebeu a impaciência do outro. "Por favor, leve-o para o escritório e diga a ele que estarei lá em breve." O criado saiu para executar as ordens, e Canal pensou *"Quel empressement!"*, enquanto lentamente terminava seu café.

Ferguson acompanhou Saalem até um escritório totalmente revestido em couro, cheio de livros e papéis de todos os tipos espalhados em cada mesa, poltrona e sofá. Não sabendo onde qualquer pessoa poderia sentar-se, Saalem deixou passar o tempo admirando o piano Bosendorfer e andando ao redor da sala, quando viu uma carta fechada sobre uma pequena bandeja de prata. Aproximando-se, o diretor musical teve tempo apenas de determinar que ela fora enviada via correio aéreo, e havia sido endereçada por mão feminina, quando o francês adentrou o cômodo.

*"Bonjour"*, o inspetor sorriu enquanto se aproximava para apertar a mão do outro.

Saalem virou-se abruptamente, como se pego em flagrante, mas sua rápida olhadela para a carta não tinha escapado aos olhos de lince do inspetor.

"Então, o que o senhor diz," Canal começou, "vamos falar francês hoje?"

"Receio que o meu esteja um pouco enferrujado – entendo muito bem, mas passaram-se décadas desde que falei com alguma regularidade. Então, se o senhor não se importar muito..."

"De forma alguma – a prática será de bom uso para mim." Canal retirou os papéis e livros do sofá e convidou o diretor musical a sentar-se com ele.

"O senhor pode aproveitar a prática", Saalem corrigiu seu conhecido.

"Exatamente meu ponto," Canal respondeu, nem um pouco ofendido, piscando de forma íntima. "Eu vejo que o senhor foi mais do que pontual nesta manhã."

"Eu não podia esperar para começar", Saalem concordou, "estou acordado desde as duas da manhã. *Jet lag*, o senhor sabe."

"Achei que o senhor tinha ido para Buenos Aires – a diferença não é de apenas duas horas?"

"Acho que sim, mas quando eu viajo meu relógio interno sempre se perde. O senhor sabe como é."

"Sei?" Canal perguntou, levantando uma sobrancelha.

"Bem, é assim comigo, de qualquer forma. Então, deixe-me mostrar-lhe o que descobri!"

"Posso oferecer-lhe algo para beber antes de começarmos?", perguntou Canal. "Café? Não, talvez isso não seja uma boa ideia. Talvez um Porto, ou um pouco Monbazillac?"

"Não é um pouco cedo para isso?"

"Eu costumava dizer 'nunca antes do meio-dia', mas parei com isso desde que deixei o serviço. Passei a pensar *qu'il n'y a pas d'heure pour un vin cuit ou un moelleux*".

"O senhor está certo", Saalem admitiu, "e, de qualquer forma, estou acordado faz tanto tempo que é como se fosse depois do meio-dia."

"Sinto não poder oferecer algo tão exótico quanto o Château Yquem, mas tenho um Monbazillac de 1929 bastante bom."

"Excelente!" O entusiasmo de Saalem era evidente. "Vinte e nove foi um ano espetacular!" Enquanto Canal chamava Ferguson para fazer as honras da casa e limpava a bagunça da mesa de café na frente do sofá, Saalem pegou a partitura e espalhou alguns dos fólios. Ferguson apareceu, serviu as bebidas rapidamente e saiu em silêncio.

"Antes de mais nada," Saalem começou, e fez uma pausa para o efeito dramático "este é definitivamente um manuscrito original!" Seu tom era triunfante. "Neste folio particular, três compassos inteiros estão riscados, algo que o senhor nunca veria em uma cópia. E há uma nota ou duas modificadas aqui e ali em outras partes da partitura – veja nesta página," ele apontou, "e novamente nesta."

"Sim, eu tinha notado esses compassos excluídos ontem em seu escritório," Canal comentou, "embora eu não tenha percebido *les petites biffures*".

"Em segundo lugar," Saalem acrescentou, manuseando o manuscrito com mais reverência do que antes, "embora pareça que parte da margem esquerda do primeiro fólio foi arrancada ou deliberadamente cortada, ainda se pode perceber partes de letras muito pequenas que terminam quase nas pautas. O senhor consegue vê-las?", perguntou Saalem, apontando.

"Muito pouco," Canal respondeu, e foi até a mesa para pegar uma lupa. Espiando através dela, ele continuou, "Muito melhor! Sim, vejo-as agora."

"Normalmente, o compositor indicaria nesse local qual instrumento deve tocar cada parte. A chave que agrupa todas as pautas que devem ser tocadas simultaneamente pelos vários instrumentos diferentes, não pode ser vista nesta página, porque ela foi cortada, mas podemos ver no verso deste fólio que as pautas estão agrupadas de três em três, sugerindo que o que temos aqui é um trio".

"Um trio, hmmm," Canal disse, pensativo. "Então essas pequenas letras que o senhor encontrou são pistas para os três instrumentos para os quais a peça foi escrita."

"Agora, os nomes de alguns instrumentos terminam com a mesma letra, o que dificulta um pouco, mas olha essa: ela parece ser um 'e', o que significa que ela pode basicamente referir-se somente a um oboé, trombone, clarinete, fagote ou trompete, mas depois há também um 'e' na linha abaixo, sugerindo que a peça foi escrita, por exemplo, para oboé e fagote." Os olhos de Saalem brilhavam.

"Brilhante! Uma bela dedução," Canal exclamou animadamente. "Já estamos a dois terços do caminho! Vou beber a isso!"

Eles brindaram com seus pequenos copos, sorrindo como crianças que tinham acabado de descobrir um tesouro.

Mas antes mesmo que pudessem levantar o elixir de ouro para os lábios, Ferguson adentrou o escritório com entusiasmo incomum, desculpando-se profusamente com sua linguagem corporal.

"Há uma ligação urgente para o Maestro", disse ele. "Parece que alguém acabou de tentar invadir seu escritório."

## V

Enquanto eles dirigiam-se ao Lincoln Center de táxi, Saalem repetia para o inspetor o que tinha ouvido ao telefone. Uma câmera de segurança havia capturado imagens de uma mulher parada do lado de fora da porta do diretor musical por um tempo anormalmente longo. Um guarda tinha ido ao terceiro andar para investigar. Aproximando-se silenciosamente, ele observou-a digitando várias combinações do código e tentando virar a maçaneta depois de cada. Quando a abordou, ela vociferou, ameaçando-o. Então, percebendo que ele era um segurança, ela saiu correndo. Ao contrário de vários de seus colegas barrigudos, os quais Saalem tinha notado no lobby, esse guarda provavelmente era muito eficiente, pois logo a apanhou. Depois de algemá-la e ler seus direitos, ele a havia levado para a sala de segurança no térreo, e a segurava lá.

O diretor musical conjecturou que ela deveria ser a ladra e, percebendo o que havia obtido em sua primeira visita ao seu escritório, retornara para obter o resto do manuscrito. Certamente havia esquecido o código, ou estava tão nervosa que não conseguia pressionar os números na ordem correta. O inspetor achara muito curioso que alguém houvesse tentado invadir seu escritório em plena luz do dia, mas não arriscou nenhuma hipótese e resolveu esperar para ver.

Ao adentrar a área de espera do Lincoln Center, Saalem espantou-se ao ver, sentada entre dois guardas, Carol O'Connell, a impetuosa primeira violinista que ele recentemente rebaixara para segunda. O que Canal viu foi uma ruiva atraente e impecavelmente vestida, que parecia ter sido apropriadamente amarrada, de tão brava que estava.

No momento em que vislumbrou Saalem, O'Connell saltou de onde estava sentada e começou a insultá-lo, acusando-o de maltratá-la, quando ela era uma das melhores violinistas do país. Os seguranças, que não encontravam oportunidade de falar, escutavam, boquiabertos, ela falar ao regente que ele estava delirando se achava que poderia detectar qual dos seus trinta violinistas havia tocado uma nota errada no curso de um concerto de duas horas – não havia sido ela, protestou com veemência. Ela havia trabalhado à exaustão para ele! Como ele poderia deixar de ver isso e acusá-la tão injustamente? Como ele podia ser tão convencido de estar certo o tempo todo?

Nesse momento de seu monólogo, começaram a escorrer lágrimas pelo seu rosto, e ela afundou-se novamente na cadeira, com a raiva aparentemente esgotada.

O segurança que a tinha levado em custódia explicou que ela se recusara a identificar-se ou explicar qualquer coisa sobre suas ações, exceto para o próprio diretor musical. Eles deveriam entender que ela era uma de suas artistas?

Saalem acenou com a cabeça, e perguntou-lhe categoricamente por que ela estava tentando entrar em seu escritório. Ela engoliu em seco, hesitou, escondeu o rosto entre as mãos momentaneamente. Finalmente, admitiu que tivera esperança de localizar o arquivo que sabia que ele tinha sobre ela, como tinha de todos os outros músicos na orquestra. Queria destruir os registros, que tinha certeza que ele criara, documentando todos os seus alegados erros e atos de insubordinação, para embasar a péssima avaliação anual de desempenho e o rebaixamento que ela acabara de receber em sua caixa de correio.

"Por que, sua pequena–" Saalem começou.

Canal, sentindo que o regente estava prestes a atacá-la, o deteve, e interrompeu uma declaração da qual ele provavelmente se arrependeria mais tarde. Perguntou à violinista se ela não tivera esperança de fugir com algo mais do escritório de Saalem.

A pergunta pareceu confundi-la, uma reação que o francês entendeu significar que ela não imaginava nenhuma outra razão para tentar invadir o escritório. Ela repetiu – com evidente paixão em sua voz – que tudo o que ela queria era rasgar em pedaços todo seu arquivo.

Quando Canal perguntou se ela já tinha estado naquele escritório antes, seu rosto ficou vermelho, mas quando ele deixou claro que queria saber se ela já havia estado sozinha no escritório, ela imediatamente respondeu que não.

Saalem olhou para ela, e ela olhou para ele de volta, mas por fim ele instruiu os seguranças a deixá-la ir.

"Não pense que isso está acabado, Sra. O'Connell", ele disse quando ela saiu.

## VI

Canal retirou o diretor musical da área de espera e levou-o ao andar de cima, para seu escritório.

Andando para lá e para cá, impacientemente, Saalem estourou, "Ela tem muita coragem para questionar meu julgamento! Ela pode entrar na fila e fazer um requerimento como todos os outros que não estão satisfeitos com minhas avaliações anuais!"

"Há muitos?", perguntou Canal.

"Sempre há muitos para complicar", respondeu Saalem. "Os músicos tendem a acreditar que eles são um presente de Deus para a humanidade, mesmo quando são apenas violinistas e percussionistas medíocres."

"Há outros que podem estar descontentes o suficiente para invadir seu escritório?", perguntou o inspetor.

"Nunca se sabe", respondeu o diretor musical. "Tenho certeza de que todos eles já sabem que mantenho meus arquivos, anotações e avaliações de desempenho trancados aqui dentro..."

Ele caminhou até a mesa e puxou as gavetas de arquivo, que deslizaram, abrindo-se. "Pelo menos eu tento mantê-los trancados", acrescentou, hesitante.

"Alguma coisa parece estar faltando nos arquivos da sua impetuosa amante?" Canal perguntou sem cerimônia.

"Minha o quê?", exclamou Saalem. "Não seja ridículo!" Ele folheou o arquivo da ruiva. "Nada falta aqui," disse distraidamente, enquanto retirava uma dúzia de outros arquivos das gavetas. "Mas vai me tomar um tempo verificar os dos outros canalhas. Vou me debruçar sobre isso mais tarde", acrescentou, claramente desagradado pela tediosa tarefa de ter que rever mais uma vez os arquivos de seu funcionários menos favoritos. Propôs que eles retornassem à conversa que estavam tendo antes de serem tão rudemente interrompidos pela confusão causada por aquela violinista maluca.

Ostensivamente concordando, Canal perguntou-se se algum dos artistas descontentes poderia ter sido menos acionado por uma avaliação de desempenho ruim, do que pela negligência repentina por parte de um chefe carismático, que anteriormente demonstrara interesse amoroso... Amantes abandonados podem cometer crimes muito piores do que roubo!

## VII

O sol da manhã fluía para o escritório localizado no Lincoln Center, anunciando um dia de primavera perfeito. Canal olhava distraidamente para o Damrosch Park.

"*Pour revenir à nos moutons*," Saalem disse, para chamar a obviamente perdida atenção de Canal, "determinamos que os dois primeiros instrumentos podem ser um oboé e um fagote."

"Ahn?" O francês resmungou. Olhando para trás, em direção a Saalem, ele concordou: "Ah, sim, oboé e fagote."

"Agora", o diretor musical continuou, espalhando as folhas que Canal segurava distraidamente desde que tinham saído do seu escritório, "a última letra do nome do instrumento na terceira pauta também é um 'e', que somente poderia ser um trombone, clarinete ou trompete, o que significa que temos aqui um trio de sopro."

"De fato, *mon cher*," Canal respondeu, com interesse reavivado. "O senhor fez bom uso das suas primeiras horas da manhã."

"Espere!", exclamou Saalem. "Isso não é tudo. Seu comentário ontem, sobre uma assinatura na música em si, me fez pensar."

"O senhor encontrou uma?" perguntou Canal.

"Não exatamente, mas talvez algo que sirva ao mesmo propósito. Toquei a música várias vezes nesta manhã–."

"Seus vizinhos devem ser muito mais compreensivos do que os meus," Canal exclamou, lembrando-se da fúria que ocasionalmente despertava nos vizinhos de cima e de baixo por tocar piano depois das dez da noite.

"Ah, eu nunca pensaria em tocar nada em casa às três da manhã – vim diretamente para o escritório. Essa passagem em particular," Saalem disse, apontando para o terceiro fólio, "chamou minha atenção. Eu não tinha certeza do porquê, em um primeiro momento, mas acabei me dando conta de que temos aqui o tema principal da peça tocado pela primeira vez para a frente, depois para trás, e, após, como se fosse de dentro para fora. Isso é tão incomum que pensei que pudesse servir como uma espécie de assinatura. Esse tipo de coisa é feita por pouquíssimos compositores."

"Deixe-me olhar mais de perto," Canal pediu. Ele examinou os compassos a alguma distância, com a lupa. "Deve ser Mozart," ele anunciou.

"Mozart? Como o senhor sabe?" o diretor musical perguntou.

"Bem, é claro, não tenho como ter certeza, mas isso é tão característico de Mozart," o inspetor insistiu. "Em uma de suas cartas, ele diz que lhe pediram para tocar clavicórdio no estilo de órgão, e quando um clérigo deu-lhe um tema para trabalhar, ele 'levou o tema para um passeio', como ele mesmo disse, embora o que ele fez se pareça mais com o que chamaríamos de levá-lo para um *test drive* ou colocá-lo à prova. Primeiro, mudou seu tom de menor para maior, e, em seguida, interpretou o tema de trás pra frente, *arschling*, como ele disse, se me desculpar pelo meu francês." Os dois homens riram com conhecimento de causa.

"Falando em *arschling*", Saalem disse, "há tanta linguagem escatológica em algumas de suas cartas que vários psiquiatras eminentes concluíram que ele tinha algum tipo de distúrbio neurológico, a síndrome de Tourette, eu acho."

"Isso só mostra como é fácil enganar um psiquiatra! Podemos muito bem concluir que todos os colegas do inspetor Olivetti no Departamento de Polícia de Nova York têm a síndrome de Tourette, porque eles dizem merda e vá se foder o dia todo!"

"Eu também nunca acreditei nisso", o diretor musical riu, "mas não sou nenhum especialista em transtornos mentais."

"Talvez mais do que o senhor pensa. Os tempos mudam. Há muitos séculos, era considerado perfeitamente aceitável falar sobre as funções corporais de maneiras que acharíamos muito chocantes hoje em dia, mas isso não significa que todo mundo naquela época era louco," Canal disse.

"Se Mozart tinha um problema," opinou Saalem, "não era a sua linguagem escatológica, mas sim suas habilidades diplomáticas inexistentes. Ele parecia nunca saber quando manter a boca fechada, já que seus comentários sobre as habilidades musicais de alguém, ou como compositor, costumavam chegar ao alguém em questão."

"Ah, talvez ele soubesse, mas simplesmente não conseguisse se conter?" o inspetor propôs. "Talvez ele apreciasse a perspectiva de insultar as pessoas pomposas ao seu redor, mesmo que somente através de fofocas".

"Eu considerava que ele o fazia inadvertidamente."

"O senhor sabe o que digo, ou melhor, o que dizem na psicanálise?" Canal interveio, "Não há acasos."

O diretor musical parecia confuso. "Não há acasos?"

"Especialmente se considerarmos que isso aconteceu diversas vezes. Se ele não tivesse um prazer secreto nisso, por que não teria aprendido com seus erros?"

Saalem encolheu os ombros. "Não existem algumas pessoas que são socialmente ineptas?"

"*Peut-être*, mas essas pessoas são geralmente ineptas de muitas maneiras, e não apenas uma. Pelo que me lembro, uma vez Mozart escreveu a seu pai que gostaria de ter feito muito mais críticas a outros músicos e a seus potenciais mecenas do que fez."

Um sorriso de identificação espalhou-se pelo rosto do regente.

Canal retomou: "Mas voltando às nossas ovelhas,[2] poucos músicos além de Mozart tinham a agilidade mental para tocar, de forma improvisada, temas de trás para frente. Vemos essa mesma agilidade mental em seus escritos: ele com frequência brinca com palavras e nomes, soletra seu próprio nome ao contrário, faz anagramas com ele, escreve linhas inteiras de suas cartas de trás para frente e, por vezes, até mesmo de cabeça para baixo. Nas cartas para sua irmã, ele assina seu nome Gnagflow Trazom, Romatz, e de muitas outras maneiras – ele é um dos escritores de cartas mais brincalhões que já vi, especialmente nas cartas para sua irmã e sua prima em Augsburg."

"Bem, esses compassos são certamente divertidos," disse Saalem. "Eu não tenho certeza se eles realmente tocam a música da forma correta e, em seguida, ao contrário. Não imaginava que alguém, além de Bach, tivesse feito isso antes de tempos muito mais recentes. Palíndromos, sim – vários compositores escreveram de trás para frente – mas de cabeça para baixo? Ainda assim, vou pesquisar e o mantenho atualizado."

"Enquanto isso", o inspetor observou, "acredito que é bastante seguro concluir que temos aqui um trio de Mozart para sopro."

"Se isso está certo", Saalem ponderou em voz alta, "a questão é por que a música não soa familiar para mim. Por que eu nunca a ouvi antes?"

"Mozart escreveu bastante," Canal mencionou. "Acredito que há cento e setenta discos em minha coleção, e isso não inclui as obras possivelmente falsas atribuídas a ele."

"Sim, claro, pode ser uma peça que é tocada raramente... mas costumo lembrar muito bem de melodias, e não tenho nenhuma lembrança desta."

"O senhor faria a gentileza de tocá-la para mim?" Canal perguntou, apontando para o Steinway.

"Certamente," disse o homem mais velho. Sentou-se no banco de couro preto na frente do grande piano de cauda e arrumou a música. Prefaciou sua execução dizendo, "Eu sou violinista e toco mal o piano. E, claro, tive pouco tempo para me familiarizar com essa peça."

"Claro," Canal respondeu.

Por alguns minutos, os dois homens ficaram totalmente absorvido pela música delicada, que Saalem tocava habilmente, não obstante suas declarações de imperfeição. Quando Saalem terminou, comentou: "Ela não foi escrita para piano, naturalmente, então muitas das harmonias estão faltando, e eu apenas improvisei o baixo na parte do trombone ou fagote, mas isso deve dar-lhe uma ideia do estilo – e de onde o movimento lento naturalmente iria."

"De fato," Canal respondeu contemplativamente. "O senhor se importaria muito de tocá-la novamente?"

"Nem um pouco", disse o diretor musical, e executou a peça com um toque ainda mais leve e técnico.

"Bela, realmente muito bela," Canal comentou com entusiasmo. "Se o senhor não tivesse encontrado esses compassos marcados, eu poderia ter hesitado entre Mozart, Haydn, e até mesmo Beethoven, mas a qualidade melódica e a ausência do menor traço de afetação apontam para Mozart."

"Eu não poderia concordar mais, *cher ami*", disse Saalem. "É realmente uma peça linda! Gostaria de saber onde ela se encaixa no catálogo da obra de Mozart…"

"Esses manuscritos raramente têm um índice *Köchel-Verzeichnis*," Canal simpatizava.

"Quem dera tivessem!", exclamou Saalem. "Mas, pelo que sei, Mozart mantinha uma lista relativamente completa de suas composições, e praticamente todas já foram encontradas ou reconstruídas a partir de adaptações feitas para outros instrumentos."

"Na verdade, Mozart só começou a manter um registro de suas composições em 1784, e esta peça é claramente anterior."

"Como o senhor sabe disso?" o diretor musical questionou.

"Bem, o senhor veja, *mon cher*, eu não fiquei exatamente de pernas pro ar desde ontem, ainda que meus horários sejam diferentes dos seus. Eu sou o que acho que chamam aqui de um notívago."

O diretor musical lançou-lhe um olhar curioso.

"Ontem examinei longamente as marcas d'água nos fólios, e, na noite passada, comparei-as com as marcas d'água em um livro de Alan Tyson que tenho", disse Canal.

"Tyson, sim, já ouvi falar dele."

"Então, como deve saber, ele revolucionou completamente a datação da obra de Mozart, estudando em detalhes os diferentes papéis em que Mozart escreveu suas músicas. Examinou os tipos de papel, tamanhos, marcas d'água, tamanhos dos rastrum, número de pautas, e assim por diante, traçando cada papel de volta ao seu país, cidade, e até mesmo gráfica de origem. Ao olhar para o papel em que Mozart costumava escrever cada peça, ele foi capaz de demonstrar, de forma convincente, que um grande número de peças que se pensava terem sido escritas em um país, tinham provavelmente sido escritas em um país diferente, às vezes até uma década antes. Isso modificou drasticamente a cronologia aceita de suas obras."

"Sim, eu nunca tive tempo para analisar esses detalhes," Saalem comentou. "Devo dizer, parece um trabalho dolorosamente exigente."

"Na verdade, ele tinha que prestar muita atenção para uma miríade de pequenos detalhes. Talvez não seja surpreendente que ele tenha anteriormente estudado psicanálise," Canal sorriu. "Em todo caso, se não me engano, o documento que o senhor possui foi feito em Paris, e vendido por uma loja na rue Tiquetonne, no segundo arrondissement. Precisarei olhar para o papel um pouco mais de perto, mas se é o que eu acho que é, ele foi fabricado entre 1775 e 1782. A loja pode ter continuado com o estoque dele por mais um ano ou dois, e nosso compositor pode ter mantido um estoque dele em sua mesa de trabalho por algum tempo mais, mas isso coloca nossa composição em algum lugar entre 1775 e 1785".

"Bravo, Maestro! Quero dizer, inspetor," Saalem corrigiu. "*Au fait*, de que o senhor gostaria que eu o chamasse?"

O inspetor incentivou o diretor musical a chamá-lo pelo seu primeiro nome, Quesjac. O músico nunca tinha ouvido esse nome antes, mas Canal assegurou-lhe que era de Périgord.

Em resposta à mesma consulta de Canal, Saalem respondeu: "Rolland, *tout simplement*", pronunciando seu primeiro nome de forma tipicamente francesa.

"Ah, sim, claro," Canal continuou.

"Como eu tenho certeza que você sabe, Quesjac, nosso intrépido Gnagflow Trazom passou parte do ano em Paris, em 1778," Saalem disse com evidente satisfação.

"De fato."

"Você não teria ideia de onde ele morava, não é?", perguntou Saalem.

"Ele assina muitas cartas da rue du Gros Chênet," Canal respondeu, "mas não tenho a menor ideia de onde é, ou mesmo se a rua ainda existe hoje."

O diretor musical também não, conhecendo Versailles muito melhor do que Paris. O inspetor se ofereceu para pesquisar os vários endereços de Mozart, e Saalem para analisar todas as composições de seus dias em Paris, para ver se esta correspondia a alguma das catalogadas. Em resposta à observação de Canal sobre evitar buscar uma agulha em um palheiro, levando em conta a cronologia atualizada de Tyson, o músico garantiu que pegaria uma cópia do livro de Tyson imediatamente, e verificaria se o manuscrito de cada uma das peças daquele período havia sido encontrado. Canal ofereceu-se para verificar se todas as composições mencionadas em suas cartas haviam sido encontradas.

"Parece que definimos em que cada um de nós trabalhará!" exclamou Saalem. "Será que os dois últimos fólios são suficientes para seu trabalho?"

"Sim, dois devem ser suficientes," Canal garantiu, aceitando-os das mãos do músico. Os dois homens se levantaram, e Saalem acompanhou Canal até a porta. "Ligue-me assim que você tiver algo de novo para relatar".

"*Au revoir*, Rolland," o inspetor disse, balançando a mão estendida do diretor musical.

"*Au revoir*, Quesjac".

## VIII

Mas foi Olivetti quem ligou para ambos antes. Ele pediu para o encontrarem no escritório de Saalem às 16h30 de sexta-feira.

Quando Canal saiu do elevador, no terceiro andar do Lincoln Center, ele viu Olivetti subindo pelas escadas. "O senhor foi para o quarto 203 novamente, não é?"

"Sim, como o senhor soube?"

"Elementar, meu caro Watson. O senhor ainda está tentando se livrar daquele maldito rival pela atenção da sua esposa."

"Dane-se sua intromissão, Canal!"

"Não é minha culpa se o senhor está distraído de seu trabalho por pensamentos sobre como ter a sua esposa de volta."

"Eu não estou!" Olivetti alardeou indignado.

"Então o que o senhor estava fazendo no segundo andar, procurando por dois, e não três?"

"Eu não estava fazendo tal coisa – foi apenas um erro."

"Isso é o que todos dizem... Mas–."

Chegaram à frente da porta de Saalem, e Olivetti bateu com força o suficiente para abafar a voz de Canal.

Saalem cumprimentou-os, apertou suas mãos e conduziu-os para o aposento espaçoso. Olivetti deu início à conversa: "Estamos esperando uma quarta pessoa, meus senhores, um eletricista que trabalha no prédio. Ele deve estar aqui a qualquer momento. Ocorreu-me, depois que os deixei na terça-feira, que houve um apagão maciço em praticamente todo o Estado de Nova York cedo da noite na última sexta-feira."

Canal concordou, "Sim, eu me lembro. Mas e daí?"

"Ocorreu-me que, embora essas portas fechadas por senha devam permanecer trancadas em caso de falta de energia, isso nem sempre ocorre. A fechadura do Maestro Saalem pode ter pifado quando a energia acabou, destrancando a porta sem que ninguém tenha mexido nela." Canal relatara a Olivetti o incidente com O'Connell.

Saalem chegou à conclusão óbvia: "O que significa que, quando encontrei a porta entreaberta na segunda-feira, isso pode simplesmente ter sido devido a uma falha técnica."

"Exatamente", Olivetti concordou.

"Ainda assim," Saalem continuou, "isso não explicaria por que eu achei a partitura espalhada pelo chão, não é?"

"Uma coisa de cada vez", advertiu Olivetti.

Como não havia nenhum sinal do eletricista no corredor, Saalem levou Canal para uma poltrona. Enquanto Olivetti entrava e saía do escritório, Saalem propôs uma bebida.

"Que excelente ideia!" Canal respondeu.

Segurando um delicado copo canelado, Saalem consultou, "O mesmo que da última vez?"

"Embora não se possa melhorar a perfeição," Canal respondeu, "você por acaso teria água com gás hoje?"

"Sim, tenho. Parece bom para mim também." Saalem serviu a Perrier e entregou o copo para Canal. Olhando para Olivetti, ele perguntou: "Coca-Cola para o senhor novamente, inspetor Olivetti?"

Olivetti parou de caminhar por tempo suficiente para abanar com a cabeça, e recebeu um copo do líquido cor-de-desentupidor-de-canos.

Quando todos estavam atendidos, o diretor musical abriu a conversa: "*Alors, quoi de neuf, docteur?*"

Canal riu com a referência, e Olivetti retomou sua caminhada. O bom médico respondeu, "As marcas d'água em nossa partitura correspondem exatamente ao papel fabricado em Paris que mencionei no outro dia, bem como o tamanho do rastrum".

"Rastrum? O que é isso?" Olivetti perguntou, mais para passar o tempo do que por curiosidade genuína.

"Um instrumento utilizado para desenhar as linhas ou pautas em um papel de música", Saalem respondeu.

"Huh," Olivetti resmungou.

Canal retomou, "E a loja que o vendia era a apenas uma curta caminhada da rue du Gros Chênet, onde Mozart viveu com sua mãe por um tempo. Na verdade, não há mais nenhuma rua com esse nome, pois ela foi incorporada em outra rua, a rue du Sentier, como tantas outras pequenas ruas adoráveis no século XIX, por aquele Haussmann perverso, mas pude encontrar sua antiga localização em um velho Badaeker".

"Excelente trabalho, *mon cher*!" Saalem ergueu sua taça para Canal e, com um leve gesto, ofereceu-se para completar seu copo. "Parece que encontramos nosso compositor, e até mesmo a nossa cidade e o período aproximado. Receio não ter sido tão feliz com minha pesquisa. Os manuscritos autografados de todos os trabalhos daquele período mencionados no catálogo *Köchel-Verzeichnis*, como corrigido por Tyson, já foram encontrados, exceto o da sinfonia concertante, K.297b, mas se trata de um quarteto, reconstruído de forma bastante convincente por Robert Levin há algum tempo."

"Hmm, sim," Canal refletiu, "essa não foi a peça escrita para um grupo de músicos de Mannheim que Mozart gostava?"

"Sim, foi", Saalem respondeu. "Eles vieram a Paris logo após a chegada de Mozart, e ele escreveu-a especificamente com seus talentos em mente. Mas ele tinha diversos problemas com um diretor chamado Le Gros, que parece ter deixado um maestro italiano chamado Cambini convencê-lo a impedir sua execução. Mozart aparentemente ferira o orgulho do maestro ao tocar, uma vez, o início de um quarteto de Cambini que ouvira em Mannheim, e depois inventar algo no lugar de uma parte da composição de que ele não conseguia lembrar. O maestro ficou ultrajado porque a invenção improvisada de Mozart era, sem dúvida, muito superior ao que Cambini tinha escrito!"

"Uma gafe ou brincadeira típica de Mozart," Canal afirmou, "provando que suas dificuldades com os franceses frequentemente envolviam também italianos."

Olivetti, que estivera ouvindo somente parcialmente, interrompeu, "Os senhores não vão começar a caçoar de italianos agora, vão?"

"Não, claro que não", Saalem tranquilizou-o. "Foram na verdade os amigos alemães de Mozart que o incitaram! Mozart parece ter trocado os pés pelas mãos com pessoas de praticamente todos os países. De todo modo, nossa partitura não parece corresponder a nada no catálogo *Köchel*."

"Você não conseguiu encontrar qualquer menção a peças que nunca foram identificadas em suas cartas daquele período?", perguntou Canal.

"Encontrei, mas a versão aceita pelos estudiosos é de que ele inventou alguns projetos para convencer seu pai de que estava trabalhando, embora estivesse muito deprimido para escrever em Paris, com sua mãe morrendo e sendo repetidamente esnobado pelos parisienses."

"De que vale o estudo, como é tão elegantemente colocado por nossos amigos de Nova York," Canal interrompeu. "Não creio que Mozart estivesse tão deprimido com tudo isso! Ele havia sido esnobado em outras cidades antes." O francês trocou de posição em sua poltrona e continuou: "Não nos esqueçamos de que ele certamente tinha ido muito além de sua mãe em seus afetos. Sua irmã, Nannerl, foi extremamente importante para ele. E o seu verdadeiro nome, Maria Anne, era tão parecido quanto possível com o da sua mãe, Maria Anna. Ele escrevia principalmente para sua irmã quando estava em viagem com seu pai. E," ele enfatizou, "gostava bastante de sua prima, que também por acaso se chamava Maria Anna, e escreveu-lhe algumas das cartas mais engraçadas – repletas de insinuações sexuais."

"Para sua prima irmã?", exclamou Olivetti, que parara com sua caminhada.

"Sim", respondeu Canal, calmamente, "Alguns supostos estudiosos ainda insinuaram que Mozart e sua prima foram além do comportamento respeitável entre primos."

"Ainda assim," Saalem protestou, "irmãs e primas não substituem mães."

"Talvez não," Canal admitiu, "mas você se surpreenderia com a quantidade de homens em seus vinte e trinta anos que estão postergando o casamento na esperança inconsciente de, algum dia, de alguma forma, se casar com suas irmãs. Eu sei que soa ridículo, mas a quantidade de homens com fixação em suas irmãs é bastante surpreendente. Há, é claro, também muitas mulheres com fixação em seus irmãos."

Apesar das expressões dúbias nos rostos de Olivetti e Saalem, Canal continuou, "De qualquer forma, deve ter sido muito fácil para Mozart transferir sua afeição por sua mãe para outras mulheres ao seu redor, já que metade das mulheres de sua vida chamava-se Maria Anna, e até mesmo pareciam-se com sua mãe." Ele olhou-os de forma significativa. "E não nos esqueçamos de que Mozart era também totalmente apaixonado por uma jovem cantora que conheceu em Munique meses antes de se mudar para Paris. Ele estava furioso com sua mãe e seu pai por desaprovarem seu desejo de casar-se com ela. Não é nenhum exagero dizer que sua mãe estava no caminho da sua felicidade!"

Impassível, Saalem interveio, "Seja como for, quando comparamos o que ele escreveu durante a sua estada em Paris com o que ele escreveu em outros momentos, parece que ele estava fazendo quase nada."

"Isso," Canal disse, "só é verdadeiro se assumirmos que temos tudo o que ele escreveu na época. Ele só começou a manter registro das suas composições seis anos mais tarde, então não podemos ter certeza."

"Então você não concorda que eram bravatas descaradas?" Saalem questionou. "Minha impressão é que Mozart estava deprimido, fazendo quase nada, comendo o pouco dinheiro que a família tinha, e forçando seu pai a endividar-se ainda mais. Mozart não estava apenas tentando convencer seu pai de que estava realmente tentando ter sucesso em Paris, uma cidade para a qual ele não queria ir, tendo sido praticamente forçado a viver lá? Mozart estava sob uma tremenda pressão de seu pai para mudar a sorte da família com seu sucesso. E, como geralmente acontece nos casos em que os pais esperam grandes feitos de seus filhos, ele ficou paralisado. Tentou fazer as coisas parecerem melhores do que eram nas cartas a seu pai, mas parece ter sido um de seus períodos mais improdutivos."

"Você pode estar certo, é claro," Canal admitiu, "mas também é possível que ele estivesse realmente compondo um pouco, mas nunca terminou as peças, ou as jogou fora – o que sabemos que ele às vezes fazia – ou elas simplesmente perderam-se, ou nunca foram identificadas como dele. Você se lembra dos duos que Mozart escreveu para seu amigo Michael Hayden quando Hayden tinha um prazo importante, mas estava doente demais para trabalhar?"

"Sim, e foi um belo gesto de sua parte," Saalem sorriu com aprovação.

"Eles foram escritos apenas alguns anos após a estada de Mozart em Paris, e, obviamente, Mozart não estaria ansioso para contar a seu pai sobre trabalho não remunerado como esse! Qual foi a peça que você disse que foi mencionada nas cartas – a que nunca foi encontrada?"

"Bem", Saalem respondeu, abrindo um livro sobre a mesa de café na frente deles, "em uma carta a seu pai, datada de 11 de setembro, ele diz que ainda teria de terminar seis trios–".

"Trios! Isso é exatamente o que temos aqui!" exclamou Canal.

"Sim, mas ele não diz quem iria tocá-los, nem quem os encomendou. O que é altamente suspeito, já que ele quase sempre dizia para quem estava escrevendo e quanto receberia pelo trabalho. Ele não menciona instrumentos específicos, e de fato menciona esses trios ao listar todos que lhe devem dinheiro. Parece que ele está apenas fingindo para seu pai que está ganhando mais do que realmente está."

"E, no entanto, *mon ami*, sabemos de poucos casos, se há algum, em que Mozart se gabava de tal forma – praticamente todas as peças mencionadas por ele em cartas foram encontradas ou pelo menos reconstruídas, como a sinfonia concertante. Falando nisso," o francês acrescentou, "você já ouviu falar sobre o lapso de escrita de Mozart? Escrevendo a seu pai, ele diz algo como 'veio ao nosso carro um cavalheiro corpulento cuja *Sinfonie* me parecia familiar.' Ele obviamente pretendia escrever face, *Gesicht* em alemão, que tem muito pouco em comum com *Sinfonie*. Todas as vezes que ele olhava para o rosto de seu pai, ou para o rosto de outro homem mais velho, ele devia pensar, 'Sinfonia, ópera, sonata – vá trabalhar, rapaz!'"

Os rostos de Saalem e Olivetti evidenciavam sua perplexidade.

"Bem, eu acho que algo se perde na tradução," Canal reconheceu.

"Se esse é um dos seis trios, onde estão os outros cinco?" Saalem objetou, ignorando o suposto lapso. "Onde está o movimento lento deste? E para quem eles foram escritos, afinal?"

"Bem, considerando alguns dos instrumentos de sopro que você mencionou ontem, oboé, clarinete e fagote, parece ser para três dos mesmos quatro músicos de Mannheim, para quem ele escreveu a sinfonia concertante. Em setembro de 1778, ele claramente não estava pensando em alguém em Paris, e já estava, de fato, tentando descobrir como voltar a ver sua amada cantora em Munique."

Saalem coçou o queixo imberbe. "Uma hipótese interessante... Talvez esses dois movimentos tenham sido enviados para os músicos de Mannheim para ver o que eles pensavam deles, antes de Mozart começar a trabalhar nos outros trios."

Canal disse o que pensava que viria a seguir, "E então o patrono que deveria pagar por eles encolheu os ombros – aquele famoso gesto que Mozart tantas vezes encontrou ao perguntar a um patrono quando seria pago ou quando a posição prometida seria concedida–."

"Ou," Saalem interrompeu, "Mozart percebeu que seu pai faria tudo ao seu alcance para impedi-lo de ir para a Alemanha, porque tinha finalmente conseguido obter uma posição para ele em Salzburg".

A impaciência de Olivetti vinha crescendo há algum tempo, e seu ritmo se acelerou. Ele agora interrompia, perguntando a Saalem se poderia usar o telefone. Saalem e Canal continuaram sua conversa, enquanto Olivetti expressava, a alguma alma infeliz do outro lado da linha, sua contrariedade com o fato de que o eletricista prometido ainda não aparecera.

"Mas isso ainda não explica por que não há movimento lento", Saalem continuou, tendo esquecido completamente que eles estavam esperando por mais alguém. "Ou ele foi roubado do meu escritório, ou já tinha sido perdido antes, ou Mozart simplesmente não conseguiu escrever um movimento lento para a peça devido à sua tristeza pela morte de sua mãe."

"Eu vejo que você está casado com a ideia de que Mozart ficou devastado por meses pela morte da sua mãe. E o que você diz da acusação de seu pai, de que o próprio Mozart foi parcialmente responsável por sua morte, por não ganhar dinheiro suficiente para pagar por tratamento médico adequado?"

"Sim," concordou Saalem, "isso deve realmente ter aumentado sua disposição para compor! Ainda assim, eu não posso imaginar compor de luto..."

"Vejo que você não pode," Canal enfatizou. "A maioria de nós gasta grande parte das nossas vidas de luto pela perda de nossa mãe, muito antes de ela morrer. Nós a perdemos, ou pelo menos achamos que a perdemos, já quando bebês, quando somos desmamados, e, em seguida, novamente como crianças pequenas, quando nossos pais nos fazem parar de ficar em cima dela, na cama com ela, chorar para ela por qualquer coisinha. Nós esperamos que tudo volte a ser como era antes, continuamos querendo o tipo de posse exclusiva de nossas mães que pensávamos ter tido antes, mas nunca realmente tivemos nossas mães."

"O que o senhor quer dizer, nunca realmente tivemos? Claro que tivemos!" protestou Olivetti, que agora estava ouvindo novamente.

"Você está dizendo que nunca foi realmente exclusivo, já que nossos pais estavam lá?" Saalem perguntou. "A velha coisa edípica? Ou que nossos outros irmãos também estavam lá?"

"Sim, claro, tem isso," Canal concordou, assentindo com a cabeça. "Mas, mais importante, nós mesmos não estávamos lá da forma como estaríamos mais tarde. Não éramos realmente indivíduos separados que poderiam ter algo próprio, na época – éramos meras extensões da nossa mãe, fundidos com ela. Ela nos tinha muito mais do que nós a tínhamos. Para ter ou possuir alguém, você tem que ser separado daquela pessoa, uma pessoa em seu próprio direito. Mas somente nos tornamos pessoas em nosso próprio direito mais tarde."

"Então você está dizendo," Saalem disse, "que nós queremos ter a nossa mãe de uma maneira que nunca de fato a tivemos antes?"

"Exatamente," Canal continuou, visivelmente satisfeito por estar se fazendo entender. "Essencialmente, gostaríamos de ser capazes de nos perder novamente em nossas mães, para voltar a um tempo em que não poderíamos nunca sequer pensar em tê-la ou não tê-la, porque éramos indistinguíveis dela."

"Ou seja, nós não perdemos realmente nada, porque nós não estávamos lá para perder algo...", Saalem concluiu, pensativo.

"E também porque nós nunca tivemos isso da maneira como pensávamos que tínhamos," Canal adicionou. "É apenas olhando para trás, agora que somos indivíduos separados, que imaginamos que perdemos algo que já possuímos, ao passo que, naquele momento, não havia nem nós, nem era possível falar em posse. No entanto, passamos nossas vidas sentindo falta de algo que nunca existiu, e fantasiando sobre algum paraíso perdido que nunca houve."

"Os anos dourados, a Atlântida", Saalem ponderou.

"Sim, uma ilusão da qual precisamos desistir, superar – uma 'perda' que precisamos perder. Mas cada vez que perdemos alguém minimamente caro para nós, isso pode desencadear novamente todo o luto e saudades, de forma completamente desproporcional à importância da pessoa. Cada perda," Canal acrescentou, de forma sentimental, "remete a essa primeira perda mítica. Algo tão simples como perder um conjunto de chaves, ou deixar algum item pessoal em um ônibus ou avião, pode nos fazer explodir, levando a uma crise de choro ou dias de depressão profunda."

"Quando eu perco algo," Saalem disse, "isso me leva à loucura. Eu continuo voltando ao local onde acho que ocorreu a perda, acordo no meio da noite pensando em todos os lugares onde posso ter me esquecido de olhar, não consigo tirar aquilo da cabeça. Eu me lembro das coisas mais estúpidas que perdi há anos – uma raquete de tênis que acidentalmente deixei em cima do meu carro pouco antes de partir, um caderno barato em que eu havia escrito, que provavelmente deixei em um ônibus. Houve até mesmo uma palavra em inglês que não pude encontrar quando eu morava no exterior que me incomodou durante anos!"

"Sim, cada pequena coisa que perdemos nos lembra da perda que nunca realmente ocorreu… como se tudo o que desaparece fosse de alguma forma para o mesmo lugar, tudo vai para a mesma calha," Canal concluiu.

"Talvez para o senhor vá!" Olivetti disse com desdém.

"Por que, o senhor acha que essas coisas não tiveram nenhum efeito no senhor? O senhor não está de luto pela perda de sua esposa?"

"Ex-esposa", Olivetti corrigiu.

"Sua ex-esposa," Canal corrigiu, "e fantasiando sobre voltar a uma situação com ela que na verdade nunca existiu? O senhor mesmo me disse que nunca a apreciou quando estava casado com ela. O que o faz pensar que iria apreciá-la agora, se estivesse com ela de novo?"

"O que as esposas têm a ver com as mães?" exclamou Olivetti. "Você está misturando alhos com bugalhos".

Canal e Saalem compartilharam um sorriso. "Elas são tão diferentes assim?" Saalem interrompeu.

"Vocês são loucos", afirmou Olivetti.

Ouviu-se uma alta batida na porta, e Olivetti pareceu aliviado. Em sua mente, ele esfregou as mãos, antecipando ofuscar aqueles esnobes excessivamente educados.

## IX

Olivetti abriu a porta para o eletricista, um homem magro na casa dos trinta anos vestido com um macacão azul escuro, portando um grande cinto de ferramentas cheio de equipamentos de teste. Os quatro homens reuniram-se em frente à porta e Olivetti perguntou ao eletricista se fechaduras eletrônicas como aquela nunca abriam em caso de queda de energia. O eletricista reconheceu que, embora isso não fosse esperado, era sabido que acontecia com alguns modelos, mas jamais com o tipo de fechadura utilizado naquele edifício. Ele, no entanto, consultara seus registros, e constatara que a fechadura da porta de Saalem havia sido substituída cerca de oito meses antes, porque o pessoal de manutenção queixou-se que uma das teclas numéricas estava travando. E foi substituída por uma marca de fechaduras diferente.

"É o único de seu tipo em todo o edifício," o eletricista declarou, enquanto tirava seu boné.

"Ela poderia se abrir por si só se cortássemos a energia?" perguntou Olivett.

"A única maneira de descobrir é testando," respondeu o eletricista. "Há algo no escritório ligado que não possa ser desligado por alguns minutos?" perguntou, olhando para os demais.

"A geladeira é a única coisa que está sempre ligada," Saalem respondeu, "e ela ficará bem."

"O seu precioso Chatty-O Requiem não estragará se o refrigerador ficar desligado por um momento?" Olivetti escarneceu.

"Não, ele ficará muito bem, obrigado, inspetor," Saalem retrucou.

"Bom," disse o eletricista. "A recepção me informou que todas as outras pessoas do andar já foram embora hoje. Vamos fechar a porta, e pedirei aos senhores para ficar de olho na fechadura, enquanto vou ao fundo do corredor e desligo o disjuntor."

"Por que você não alterna a energia mais de uma vez," Olivetti recomendou, "apenas no caso de o mau funcionamento ocorrer apenas ocasionalmente?"

"Boa ideia", disse o eletricista, olhando por cima do seu ombro.

Momentos depois, as luzes do corredor foram apagadas, mas a porta não se moveu.

"Ocorreu algo?" a voz do eletricista ecoou pelo corredor.

"Ainda não", Olivetti gritou de volta, com otimismo.

As luzes fluorescentes acenderam-se novamente, e os três homens foram surpreendidos pelo som agudo de um alarme.

"Que diabos é isso?" Olivetti gritou.

"Não sei", disse Saalem.

"Bem, parece que está vindo de seu escritório," Olivetti insistiu.

"Algum tipo de despertador, talvez?" Canal proferiu.

"Ah, sim, deve ser isso," Saalem assentiu. "Eu comprei o modelo mais alto disponível e o coloquei na configuração mais alta para não dormir no horário das minhas performances. Às vezes preciso tirar um cochilo antes delas, e, bem, você sabe..."

"É alto o suficiente para acordar os mortos," exclamou Olivetti.

"Há algum problema?" a voz do eletricista fluiu pelo corredor.

"Não," Olivetti gritou de volta, "apenas um despertador estúpido. Você pode ir em frente e cortar a energia de novo."

Poucos segundos depois, as luzes se apagaram mais uma vez. Os três homens olharam para a porta, mas não havia qualquer sinal de movimento.

"Algo aconteceu?" a voz do eletricista veio fluindo pelo corredor.

"Não, mas vamos tentar novamente," Olivetti gritou de volta, seu orador interno entoando, a terceira vez é a mágica.

De fato, foi.

No momento em que as luzes do corredor apagaram-se – e o despertador, que havia brevemente entoado seu guincho ensurdecedor, silenciou-se – os homens ouviram um clique, e abriu-se uma fresta na porta.

"É isso!" Olivetti gritou. "Arrombamento cortesia da Con Ed e da rede de energia do estado de Nova York!"

O eletricista ligou a energia de volta e Saalem desligou o despertador. Eles reuniram-se aos outros em frente à porta.

"Resolvemos, certo?" O eletricista observou. "Bem, eu vou substituir a trava em uma hora, supondo que eu tenha uma melhor em algum lugar. Deixarei a nova chave para o senhor na recepção, Maestro."

Após receber agradecimentos por sua ajuda, saiu pelo corredor, na outra direção.

Canal chegou à conclusão óbvia, "Então, ou o ladrão simplesmente entrou por uma porta já aberta–."

"Ou não houve roubo algum," Olivetti terminou a frase.

Saalem protestou, "Mas isso não explica por que os papéis estavam espalhados pelo chão."

Os olhos de Olivetti brilharam, "Venham comigo um momento, cavalheiros." O trio deslizou silenciosamente pelo corredor e Olivetti dirigiu sua atenção para Ripley, a mulher da limpeza, que apenas começara a ronda pelo terceiro andar, no escritório mais próximo do elevador.

"Notam algo diferente nela?" Olivetti perguntou.

"Parece a mesma para mim", respondeu Saalem.

"Ela parece ter adquirido cerca de cento e cinquenta quilos em poucos dias," Canal respondeu ironicamente. "O que é aquilo que ela está vestindo?"

"Um avental gigante," Olivetti explicou, "contendo várias garrafas de produtos de limpeza, panos de pó, espanadores, escovas, esponjas, o que imaginarmos."

"Ela é um carrinho de limpeza ambulante!", exclamou Saalem.

"Isso aumenta seu perímetro por um fator de aproximadamente cinco", calculou Canal.

"E multiplica sua falta de jeito por um fator semelhante", disse Olivetti. "O pessoal de limpeza na delegacia usa aventais semelhantes, e já vi vários deles derrubarem pilhas de relatórios enquanto tentavam se espremer entre as mesas."

"O senhor não acha que ela teria notado se tivesse derrubado meus papéis?", perguntou Saalem.

"Papéis leves pousando em tapetes macios não produzem exatamente um número elevado de decibéis," asseverou Olivetti, "e qualquer som que tenha sido produzido pode ter sido abafado pela abertura e fechamento da porta na saída. O aparador em que ela se roçou estava bem ao lado da porta."

"Parece bastante plausível," Canal refletiu.

"Mas isso não explica o sumiço do meu movimento lento," Saalem persistiu. "Eu poderia jurar que a partitura era mais pesada quando a recebi. Não se esqueçam de que a porta do meu escritório provavelmente ficou aberta por umas setenta e duas horas!" O'Connell e a multidão dos outros músicos descontentes passou pela mente, e ele lembrou-se novamente de verificar os arquivos de todos os outros patifes.

Olivetti saboreou o momento. "Senhores," disse lentamente, "a menos que surjam provas convincentes de que ocorreu um roubo, eu tenho mais o que fazer. Fecharei o caso se não escutar novas notícias dos senhores dentro de uma semana." Estendeu a mão a Canal, que a apertou com força, piscando para ele enquanto o fazia. Saalem apertou sua mão com menos força.

"Boa sorte, senhores." Virou-se e caminhou em direção ao elevador.

"Lembre-se de pressionar o botão para o lobby, e não para o segundo andar!" Canal disse provocativamente. Mas ele não ouviu ou preferiu não dignificar o comentário com uma resposta.

## X

O francês teve notícias de Saalem na quarta-feira da semana seguinte, após o retorno de seu último concerto no Havaí. Saalem informou a Canal por telefone que havia finalmente obtido retorno de Barnum, de Pittsburgh.

"Barnum tem uma fotocópia do manuscrito para consultarmos. Então, o que você acha de irmos para Pittsburgh por uns dias?" Saalem propôs casualmente.

"Pittsburgh?" Canal protestou. "Não é lá que os americanos chamam de axila da América?"

"Não, isso é New Jersey. Veja, eu sei que Pittsburgh não é Paris, mas prometo que nosso tempo valerá a pena."

"Nosso tempo?" Canal questionou.

"Bem, meu tempo, pelo menos. E tentarei fazer valer a pena o seu tempo, se puder encontrar alguns restaurantes decentes."

"Por algum motivo, não acredito que Ducasse tenha um restaurante em Pittsburgh, mas posso ver que *vous y tenez*".

"*Oui, j'y tiens*", Saalem aliviou-se, ao perceber que Canal parecia estar cedendo.

"Como iremos? É bastante longe, não?"

"Não se preocupe com isso – já tomei as providências necessárias. Voaremos do La Guardia amanhã à noite, então enviarei um carro para buscá-lo às cinco horas. Nos encontramos no aeroporto."

"Você estava tão certo de que eu concordaria em ir?" Canal exclamou, embora não estivesse tão surpreso quanto conseguiu fazer parecer.

"*Vous me sembliez bonne pâte, mon cher.*"

"Mesmo?" Canal riu. "Apenas certifique-se de não tentar me servir massa", brincou.

## XI

Os dois homens faziam um espetáculo estranho no portão de embarque na noite seguinte, ambos bastante agasalhados para o clima de outono, o inspetor em sua longa *cashmere* e o diretor musical em seu casaco de couro até a canela.

Canal abriu a conversa, "Esta é a sua ideia de uma companhia aérea? As antigas Linhas Aéreas da Agonia? Talvez você não deseje realmente chegar a Pittsburgh?"

"Antigas Linhas Aéreas da Agonia?" Saalem olhou para o francês, perplexo.

"Eu sei o que quero dizer," Canal murmurou baixinho.

O voo foi anunciado e eles acomodaram-se para a curta viagem na pequena seção à frente do avião que afirmavam ser a cabine de primeira classe, a qual mal dispunha de alguns centímetros a mais de espaço para os joelhos. Uma vez no ar, Saalem começou a balbuciar com entusiasmo, "Tenho me debruçado sobre a partitura de Barnum, e não é algo que o mundo da música já tenha visto antes! Ela subverte completamente o pensamento convencional de que Mozart nunca escreveu um trio de sopro, ou de que o mais perto que ele chegou foi uma peça de meados de 1780, que era, na realidade, apenas uma sonata para cravo com um acompanhamento *opcional* para violoncelo e violino ou flauta. Não – o trio de Barnum tem claramente partes importantes e independentes para cada um dos três instrumentos."

"Então o pensamento convencional está equivocado, mais uma vez!" exultou Canal. "Por que as pessoas ainda o levam a sério está além da minha compreensão."

"De fato," Saalem assentiu, "existem tantas teorias comumente aceitas sobre o desenvolvimento de seus talentos de composição e estilo que foram refutadas nas últimas décadas."

"Vejo que você está lendo o livro de Tyson que recomendei," Canal interrompeu, sorrindo.

"Sim, e ele me lembrou que, ao longo dos anos, vi desacreditado praticamente tudo o que aprendi com meus professores de música, nos tempos de escola, sobre o desenvolvimento musical de Mozart. Alegavam que ele nada sabia sobre como criar um som orquestral com poucos instrumentos antes dos 1780 e tanto–."

"E não podia compor para múltiplas vozes até 1780 e tanto!" Canal completou.

"Que bando de burros pomposos," Saalem pronunciou. "Sem nenhuma genialidade própria, eles tentam dissecar a dele e reduzi-la através da análise de cada suposta mudança e virada em seu itinerário musical. Acho que esperam esculpir um pouco de espaço para si nos ombros dele, ou de alguma forma pegar carona na sua fama, se não fortuna".

"Eles fariam melhor se simplesmente apreciassem a bela música," Canal opinou.

"E há tantas. O homem era o prodígio mais incrível que se possa imaginar – ele compôs mais, antes dos quinze anos, do que a maioria dos compositores em toda vida!"

A testa de Canal franziu-se. "Sim, mas não tenho certeza de que isso tenha sido tão bom. Quando as pessoas fazem *un tel binz* – como se diz isso?"

Saalem deu de ombros, sem entender.

Canal finalmente localizou sua expressão idiomática, "tanto caso – quando as pessoas fazem tanto caso do potencial e dos extraordinários talentos juvenis de uma criança, frequentemente torna-se impossível para a criança sentir que atendeu às expectativas – muito menos às expectativas que formou para si própria, por todos os elogios que recebeu de pessoas ao seu redor. Não importa o quanto consiga, jamais é o suficiente, nunca se pode comparar com a imensidão dos talentos que foi levada a acreditar que tinha e o destaque que lhe foi prometido que atingiria graças a eles."

"O senhor está tentando dizer que devemos ignorar os dons naturais de uma criança?" Saalem objetou.

"Certamente não, mas qual é o sentido de fazer os filhos tão autoconscientes sobre eles, até o ponto em que muitos dos considerados talentosos acabam decepcionando a si próprios e aos outros, esforçando-se tanto para atender às expectativas dos seus pais e professores que acabam tropeçando, quando não ficam simplesmente paralisados."

"Nem todos tropeçam ou ficam paralisados", rebateu Saalem.

"Ah sim," Canal respondeu, "Esqueci-me de que falava com alguém que foi ele próprio uma criança prodígio."

"Muitos diziam," Saalem respondeu, sem modéstia.

"E estavam, sem dúvidas, certos", admitiu Canal, indulgente, "e, ainda assim, você conseguiu cumprir bem sua promessa. Na verdade, você ainda está cumprindo bem sua promessa."

"Gosto de pensar que sim," acrescentou Saalem, presunçosamente.

"Você é, sem dúvidas, excepcional de muitas maneiras. Para outros, no entanto", Canal continuou, "a pressão para atender àquelas expectativas precoces e exageradas de grandeza é implacável, levando-os de um desempenho virtuoso para outro, nunca desfrutando de suas realizações ou sentindo que podem descansar sobre seus louros, sempre tendo que se por à prova outra vez. Nenhuma conquista pode satisfazer às expectativas que foram levados a ter em relação a si. Não se permitem qualquer repouso. Mozart foi descrito por alguns como inquieto, constantemente preocupado com sua próxima grande realização, a próxima peça que comporia."

"E, ainda assim, a pressão nos deu a música fabulosa que conhecemos hoje."

"Mas levou Mozart a uma morte prematura, com a tenra idade de trinta e cinco anos," Canal observou.

"Você não tem certeza disso," afirmou Saalem, um pouco em dúvida, "tem?"

"Talvez não, mas parece bastante provável."

"Ainda assim, sem a pressão, talvez ele tivesse feito pouco, ou nada."

"Ou tivesse feito muito mais, mas durante um longo período de tempo," Canal propôs.

"Aham." Uma voz interrompeu os dois homens, que estavam absorvidos na conversa e não haviam notado a aeromoça parada no corredor ao lado deles. "Posso oferecer aos senhores algo para beber?"

Canal pensava no que pediria quando Saalem falou por ambos. "Tenho certeza de que esta companhia não oferece algo que valha a pena beber, então nos traga apenas duas xícaras de água quente." Virando-se para Canal, acrescentou, "Eu cuidarei do resto!". O diretor musical pegou sua bolsa de voo e tirou dela uma pequena caixa de madeira. Abriu-a cuidadosamente e removeu uma série de saquinhos de chá, cada um em sua própria embalagem fechada, que orgulhosamente exibiu a Canal, enquanto a aeromoça acomodava as duas xícaras na frente deles.

Canal extraiu seus óculos de leitura do bolso da camisa e equilibrou-os sobre o nariz. "Chás Mariage Frère. Earl Grey, French Blue, Wedding Imperial, Black Orchid, Montagne d'Or, Vanille des Îles... Muito bem, *mon cher*! Pensei que somente era possível tomar Mariage Frères nas Linhas Aéreas de Singapura."

Saalem sorriu, "Prometi que faria seu tempo valer a pena."

"Vejo que você é um homem em cuja palavra pode-se confiar." Então, olhando novamente para os chás, Canal acrescentou: "*Vous me mettez dans l'embarras du choix*, uma abundância, como dizem. Embora, agora que penso nisso," disse, coçando o queixo, "as duas expressões sejam realmente muito diferentes, a francesa enfatiza que a dificuldade está em precisar escolher, e a frase em inglês enfatiza a abundância de itens esplêndidos para escolher."

"Por que você não me deixa ajudá-lo em sua escolha?" perguntou Saalem. "Experimente o Wedding Imperial – descobri-o apenas recentemente e o acho verdadeiramente delicioso."

Canal aceitou de bom grado a escolha do músico e colocou o saquinho de chá em infusão na água quente. "Parece ótimo," Canal disse, apreciando o aroma do líquido.

"O que você pediu? Eu gostaria de pedir o mesmo," uma voz masculina veio do outro lado do corredor.

Canal virou-se na direção da voz e estava prestes a dizer, "Não está disponível na companhia aérea," quando Saalem, no assento do corredor, retrucou impaciente, "Por favor?!" E imediatamente se voltou para Canal. "Que coragem!"

Apesar de ter passado a maior parte de sua vida nos Estados Unidos, o diretor musical nunca havia se tornado um fã da tendência americana de falar com qualquer um, a qualquer hora, em qualquer lugar, sem preocupação com a posição social ou apresentação prévia.

"*En effet*," Canal respondeu evasivamente, percebendo a irritação do músico. Retomou a conversa anterior, "Considere um gênio como Einstein – lhe disseram que ele nunca atingiria nada. Foi fácil para ele superar as expectativas que tinham em relação a ele, e ele continuou a ultrapassá-las por toda a sua vida, tendo vivido até uma madura e criativa velhice."

"Você compararia Mozart com Einstein?" Saalem perguntou, enquanto cautelosamente bebia o líquido fumegante diante dele.

"Por que não?" perguntou o francês. Ele provou o chá e assentiu a Saalem, com apreciação. "De acordo com a sabedoria convencional, matemáticos e físicos têm seus picos aos quarenta e poucos anos e realizam pouco de valor mais tarde na vida, por isso são pressionados a brilhar como um cometa e, em seguida, extinguir sua chama. Mas Einstein teve um início tardio, comparado a Mozart, e ainda assim produziu trabalhos importantes por muitas décadas. O mesmo aconteceu com Freud, que na realidade só foi reconhecido após os quarenta."

"Você não vai arrastar Freud para isso, vai?" repreendeu Saalem.

Implacável, Canal continuou: "Seu pai disse sobre ele a famosa frase, 'o menino não será nada', e talvez isso tenha, no fim das contas, tornado tudo mais fácil para Freud, mesmo sem uma análise adequada. Tudo o que ele tinha que fazer era provar que seu pai estava errado, ao invés de tentar provar que ele estava certo," disse Canal, rindo. "Você pode comprovar que um pessimista está errado escrevendo um bom livro, mas apenas um número infinito de livros arrebatadores pode provar que um entusiasta está certo. É matemática elementar, na verdade: nada mais um já é igual a algo, enquanto é difícil dizer quantos "uns" você tem que somar para chegar a algo extraordinário."

Saalem estava incrédulo: "Você não acha seriamente que é melhor dizer a uma criança que ela será nada?"

"Não, claro que eu acho que é muito melhor incentivar uma criança a gostar de fazer o que ela estiver fazendo, sem inflar ou esvaziar seu *amour-propre*," o francês respondeu. "Ainda assim, há uma série de exemplos que sugerem que crianças cujos talentos são menosprezados têm mais facilidade para fazer as coisas do que crianças cujos talentos são exagerados."

"Eu de fato consigo resultados melhores na minha orquestra quando os repreendo, insulto e digo que são inúteis."

"Suspeito que foi dito a muitos deles, quando jovens, que eram pequenas maravilhas," exclamou Canal.

"Sim, acredito que estou apenas tirando um pouco de ar de seus egos inflados, lembrando-lhes que a música é um trabalho árduo."

"Meu ponto, exatamente," Canal respondeu, "As crianças superdotadas frequentemente têm a ilusão de que, se elas são realmente gênios, não devem ter que fazer esforço algum, não precisam praticar – deve ser fácil!"

"Sim, elas acham que deve vir naturalmente, cem por cento inspiração e nenhuma transpiração," Saalem concordou.

"O que nunca foi verdade para ninguém," o inspetor continuou, "nem Aristóteles, Newton ou Bach. Mesmo se uma sonata maravilhosa ocasionalmente surgia na cabeça de Mozart *toute faite*, completa, com um rondo, isso ocorreu após anos e anos de imersão completa em trabalhos musicais de diversos tipos."

"E parece que ele trabalhou em muitas de suas peças em estágios diferentes, e elas exigiram muito mais esforço do que aquela sonata em particular", acrescentou o diretor musical. "Mozart chamou o quarteto de cordas que dedicou a Haydn de *una longa e laboriosa fatica*."

Canal assentiu. "Mozart parece nunca ter acreditado que pudesse pegar leve – o problema para ele, como para muitos outros, é que ele não conseguia *parar* de trabalhar. Foi levado a esperar ter a reputação de maior músico do mundo, algo que finalmente alcançou apenas em nossos tempos, mais de duzentos anos depois. Mas ele de modo algum fez jus a esse tipo de respeito ou status durante sua vida."

"Haydn disse uma vez ao pai de Mozart que seu filho era o maior compositor vivo que ele conhecia, seja pessoalmente ou de nome," Saalem mencionou.

Canal sorriu com ironia: "Se apenas as opiniões dos poucos, dos dignos ao nosso redor, pudesse nos convencer de uma vez por todas, mas nunca funciona assim, infelizmente."

"Quer dizer que só nos permitimos ser convencidos pelas massas?" Saalem perguntou, "por meros números?"

Canal abanou a cabeça: "Mesmo isso muitas vezes não é suficiente. Veja um conquistador como Napoleão. Não foi suficiente para ele constar em todos os livros de história do planeta – ele tinha que superar César, Aníbal e Alexandre, o Grande. O suficiente nunca era o bastante para ele."

"A velha ambição sem limites de que Fausto fala," Saalem assentiu.

"Exato," Canal concordou. "O cunhado de Mozart disse que ele tinha uma espécie de 'angústia íntima' e jamais conseguia ficar parado, como se estivesse queimando com algum tipo de febre secreta. Mozart inclusive descreveu a si mesmo, em uma ocasião, como sendo habitado por uma 'aspiração que nunca é satisfeita e, portanto, nunca cessa, que está sempre presente e até mesmo cresce dia a dia.' Isso levou a uma sensação de vazio que ele disse que o machucava muito, e que – ."

A aeronave, de repente, deu uma guinada para a esquerda, parecendo cair várias centenas de metros no vazio. Gritos foram ouvidos mais para trás na cabine, e o rosto de Saalem instantaneamente perdeu suas cores.

Canal, cujo coração tinha começado a bater um pouco mais depressa, pensou ter ouvido alguém rezando em voz baixa, mas não teve certeza se havia sido Saalem ou outra pessoa sentada perto deles. Copos, latas e garrafas deslizaram das bandejas, batendo pela cabine. A queda parou alguns segundos mais tarde e o jato ajustou-se, as asas passando do plano vertical para o horizontal.

Quando isso ocorreu, Saalem soltou os braços de sua cadeira, que apertava com força, e exclamou: "Essa foi a virada mais brusca que já experimentei em um avião!"

"Isso não foi uma virada," Canal respondeu calmamente, "pois não mudamos de rumo. Isso não foi planejado."

"Não foi planejado?" perguntou Saalem, enxugando a testa com o lenço que havia retirado do bolso da frente de seu blazer.

"Foi uma avaria súbita do leme, ou, mais provavelmente, a turbulência de um avião à frente, mas eles podem nunca nos dizer."

"Turbulência pode fazer isso?" Saalem ficou surpreso.

"Você não lê jornal? Todo mundo sabe que eles alinham os aviões muito perto uns dos outros, e não descobrem a turbulência criada pelas turbinas até um avião cair."

"Você quer dizer que o avião poderia realmente ter caído?" Saalem estava genuinamente surpreso.

"É sabido que acontece," Canal respondeu levianamente. "Uma vez eu li uma história sobre–."

Uma voz soou no sistema de som do avião, interrompendo os dois senhores. "Quem vos fala é o seu capitão, senhoras e senhores. Quero pedir desculpas pela pequena turbulência que tivemos há um minuto devido às nuvens elevadas à nossa frente. O vento está forte em Pittsburgh, levando a condições aéreas mais instáveis, mas pousaremos em cerca de dez minutos. O restante do voo deve ser tranquilo e espero que os senhores voltem a voar conosco em breve."

"Até parece que vamos!" Saalem gritou alto o suficiente para várias fileiras de passageiros ouvirem.

"Você não reservou a volta na mesma companhia aérea?" Canal perguntou.

"Sim, mas eu, pelo menos, não vou aceitar isso!"

"Você acha que será diferente em outras companhias aéreas?" Canal questionou.

"Não, mas maldito seja, temos que fazer alguma coisa!" Saalem trovejou. "Como você pode ficar tão imperturbável?"

"Quando se está em paz com a própria vida–."

"Não me venha com essa baboseira!" Saalem protestou.

"Chame do que quiser," Canal continuou, "mas quando alguém está satisfeito com suas decisões e realizações, está preparado para morrer a qualquer momento."

Saalem olhou para o outro de perto. "Essa é a bravata mais descarada que já ouvi, ou você realmente não é deste mundo, Quesjac!"

Canal sorriu enigmaticamente. "Ainda assim, é verdade," admitiu, "precisamos fazer algo."

## XII

Após desembarcarem e andarem por uma infinidade de esteiras, escadas rolantes e trens subterrâneos, os dois homens recolheram suas bagagens e começaram a procurar por Barnum.

"Então, o que há com esse seu extraordinário afiador de pianos?" perguntou Canal, quando sentiu que sua permanência na área de bagagens seria extensa.

"Não se preocupe com ele – sempre se atrasa para tudo!" Saalem tranquilizou o inspetor. "Ainda pior do que eu."

"Sério? Tive a impressão de que você chegava cedo para tudo," Canal objetou.

"Somente para as coisas em que estou realmente interessado."

"Você tem certeza de que devemos encontrá-lo na área de bagagens?"

"Certeza como a chuva," o diretor musical respondeu.

"Certeza como a chuva?" Canal repetiu, perplexo.

"Ah, é apenas algo que minha mãe dizia durante minha infância na França." Ele ficou parado por alguns instantes e coçou sua têmpora. "Agora que penso sobre isso, não deveria ser 'certo como a chuva'?"

Canal encolheu seus ombros. "Bem, enquanto estamos esperando," disse, "por que não nos sentamos aqui – quero lhe mostrar algo." Eles se sentaram e o francês retirou de sua bolsa um pequeno notebook, que abriu diante de Saalem.

"Estive pensando sobre o título da partitura, *Les six rires*, e percebi que quase poderia ser um anagrama do título do balé-pantomima de Noverre, para o qual Mozart escreveu algumas músicas meses antes em Paris, *Les petits riens* – Os Pequenos Nadas."

"O que você quer dizer com quase?" Saalem perguntou.

"Bem, teríamos que virar um dos 'T's de lado, para transformá-lo em um X, e uma série de letras estão sobrando..."

"Então não se trata realmente de um anagrama," Saalem rebateu.

"Mas as letras que sobraram são as mesmas letras que notamos após o título em sua partitura: *N-E-P-T*."

"Ou *N-E-Y-T*", Saalem observou.

"Possivelmente," Canal concordou, "o que seria uma grafia aproximada de 'não' em russo. Mas Mozart era conhecido por sua má ortografia em todas as línguas, e estou inclinado a pensar que *nept* na verdade se refere ao alemão *neppt*, do verbo *neppen*: roubar, furtar ou trapacear."

"Acho que agora eu deveria dizer que você é um mago, meu querido Quesjac, mas temo ainda estar no escuro."

"Bem, não tenho certeza se tenho mais luzes para lançar," continuou Canal, "mas o fato de ser mais ou menos um anagrama do título anterior, sugere que está de alguma forma relacionada com aquela peça, mesmo que apenas como um apêndice – é assim que vocês dizem? – ou contrapeso. Se a peça anterior era *pequenos nadas*, talvez esta seja *la grosse affaire*. Como você diria isso?" Canal perguntou, sorrindo interiormente pelas conotações escatológicas da expressão que lhe ocorreram não intencionalmente.

"A questão verdadeira?" acrescentou Saalem. "Não, não é exatamente isso, é mais como a medida completa."

"A coisa toda?"

"O grande cacique?"

"O que isso significa?" perguntou Canal, olhando diretamente para Saalem. "Você não é o grande cacique no mundo da música?"

Saalem sequer corou. "Você está certo, não é isso. É mais como o grande problema, o cerne da questão, a carne, o prato principal, por assim dizer."

"E," Canal continuou, "*cela a été subtilisé*, foi furtado, roubado."

"Por quem?" Saalem perguntou, entrando no espírito da questão.

"Não é Mozart, porque não há nenhum T na conjugação de *neppen* na primeira pessoa. *Neppt* é encontrado na terceira pessoa do singular e na segunda pessoa do plural."

"Então alguém está roubando algo," concluiu o músico, "mas não sabemos quem – podemos ser nós mesmos, inclusive! E sequer sabemos o que está sendo roubado – será um riso?"

"Talvez a ideia seja que as pessoas estavam rindo enquanto o roubavam, rindo dele."

"Ou que ele receberia os últimos seis risos à custa delas?" Saalem acrescentou, esperançoso. "Talvez o plano fosse que cada um dos trios servisse como vingança contra uma pessoa específica."

"Cada um sendo ridicularizado por suas próprias imperfeições?" Canal ponderou.

"Não posso dizer que ouvi qualquer ridicularização no trio que temos aqui," Saalem refletiu, batendo em sua bolsa enquanto o fazia.

"Talvez no movimento lento?" Canal piscou.

"Falando nisso," Saalem disse, aproveitando a deixa, "percebi, enquanto não conseguia dormir no meu voo para o Havaí, que Olivetti não levou realmente a sério o roubo do movimento lento – ele sequer pediu para ver a filmagem das câmeras de vigilância do final de semana em questão."

"Como você sabe?" Canal perguntou.

"Liguei para o chefe da segurança do Lincoln Center, e ele nem sabia quem era Olivetti. Solicitei que ele revisse todas as filmagens a partir do momento do apagão até o meu retorno, quadro a quadro, inclusive enquanto falamos. Claro que há um hiato entre o momento em que a energia caiu e o momento em que o gerador foi ativado, que deve ser de apenas alguns segundos. Há algo não muito *kosher* no fato de que se passaram 45 minutos até o gerador ser ativado."

"*Non, ce n'est pas bien catholique!*" Canal concordou.

Saalem riu com vontade. "Engraçado, não é, como o idioma do país mais cristão do mundo diz que não é *kosher*, e o idioma do ateu Voltaire, que não é católico!"

Canal também riu, "Sim, os dois povos são polos opostos! Mas por outro lado..." Canal meditou em silêncio.

Saalem, no entanto, voltou ao seu tema preferido. "Sabendo que toda a região estava sem energia," ele propôs, "e vendo a porta aberta, qualquer um poderia ter..."

"*L'occasion fait le larron,*" contribuiu Canal.

"Sim, a ocasião faz o ladrão," Saalem concordou. "Como não haverá nenhuma fita para verificarmos durante esse intervalo, tudo que posso fazer é vasculhar meu escritório para outros sinais de roubo. Já verifiquei os arquivos dos meus funcionários mais descontentes e nada parece estar faltando. Agora minha secretária está elaborando um inventário de todos os livros e partituras e discos."

"Você não tinha um registro disso antes?"

"Não, nunca pensei que precisaria de um."

"Mas isso significa que você não será capaz de comparar o que há no escritório agora com o que você tinha antes," Canal objetou.

"É verdade, mas posso quebrar minha cabeça tentando pensar em algo que já tive e que não figura no inventário," explicou Saalem. "Meu melhor palpite até agora é que alguém na sala de correspondência percebeu que o pacote foi segurado por um valor excepcionalmente alto, e aproveitou a falta de energia para fazer algum dinheiro. Se as filmagens das câmeras de segurança não mostrarem nada, farei o chefe de segurança verificar os antecedentes de todos que tenham qualquer relação com o setor de correspondência."

"Por que não das pessoas do correio expresso também? Você não acha que está levando isso muito longe?" perguntou Canal.

"Ao contrário de Olivetti," Saalem continuou, "pretendo não deixar pedra sobre pedra. Não sou o tipo de homem que–".

## XIII

"Maestro!" Bill Barnum interrompeu. "Seja bem vindo a Pittsburgh! Desculpe pelo atraso," ele disse, apertando a mão do diretor musical.

Era um homem magro e alto, de óculos, com cabelos rebeldes que já haviam sido castanhos, mas agora eram grisalhos.

"Esse deve ser o seu amigo, inspetor Canal?" disse, voltando-se para o francês e estendendo a mão.

"De fato é," Saalem admitiu, saudando cordialmente o afinador de piano.

Barnum e Canal apertaram as mãos, e Canal repetiu, em uma entonação mais gaulesa, o "Prazer em conhecê-lo" de Barnum.

"Deixe-me ajudar *os sinhô* com a bagagem," disse Barnum, e rapidamente tomou as malas de rodinha dos dois senhores. "Estamos estacionados para lá," informou, levando-os em direção à área de estacionamento. "*Os sinhô* tiveram um bom voo?"

"Se você chama 'um bom voo' cair milhares de metros pelo céu em direção a uma morte agoniante e o capitão levantar a proa somente no último minuto, então acredito que podemos dizer que sim, *n'est-ce pas?*" Saalem disse, piscando para Canal.

"Pegaram turbulência no caminho?" Barnum gracejou alegremente. "Eles se certificam de que todos os traidores da Orquestra Metropolitana de Pittsburgh voem sobre o redemoinho de Sewickley antes de deixá-los voltar para terra firme. Não avisaram *os sinhô* com antecedência sobre o tratamento VIP?"

Canal levantou uma sobrancelha para Barnum enquanto o último segurava para eles a porta que dava para o estacionamento. "Ele é sempre tão mal-humorado?" Canal perguntou gentilmente a Saalem.

"Não que eu me lembre."

"Pergunto-me qual será a ocasião," Canal sussurrou, quando Barnum parou ao lado deles.

"Seu transporte os espera, senhores," Barnum bradou ao se aproximarem de uma perua surrada com acabamento em madeira falsa nas portas. Retirou um enorme molho de chaves do bolso do jeans, localizou a chave do porta-malas e o abriu. "Os *sinhô* não podem imaginar quanto tempo levei para deixar o carro pronto para a sua chegada, já que mantenho nele todos os tipos de equipamentos sofisticados para minhas afinações e restaurações de alta tecnologia."

Qualquer que fosse o trabalho que Barnum tinha feito para preparar seu carro, não era muito visível a partir de onde os outros estavam. Caixas de ferramentas disputavam o espaço com caixas de madeira e de papelão na cavernosa parte traseira do carro, e o homem mais jovem visivelmente precisou esforçar-se para levantar e reorganizar diversas vezes as duas malas, tentando fazê-las caber sem bloquear completamente a sua linha de visão do espelho retrovisor. Foi preciso destravar cada uma das portas do carro separadamente, não parecendo haver nenhum sistema de bloqueio unificado, e Canal notou que a porta do passageiro da frente teve de ser fechada pelo lado de fora, uma operação que Barnum conseguiu realizar sem chamar a atenção de Saalem.

Quando estavam todos acomodados no veículo de odor fétido, Barnum começou a tagarelar sobre quais músicos estavam agora vivendo juntos e quem havia terminado com quem, conversa que durou até eles saírem do túnel de Fort Pitt. Lá, foram recebidos pelo espetáculo repentino das luzes do centro de Pittsburgh, a fonte na famosa confluência dos três rios à sua esquerda vomitando um estranho líquido de cor roxa para o céu, e as curiosamente irregulares e iluminadas muralhas das torres PPG à sua direita. Momentos depois, eles pararam em frente ao Hilton e Barnum descarregou suas bagagens, que os dois homens mais velhos desejaram que não transferissem os vapores tóxicos do carro para as suas suítes.

Ao ser convidado por Saalem para entrar para uma bebida e mostrar-lhes a cópia da partitura, Barnum pediu licença, alegando cansaço, e propôs que se encontrassem no hotel bem cedo na manhã seguinte, para o café da manhã.

Ao pegar o elevador para o andar executivo, Canal comentou com Saalem: "Seu amigo Barnum deu mostras de estar nem um pouco ansioso para discutir a partitura, mas muito ansioso para deixá-lo a par das últimas fofocas. Isso não lhe pareceu peculiar?"

Saalem refletiu por um momento. "Não, não realmente. É uma cidade pequena, em comparação com Nova York, e o mundo da música é ainda menor aqui." As portas do elevador se abriram, e eles seguiram as placas com os números dos quartos para a esquerda. "Para aqueles desinteressados em esportes, é um passatempo bastante típico. Por quê? Você achou estranho?"

"É claro, não o conheço nem um pouco," Canal respondeu, "mas parecia haver algo estranhamente falso em seu modo de agir."

"Nunca fomos exatamente melhores amigos, como você pode imaginar," Saalem respondeu, ao pararem na frente de suas respectivas portas.

"Sim, talvez ele estivesse simplesmente nervoso por estar falando com você em um contexto tão diferente daquele a que estava acostumado, mas mesmo assim suspeito *qu'il y a anguille sous roche*."

"Tenho certeza de que é somente sua imaginação," Saalem afirmou, confiante. "Você verá amanhã," acrescentou, abrindo a porta de seu quarto, localizado à frente do de Canal. "Enquanto isso, durma bem."

"*Oui, passez une bonne nuit,*" Canal respondeu, enquanto deslizava o cartão magnético na entrada e abria a porta.

## XIV

Quando Canal entrou no restaurante do hotel, cerca de dez horas depois, Barnum sentava-se com Saalem em uma pequena mesa perto de uma grande janela, com vista para um pátio de cimento. "Bom dia, senhores," Canal disse, enquanto conduzia-se em direção a eles. "Por favor, não se levantem," Canal continuou, ao notar Barnum e Saalem mexendo-se ligeiramente para cima.

"Meu Deus, então quer dizer que alguém acorda tarde?" Saalem exclamou. "Nós já tomamos nosso café da manhã, e o jovem Bill aqui está na sua quarta xícara de café!"

Canal notou que Barnum parecia um pouco abatido e levemente inquieto. "Não precisamos perder tempo por minha causa, meus senhores," disse o inspetor, parado com as mãos nas costas de uma cadeira livre. "Só ocasionalmente tomo café da manhã. É um velho hábito, eu acho, já que os franceses não sabem realmente o que é café da manhã."

Levantando-se, Saalem disse, "Muito bem, meus senhores, por que não subimos até minha suíte e, finalmente, comparamos a fotocópia de Bill com sua partitura, ou o que sobrou dela?"

"Isso soa perrrfeito," disse Canal.

Barnum mexeu-se desconfortavelmente na cadeira. "Receio que tenha havido uma ligeira mudança de planos, senhores. Nossa primeira atividade hoje será falar com a Sra. Lipinsky, que–."

"Por mais ansioso que eu esteja, Bill, para falar com a Sra. Lipinsky–."

Canal interrompeu Saalem, que havia interrompido Barnum. "Quem é essa Madame Lipinsky? Pareço ser o único que não sabe."

"Ela é a antiga dona do piano em que Bill encontrou a partitura," respondeu Saalem. Voltando-se para Barnum, continuou, "Ficaremos encantados em falar com ela, mas eu realmente gostaria de ver a partitura antes."

"Bem, há um pequeno problema, receio... eu nem sei como dizer isso... Receio tê-los trazido aqui sob falso pretexto."

Saalem olhou para Barnum, incrédulo. "O que o senhor está dizendo?"

Barnum olhou Saalem nos olhos e se preparou. "Estou absolutamente certo de que tenho a fotocópia em algum lugar, mas não consigo de maneira alguma colocar minhas mãos nela. Em uma palavra, ela ainda precisa ser procurada." Olhou para Canal, que parecia perplexo com a construção elíptica da frase final, e depois de volta para Saalem. "Sei que prometi que a teria encontrado quando *os sinhô* chegassem," Barnum continuou, "mas, como expliquei por telefone, mandei todo o piso da minha casa ser refeito. Então tive que colocar todas as minhas coisas em caixas e movê-las para o porão, enquanto o piso foi lixado e foram aplicadas as três camadas de poliuretano. Tive que sair de casa por uma semana, mas certifiquei-me de colocar a cópia em uma caixa especialmente rotulada, que lembro especificamente de ter colocado no meu armário, para não precisar procurar em todo o porão."

"Então?" perguntou Saalem, para quem a gramática da Pittsburgh não tinha segredos, com dificuldades de esconder sua irritação.

"Então," Barnum respondeu, nervoso, "não consigo encontrar a caixa em lugar algum, seja no armário ou em qualquer outro local. Passei dias vasculhando a casa, tentando encontrá-la, desembalando e reembalando cada maldita caixa, tentando ver se ela escorregou em alguma fenda. Virei a cozinha e o banheiro de cabeça para baixo olhando em cada gaveta e em cada armário. Desmontei todo o carro, tirando todas as minhas ferramentas e papéis – mas não consigo encontrá-la."

"Você obviamente esqueceu onde realmente a colocou," declarou Canal.

"Eu poderia jurar que a coloquei nessa caixa específica e cuidadosamente etiquetada, mas obviamente não o fiz. Onde quer que a tenha colocado, tenho certeza que ela voltará para mim."

"Sim, tenho certeza que voltará", Saalem concordou, embora com menos confiança do que suas palavras tentaram transmitir. "A questão é quando?"

"Suspeito," Canal continuou, num tom simpático, "que, como tantas vezes acontece, você realmente pretendeu colocar a cópia em uma caixa específica, rotulá-la de uma forma particular, e colocá-la em um lugar fácil de lembrar, e a intenção, formada com tanto cuidado em sua mente, tomou o lugar da ação."

"Talvez você esteja certo," Barnum murmurou, feliz por ouvir um timbre compassivo.

"Então," continuou Canal, "quando de fato chegou a hora de guardar a cópia, ocorreu-lhe outra ideia, que lhe pareceu melhor por algum motivo. O problema é que você somente lembra da primeira ideia, que formulou tão cuidadosa e deliberadamente."

"Não vejo como isso pode nos levar a algum lugar," Saalem protestou.

"*Au contraire, mon cher,*" Canal argumentou, "tudo o que Monsieur Barnum tem que fazer é tentar esquecer a primeira ideia e deixar a segunda ideia voltar para ele."

"Ah, simples assim, é?" Saalem retrucou com sarcasmo, ainda irritado com o quão mal o seu próprio pânico no avião no dia anterior comparara-se com a placidez de Canal. "Logo você irá sugerir que devemos mandá-lo tomar um banho a vapor no hotel para relaxar por algumas horas, e, por que não, sauna e uma massagem, por via das dúvidas!"

"Não é uma má ideia," Canal respondeu, sem se ofender com a ironia do outro. "Mas pode ser suficiente simplesmente fazermos algo diferente por um tempo – isso irá tirar sua cabeça da cópia."

"O que sobrou de sua cabeça," Saalem ponderou. "Todos esses removedores de tintas e vernizes devem ter feito danos irreparáveis".

"A que horas essa Madame Lipinsky está nos esperando?" Canal perguntou a Barnum.

"Depois das onze," Barnum respondeu.

Tomando a questão para si, Canal continuou, "Por que não saímos para um passeio? Você pode me mostrar Pittsburgh."

"Oy vey, exatamente o que eu precisava – ver mais de Pittsburgh!" Saalem murmurou.

## XV

Dez minutos depois, eles estavam reunidos em torno do carro de Barnum fora do Hilton. O clima de outono foi fiel ao padrão de Pittsburgh: ensolarado e tempestuoso, as poucas nuvens no céu movendo-se para leste como demônios velozes. O inspetor perguntou se poderia dirigir, dizendo que conhecia melhor uma cidade quando estava atrás do volante, e pensando para si mesmo que seria melhor se Barnum simplesmente deixasse a mente vagar.

Saalem, relutantemente, concordou em desempenhar o papel de guia turístico, e, como Canal esperava, aos poucos entrou no clima, mostrando a Canal o forte original, construído pelos franceses, e os locais na cidade onde os franceses haviam lutado ao lado dos índios contra os britânicos. Quando passaram por Fort Duquesne, posteriormente convertido em uma prisão, Saalem apontou o local onde um dia viu o que parecia ser uma corda pendurada do lado de fora da prisão, para pouco depois ouvir que um prisioneiro, com a ajuda e cumplicidade de uma lavadeira, de fato tinha amarrado lençóis e fugido nas primeiras horas da manhã.

Ao longo da avenida Forbes, Canal ficou boquiaberto e maravilhado com as janelas neorromânicas e góticas altamente estilizadas, as torres e guaritas do século XIX que adornavam as partes mais elevadas da prisão e suas altas chaminés. Então, percebendo repentinamente que, de uma estrada íngreme à sua direita, descia diretamente na direção deles um carro que não mostrava qualquer sinal de que pararia antes de chegar à avenida principal, onde eles estavam, Canal pisou fundo no acelerador. Isso fez com que a perua fosse abruptamente jogada para frente, e o outro carro deixou de colidir com eles por poucos centímetros.

"Você vai lesionar meu pescoço, meu caro Quesjac," Saalem reclamou, esfregando seu pescoço enquanto esperavam no semáforo seguinte.

"Era isso ou ser abalroado," foi a desculpa de Canal.

"Senhores," a voz de Barnum, soando surpreendentemente alegre, interrompeu-os do banco de trás, "Acabei de lembrar onde coloquei a fotocópia da partitura."

Ambos se viraram. "Sério?" exclamou Saalem, muito feliz. "Onde?"

"O inspetor Canal estava certo, minha segunda ideia foi colocá-la à vista, no banco de trás do carro! Mas ela deve ter escorregado do assento e ficado presa embaixo do banco de passageiros, onde não pude vê-la quando limpei o carro ontem. A aceleração súbita fez com que ela se movesse. Ela caiu bem no meu colo – mais especificamente nos meus pés."

O diretor musical ficou emudecido por alguns momentos, tanto pelo pensamento de que foi um acaso total que os levara a descobrir o documento, como pelo conhecimento de Canal sobre os caprichos da memória. Percebendo sua sorte, exclamou, "Graças a Deus pelos reflexos rápidos do nosso amigo francês! Isso dá um novo significado à expressão 'sacudir a memória.'"

Canal sorriu e Barnum riu, aliviado da culpa que sentia por não ter nada para mostrar aos dois homens.

"O que vocês acham de irmos direto para o hotel comparar o manuscrito com a cópia?" perguntou Saalem, olhando de Barnum para Canal.

"Por mim tudo bem," Canal concordou.

Barnum olhou para o relógio. "Receio que mal temos tempo suficiente para chegar à casa da Sra. Lipinsky às onze horas – realmente temos que ir, se não queremos chegar atrasados."

Saalem foi conciliador dessa vez, "Está bem. Já que temos a cópia em mãos, ou pelo menos no colo de Bill, podemos verificá-la mais tarde."

Com a agilidade de Canal ao volante, os três homens partiram para a elegante Squirrel Hill.

## XVI

A porta da despretensiosa casa de pedra e madeira de dois andares de 1920 abriu-se, revelando uma mulher elegantemente vestida, usando pérolas, que poderia estar na casa dos cinquenta, se não fosse por seu cabelo cinza-aço. Ela olhou para seus três visitantes por um momento, e então exclamou, "Billy, pensei que você havia dito que estava trazendo um par de distintos senhores, quem são esses jovens garotos? Houve alguma mudança de planos?"

"Jovens garotos?" Saalem exclamou, desconcertado, mas lisonjeado, ao ouvir alguém tão alegre e jovial referir-se a ele como jovem.

Olhando para Saalem, Thelma Lipinsky estendeu a mão e perguntou, "Quem é você, rapaz?" Quando Saalem respondeu, ela olhou para ele como se estivesse em descrença, "Tão jovem e já tão realizado? Eu dificilmente acreditaria nisso se Bill não tivesse me contado antes." Ela piscou para Barnum. "E esse outro jovem? Quem pode ser?"

Barnum apresentou Canal, que se inclinou acentuadamente para beijar sua mão estendida, ao invés de levá-la à boca. Lipinsky sorriu com prazer, convidando os três homens a entrarem.

"Venham por aqui, senhores," disse ela, levando-os do hall de entrada para uma espaçosa sala de estar, realçada por acabamentos de carvalho em torno de cada janela e batente de porta. "Por favor, fiquem à vontade," continuou, apontando para as poltronas e sofá de tecido em torno de uma mesa de café decorada com uma jarra de café de prata, um bule de porcelana e várias bandejas de prata cheias de pequenas tortas e bolinhos. "Como marcamos às onze, imaginei que deveríamos ter o lanche das onze."

"Lanche das onze?" Barnum perguntou, intrigado, enquanto os homens sentavam-se, após Lipinsky sentar-se. "O que é isso?"

"Uma espécie de lanche no meio da manhã," Lipinsky respondeu.

"Nunca ouvi falar disso," Barnum respondeu.

"É muito comum na Inglaterra," Lipinsky continuou.

"Sim, os britânicos parecem ter inventado os lanches," disse Canal.

"A desgraça da existência das mulheres!" exclamou ela.

"Não acredito que isso já tenha causado problemas para uma mulher como a senhora," disse Saalem, gentilmente.

"O senhor é muito gentil," disse Lipinsky, corando ligeiramente. Ela imediatamente ocupou-se servindo café e chá aos seus convidados. "Bill me disse que você está interessado em saber de onde saiu a partitura que ele encontrou."

"Sim, estamos muito curiosos para saber, mas eu não tinha ideia que uma mulher estava de alguma forma ligada a ela, muito menos uma mulher tão graciosa como a senhora," Canal acrescentou, para não ser superado por Saalem.

"Bem, eu não sou exatamente ligada a ela," Lipinsky lidou bem com o elogio, "mas ao menos sei parte da sua história. Meu falecido marido obviamente esqueceu que ainda havia um manuscrito original escondido em nosso velho piano. Quando vendi nossa antiga casa há alguns anos para Bill, Bill concordou que eu deixasse algumas coisas no sótão, já que não imaginei que tivessem algum valor real, e não queria me preocupar em transportá-las."

"Era um antigo Rieger-Kloss que precisava de muita restauração," Barnum mencionou, "e eu estava disposto a me livrar de tudo o que foi deixado no sótão para ajudar a Sra. Lipinsky, já que ela havia sido tão flexível durante a negociação da casa."

"Eu podia dizer pelo rosto de Billy, ao ver o piano, que ele não estava nem um pouco interessado nele, mas ele foi bom o suficiente para concordar em ajudar com o trabalho pesado."

"Mudei-o para minha oficina na garagem," continuou o homem de Pittsburgh, "mais porque havia espaço lá do que por pensar que poderia algum dia restaurá-lo. Ele ficou lá por alguns anos. Até que, no verão passado, passei por uma calmaria no meu negócio de afinação e restauração. Pensei em dar uma olhada no interior para verificar se era um caso perdido ou se havia ao menos algumas partes que eu poderia salvar, e quando removi o mecanismo, encontrei a partitura ao lado da alavanca do abafador, contra a tábua harmônica."

"Eu poderia ter dito a ele de imediato que era genuína, uma vez que meu falecido marido já havia guardado lá outros manuscritos. Mas Billy não pensou em mencionar isso até poucos dias atrás, depois que vocês metidos a espertinhos determinaram que o manuscrito era autêntico."

"Outros manuscritos?" Saalem perguntou, animado.

"Sim, pelo menos outros quatro, se a memória me serve bem," disse Lipinsky.

"De onde eles vieram?" perguntou o diretor musical.

"Os meninos estão com pressa esta manhã?" Lipinsky perguntou, olhando de um rosto para o outro. "Porque eu poderia abreviar essa longa história ou–."

"Por favor, não," Saalem interveio, falando em nome de todos. "Nós gostaríamos de ouvir toda a história."

## XVII

"Meu falecido marido, Lukasz," Lipinsky começou, "foi irmão leigo por alguns anos em um mosteiro Cisterciense, fundado no século XIII, em Krzeszów, uma cidade na Silésia, que faz parte do sudoeste da Polônia".

"Pelo menos agora," Barnum interrompeu, "pois a área mudou de mãos diversas vezes ao longo dos séculos. Sob o governo alemão, a cidade era conhecida como Grüssau."

Lipinsky acenou com a cabeça, concordando. "Em 1919, o mosteiro tornou-se um refúgio para monges beneditinos expulsos de Praga e, durante a Segunda Guerra Mundial, os monges e oblatos leigos foram forçados a sair para abrir caminho para a SS, que fez do mosteiro a sua sede regional. Os beneditinos, no entanto, foram autorizados a continuar a realizar serviços nas duas igrejas do mosteiro e a completar as restaurações que haviam começado antes da guerra. Então, em 1941, os alemães começaram a levar caixas de livros, documentos e papéis de todos os tipos para as salas do coro das igrejas. Ao todo, mais de mil caixas foram escondidas lá."

"Que bom que você não teve que procurar em tantas caixas assim para encontrar sua cópia, Bill," Saalem disse, piscando para o afinador de piano, que sorriu de volta.

"Mesmo que os monges não tivessem nenhuma ideia do que elas continham," continuou Lipinsky, "eles foram obrigados a jurar segredo quanto ao seu paradeiro."

"Vocês têm ideia de onde elas vieram?" Canal perguntou.

"Não acredito que meu marido soubesse, mas Bill foi gentil o suficiente para descobrir para mim," disse Lipinsky.

Barnum explicou: "Liguei para um amigo que ensina história da música na CMU–".

"Carnegie Mellon University," Saalem decifrou, auxiliando Canal.

"De qualquer forma," Barnum continuou, "esse amigo explicou que elas foram quase certamente transferidas para o mosteiro vindas do Castelo de Ksiaz, localizado na cidade de Fürstenstein. No início da guerra, elas haviam sido transferidas para o castelo vindas da Biblioteca Pública do Estado da Prússia, em Berlim, a Berlin Staatsbibliothek, se vocês desculparem minha pobre pronúncia alemã. Os nazistas queriam certificar-se de que os pertences da biblioteca não seriam destruídos se os aliados bombardeassem Berlim novamente, como tinham feito em 1941."

"Eu não sabia que tínhamos conseguido atingir Berlim tão cedo," Saalem comentou.

"Foi um ataque surpresa," Barnum explicou, "e não fez muitos danos à biblioteca, mas deixou os alemães em alerta. Eles decidiram espalhar a coleção prussiana por vários locais remotos por todo o Terceiro Reich. Mais de quinhentas caixas de madeira com materiais de Berlim acabaram no mosteiro, junto com outras quinhentas caixas de livros raros da Universidade de Breslau e das Bibliotecas Públicas de Breslau. O falecido senhor Lipinsky deve ter visto caixas contendo de tudo, desde manuscritos medievais iluminados à tradução original da Bíblia por Lutero. De acordo com meu amigo na CMU, a biblioteca prussiana talvez tivesse oitenta por cento dos manuscritos de Bach, mais da metade dos de Beethoven e mais de um terço dos de Mozart."

"Bela coleção!" exclamou Saalem. "Aquelas salas do coro devem ter contido os maiores tesouros do mundo em manuscritos clássicos."

"Posso acreditar nisso," Lipinsky concordou. "Agora, sendo o tipo curioso, meu falecido marido não poderia simplesmente ignorar todas aquelas caixas misteriosas, mas os nazistas mantinham as portas das salas trancadas. No dia em que os alemães desocuparam Grüssau, no início de maio de 1945, Lukasz foi às salas do coro e abriu as caixas para olhar dentro delas. Não sei se ele pensou desde o início em "pegar emprestados" alguns dos itens, mas sei que ele estava muito mais interessado nas partituras do que nos livros. Lukasz não era grande coisa como músico ou como estudioso de música, mas ele reconhecia os nomes de compositores famosos sem qualquer problema, e era esperto o suficiente para perceber que os nazistas não teriam se incomodado em esconder aqueles papéis se não fossem manuscritos valiosos, e não apenas cópias envelhecidas."

"E como ele estava certo!" Barnum interrompeu.

"Como eu disse," Lipinsky continuou, "Não acho que Lukasz imaginava, no princípio, que iria querer subtrair algum deles, mas percebeu rapidamente que muitas vezes havia mais partituras dentro de uma pasta do que indicado na etiqueta externa. Ele me contou que desatava a fita ou a corda em torno de um pacote de fólios e descobria que papéis de vários tamanhos, cobertos com tintas de cores distintas, em caligrafias aparentemente diferentes eram muitas vezes guardados juntos. Para seus olhos reconhecidamente destreinados, havia o que parecia ser diversas partituras escritas em distintas tonalidades e até mesmo para instrumentos diferentes, todas rotuladas como uma única peça."

"Parece que o que ele começou a fazer primeiro foi extrair os fólios que pareciam ser de outra peça, colocando-os de lado em uma pilha separada. Alguns deles pareciam constituir obras musicais completas, ainda que mais curtas do que as principais obras listadas nas pastas. E, muitas vezes, elas estavam até mesmo reunidas, como se costuma dizer," ela acrescentou, "alguns fólios costurados mais ou menos profissionalmente com linha de coser. Acho que ele pensou em seu trabalho de triagem inicial como o de um arquivista, o estado desordenado dos manuscritos evocando o bibliotecário nele."

"Meu amigo na CMU," Barnum interveio, "mencionou que, no início da guerra, os materiais enviados para fora de Berlim foram preparados com muito cuidado, mas depois eles foram reunidos ao acaso, porque não havia muito tempo para registrar o que estava sendo enviado para onde."

"Em algumas semanas," Lipinsky continuou, "pareceu a Lukasz e alguns dos outros monges que a religião poderia ser mal tolerada sob o novo regime. Lukasz conseguiu convencer Józef, um monge mais velho, e Lech, um irmão leigo da idade de Lukasz, a embarcarem com ele em um empreendimento bastante perigoso. Muitos dos outros monges haviam sido mortos na guerra, e poucos deles previam melhora no clima político em breve. Józef tinha feito uma peregrinação famosa na década anterior e frequentemente falava para os outros monges e oblatos leigos, com grande entusiasmo, sobre a rota que tinha feito e os muitos crentes e apoiadores solidários com quem tinha se hospedado pelo caminho. Lukasz propôs que o peregrino original levasse a ele e a Lech a Santiago de Compostela, na Espanha–".

"*Eh oui*," Canal comentou, "ao longo do famoso caminho de Santiago de Compostela."

"O senhor conhece?" Lipinsky ficou surpresa. "Eu raramente encontro alguém que tenha ouvido falar do Caminho de Santiago!"

"Quesjac não é uma pessoa comum," Saalem afirmou.

"Nem seu nome é comum!" exclamou Lipinsky. "Não acredito que o tenha ouvido antes."

"Suspeito que ninguém tenha," Saalem comentou.

Canal sorriu maliciosamente e explicou, para alívio de Saalem e Barnum, "A peregrinação a Santiago é famosa na França desde o século IX. Peregrinos seguiram diversas rotas diferentes de várias partes do país e, eventualmente, de toda a Europa, geralmente atravessando os Pirineus em direção à Espanha, não muito longe da costa atlântica. Pelo que sei, a rota recentemente voltou a atrair o interesse daqueles que procuram viagens espirituais."

"Sim, já ouvi algo semelhante," Lipinsky retomou sua história. "De todo modo, na década de 1940, a rota da Cracóvia, através de Praga, e seguindo pela Alemanha, França e Espanha, havia caído no esquecimento. Mesmo antes da guerra o caminho recebia apenas poucos fiéis por ano, mas a guerra tornou a passagem para o oeste praticamente impossível. Lukasz persuadiu o monge que sabia onde entrar na rota pela Cracóvia, bem como todo o caminho de Compostela–."

"Você quer dizer Józef?" Barnum perguntou, querendo evitar confusão.

"Sim, Józef," Lipinsky respondeu. "Lukasz convenceu Józef a servir de guia para ele e Lech, mas deixando que ele se responsabilizasse por cruzar a fronteira. Ele esperava que as condições fossem tão caóticas nos meses após a guerra que certas passagens pela montanha não seriam vigiadas o tempo todo, e que as fronteiras não estariam ainda muito bem definidas em áreas rurais pouco povoadas, possivelmente dando-lhes melhores chances de avançar para oeste naquele momento do que dali a seis meses."

"Então eles partiram como peregrinos," Saalem comentou. "Impressionante!"

Lipinsky balançou a cabeça, "Não, eles não puderam se vestir como peregrinos no início, dada a presença de tropas soviéticas em toda Silésia naquele momento. Sendo irmãos, eles felizmente estavam acostumados a ficar acordados até a madrugada orando as preces matinais, pois tinham que viajar principalmente após o anoitecer, à luz da lua, e dormir durante o dia nos porões ou celeiros dos fiéis que Józef conhecia ao longo da rota. Eles quase não levaram bagagem, usavam roupas de trabalhadores agrícolas, e foram capazes de evitar o contato com as forças militares e a polícia, porque o caminho que seguiram para fora da Polônia foi principalmente uma trilha pouco percorrida pelas montanhas dos Sudetos."

"Devem ter sido tempos de vacas magras," opinou Barnum. "Eles não deviam ter muito dinheiro ou comida."

"Não," Lipinsky riu, "mas isso na verdade era uma coisa boa nesse caso, porque eles precisavam estar magros para atravessar a próxima fronteira – a da Tchecoslováquia para a Alemanha."

"O que você quer dizer?" Barnum perguntou.

"Bem, um de seus hospedeiros ao longo do Caminho de Santiago, perto de Plzen, além de Praga, foi um músico que estava tão inspirado pela ousada peregrinação que concordou em transportá-los pela fronteira por um lugar onde afirmava nunca ter visto uma patrulha de fronteira. Os irmãos ajudaram o músico a colocar um piano de cauda na parte traseira de seu pequeno caminhão – ele fingiria que iria entregá-lo a alguém se fosse parado – e os três espremeram-se sob o piano. O músico os escondeu colocando espumas de proteção ao redor do piano, e levou-os para o meio do nada."

"E eles conseguiram atravessar para a Alemanha assim?" Saalem perguntou.

"É claro que as coisas não saíram exatamente como planejado," Lipinsky respondeu. "Devo ter ouvido Lukasz contar essa parte da história milhares de vezes, mas nunca me canso dela. Depois de algumas horas andando por uma estrada de terra esburacada, terrivelmente acidentada, eles passavam pelas montanhas Sumava, uma das partes menos povoadas do país, e talvez já estivessem dentro da atual Alemanha–."

"Como ele poderia saber que eram montanhas, escondido sob o piano daquela forma?" perguntou Barnum.

"Pela inclinação do caminhão na estrada, sem dúvida," Canal respondeu por Lipinsky.

"Na verdade, acredito que foi pelo fato de que o motorista tinha dito que sua rota seguia por uma passagem pela montanha," Lipinsky o corrigiu. "Então, eles poderiam muito bem já ter cruzado a fronteira para a Alemanha, quando, repentinamente, dois soldados tchecos vieram correndo em direção ao caminhão, apontando suas armas e gritando para o músico parar."

"*Ils ont dû passer un mauvais quart d'heure!*" Canal exclamou.

Lipinsky, que só falava um pouco de francês, mas entendia um pouco mais, exclamou, "*Bien plus que quinze minutes!*"

"Alguém pode me dizer sobre o que *ocêis* estão tagarelando?" Barnum interrompeu. "O que aconteceu?"

"Bem, felizmente, o músico não tinha nascido ontem," Lipinsky continuou, "e decidiu convidar sua sagaz, atraente filha adolescente para o passeio. Quando o caminhão parou, ela saiu do carro e começou a seduzir os dois soldados, se vocês desculpam a expressão," Lipinsky sorriu, "dizendo que estavam entregando um piano para a tia velhinha que morava a alguns quilômetros da estrada, e que estariam de volta em menos de uma hora. Enquanto Franz verificava os papéis de seu pai, para certificar-se de que tudo estava em ordem, Fritz – que anunciou que procuraria por contrabando na parte de trás do caminhão – olhou apenas superficialmente o bagageiro, focando a maior parte da sua atenção em extrair uma promessa, da filha do músico, de que viria vê-lo naquela noite na cervejaria de uma vila próxima. Assim que ela concordou em fazê-lo, Fritz voltou para a frente do caminhão, onde Franz pediu-lhe para verificar sob o capô enquanto ele dava uma olhada ao redor. Como vocês devem imaginar," Lipinsky acrescentou, rindo, "Franz então levou a linda menina para a parte traseira do caminhão, deu uma olhada superficial no piano acolchoado, e dedicou seus esforços para convencê-la a vir vê-lo mais tarde, naquela noite, na mesma choperia. Ao que ela prontamente concordou, como vocês podem imaginar!"

"Então deixe ver se entendi," Saalem refletiu em voz alta, rindo, "três monges foram salvos pela rivalidade entre dois soldados para conseguir um encontro com a filha de um músico! Agora eu já ouvi de tudo!"

"Ou salvos pela perspicaz avaliação da situação pela menina, jogando Fritz contra Franz!" exclamou Canal.

"Bem, eles não estavam exatamente a salvo ainda," Lipinsky acrescentou, rindo também, "pois estavam praticamente asfixiados quando chegaram a um chalé em uma localização segura na Alemanha Ocidental. Entre o calor e a falta de oxigênio necessário para três homens adultos, não importa o quão magros, embaixo de um piano de cauda, reanimá-los tomou algum tempo."

"Posso imaginar," Barnum consentiu.

"Meu falecido marido sempre disse que o principal fruto desse episódio específico foi a ideia de esconder o restante de seus manuscritos no ventre da baleia – sua cabeça esteve, afinal, batendo contra o piano gigante durante todo o tempo em que esteve espremido sob ele. Mas estou convencida de que foi esse episódio que o afastou de sua vocação anterior."

"Ah," Canal assentiu, "a filha do músico o reviveu não apenas do ponto de vista respiratório, mas *si bien que...*?"

Lipinsky olhou-o atentamente. "Vejo, inspetor Canal, que o senhor facilmente compreendeu a situação. Nem foi Lukasz o único revivido graças ao seu esforço–."

"O outro oblato também", postulou Canal.

"Exatamente, Lech também", Lipinsky admitiu.

"Como adivinhou isso?" Barnum perguntou a Canal.

"Quando um homem está interessado por uma mulher, seu similar logo também se interessa por ela. É um princípio bem conhecido do desejo: você quer o que seus companheiros querem."

"Não quer dizer que você quer o que eles têm?" Saalem rebateu.

"Não, você quer o que eles desejam, quer possuam ou não," Canal sustentou calmamente.

"Como quer que funcione," continuou Lipinsky, olhando para os dois com brilho nos olhos, "Lukasz e Lech estavam logo apaixonados por ela, e imploraram a Józef para pedir ao músico e sua filha para continuarem para oeste com eles, justificando seu pedido como uma boa ação que estariam fazendo ao músico e uma provação que estariam poupando a seus pés já cansados.

"O monge provavelmente não ignorava inteiramente suas segundas intenções, e inicialmente não estava inclinado a trocar a caminhada por uma carona. Mas, felizmente para eles, o músico – que havia ficado inicialmente em cima do muro sobre a possibilidade de ficar na Tchecoslováquia ou partir – concluiu que seria melhor ir junto com os beneditinos a Santiago. Afinal, sua filha era a única família que lhe restava, eles já tinham conseguido atravessar a fronteira incólumes, e cruzá-la novamente na direção contrária seria potencialmente levá-la para as garras dos dois soldados checos.

"Lech e Lukasz estavam felizes por ver que seu estratagema funcionara, mas ficaram consternados quando o músico propôs que vendessem o piano e o caminhão para levantar fundos para a viagem. Gasolina era escassa e nenhum deles tinha muito dinheiro para a longa jornada que teriam pela frente. Antes de deixar a abadia, Lukasz tinha assegurado a Józef que ele obteria os fundos para a viagem, sem dizer-lhe como pretendia fazê-lo. Ele agora garantiu ao músico e sua filha que, se eles pudessem financiar a expedição até Salzburgo, ele cuidaria do resto da viagem."

"Não tão ignorante para um trabalhador manual," disse Saalem, com admiração. "Ele provavelmente sabia que tinha algo de Mozart em sua coleção particular que poderia facilmente vender para o Museu de Mozart lá."

"Certamente que sim," Lipinsky concordou. "Não tenho certeza se ele sabia qual Opus era, mas trouxe-lhes fundos suficientes para que não lhes faltasse gasolina novamente ou tivessem que empurrar o caminhão, como fizeram nos últimos quilômetros antes de Salzburgo."

"Me pergunto qual deles estava tentando impressionar a garota mais?" Saalem meditou em voz alta.

"Acredito que a tentativa foi um esforço conjunto dos três homens," Lipinsky opinou, "com a menina, penso que seu nome era Lexy, ao volante. Deixando a Áustria, atravessaram a Suíça e finalmente chegaram novamente ao caminho de Santiago em Vézelay, no Morvan, e seguiram até a França."

"Que viagem!" exclamou Barnum.

"Mas o sofrimento deles ainda não acabara!" exclamou, retomando sua narrativa. "Nem todos os camponeses das regiões mais remotas da França haviam escutado que a guerra acabara, e a pequena trupe era ocasionalmente confundida com alemães. Em um ponto, seu caminhão foi apreendido e todos foram detidos em uma guarita na montanha por alguns dias, com armas apontadas para eles, até que um policial finalmente chegou em um jumento com jornais de vários meses antes, que anunciavam o armistício."

Canal riu e entrou na conversa, "Eu já ouvi sobre coisas assim acontecendo em Rouergue, Cévennes e no Maciço Central."

"Sim," Lipinsky continuou, "parece que os membros da nossa pequena trupe não foram os únicos com quem isso aconteceu. Saber um pouco de francês, além de termos técnicos musicais e devocionais, pode ter ajudado, mas eles não eram capazes de se fazer entender, e podiam compreender muito pouco do que era dito a eles."

"Isso não é inteiramente culpa deles," Canal observou. "Mesmo hoje, embora em menor grau do que nos anos quarenta, há muitos sotaques e dialetos nas regiões mais remotas que são difíceis de compreender mesmo para um falante nativo de francês."

"Não havia nenhum falante nativo entre eles," Lipinsky continuou. "No entanto, eles de alguma forma conseguiram passar por Chateaumeillant, Limoges, Périgeux e Mont de Marsan, enquanto se dirigiam para St-Jean-Pied-de-Port, nos Pireneus. Quanto mais perto chegavam da Espanha, no entanto, mais ouviam falar do regime de Franco, por pessoas ao longo do percurso. Logo começaram a ter dúvidas sobre o seu destino pretendido."

"Sim, posso imaginar," Saalem interrompeu, "que, tendo cruzado com dificuldade considerável para o oeste, eles não estavam ansiosos para ter sua vida dificultada por um ditador."

"Não muito!" Lipinsky sorriu. "E assim, depois de várias discussões noturnas entre eles, decidiram, por fim, deixar Santiago para outra ocasião, e embarcaram em um navio a vapor em Pauillac, perto de Bordeaux, a caminho de Nova York."

"Apenas uma pequena mudança de planos," Canal gracejou.

"Józef tinha ouvido falar", Lipinsky continuou, "que havia monges beneditinos em Nova Jersey e na Pensilvânia, a quem eles poderiam facilmente se unir, e o músico ouvira que havia muitas oportunidades paras músicos clássicos empreendedores em e em torno de Nova York."

"Ainda há," Saalem acrescentou.

"A passagem para os EUA era, como você pode imaginar, muito cara na época," Lipinsky continuou.

"E, sem dúvida, com grande demanda no pós-guerra," opinou Canal.

"Então Lukasz e seus companheiros pararam em Bordeaux brevemente para vender outro manuscrito, desta vez um de Bach, acredito. Eles não puderam vender a partitura em leilão para obter o melhor preço, porque o único navio disponível zarparia apenas alguns dias depois, mas eles parecem ter conseguido o que precisavam para atravessar o oceano – se não em grande estilo, ao menos em um par de cabines de terceira classe. Lukasz negociou com o comprador até ter o suficiente para pagar também o custo do frete para transportar o piano, tendo-se tornado muito ligado a ele ao longo das semanas anteriores."

"Sim," Barnum falou, "não nos esqueçamos do piano, tão importante!"

"E ele já tinha então formulado o plano de esconder os manuscritos atrás do mecanismo," continuou Lipinsky, "apenas no caso de algum funcionário mais meticuloso da alfândega decidir perguntar sobre a origem de tais documentos antigos."

"Pensando, talvez, também, que seria difícil para um bandido pegar os manuscritos se tivesse que levar um piano de oitocentos quilos!" Barnum acrescentou astutamente.

"Se é assim", Lipinsky continuou, "ele parece ter tido razão, pois, embora tenham tido alguns problemas com seus documentos em Ellis Island, principalmente por causa do seu inglês inexistente, eu suspeito, eles não tiveram absolutamente nenhum problema com a sua bagagem mínima, ou com sua carga pesada, exceto para movê-la pelas ruas de Nova York!"

"Então o que aconteceu com Lexy?" Canal perguntou. "Ela acabou com Lech?"

"Não", respondeu Lipinsky, "pelos caprichos do destino, nem Franz nem Fritz nem Lukasz nem Lech tiveram sorte. Lexy acabou encontrando um francês afável no navio a caminho de Pauillac para Nova York–".

"Francês?" Canal interrompeu, visivelmente espantado. "Você disse que seu nome era Lexy – esse era seu nome de batismo?"

"Era provavelmente abreviação de Aleksandra. Por que o senhor pergunta?"

"Tenho um tio que... Não, é impossível," Canal calou-se.

"O que é impossível?" perguntou Saalem.

"Um tio meu, que se estabeleceu na América em 1945, casou-se com uma garota do Leste Europeu que só ouvi ser chamada de Alessandra, mas não poderia ser ela. Não, não poderia ser," Canal repetiu.

"De todo modo," opinou Saalem, "pode valer a pena investigar."

"Sim", Barnum concordou, "isso seria realmente lamentável."

"Seria," Lipinsky concordou, "especialmente porque Lukasz e Lech desenvolveram uma aversão profunda a franceses após o incidente."

"É compreensível, dadas as circunstâncias," Canal simpatizou, "embora eu espere que esse desgosto não tenha passado para a presente companhia."

"Certamente que não," respondeu Lipinsky. "De fato, ao contrário do meu falecido marido, eu sempre fui um tanto francófila," acrescentou com um sorriso sedutor.

Tranquilizado, Canal continuou, "Em todo caso, eu poderia ter dito aos dois irmãos que rivalidades assim, embora inicialmente lisonjeiras para o objeto das afeições dos dois homens, quase sempre dão em nada."

"Por que isso?" perguntou Saalem, com curiosidade genuína.

"Parece que o triângulo que provocou a excitação inicial não pode ser reduzido a um binário sem uma redução na emoção," explicou Canal.

"Então, às vezes, são necessárias três pessoas para dançar um tango, e somente dois não servirão?" perguntou Saalem.

"Precisamente," Canal concordou, com um largo sorriso. Vários deles deslocaram-se desconfortavelmente em seus assentos e ninguém disse nada por um momento. As palavras *"un ange passe"* passaram pela mente de Canal.

Lipinsky quebrou o que poderia ter se transformado em um silêncio constrangedor, oferecendo mais chá, café e bolo.

"A mudança de Lukasz de Nova York para Pittsburgh foi muito menos perigosa do que sua peregrinação," ela disse, retomando o fio da história depois de servir as bebidas. "Com sua experiência incomum na música e sua familiaridade com línguas estrangeiras, ele decidiu trabalhar com arquivos de música e, depois de vários anos na cidade grande, finalmente encontrou um emprego na Universidade Carnegie Mellon. Eu estava estudando história da arte e música lá, e não levou muito tempo para nossos caminhos naturalmente se cruzarem."

"E o resto é história," Barnum proferiu.

"Ou foi," Lipinsky acrescentou, um pouco tristemente, "até que Lukasz faleceu há vários anos. Felizmente para mim, Bill apareceu logo depois, quando decidi vender nossa antiga casa e ir morar com minha irmã. Ele é sempre tão atencioso e prestativo. Ora, ele tem sido como um filho para mim," ela disse, sorrindo com apreciação.

"E Thelma tem sido como uma mãe para mim," disse Barnum.

"Sortudo!" Saalem pensou para si. Em voz alta, disse, "Se vocês não se importam que eu direcione a conversa para o tópico anterior," Saalem acrescentou, "Tenho curiosidade de saber se a Sra. tem alguma ideia de quantos outros manuscritos seu falecido marido vendeu?"

"Não posso dizer que tenho," Lipinsky respondeu. "Suspeito que ele vendeu pelo menos um para ajudar o músico, Józef, Lech e ele próprio a se estabelecerem nos EUA após sua chegada, em 1945. E acho que ele pode ter vendido outro quando estávamos começando a planejar nossa aposentadoria, cerca de vinte anos atrás, depois que algum planejador financeiro caro lhe disse que não havia uma chance em dez de ele ter economizado o suficiente.

Talvez ele estivesse guardando o manuscrito que Bill encontrou para um momento difícil, ou algum tipo de emergência," afirmou.

"Ou talvez ele simplesmente tenha se esquecido dele," opinou Barnum. "Eu não tinha a menor ideia de que estava lá até desmontar todo o piano. Acho que talvez tenha ficado alojado sob os marfins."

"Como a fotocópia dele ficou alojada sob o banco do passageiro de seu carro!" Saalem enfatizou.

"Pelo menos não demorei vinte anos para encontrá-la", Barnum respondeu.

"Não, apenas vinte quilômetros por hora acima do limite de velocidade!" Saalem provocou. Então, ficando sério novamente, observou, "O fato é que seu falecido marido pode, eventualmente, ter vendido o movimento lento do trio de sopro que Bill encontrou, se esse acabou se separando dos outros dois movimentos no curso das peregrinações de Pauillac para Nova York e de Nova York para Pittsburgh."

"Ou," Canal advertiu, "os nazistas podem ter separado os movimentos inadvertidamente em sua pressa para preparar as caixas de transporte para o mosteiro, considerando que eles tivessem os três movimentos no início."

"Minha fonte na CMU", Barnum interrompeu, "me disse que os alemães às vezes *deliberadamente* separavam os movimentos de uma peça, de modo que, se um movimento fosse destruído, os outros poderiam remanescer."

"Fascinante," exclamou Canal. "Isso pode explicar muita coisa."

"Mas, é claro, estamos nos adiantando," Saalem lembrou a si mesmo e aos outros, "já que Bill pode muito bem ter me enviado o movimento lento e alguém simplesmente roubou do meu escritório."

"Certo!", Barnum concordou.

"Em todo caso, com essa proveniência, não acredito que possa haver qualquer dúvida quanto à autenticidade do manuscrito," Saalem opinou. "Vocês decidiram o que fazer com a partitura?"

"O jovem Bill aqui teve a gentileza de me oferecer a partitura," Lipinsky disse, sorrindo para Barnum, "já que o piano foi nosso, mas propus que nos considerássemos proprietários iguais. Conversamos sobre doá-lo para a biblioteca da Carnegie Mellon," continuou Lipinsky, "já que Lukasz trabalhava lá, mas não tenho tanta certeza de que seria isso que ele iria querer. Também discutimos a possibilidade de leiloá-lo pela Christie's e Sotheby's."

"Eu li em algum lugar," Barnum interrompeu, "que o manuscrito da fantasia de Mozart, encontrado na Filadélfia, foi vendido por um valor astronômico – algo como 1, 7 milhões de dólares, e isso foi em 1990."

"E se eu lhes oferecesse o dobro disso? Eu realmente gostaria de tê-lo para mim," Saalem disse, sério. Escrutinando seus rostos boquiabertos, acrescentou, "Sei que é tudo muito repentino, e que vocês provavelmente poderiam obter ainda mais em um leilão, então, por favor, não me deixem apressá-los."

Lipinsky e Barnum trocaram um olhar rápido e ambos concordaram.

"Vendido," exclamou Barnum.

"Sério? Vocês estariam dispostos a abrir mão de todas as outras ofertas?" Saalem murmurou entusiasmado.

Barnum respondeu, "Honestamente, nunca pensamos que o manuscrito valeria tanto quanto a fantasia, especialmente considerando que o senhor mencionou a possibilidade de um movimento estar faltando. E um leilão público poderia abrir a porta para reclamações por parte dos governos alemão e polonês. Eu esperava ter algum dinheiro para acabar as reformas na minha casa, e acredito que Thelma estava–".

"Acho que sua oferta é mais do que generosa, Maestro," Lipinsky interveio antes que Barnum tivesse a chance de revelar seus próprios motivos pecuniários.

## XVIII

Quando os acordos financeiros estavam feitos e todos os abraços e *baisemains* de despedida haviam sido dados e recebidos, os três homens voltaram para o Hilton. Em uma grande mesa no lobby, compararam a cópia com o manuscrito, página por página, e não encontraram nada mais na cópia do que no manuscrito.

"Pelo menos resolvemos isso," Canal concluiu. "Não houve roubo porque Monsieur Barnum nunca teve um movimento lento para enviar-lhe."

"Pelo jeito não," admitiu Saalem, sem entusiasmo. "Mas ainda é possível que o senhor Lipinsky já tenha tido o movimento lento em sua posse, e o tenha vendido separadamente, ou – Bill, não pode ter mais alguma coisa nesse piano, pode?"

"Receio que não, Maestro," Barnum respondeu, balançando a cabeça. "Já desmantelei todo o piano e, salvo por algum milagre, nada mais há a ser encontrado nele. Agora só é necessário remontá-lo, que é o que eu realmente deveria voltar a fazer." Levantando-se e estendendo a mão para Canal e depois para Saalem, acrescentou, "Foi um prazer, senhores. Espero que encontrem algum motivo para retornar a 'Burgh em breve. Há algo em vista, Maestro?"

Saalem apertou a mão de Barnum calorosamente, mencionando ter sido convidado como regente para um compromisso em Pittsburgh na primavera. Disse que não deixaria de procurá-lo na ocasião. Barnum despediu-se e, enquanto atravessava o saguão, entreviu pelas janelas gigantes seu decrépito veículo automotor aguardando por ele no meio-fio. Acariciando o bolso no peito, em que tinha colocado o cheque de Saalem, fez uma anotação mental de ir imediatamente a uma concessionária após uma rápida parada no banco. Pela primeira vez, ele estaria negociando em uma posição de força, pagando em dinheiro, em vez de implorar por crédito a uma taxa de juros razoável. Sorriu enquanto imaginava sua esposa boquiaberta quando o visse chegar pela rua em seu novo automóvel – sim, "automóvel" era certamente o termo correto.

Os dois nova-iorquinos, enquanto isso, seguiram para um almoço leve no restaurante do hotel.

À medida que se aproximava o fim de sua refeição de bagels, salmão defumado e espumante Vouvray, Canal manifestou sua surpresa com a compra extravagante de Saalem.

O rosto de Saalem registrou uma atitude defensiva. "Estou comprando o manuscrito como um investimento. Imagine o quanto valerá quando eu encontrar o movimento lento."

"Você pode convencer alguém com essa ladainha, mas não espere que eu acredite nisso por um minuto – você teria que tê-lo!" Canal insistiu.

"Tenho um plano para rastrear o movimento lento," Saalem anunciou. "Pretendo reler as cartas de Mozart a partir de 1778 e examinar toda a correspondência dos quatro músicos de Mannheim para os quais Mozart escreveu a sinfonia concertante, para descobrir a quem os trios foram destinados. Após, tenho um amigo em Berlim que pode olhar os registros da Staatsbibliothek de Berlim para mim, e verificar se o manuscrito foi comprado de um dos músicos de Mannheim pela Biblioteca Pública do Estado Prussiano, e se estava completo ou incompleto – eles podem inclusive ter possuído os outros cinco trios!"

"Você não acha que está passando dos limites?" perguntou Canal, com preocupação genuína na voz.

"Tenho a intenção de encontrar o movimento que está faltando, mesmo que isso me mate," Saalem replicou.

"Cuidado com o que diz, pois isso *pode* matá-lo," asseverou Canal. "Pode ser impossível descobrir se foi escrito um movimento lento para este trio. Você não está disposto a aceitar isso?" Ele gesticulou com a garrafa de Vouvray em direção ao copo de Saalem, "Um pouco mais, Rolland?"

"Com prazer." Saalem ergueu o copo recém abastecido e tomou um gole pensativo. "Percebo que se tornou uma obsessão, mas…"

"Você espera que isso o distraia do vazio em sua vida," Canal meio declarou, meio perguntou.

"Tudo o que você disse sobre Mozart ontem, sua ambição desmedida e o suficiente nunca ser o bastante – é verdade para mim também, mesmo eu não sendo metade do músico que ele era."

"Não se subestime, Maestro," disse Canal, encorajando-o. "Você está no ápice de qualquer carreira musical que se possa imaginar. Mas vejo que nossa discussão do voo tocou em um ponto sensível."

"Certamente. Não importa o que eu tenha feito, há algo vazio em tudo. Estou sempre esperando pelo próximo concerto, a próxima obrigação, a próxima crítica, o próximo compromisso como convidado. Tudo o que sou, o que fiz, nunca é o suficiente."

"*La fuite en avant*," Canal comentou, como um fato.

"Sim, é isso, em poucas palavras!" Saalem exclamou, encantado com a formulação. "O prazer com o sucesso de hoje dura apenas alguns instantes, e então devo voltar minha atenção para a próxima questão. Sinto que sou tão bom quanto minha realização futura – se ela for ruim, então eu valho nada, não importa quantos triunfos eu tenha tido no passado."

"Você acha que encontrar esse movimento pode ajudar de alguma forma?" Canal levantou uma sobrancelha.

"Talvez por um tempo," Saalem respondeu, olhando nos olhos de Canal, como se à procura de consolo. "Quanto mais tempo levar para encontrá-lo, mais tempo minha mente será retirada desta interminável, impetuosa... sem pé nem cabeça... Nem sei como chamá-la – missão?"

"Uma repetição co–."

"Sim, uma *répétition*, como se minha vida fosse um longo ensaio... Há algo nessa ideia!"

"Eu ia dizer repetição compulsiva," Canal terminou seu pensamento interrompido.

"Sim, bem, qualquer um poderia ter dito isso," Saalem replicou, um tanto rabugento, "mas eu de fato pareço ver toda minha vida como um ensaio para um desempenho principal que nunca chega, um teste gigante – uma espécie de exame final ou *agrégation* – que iria, por fim, me inscrever no grande livro da vida, definitivamente colocar um fim nas minhas preparações constantes e confirmar o valor eterno do meu trabalho, proclamando, "Trabalho bem feito. E já chega!"

"Uma espécie de Prêmio Nobel da música?"

"Sim, um lugar assegurado na..."

"História?" Canal sugeriu.

"Sim, mas não apenas nos livros de história da música que sairão na próxima década ou duas."

"Não," Canal assentiu, "*il vous faut bien plus que cela*! Você deve ter algo que lhe garanta um espaço junto a Beethoven, Platão, Hipócrates e Pitágoras – um pouco de imortalidade."

"Colocado dessa forma, parece tão pomposo e presunçoso, tão megalomaníaco," Saalem exclamava e lastimava-se ao mesmo tempo.

"O fato é," Canal continuou, sem julgamento, "que não está ao nosso alcance garantir algo desse tipo. Outros decidirão se nossos nomes serão pronunciados juntamente com esses outros. Tudo o que nos cabe é fazer o que amamos e amar o que fazemos. Nem mesmo um Prêmio Nobel pode garantir-lhe um lugar no Pantheon – não há qualquer distinção que você possa receber durante a vida, de qualquer pessoa ou entidade, que você aceitaria como prova definitiva do seu merecimento, que iria finalmente permitir-lhe descansar."

Saalem refletiu por um momento. "Sempre me recordo das famosas palavras de um autor que, ao ser nomeado cavaleiro por seus escritos, pela Rainha da Inglaterra, e ter uma estátua de cera sua erguida no Museu de Cera Madame Tussaud, declarou que não tinha mais ambições."

"Acho que sei de quem você está falando, mas talvez você tenha esquecido que ele estava com 93 anos de idade quando disse isso," Canal rebateu. "E que ele tinha um temperamento muito mais alegre do que você, se posso ser ousado e comparar vocês dois."

"Por favor, seja! Ele não escreveu algo como uma centena de livros?"

"Aposto que você não pode sequer citar uma honra, prêmio, distinção ou louvor que permanentemente aliviaria sua mente e colocaria um fim à sua ambição interminável."

Saalem ponderou por um tempo e, eventualmente, deu de ombros.

"Veja só, você sequer consegue imaginar algo que pudesse ter esse efeito. Nem mesmo um título de cavaleiro da Rainha da Inglaterra."

"Talvez se eu tivesse nascido inglês...," respondeu Saalem, desanimado. "Acho que isso significa que estou condenado. Não é um tipo de vida que alguém deva levar."

"Está levando você, ouso dizer," Canal sugeriu. "Você não acha que está na hora de tentar falar com alguém sobre isso?"

Saalem balançou a cabeça. "Estou velho demais para isso. Você pode imaginar um homem da minha idade iniciando uma psicanálise?"

"*Ocêis* querem alguma sobremesa ou café?" uma voz feminina interrompeu. A garçonete nativa estava parada nas proximidades, ansiosa para conseguir uma brecha para falar.

Canal olhou para Saalem, que balançou a cabeça. "Então será apenas um expresso com uma gota de leite para mim," disse, voltando-se para a garçonete. Assim que ela saiu, ele voltou ao assunto, "Nunca é tarde demais para começar a falar o que você tem no seu coração."

"Você realmente acha que isso poderia ajudar?" perguntou Saalem.

"Acho," Canal respondeu, "e certamente não vejo como poderia fazer mal."

"Você provavelmente está certo nesse ponto," Saalem admitiu.

"Deixe-me dar-lhe alguns nomes e números, e você pode pensar sobre o assunto," disse Canal, retirando um pequeno livro de endereços do bolso interno do blazer. "Devo dar-lhe o nome de alguém em Nova York? Ou talvez você prefira um analista em Pittsburgh – ou então em Paris?"

"Sim, seria melhor," Saalem ponderou, "algum lugar que comece com *P*. Esse era o apelido de meu pai para a minha mãe: Pequena".

Canal levantou as sobrancelhas. "Não diga", ele disse.

"Era apenas um apelido," Saalem respondeu, considerando o assunto encerrado.

"Você gostava desse apelido?"

"Agora que você mencionou, acho que eu realmente preferia outro apelido que ele tinha para ela."

"E qual era?"

"Ele me fugiu à memória agora."

"Espere um minuto, feche seus olhos, tenho certeza de que ele voltará para você."

"Ah, pare com isso, Quesjac."

"Apenas feche seus olhos e me diga o que vem à mente," Canal insistiu.

Saalem virou sua cadeira para longe do francês e fechou os olhos. Depois de alguns momentos, pronunciou: "Lentinha".

Canal não tinha certeza se tinha ouvido corretamente. "Lentinha?"

"Sim, é isso! O outro apelido era 'lentinha'!" Saalem exultou.

"Lenta," Canal repetiu com grande ênfase. "Lentinha, movimento lento," disse Canal, demorando-se em cada sílaba.

O queixo de Saalem caiu. "Você realmente não acha que…" Ele parou.

"Que há uma conexão entre os dois?" Canal terminou o pensamento inacabado de Saalem.

"Ah não! Isso é ridículo."

"Talvez seja. Mas talvez não," o inspetor disse. "O que *movimento* lhe traz à mente?"

"Que tipo de pergunta é essa? Você sabe muito bem o que *movimento* traz à mente."

"Sei?" Canal consultou.

"BM", Saalem respondeu, um pouco irritado.

"*Le Bottin Mondain*," perguntou Canal, de uma forma que Saalem não podia ter certeza se ele estava falando sério ou não. "Como eu poderia ter adivinhado, possivelmente, que você estava se referindo à resposta da França ao Quem é Quem ou Debrett's Peerage?"

"Não seja idiota, Quesjac!" Saalem estalou. "Você sabe tão bem quanto eu o que BM[3] significa em inglês. Não vamos por esse caminho!"

"*Au contraire*," Canal rebateu, "quando você diz que não quer ir por esse caminho, então é precisamente por ele que devemos ir! Você aprendeu a ir ao banheiro sozinho muito cedo, talvez?"

"Se você pensa que vou sentar aqui e conversar com você sobre isso, logo descobrirá que está enganado," Saalem exclamou, contorcendo-se em sua cadeira.

"Sua mãe treinou você cedo, mas ocorreram acidentes mais tarde, *movimentos* involuntários?" Canal persistiu.

"Você é um intrometido medonho, Quesjac!" O músico bateu com seu guardanapo em cima da mesa.

A garçonete apareceu com o café, colocando-o na frente de Canal, junto com um pequeno jarro de prata com leite.

Canal tornou-se conciliador, "Estou apenas fazendo troça, Rolland. Você é, você tem que admitir, como um fantoche em minhas mãos."

"Sua troça parece mais um Rolfing!" Saalem brincou de volta. "Você se considera um analista amador, mas opera mais como um cirurgião com uma serra elétrica!"

Canal corou, percebendo que talvez sentisse mais falta da sua ocupação anterior do que pensava. Antes que pudesse dizer *Touché*, Saalem continuou, "Mas você disse algo mais cedo que despertou minha curiosidade, algo sobre o amor – o que foi? Fazer o que ama e amar o que faz?"

"Sim, isso mesmo. Por quê?"

"Eu amo o que faço," Saalem sustentou, "mas é muito mais complicado do que isso."

"Sim, você ama o que faz por todas as razões erradas," Canal opinou.

"Nem todas as razões erradas," Saalem discordou, "mas você está certo, por algumas razões erradas."

"Você ama de modo geral?" perguntou Canal, despejando uma pequena quantidade de leite em seu café.

"Como assim?"

Canal reformulou a pergunta, "Você tem amor na sua vida?"

"Não tenho mais tempo para isso," Saalem respondeu. "E, de qualquer maneira, sou muito velho."

"Muito velho? Como você pode ser muito velho?" perguntou Canal, mexendo delicadamente a mistura odorífera com uma colher de prata.

"Estou velho demais para ficar andando por aí, correndo atrás de mulheres para sexo."

"Nunca se é velho demais para procurar mulheres," Canal exclamou, "mesmo se não as consegue com tanta frequência. Mas não estou falando de sexo – estou falando de amor."

"Eu me apaixonava muito nos meus dias," Saalem replicou.

"Eu não quero dizer apaixonar-se ou estar apaixonado. Quero dizer amar e ser amado."

"Eu nunca cacei mulheres para esse tipo de coisa."

"Catou mulheres?" perguntou Canal, sem saber o que tinha ouvido.

"C-A-C-E-I," o diretor musical soletrou para ele, irritado.

"Ah, sim," Canal disse.

"Nunca assediei mulheres por amor a elas ou para conquistar seu amor," continuou Saalem.

"Nunca?" Canal perguntou. "Nem mesmo a Mademoiselle O'Connell?"

"Claro que não!" respondeu o diretor musical, olhando o inspetor com reprovação. "Para mim foi somente pela caça."

"Então é você o verdadeiro francês aqui," disse Canal, incitando Saalem.

"Suponho que sim – a sedução sempre foi tudo o que importou para mim."

"Então você não viveu!" exclamou o inspetor.

"Você viveu?" Saalem ergueu as sobrancelhas.

"Nós não estamos aqui para falar sobre mim."

"O que isso quer dizer?"

Canal olhou como se estivesse um pouco fora de forma. "Desculpe. Velho hábito..." Continuou, "Nos serviços secretos, era geralmente melhor não falar sobre a vida privada."

"Hmm," Saalem grunhiu em dúvida.

"Não é tarde demais para começar a viver," proclamou Canal. "Sucesso, fama e fortuna nada valem se você não tem alguém com quem compartilhá-los." Virando-se para olhar o diretor musical nos olhos, acrescentou, "Você viu, não, como a Madame Lipinsky olhou para você?"

"Para mim? Ela estava olhando para você," Saalem rebateu.

"Não, estou certo de que você está enganado," Canal insistiu.

"Sou velho demais para ela," Saalem ponderou. "Você está mais em sua faixa etária."

"Suspeito que ela prefere homens mais maduros do que eu," Canal continuou. "Seu falecido marido deveria ser bem mais velho do que ela."

"Sim, bem, seja como for, estive com muitas mulheres ao longo dos anos. Não ajuda por mais do que um curto período de tempo," Saalem confessou.

"Então você nunca esteve *realmente* com uma mulher."

"Você esteve?"

"Na verdade, estive, em–."

Naquele momento, a garçonete chegou com uma pequena pasta preta com capa de couro, presumivelmente contendo a conta. Com um gesto, Canal instruiu-a para colocá-la ao lado dele, ao que Saalem objetou. "Deixe-me," ele disse.

"Não seja bobo," Canal replicou. "Você está pagando tudo até agora. Dê uma chance ao resto de nós."

Saalem cedeu, dizendo "*à charge de revanche*," e Canal ocupou-se calculando a gorjeta, lembrando-se do número do quarto, e assinando a conta. Quando terminou, olhou para o relógio e levantou-se abruptamente da cadeira.

"Detesto comer e sair, Rolland, mas receio que chegarei atrasado para um compromisso."

Saalem olhou para ele, intrigado.

"Sim, esqueci de mencionar. Combinei de encontrar-me com um professor daqui cujo trabalho tenho estudado nos últimos anos. Tenho algumas objeções e contra-argumentos para apresentar e–."

"Tudo bem," Saalem interveio, "então corra. Fiz planos de visitar o primeiro violinista da Orquestra Metropolitana de Pittsburgh em uma hora. Mas não se esqueça que o nosso voo sai às sete, então você deve estar no aeroporto até as cinco." Canal balançou a cabeça e já estava se virando para ir embora. "Podemos nos encontrar no portão."

"Tudo bem," respondeu Canal. "Aproveite sua tarde," disse para Saalem enquanto caminhava rapidamente para fora do restaurante.

## XIX

Canal ligou a televisão em sua suíte no Hilton enquanto se despia para tomar um banho de vapor. O despertador perto de sua cama mostrava 19h27, e parecia que todos os canais estavam passando a mesma história: um avião que havia decolado do aeroporto de Pittsburgh havia caído em uma floresta apenas alguns minutos após a decolagem. Os detalhes estavam começando a ser divulgados, e as notícias sobre o destino dos passageiros e tripulantes não eram encorajadoras. A aeronave era operada pela mesma companhia aérea pela qual Saalem e Canal tinham voado para Pittsburgh, mas a imprensa ainda não sabia o destino do avião.

Era como se Canal tivesse levado um soco no estômago. Afundou em um estado de estupor sobre a cama, com os olhos grudados na tela. Se fosse o voo para Nova York, que ele próprio tinha decidido não tomar... Quase não ousou completar o pensamento, até para si mesmo. Saalem poderia...

O apresentador de repente recebeu mais informações de uma fonte invisível: havia sido o voo das 19h para Nova York. Canal deitou-se prostrado na cama, o coração pesado, com um mau pressentimento.

Sabia que a lista de passageiros não seria tornada pública por algum tempo, e viu-se involuntariamente fazendo algo que não fazia desde criança: cruzar os dedos. Perdeu a noção do tempo, e finalmente levantou-se da cama e tomou seu banho.

Vestido, embora não tão cuidadosamente como de costume, Canal saiu do quarto e desceu para o primeiro andar pelo elevador. Atravessou o saguão e saiu pela porta giratória. Apenas quando estava fora, no ar fresco, pareceu recuperar os sentidos. Somente então foi capaz de compreender e responder afirmativamente à pergunta do porteiro se ele queria um táxi.

## XX

Quando o táxi de Canal parou em frente à Praça da Estação, na margem do rio Monongahela oposta às torres iluminadas do centro de Pittsburgh, outro táxi parou em frente ao seu, na direção contrária. Canal desceu e viu uma figura alta e magra, vestida com um longo casaco de couro, emergir do outro táxi amarelo.

Era Saalem!

Ele correu e deu no Maestro um abraço de urso, em que não estava claro se o desespero ou o alívio desempenhavam um papel maior.

"Você está vivo!" Canal gritou, com alegria. "Graças a Deus!"

"Bem, é claro que estou vivo," Saalem respondeu, libertando-se suavemente das garras de Canal, mais do que um pouco chocado com a inesperada exibição de afeto do inspetor. "Por que eu não deveria estar?"

"Você não ouviu?" perguntou Canal, surpreso. "O avião em que iríamos caiu logo após a decolagem!"

O espanto era evidente no rosto de Saalem. "Você quer dizer, se eu tivesse ido... Meu Deus!" O diretor musical parecia entrar em colapso, mas Canal agarrou seu braço, levou-o para dentro da antiga estação ferroviária e sentou-o em um banco. "Pela graça de Deus não fui." Saalem murmurou.

Quando começou a recuperar o juízo, olhou para Canal com curiosidade e perguntou, "O que *você* está fazendo aqui, Quesjac? Você também decidiu não viajar?" Percebendo como era óbvia a resposta à sua pergunta, continuou, "*Pour un peu on y passait tous les deux*! Como somos sortudos! Como sou sortudo por você ter mudado de ideia!"

"E como estou feliz que você mudou de ideia!" exclamou Canal.

"Você tinha razão em não confiar naquela companhia aérea, especialmente depois do que aconteceu durante nosso voo de vinda."

"Sim, e pode muito bem ter sido a mesma aeronave. Mas não foi por isso que mudei meus planos," disse Canal.

"Não foi? Sua reunião com o professor foi tão bem que você decidiu continuar durante o jantar?" Saalem perguntou.

"A reunião correu bem o suficiente. Consegui convencê-lo a ver as coisas do meu jeito–."

"Você não consegue sempre?" Saalem interrompeu.

"Suponho que sim... Mas a hora que reservamos foi suficiente para discutirmos minhas objeções à sua teoria. Não, decidi que seria descortês não retribuir à hospitalidade de Madame Lipinsky," Saalem começou a explicar, "e por isso convidei-a para jantar comigo esta noite em um pequeno restaurante que o recepcionista do hotel recomendou entusiasticamente."

Saalem estava indignado, "Você convidou-a para jantar com você? Como isso é possível? No caminho para o aeroporto, tive a sensação de que estava perdendo uma oportunidade importante e nunca me perdoaria por isso. Então liguei para ela assim que cheguei – *eu* a convidei para jantar *comigo*, e ela concordou. Nos encontraremos em um restaurante japonês aqui perto, em alguns minutos!"

Canal foi pego de surpresa, não pouco perplexo. "Ela também concordou em jantar comigo em um restaurante japonês aqui," e, olhando para o relógio, acrescentou, "agora, na verdade."

"Você deve ter entendido mal, *mon cher*," o diretor musical declarou. Então, menos convencido, propôs, "Talvez ela tenha dito amanhã".

"Não", respondeu Canal. "Só teremos certeza em alguns minutos, mas creio que fui bastante claro quando disse para nos encontrarmos hoje à noite."

"Que tipo de jogo você está jogando, Quesjac?" Saalem questionou. "Pensei que você tinha dito que não estava interessado nela."

"Eu nunca disse isso," Canal negou a acusação. "Eu disse que me parecia que ela estava interessada em você. *Mais cela ne semblait vous faire ni chaud ni froid.* Então decidi *tenter ma chance, moi*."

"Então que tipo de jogo ela está jogando, concordando em encontrar a nós dois no mesmo restaurante ao mesmo tempo?" perguntou Saalem, embora retoricamente.

"Não tenho a menor ideia," Canal declarou, "e acho que só há uma maneira de descobrir." Levantando-se e gesticulando em direção ao restaurante cerca de cinquenta metros distante à sua direita, ele disse, "Vamos?"

"Vamos. E que o melhor homem–."

"Certamente, Rolland," Canal interrompeu, "não vamos descer à rivalidade ou deixar Madame Lipinsky ficar no caminho da nossa amizade."

Saalem parecia arrependido. "Você está tão certo, *mon cher*. Nossa amizade se tornou bastante preciosa para mim. Vamos continuar amigos independentemente do que aconteça, ok?"

"Eu não poderia pedir por nada mais," respondeu Canal, e os dois homens caminharam de braços dados para o restaurante.

## XXI

O maitre informou ao inspetor e ao diretor musical que sua companhia esperava por eles em uma mesa em um canto sossegado. Levou os seus casacos e, em seguida, conduziu-os em direção a uma mesa em que estavam sentadas duas mulheres, se fosse possível julgar corretamente pelas costas.

Chegando pela lateral da mesa, primeiramente Saalem e depois Canal foram recebidos por um par de Lipinskys idênticas. Os dois homens ficaram chocados, incapazes de discernir qual das duas havia sido a encantadora anfitriã de seu chá, naquela manhã. O maitre esperou pacientemente ao lado, com a intenção de afastar as cadeiras para cada um dos recém-chegados, mas os homens não mostraram sinais de recuperação do impacto que as sósias tinham produzido em seus sistemas.

A verdadeira Lipinsky, sentada à esquerda, finalmente quebrou o silêncio, "Espero que desculpem meu pequeno subterfúgio, senhores. Sabendo que ambos são muito ocupados e tinham a intenção de retornar a Nova York hoje, tomei a liberdade de aceitar seus convites muito amáveis e convidar minha irmã gêmea para vir junto." Virando-se para sua irmã, ela disse, "Penélope, este é Rolland Saalem. Maestro Saalem, esta é minha irmã Penélope Pastek." Saalem inclinou-se ligeiramente na direção de Penélope. "Penélope, este é Quesjac Canal. Inspetor Canal, esta é a minha irmã Penélope Pastek." Canal estendeu a mão na direção de Penélope, inclinou-se acentuadamente na cintura e beijou a mão dela, levantando-a ligeiramente. Os dois homens finalmente pareceram capazes de sentar-se, e o maitre afastou as cadeiras de cada um deles, uma por vez.

## XXII

Depois que começou, a conversa na mesa foi alternadamente animada, séria e galante. A irmã de Lipinsky, viúva há cerca de cinco anos, provou ser muito viajada, uma companhia agradável, muitas vezes parecida, mas em outros momentos decididamente diferente de sua irmã gêmea, apesar das aparências.

Quando a refeição chegava ao fim, Saalem pediu licença e desapareceu na parte de trás do restaurante. Parecia preocupado ao retornar, mas somente se dirigiu a Canal após terem deixado as sósias em sua casa, depois de promessas de visitas mútuas no futuro.

"Foi uma noite maravilhosa, como creio que nem você poderia ter previsto, dado a forma como começou! Espero que isso não a estrague para você, *mon cher*, mas receio que teremos que dividir o quarto esta noite. Tudo bem para você? O hotel está *complet*, assim como todos os outros na área – aparentemente há uma grande convenção na cidade."

"Mas você ainda tem seu antigo quarto," Canal respondeu, com indiferença.

"Não, receio que o liberei," Saalem explicou, "não pensei em ligar para o hotel do aeroporto quando mudei de ideia e decidi ficar."

"Você não precisava fazê-lo, pois o mantive para você," Canal afirmou com naturalidade.

Saalem ficou atordoado. "Você sabia que eu voltaria?"

Canal sorriu enigmaticamente. "Pensei que havia uma boa chance."

"Alguém já lhe disse que você é um sabe-tudo insuportável, Canal?" Saalem questionou.

"Nunca tão carinhosamente," foi a resposta.

## Notas

1. NT: Dois não três; *nought* (nada, nulo), do inglês antigo, tem significado equivalente a *not* (não, nem), do inglês moderno.

2. NT: No original em inglês, o autor utiliza a expressão "*to come back to our sheep*", tradução literal da expressão em francês "*revenons à nos moutons*", que significa "voltemos ao assunto", ou, em tradução literal para o português, "voltemos às nossas ovelhas".

3. NT: BM alude a "*bowel movement*", movimento dos intestinos.

# O caso da fórmula pirateada

*"Palavras podem ser distorcidas, mas chegam ao âmago.
Coisas ostentam e escondem."*
O Livro das Mutações

Não era como se Canal, o supostamente aposentado inspetor do Serviço Secreto Francês que vivia nos Estados Unidos havia vários anos, não tivesse sido avisado. Ferguson, seu criado, havia deixado muito claro que Olivetti, agente da polícia de Nova York, telefonara várias vezes declarando que estava preparado para acampar na porta do francês, se necessário. Tendo acabado de voltar de uma semana revigorante esquiando por trilhas na Nova Inglaterra, o vivaz inspetor não estava muito ansioso para ver o detetive sisudo, cuja aparência pálida e doentia remetia a escritórios sem janelas, iluminados apenas por luzes fluorescentes, ruas abarrotadas de veículos poluentes de diversos tamanhos e toxicidades – em resumo, Nova York no auge do inverno. Se as notícias que passavam na televisão eram confiáveis, nevava muito nos Alpes, e não fosse pelo número recorde de esquiadores nos picos cobertos de neve, Canal poderia ter sido tentado a deixar Olivetti em apuros. Naquela situação, pensar em resorts de esqui abarrotados, em que teria que entrar em filas para conseguir um bom copo de vinho do Porto pós-ski, ajudou Canal a resignar-se à ideia de passar fevereiro em Manhattan, apesar do som horrivelmente estridente das sirenes de polícia que invadiam seu apartamento. "Seria bom tomar alguns dedos de vinho do Porto agora," Canal pensou consigo mesmo, e com isso encheu um copo pequeno e afundou melancolicamente em um confortável sofá de couro Chesterfield.

*I*

Quando, alguns minutos depois, Ferguson abriu a porta do escritório de Canal e anunciou a chegada dos convidados, o francês tomava sua bebida, perdido em pensamentos. Contra todas as probabilidades, Olivetti apareceu com uma belíssima consorte a reboque. Canal imediatamente se levantou, e Olivetti apresentou como Sra. Errand sua curvilínea companheira com cabelos loiros avermelhados. Ela estendeu sua mão direita coberta de joias em direção a Canal que, percebendo com uma olhadela seu vestuário austero, profissional, optou por um simples aperto de mão, em vez de seu habitual *baisemain*.

Ao apertar a mão de Olivetti, proferindo o costumeiro "Prazer em vê-lo novamente, inspetor," observou o contraste marcante do refinamento e qualidade das roupas de Errand em comparação com as do inspetor, e concluiu que aquela mulher requintada provavelmente não era amante de Olivetti.

Convidando seus visitantes a acomodarem-se no sofá em frente à mesa de café, perguntou, como era de praxe – no universo do

Canal, hospitalidade sempre tinha precedência sobre os negócios –, se gostariam de juntar-se a ele em um copo de vinho do Porto ou alguma bebida similar. Nenhum deles aceitou sua oferta, e como eram quase quatro horas, ele rapidamente propôs que poderiam tomar um pouco de chá. Errant de imediato aceitou, e Olivetti a seguiu. Canal chamou Ferguson. "Chá para três, por favor," pediu, e voltou-se para seus visitantes declarando-se todo ouvidos.

Olivetti abriu a boca, mas Errand adiantou-se.

"Vim vê-lo," começou, "porque não consigo obter qualquer resultado do Departamento de Polícia de Nova York ou da Alfândega no Departamento de Segurança Interna."

Ao ouvir isso, Olivetti revirou os olhos, implorando indulgência de Canal. Canal acenou com a cabeça, o que foi interpretado de forma diferente pelas duas partes sentadas lado a lado no sofá.

"Sou vice-presidente de vendas para a América do Norte da YVEH Distribuidores," continuou Errand. "Importamos vinhos e outras bebidas finas de todo o mundo, incluindo o licor Chartreuse, da França. O senhor já ouviu falar dele, Canal?"

"É Dr. Canal, não Canal *tout court*."

"Canal o quê?" ela perguntou.

"Asenhora. não fala francês?" Canal perguntou, fingindo incredulidade.

"*Un petit peu*," Errand respondeu, com um sotaque muito forte.

"Não apenas Canal," explicou Canal. "Não estamos em um vestiário de futebol ou em sua sala de reuniões na OY-VEY." Errand abriu seus lábios para corrigir a pronúncia do francês do nome de sua empresa, mas ele não lhe deu oportunidade para fazê-lo. "Acredito na cerimônia. Sem ela, poderíamos muito bem voltar parrra a curta, brutal e desagradável vida da humanidade primitiva."

Errand lançou um olhar questionador a Olivetti, como se a perguntar se o médico era sempre tão suscetível. O inspetor de polícia de Nova York aquiesceu, como se dizendo, "se quer a ajuda dele, você terá que adequar-se às suas peculiaridades," e assim ela continuou com sua história, ou melhor, sua queixa.

"Como eu dizia, um dos licores que importamos é o Chartreuse–."

"Como a senhora está soletrando isso?" Canal interrompeu.

"Chartreuse," Errand respondeu sem soletrar, pronunciando a primeira sílaba como a primeira parte de *Charlotte*, e a segunda sílaba como *treze*, e, em seguida, acrescentou, "como a cor."

"Sim, como eu suspeitava," Canal respondeu: "você quer dizer Chartreuse." Ele pronunciou com o fonema completamente antiamericano característico da terminação francesa *euse*. "É um licor muito potente, concentração de 55%, creio eu, feito a partir de cerca de 130 plantas, raízes e folhas diferentes. É produzido por um mosteiro no alto dos Alpes franceses. Há na realidade dois Chartreuses diferentes, o amarelo e o verde, mais comum. E uma pequena quantidade do licor é envelhecida em barris de carvalho por um tempo especialmente longo, levando a *cuvées* especiais, sendo o mais conhecido o V.E.P. Chartreuse, cujas iniciais significam *Vieillissement Exceptionnellement Prolongé*, envelhecimento excepcionalmente prolongado." Levantou-se, caminhou até um armário de carvalho, abriu as duas portas superiores revelando um bar bem equipado, colocou a mão dentro e tirou uma garrafa da parte de trás, acrescentando, "Acontece que tenho aqui mesmo uma garrafa ainda mais extraordinária, o *Liqueur du Neuvième Centenaire*, especialmente misturado em 1984 para comemorar o aniversário de novecentos anos da chegada aos Alpes do fundador da ordem – creio que foi São Bruno;"

Olivetti sacudiu a cabeça para indicar que não saberia diferenciar São Bruno de São Plutão.

Canal estendeu a garrafa para que eles a vissem enquanto caminhava de volta para a poltrona e se acomodava novamente nela. "Eu lhes ofereceria um pouco," disse um tanto dissimuladamente, não tendo nenhuma intenção de desperdiçar aquela preciosidade em (bem, vocês sabem o que ele estava pensando deles), "mas nosso chá está a caminho."

Errand aceitou a garrafa das mãos de Canal e sorriu com apreciação, "Vejo que o senhor conhece suas bebidas francesas, Canal, digo, Dr. Canal." Então, indo ao que interessava, acrescentou, "A receita para o Chartrooze" – ela fez o que pôde para tentar reproduzir os fonemas desconhecidos, saindo-se um pouco melhor do que antes, "é um segredo que foi transmitido de uma geração de monges para a próxima durante centenas de anos, mas parece que os chineses a roubaram, ou de alguma forma conseguiram reproduzi-la. Uma empresa chinesa está inundando o mercado norte-americano com uma imitação mais barata do famoso licor verde, e fomos incapazes de obter qualquer ajuda do Departamento de Polícia de Nova York ou da Alfândega."

"Isso não me surrrrpreende de forma alguma," Canal respondeu. "O que exatamente a senhora está pedindo para eles?"

"Para fazê-los parar, é claro," Errand olhou Canal um tanto perplexa. "Estamos falando de muito dinheiro em vendas perdidas, e meu trabalho está em risco – espera-se que eu aumente as vendas em dez por cento ao ano, e não que fique de braços cruzados enquanto elas diminuem!"

"E o que parece ser o problema?" Canal perguntou.

"A polícia de Nova York afirma que os produtos chineses entram no país por tantos portos diferentes que o caso não é de sua jurisdição."

"Típico," Canal assentiu, complacente.

"E a Alfândega," Errand continuou, "afirma ser incapaz de encontrar qualquer registro da entrada de bebidas chinesas no país por qualquer porto. O homenzinho irritante com quem falei lá me disse que provavelmente as bebidas foram disfarçadas em caixas com rótulos deliberadamente errados, com conhecimentos de embarque falsificados. Embarques desse tipo nunca levantariam suspeitas. Os containers gigantes em que eles chegam não são inspecionados, a menos que equipamentos de grande escala de raios gama ou raios-X mostrem que eles contêm explosivos ou algum tipo de armamento, e apenas uma pequena parte dos containers passa pelos scanners."

"Se pelo menos soubéssemos que estão trazendo os produtos através de Nova York," Olivetti interrompeu, "poderíamos iniciar uma investigação, embora fosse caro averiguar cada remessa que chega pelo estado. Mas nessa situação, estamos de mãos atadas."

"Se eu ouvir essa expressão mais uma vez, acho que vou gritar!" Errand exclamou, os olhos brilhando. "Alguns falsificadores chineses inescrupulosos estão canibalizando nossas vendas–."

"Para não mencionar a renda dos monges cartuxos no mosteiro Grande Chartreuse e em todo o mundo," Canal interrompeu.

"E todos os funcionários públicos nos Estados Unidos lavaram as mãos!" Errand vociferou. "O Olivetti aqui foi bom o suficiente para me falar do senhor e me acompanhar aqui hoje, mas ele me diz que não pode oficialmente abrir um inquérito, a menos que tenha algo mais para seguir."

"E, claro," Canal tirou a conclusão lógica, "a senhora não consegue nada mais para seguir sem a abertura de uma investigação. Acredito que os americanos chamam isso de Ardil 22?"

"Exatamente," foi sua resposta. Suas feições relaxaram, ao perceber que Canal havia compreendido sua situação.

Ferguson entrou em silêncio e pousou uma bandeja cheia de pequenos sanduíches, docinhos, xícaras e um bule de chá, depois de habilmente limpar com uma mão os livros e papéis que bagunçavam a mesa. Canal fez as honras, servindo chá para cada um de seus hóspedes e para si mesmo. Também convidou seus companheiros visivelmente impressionados a partilhar dos alimentos, explicando que Ferguson lia mentes, e sempre parecia saber quais alimentos seriam necessários muito antes de serem solicitados.

Quando seus convidados tinham reduzido visivelmente os quitutes, Canal fez uma pergunta que estava em sua cabeça havia algum tempo: "O que faz a senhora pensar que essas bebidas falsificadas são chinesas? A receita de um licor dificilmente pareceria ser algo que eles tirariam de letra, se me perdoarem pela expressão idiomática despropositada. Se bem que acho que hoje eles tiram tudo de letra. Se for possível cultivar, costurar, construir ou destilar, os chineses fazem."

Olivetti respondeu à pergunta, ignorando a aliteração de Canal como sempre fazia, já que palavras como "despropositada" não faziam parte do seu vocabulário. "Os meninos do laboratório lá embaixo–."

Errand franziu a testa e resmungou de forma quase inaudível ao ouvir isso.

"A equipe do laboratório lá embaixo," Olivetti continuou, "quando analisou os ingredientes, não encontrou absolutamente nenhuma diferença entre o Chartrooze genuíno" – ele adotou a pronúncia aproximada de Errand – "e o produto falsificado, nem encontrou qualquer diferença entre o tipo de vidro usado nas garrafas, ou o papel e tintas usados nas etiquetas. Foi somente quando finalmente examinaram a parte inferior da garrafa com uma lupa que notaram o que parecia ser algum tipo de escrita. Acabou por ser uma letra chinesa."

"Um caractere," corrigiu Canal.

"Um caractere?" Olivetti estava irritado, e olhou para Canal indignado. "Não uma pessoa! Era algum tipo de escrita."

"Claro que era," Canal prosseguiu calmamente. "É apenas que a escrita chinesa toma a forma de caracteres, não letras. Geralmente fala-se em letras em referência a alfabetos fonéticos, como o nosso".

"Não há nada fonético na escrita chinesa?" perguntou Errand, olhando mais atentamente os traços tranquilos de Canal.

"Há frequentemente um elemento fonético que é combinado com o radical, ou elemento semântico," explicou Canal. "Juntos, eles formam um único caractere, que é um logograma, que representa uma palavra inteira."

"Como?" disse Olivetti.

"Cada caractere representa uma palavra inteira," Canal simplificou.

Virando-se para Errand, Canal perguntou: "Então, o que eles encontraram? Um caractere simples ou um ideograma?"

"Um o quê?" o rosto de Errand evidenciava perplexidade.

"Um ideograma," Canal explicou, "é um caractere composto que combina dois ou mais caracteres."

"Não sei dizer," Errand respondeu momentaneamente se sentindo como uma estudante pega sem ter feito sua lição de casa.

"Foram capazes de identificar o caractere no laboratório?" Canal continuou sua linha de questionamento.

"Disseram que era chinês, e tenho que admitir que não me preocupei em perguntar mais," Errand reconheceu. "Apenas presumi que eles sabiam."

"Nunca presuma nada!" Canal exclamou calorosamente. "Para o olho destreinado, pode parecer como chinês, mas se sua equipe não foi capaz de identificar o caractere, poderia ser algum outro idioma, ou poderia ser..."

"Poderia ser o quê?" Errand olhou Canal nos olhos e insistiu para que ele terminasse a frase, utilizando-se inadvertidamente de uma das estratégias do médico.

"Uma fabricação. Mas provavelmente não é," Canal continuou, tranquilizador. "Há, afinal, mais de quarenta mil caracteres chineses diferentes catalogados, por isso o mais provável, se eles não puderam identificá-lo, é que seja simplesmente um caractere mais antigo, em desuso, como tantos outros. A senhora trouxe uma garrafa do Chartreuse falsificado?"

"Receio ter achado que não haveria qualquer motivo para fazê-lo," Errand respondeu. "Mas me certificarei de que o senhor receba uma imediatamente, se quiser vê-la."

"Ah, quero," Canal respondeu.

"O senhor não espera honestamente que acreditemos que fala chinês," Olivetti interrompeu.

Canal sorriu enigmaticamente. "*Un petit peu*," disse. "Estudei por alguns anos na minha juventude."

"Existe alguma coisa que o senhor não tenha estudado em algum momento?" perguntou Olivetti, exasperado.

Canal sorriu novamente, dessa vez lamentando-se. "A quantidade de coisas que não estudei supera em muito a quantidade de coisas que estudei. É somente em comparação a si mesmo que–."

"Sim, sim," Olivetti interrompeu-o antes que ele pudesse prosseguir nesse caminho depreciativo.

Uma cópia grosseira da abertura da ópera William Tell fez-se ouvir de repente, e Canal pulou, olhando em volta confuso. Errand pegou sua bolsa, olhou para o número na tela do seu telefone e declarou peremptoriamente: "Preciso atender esta chamada." Levantou-se sem pedir licença e dirigiu-se, sem ser convidada, para o canto do escritório de Canal mais próximo ao Bosendorfer, onde começou uma conversa animada com alguém que ela aparentemente não conseguia ouvir metade do tempo, e que, aparentemente, estava sujeito às mesmas condições auditivas erráticas. Isso levou Errand a ocasionalmente repetir-se em um tom extremamente alto, enquanto fazia esforços inúteis para remediar a situação, colocando sua mão direita perto da boca enquanto praticamente gritava no bocal, virando as costas para os dois homens. Isso na verdade piorava as coisas, já que sua voz ecoava diretamente de volta para eles pelas paredes próximas.

Olivetti aproveitou a oportunidade para tentar estabelecer um contato privado com Canal. "Osso duro de roer, não é?" disse jocosamente.

"Osso o quê?" Canal fingiu não compreender a expressão idiomática.

Olivetti procurou nos arquivos de sua memória por uma expressão comparável. "Carne de pescoço, uma mala sem alça!"

"Você está tentando carregá-la?"

"Estou apenas dizendo," Olivetti respondeu, um tanto atrapalhado, "que meu sargento no campo de treinamento não se compara a ela. É muito agradável ao olhar," acrescentou, gesticulando com seu rosto em direção a ela, "mas..."

Naquele exato momento, Errand vociferou ao telefone: "Apenas faça. Logo!" Após o que ela aparentemente desligou, se recompôs e virou-se para enfrentar os dois homens.

"*Elle n'est pas comode*," Canal propôs, terminando o pensamento incompleto de Olivetti, sem a compreensão do último.

"Negócios," Errand pronunciou, a palavra aparentemente destinada a explicar, não se desculpar por, sua ausência momentânea.

"E então?" Canal perguntou.

"Nunca para," ela exclamou. "Meu pessoal me chama dia e noite."

"E a senhora sempre atende?"

"Tenho que. Sou responsável por todo o departamento," ela respondeu com naturalidade.

"Tudo cairia aos pedaços sem asenhora?" Canal persistiu, com um toque de ironia.

"Algo assim," ela respondeu, alheia à retórica do francês, ou deliberadamente ignorando-a.

"Então a senhora atende às chamadas dia e noite? Não é irritante? Não interfere em sua vida pessoal?"

Errand balançou levemente a cabeça, "Não me incomoda. Me mantém alerta," acrescentou.

Um bip e em seguida um barulho de vibração foi ouvido, e novamente Canal saltou da poltrona e olhou em volta, perplexo. "O que foi isso?" questionou.

Olivetti já havia retirado um pequeno telefone do bolso interno do paletó, e acenou com a mão para os outros enquanto retirava-se para o lado da sala oposto àquele onde Errand tinha procurado refúgio momentos antes.

Canal não tentou esconder sua desaprovação a essa total falta de decoro, e balançou a cabeça por alguns segundos. Depois, voltando-se para a visitante restante, retomou a conversa de onde haviam parado. "Então não há vida pessoal para invadir?" perguntou, indiscretamente.

"Eu não disse isso," Errand respondeu, indignada.

"Não, mas quando alguém não se incomoda em ser atormentado com questões relacionadas ao trabalho durante todo o dia e toda a noite–."

"Preste atenção ao seu redor, Canal! Os negócios hoje em dia–."

"É Dr. Canal para a senhora," o francês interrompeu, não querendo permitir familiaridade nas nomenclaturas.

Implacável, Errand terminou seu pensamento, "Os negócios hoje em dia acontecem 24h por dia, 7 dias por semana, então ou você entra no jogo ou desiste."

"Não há meio termo possível?" Canal perguntou.

"Não, se você pretende subir."

"O que a senhora, aparentemente, pretende conseguir."

"O que já consegui. Não há muitas vice-presidentes mulheres da minha idade em empresas do tamanho de YVEH."

"O sucesso no trabalho tem precedência sobre tudo o mais, então?"

"Vamos lá, Canal – er, Dr. Canal – o senhor não está tão velho!" ela exclamou, com uma sempre ligeira tentativa de lisonjear. "O senhor deve saber como é. Já esteve no mercado de trabalho, ou ao menos foi o que Olivetti me contou."

O francês concordou, "Sim, trabalhei no serviço secreto francês por muitos anos."

"Então o senhor está querendo me dizer que a sua mulher, em casa, nunca teve de esperá-lo enquanto o senhor passava a hora da coruja no escritório trabalhando em um caso difícil? Que seus filhos nunca reclamaram que não viam muito seu pai enquanto cresciam? Que o senhor nunca chegou ao ponto em que os únicos amigos que tinha eram as pessoas com quem trabalhava diariamente?"

Olivetti voltou para o sofá depois de ter terminado sua conversa em uma conexão muito melhor do que a de Errand, e ficou parado atrás da poltrona em frente à de Canal.

"A senhora pode se surpreender," Canal respondeu à pergunta tripartida da americana.

"Tenho que ir," o inspetor de polícia anunciou. "Precisam de mim na delegacia. Mas não deixem que eu os interrompa," acrescentou, fazendo um gesto com as mãos para que permanecessem sentados.

"Também preciso ir," Errand disse, após consultar o relógio. "Talvez você possa me deixar?", perguntou, olhando para Olivetti.

"Sem problemas," ele concordou, sem entusiasmo.

"Enviarei para o senhor imediatamente uma garrafa falsificada," Errand acrescentou, olhando na direção de Canal, "e podemos partir daí?"

"Certifique-se de enviar uma cheia," o francês instruiu, "e de incluir no envio uma garrafa do artigo genuíno."

Errand entregou-lhe seu cartão de visita e levantou-se. "Será feito."

"Eu poderia dizer que foi um prazer..." Canal começou, levantando-se também.

"Mas não há necessidade de mentir por mim," ela o interrompeu. "Espero que o senhor não pense que não aprecio o fato do senhor gastar seu tempo para falar comigo?"

"Com gramática assim, é um pouco difícil de dizer," Canal respondeu.

"Posso contar com a sua ajuda?" ela perguntou, ignorando as considerações editoriais de Canal a respeito de sua dupla negação e abrindo ela mesma a porta para o hall de entrada.

"A senhora pode," disse Canal, enquanto ela se retirava com Olivetti. "Mas não para proteger os lucrrrrros de seus preciosos Distribuidores OY-VEY, mas sim pelo modo de vida dos monges." Se a empresária ouviu essa ressalva, não parou para contestar.

Quando a porta se fechou atrás deles, Canal meditou sobre a impetuosidade dos americanos e a rispidez de suas maneiras, que foi tão longe a ponto de negligenciar o ritual de apertar as mãos ao final de um encontro. Que povo frio eles eram na maior parte do tempo! Por que mesmo, perguntou-se, ele decidira fazer de Nova York a sua casa?

## II

Na manhã seguinte, as garrafas chegaram com apenas um bilhete. Depois de examiná-las atentamente por algum tempo, o francês chamou seu criado.

"Ferguson, meu bom homem," Canal começou, ao entrar no recinto o mordomo alto e careca, de idade indeterminada, "você faria a gentileza de preparar uma degustação às cegas para mim?"

O fleumático Ferguson ficou imóvel, com o queixo caído.

"O que houve, Ferguson?" Canal perguntou maliciosamente.

"É, é... É o seu sotaque, senhor," o funcionário gaguejou.

"Você não gosta dele?"

"Ele desapareceu!" exclamou Ferguson.

"Ele voltará em breve", Canal tranquilizou-o, brincando. "Você vê, descobri que quando as pessoas estão esperando um excêntrico velho francês, elas não gostam de encontrar alguém que fala inglês tão bem como elas. Faz com que sintam que *elas* deveriam ser capazes de fazer tudo o que *eu* faço. Quando soo tipicamente francês, elas podem atribuir meu talento singular ao do povo francês como um todo, e são menos intimidadas por ele."

"Entendo, senhor," o mordomo respondeu, um tanto inquieto. "Devo entender, então, que meu empregador é americano?"

"Eu não iria tão longe," respondeu Canal, sorrindo enigmaticamente.

"Muito bem, senhor," Ferguson retomou seu comportamento profissional.

"Há quanto tempo você está a meu serviço, Ferguson? Há cerca de três anos?" perguntou Canal.

"Quatro em abril, senhor," Ferguson o corrigiu educadamente.

"Acredito que é tempo suficiente para eu deixar de utilizar o sotaque simulado quando estamos apenas nós dois," Canal continuou. "Sem contar que é bastante cansativo falar inglês dessa maneira completamente não natural."

"Eu não poderia saber, senhor," o mordomo respondeu. Depois de uma pausa, acrescentou, "Devo preparar a degustação?"

"Seria ótimo," Canal concordou.

O inspetor ocupou-se folheando um dicionário Francês-
-Chinês/Chinês-Francês, enquanto Ferguson envolveu as garrafas
aparentemente indistinguíveis em guardanapos de pano branco,
as abriu e despejou pequenas quantidades dos líquidos verdes em
dois copos separados, um diante de cada uma das garrafas cobertas na mesa de café.

Quando os preparativos estavam completos, Ferguson ficou de
prontidão, enquanto Canal provou primeiro um e depois o outro
dos dois copos. Tendo provado cada um deles uma vez, repetiu o
mesmo ritual várias vezes, e, finalmente, murmurou baixinho, "A
mesma textura untuosa, exatamente os mesmos sabores e doçura...
*Je n'en reviens pas!*"

Ferguson estava de pé, aguardando quaisquer que fossem as
próximas instruções que seu patrão lhe daria. Ele estava despreparado para as que recebeu.

"Você poderia me fazer um favor, Ferguson? Preciso de uma
segunda opinião aqui. Você poderia provar esses dois licores e me
dizer o que acha?"

O queixo do mordomo caiu novamente. Após erguê-lo com
sucesso de volta à sua posição habitual, Ferguson disse, "Eu não
poderia, senhor. Seria presunçoso da minha parte."

"Não seja modesto, homem," rebateu Canal. "Posso ver, a partir
de suas extraordinárias escolhas de vinhos e seu talento para infa-
livelmente harmonizar pratos com as bebidas perfeitas, que você
tem um paladar e olfato altamente desenvolvidos."

"Não seria correto, senhor," asseverou o criado. "O senhor não
prefere que eu simplesmente desembrulhe as garrafas?"

"Estou pedindo sua ajuda aqui," Canal insistiu, "de homem para homem."

Ferguson finalmente cedeu, "Se o senhor insiste."

"Eu insisto," o francês enfatizou. "Há tão poucos paladares desenvolvidos por aí nos dias de hoje. Eu não saberia a quem mais recorrer." O rosto de Rolland Saalem subitamente surgiu em sua mente, mas o inspetor refletiu que o diretor musical da Orquestra Filarmônica de Nova York provavelmente levaria semanas para retornar à cidade, considerando o extenso tour no exterior para concertos de inverno da orquestra.

Ferguson reverenciou obedientemente, e retirou mais dois copos do bar. Colocou-os sobre a mesa e Canal fez as honras, despejando neles uma quantidade generosa dos dois líquidos verdes.

"Agora, por favor, prove e me diga o que pensa," Canal solicitou.

"Posso ter permissão para saber, senhor, o que exatamente devo procurar?" Ferguson perguntou, parado de pé em posição de sentido.

"Prefiro não predispô-lo antecipadamente," respondeu Canal.

Ferguson provou uma pequena quantidade do líquido do primeiro copo. Seu rosto registrou primeiro espanto, e depois, apreciação. "Bastante incomum, senhor," comentou. "Acredito jamais ter provado algo assim."

"Sim, acredito que é bastante singular entre os licores. Como você o descreveria?"

"Bastante difícil dizer, senhor. Tem um sabor um tanto amadeirado – se tivesse que arriscar um palpite, eu diria que contém cascas, raízes, folhas e talvez outros vegetais... musgo?"

"Muito bem," Canal assentiu com aprovação. "Nota algo mais?"

"Tem um efeito bastante fortalecedor, não exatamente refrescante, mas *tonifiant*, se Monsieur me perdoar a expressão."

"De fato, perdoarei," Canal sorriu. "Eu não sabia que você falava francês, Ferguson."

"Só um pouquinho, senhor," Ferguson respondeu modestamente. "É praticamente uma exigência para todos os senhores de cavalheiros".

"Uma exigência excelente, essa!" Canal afirmou. "Você faria a gentileza agora de provar o outro copo?"

O criado fez conforme solicitado. Dessa vez, o espanto foi substituído por um olhar concentrado, seguido por exatamente o mesmo avigoramento de antes.

"O que você acha?" Canal perguntou, examinando o rosto do outro.

O semblante de Ferguson evidenciava perplexidade. "Ora, é exatamente o mesmo, senhor! Pelo menos até agora eu não consegui detectar qualquer diferença."

"Então prove de novo," Canal encorajou-o.

Ferguson olhou com insegurança para seu empregador. "Senhor?"

"Vá em frente, homem," Canal insistiu. "Preciso de sua ajuda aqui."

"Como quiser, senhor," respondeu o criado, e provou novamente os líquidos em cada um dos dois copos, demorando-se em cada gole por um tempo considerável. Então sacudiu a cabeça.

"Não é possível, senhor, não posso discernir absolutamente nenhum vestígio de diferença entre os dois licores."

Canal assentiu com conhecimento de causa. "Você provou qualquer coisa de alguma forma artificial, algo sintético no odor ou sabor?"

Novamente Ferguson balançou a cabeça. "Minha sensação, senhor, é que todos os ingredientes em ambas as garrafas são totalmente naturais."

"Essa também foi precisamente minha sensação, Ferguson," Canal comentou. "O que é muito estranho, na verdade."

"Estranho, senhor?" Ferguson repetiu.

"Sim, porque um deles é supostamente uma versão falsificada do outro."

"Então, se posso dizer, senhor, é uma excelente falsificação."

"Excelente, de fato," Canal refletiu. "Claramente, os chineses não fizeram uma imitação barata usando aromatizantes e corantes sintéticos, como muitas das outras imitações do Chartreuse encontradas hoje nas prateleiras das lojas. Ou eles analisaram com sucesso o produto e descobriram todas as cento e trinta e tantas diferentes ervas que ele contém e suas proporções e preparação precisas, ou eles de alguma forma conseguiram roubar a receita secreta, que apenas dois monges em todo o mundo supostamente sabem."

"Ou, se posso ser ousado e arriscar uma terceira hipótese?" Ferguson, que ainda estava de pé, pediu permissão.

"Seja ousado, Ferguson," Canal exclamou.

"Ou," o mordomo opinou, "não é uma falsificação, mas o mesmo produto com um rótulo diferente. Se vê muito esse tipo de coisa no mundo do comércio, quando uma empresa vende o produto de outra empresa em seu próprio nome. Lembro-me de ler, por exemplo, que Corollas da Toyota já foram vendidos pela General Motors como Geo Prizms."

"Pensei nisso," Canal respondeu, enquanto abria as garrafas, "mas, neste caso, ambos os produtos estão sendo vendidos *com o mesmo nome*, em embalagens quase idênticas, por diferentes fornecedores de diferentes países."

"Isso é muito estranho, de fato," Ferguson concordou. Sua posição imóvel, em pé, estava começando a cansá-lo. "Isso é tudo, senhor?"

"Sim, isso é tudo por enquanto, Ferguson. Muito obrigado, sempre," acrescentou o francês.

"É sempre meu mais profundo desejo satisfazer," foi a resposta. Ferguson saiu tão silenciosamente como tinha entrado.

## *III*

Os últimos raios do sol da tarde encontraram Canal à procura do Departamento de Línguas e Culturas do Leste Asiático no campus da Universidade de Columbia, ao norte de Manhattan. Um amigo havia lhe dado o número de um professor chinês nativo que tinha uma ampla reputação de ser um dos maiores especialistas em escrita chinesa de todos os tempos, e Canal combinara encontrá-lo às quatro e meia.

Depois de parar diversos passantes que estavam vestidos como estudantes para pedir informações, mas ainda assim dando uma série de voltas desnecessárias – considerando a imprecisão da maioria das pessoas em relação a distâncias, número de quadras, se se deve virar à direita ou à esquerda, para não mencionar a inépcia geral com a própria linguagem para transmitir um significado inequívoco –, Canal finalmente encontrou o edifício, piso e escritório indicados. Alguns momentos depois, bateu discretamente na porta, um homem chinês com aproximadamente a mesma estrutura e idade de Canal apareceu na porta, e os dois homens se inclinaram ligeiramente pela cintura em direção ao outro.

"Dr. Canal, eu presumo?" o professor perguntou, com um sotaque muito menos perceptível do que o habitual de Canal.

Canal assentiu. "Professor Sheng, eu presumo?" ele repetiu, notando a discreta elegância e o comportamento calmo do outro.

"Sim," respondeu o professor. "Estava lhe esperando."

"Aprecio sua disposição para me ver com tanta brevidade," Canal começou. "Tenho certeza de que o senhor é um homem muito ocupado."

"Sou," respondeu o outro, "mas nunca ocupado demais para aceitar o desafio de identificar um caractere incomum. Estou sempre atualizando meu banco de dados."

"Meu amigo Chen disse que o senhor é um dos prrrrincipais especialistas em escrita chinesa."

"Venho desenvolvendo um banco de dados de caracteres chineses há várias décadas," o professor respondeu modestamente, "e acredito que tenho um dos mais extensos do mundo. Temos excelentes recursos aqui, e pude obter quase todos os livros que quis consultar, seja através de empréstimo entre bibliotecas ou viajando para qualquer destino que fosse necessário."

"Muito impressionante," Canal inclinou a cabeça e olhou ao redor do escritório.

"Como o senhor veio a se interessar por escrita chinesa?" o professor perguntou.

"Estudei um pouco de chinês há várias décadas, mas meu tempo desde então foi tomado por outros assuntos. Ainda ontem, no entanto,–."

"Quase ninguém estava interessado em chinês há várias décadas," o professor interrompeu. "O senhor deve ter sido um dos muito poucos."

"Nós não éramos tão poucos como se poderia pensar na l'*École des langues orientales* em Paris na época."

"Ah sim, entendo," o professor Sheng assentiu. "Era na França, não nos Estados Unidos."

"Fui contatado ontem," Canal retomou a sentença que iniciara anteriormente, "por alguém interessado em um possível produto falsificado, que parece estar entrando nos Estados Unidos, da China."

"O senhor trabalha para a polícia? Ou o senhor é, ao invés, uma espécie de *youshi*?" perguntou Sheng, com os olhos brilhando.

"*Youshi*?" Canal procurou em sua memória. "Talvez algum lugar entre os dois – não trabalho nem para a polícia nem para um príncipe, mas aconselho a ambos."

Sheng assentiu, impressionado pelo francês ter passado em seu pequeno teste. Canal retirou de sua mochila a garrafa que já não estava cheia do líquido verde e mostrou o fundo do recipiente para o professor.

Sheng olhou para o vidro. "Minha visão sendo como é, mal posso distinguir qualquer coisa. Vamos examiná-la aqui com uma lente de aumento." Ele levou Canal até uma mesa, sobre a qual havia um sofisticado sistema de lentes e luzes montado sobre trilhos ajustáveis. Sheng sentou-se à mesa, convidou Canal para juntar-se a ele em uma cadeira ao seu lado e, em seguida, direcionou uma grande lente para o vidro. Isso permitiu que ambos olhassem bem o caractere gravado no vidro. O professor examinou o caractere por alguns momentos e, em seguida, confessou, "Não me lembro de jamais ter visto esse caractere. Também não reconheço a fonética ou o radical."

"Então o senhor está dizendo que não é um caractere chinês?" Canal perguntou.

"Com toda a certeza *não* estou dizendo isso," o professor respondeu. "Já havia mais de quarenta mil caracteres conhecidos no início do século XVIII, e muitos novos caracteres foram postos em circulação desde aquela época, incluindo caracteres para novos conceitos, novos produtos e tecnologias, e até mesmo novos nomes próprios e marcas. Nenhuma pessoa ou mesmo grupo de pessoas poderia conhecer todos."

"O senhor tem alguma ideia, então," Canal perguntou, "de como posso identificar este?"

"Bem, o que podemos fazer é fotografá-lo," e enquanto falava, ajustou o foco e apertou no disparador de uma câmera digital, "carregar a imagem para o meu computador," ele colocou a câmera em um suporte e, em poucos segundos, a imagem digital apareceu na tela próxima a eles, "e limpá-la, para que ela possa ser comparada com a imagem de outros caracteres que temos em nosso banco de dados." Em um clique, algumas marcas difusas na imagem – criadas em parte pela sujeira e graxa da garrafa e em parte pelo reflexo da luz no escritório – desapareceram; com outro clique, as partes da imagem correspondentes ao vidro liso ficaram brancas e as partes da imagem correspondentes ao vidro entalhado ficaram pretas; com um terceiro clique, a imagem em preto e branco resultante foi suavizada e melhorada. "Agora podemos fazer o computador comparar esta imagem com todas as outras."

Canal ficou impressionado com essa demonstração de virtuosismo aparentemente sem esforço. Ele estava esperando o professor debruçar-se sobre vários enormes volumes de dicionários em busca do caractere em questão, e vinha repreendendo-se antecipadamente pela fadiga ocular adicional que daria ao professor. "Será que leva muito tempo?" perguntou, acreditando agora, já que tudo tinha sido tão rápido, que teria sua resposta em poucos minutos.

Para sua decepção, o professor explicou, "A comparação em si não levará muito tempo, mas o agendamento para utilizar o supercomputador da universidade levará."

"Supercomputador?" Canal repetiu. "Isso é realmente necessário? Um laptop comum não é suficiente?"

"As sequências de zeros e uns necessárias para representar adequadamente a combinação de traços e o ângulo e colocação dos traços em caracteres chineses ultrapassa de longe as requeridas para seu simples alfabeto romano. Hoje nenhum processador comum poderia comparar tantas cadeias longas em menos de uma semana."

"Sim, claro," Canal reconheceu sua suposição errônea.

"Vou colocá-lo na fila," o professor continuou, "e teremos a data e hora aproximadas de processamento." Um clique no mouse e alguns segundos depois, anunciou a Canal, "Sua resposta sairá no domingo pela manhã, às 03h14."

A decepção estava escrita por todo o rosto de Canal. Faltavam quatro dias para domingo...

O professor Sheng permaneceu alheio à decepção de Canal, e se ofereceu para programar o sistema para lhe enviar a resposta imediatamente por e-mail.

O francês balançou a cabeça. "Por mais que eu aprecie a oferta, receio que e-mail é contra minha religião."

O professor olhou para Canal com curiosidade, "Contra sua religião?"

"É uma maneira de falar," Canal explicou. "Como a Rainha Vitória e Proust, eu não gostaria de ser acessível a outras pessoas a qualquer hora do dia ou da noite, seja por telefone ou por qualquer outro dispositivo eletrônico. Prefiro falar com elas quando me convém, se me convier."

"Não foi para isso que secretárias eletrônicas e serviços de atendimento foram inventados?" o professor perguntou retoricamente. "E-mail não é nada mais do que um serviço de atendimento eletrônico – você checa suas mensagens quando desejar, e responde se quiser."

"Eu respeitosamente discordo do senhor em relação a isso," disse Canal, educadamente, curvando-se levemente. "Máquinas e serviços de atendimento foram criados para que os empresários nunca perdessem uma venda potencial. Pagers e telefones celulares foram inventados para manter os funcionários trabalhando 24 horas por dia. E o e-mail foi amplamente adotado por corporações para evitar as repetidas e infrutíferas tentativas dos funcionários de encontrar terceiros perto do telefone enquanto tentavam planejar ou acordar algo. O e-mail," continuou, percebendo que Sheng estava ouvindo atentamente, "foi apenas mais uma estratégia adotada no mundo dos negócios para tentar equiparar ainda mais tempo com dinheiro e dinheiro com o tempo. O resultado, como vemos por todos os lados, é que as pessoas estão esquecendo como falar umas com as outras pessoalmente."

"O senhor está presumindo que elas já souberam!" O professor interrompeu. Levantando-se e atravessando para o outro lado do seu escritório, acrescentou, "Posso oferecer-lhe uma xícara de chá?"

"Por gentileza," Canal respondeu, ansiosamente. "É geralmente bem-vindo um revigoramento nesse momento da tarde."

Sheng passou a ocupar-se com uma chaleira, bule, chá in natura e xícaras de chá. Assim que o barulho das suas preparações reduziu-se um pouco, Canal reabriu o tema com a seguinte colocação, "A arte de conversar provavelmente nunca foi uma prioridade deste lado do Atlântico, mas ela está atualmente moribunda. As pessoas parecem estar cada vez menos preocupadas com os desejos, opiniões e sentimentos de outras pessoas, cada vez mais incapazes de iniciar conversas com pessoas que não conhecem ou ter conversas com pessoas que conhecem, e mais e mais socialmente inaptas de modo geral." Canal estava claramente animado com o tópico que o professor involuntariamente evocara com sua oferta de enviar-lhe um e-mail.

O assunto também suscitou reações de Sheng. "Meus atuais alunos nunca aprendem os nomes de seus colegas de classe, muito menos os conhecem. Eles parecem desconfortáveis durante os poucos minutos que passam juntos antes e depois da aula, e passam todo o tempo com seus telefones, enviando mensagens ou verificando se receberam alguma mensagem. Que Deus os livre de falarem com a pessoa que se senta ao lado deles três vezes por semana durante todo o semestre! Quanto mais dispositivos de comunicação eles têm, menos eles realmente conversam," concluiu.

"E a única curiosidade que pessoas da geração dos seus pais geralmente demonstram sobre outras pessoas," Canal acrescentou, "relaciona-se com informações que acreditam poder utilizar imediatamente. De fato, o modelo de conversação que parecem ter adotado é o modelo do *networking*, para fazer conexões de negócios. Em suma, por interesse."

Sheng convidou Canal para juntar-se a ele ao redor de uma pequena mesa de café perto da janela e colocou um bule e xícaras de chá diante deles. "Não se ensina mais etiqueta para as crianças em casa," suspirou. "As coisas ficaram tão ruins nos últimos anos que tenho que ensinar meus alunos a não me cumprimentarem pessoalmente ou por telefone como *E aí, senhor Sheng*! É uma luta levá-los a iniciar seus e-mails para mim com *Caro Professor Sheng*, em vez de um simples 'Oi' ou sem qualquer forma de endereçamento!"

"Sim," Canal concordou, "Já ouvi que agora há até mesmo livros no mercado que ensinam a maneira correta de iniciar e finalizar um e-mail! Não se pode esperar que uma geração que nunca aprendeu as artes epistolares saiba lidar com qualquer outro tipo de correspondência sem instruções explícitas."

Sheng assentiu e, em seguida, encheu dois copos da bebida fumegante. Os dois homens, pensativos, beberam seu chá com delicadeza.

Canal mais uma vez falou primeiro. "É claro que somente quando alguma coisa – seja etiqueta, a autoridade dos pais ou um comportamento respeitoso das crianças – já começou a desaparecer que as pessoas sentem que lhes incumbe colocá-la no papel. Quando faz parte do cenário do mundo de uma pessoa, ninguém pensaria em ler ou escrever sobre aquilo. É somente quando sua ausência começa a tornar-se evidente que alguém se propõe a escrever sobre o tema."

"O e-mail de certa maneira trouxe muitos benefícios para meu trabalho acadêmico," Sheng refletiu, "mas entendo seu ponto sobre seu impacto nas relações sociais. Estou inclinado a pensar que há uma mudança geracional que é, pelo menos em parte, baseada em desenvolvimentos tecnológicos. A descortesia é hoje comemorada como uma virtude, e ninguém parece estar mais preocupado com o que chamamos em chinês de *ren* – acredito que alguns já tentaram traduzir esse termo como virtude, e outros como humanidade, mas é difícil renomear essa palavra em outro idioma..."

"Difícil de renomear ren! Bom jogo de palavras," brincou Canal, e os dois homens riram por um momento. O inspetor bebeu o líquido quente com satisfação antes de falar de novo. "Apenas um grupo que conheço recusou-se a adotar a maioria desses chamados novos dispositivos de comunicação, e os seus filhos são os mais educados e corteses que se pode imaginar. Seus grupos sociais são também os mais coesos, em que horas intermináveis são gastas em conversas face-a-face. Pense no *ars dicendi*!"

"Onde podem ser encontradas essas pessoas incomuns?" perguntou o professor. "Em algum lugar da Polinésia?"

"Não, na Pensilvânia, do outro lado do rio Delaware," Canal respondeu. "Estou me referindo aos Amish." Como Sheng não pareceu reconhecer o nome, Canal acrescentou, "Devido a um mal-entendido que durou duzentos anos, eles também são conhecidos como os holandeses da Pensilvânia."

Sheng assentiu. "Eu não tinha ideia de que evitavam o uso de tecnologias de comunicação em geral," ele disse, terminando sua xícara de chá.

"A maioria deles permite apenas poucos telefones ao ar livre para o uso de um grupo de diversas famílias," Canal explicou, "temendo que o uso facilmente acessível e contínuo de intermediários eletrônicos impeça as pessoas de falarem com suas famílias e vizinhos, e, por fim, leve à fragmentação de suas comunidades. Eles apenas restringiram a comunicação às formas utilizadas pela maioria das pessoas há duas ou três gerações, que é talvez o motivo pelo qual suas interações sociais não mudaram, enquanto as nossas mudaram drasticamente. Dentre os Amish, a comunidade vem em primeiro lugar, e sua virtude mais importante é na realidade muito parecida com o *ren* Chinês – eles a chamam *Gelassenheit*."

"*Galaysonheight*?" Sheng repetiu tão bem como pôde.

"Sim," Canal continuou, como se falando consigo mesmo, "acho que não é uma tradução ruim para *ren*." Ele ergueu a xícara novamente e acrescentou, "Excelente chá!"

"Obrigado," Sheng inclinou levemente a cabeça e completou suas xícaras. "Eu, por exemplo, não entendo como meus filhos podem gastar tanto tempo escrevendo mensagens bobas abreviadas pela internet para pessoas que eles nunca conhecerão de fato, e que não são nada mais do que presenças desencarnadas de–."

"Isso é parte do problema!" Canal interrompeu. "Eles agora somente ficam confortáveis mostrando, a outros, letras em uma tela, e ficam extremamente desconfortáveis em mostrar seus corpos ou emoções. Não é simplesmente por suas relações serem primariamente epistolares – isso foi uma realidade por séculos para muitas pessoas que viviam longe umas das outras longos períodos de tempo, como Abélard e Héloïse. A questão é que seu relacionamento nunca vai além do epistolar."

"Sim," Sheng concordou, "seus relacionamentos com esses supostos amigos parecem corresponder eminentemente a fantasias que eles são incapazes de realizar."

"Na medida em que fantasias sejam de todo realizáveis," Canal observou.

"O que você quer dizer?" o professor perguntou.

"Nossas fantasias mais profundas são, muitas vezes, aquelas que nós nunca iríamos realmente querer realizar, pois sua realização seria muito perturbadora," Canal elucidou. "Mas agora eu apenas quis dizer que as fantasias com que as crianças sonham hoje em dia são tão fortemente influenciadas pelas absurdas representações hollywoodianas da vida que a decepção é inevitável."

"Eu não poderia estar mais de acordo," Sheng assentiu vigorosamente.

Refletindo por um momento, o francês acrescentou, "É claro que isso já era verdade na Idade Média, quando jovens cavaleiros liam os ridículos contos de cavalheirismo e bravura dos pares de Chrétien de Troyes e Amadis de Gaula. O senhor conhece Cervantes?" Sheng assentiu. "Então deve lembrar que Cervantes encheu a cabeça de Don Quixote com todas as histórias medievais implausíveis que ainda circulavam na época, e descreveu-o como acreditando em cada uma delas! Talvez o problema seja mais duradouro do que eu pensava..."

"Sim," concordou Sheng, "talvez fantasias irrealísticas não sejam um problema que criamos somente hoje. Ainda assim, parece que a cada vez mais gritante falta de relação verbal face a face, deixa as pessoas mal equipadas para negociar o abismo inevitável entre relações fantasiadas e reais."

"Bem colocado!" Canal exclamou. "De fato, acho que isso está levando ao progressivo aumento da prevalência do que os psicólogos chamam 'fobia social' e 'transtorno de ansiedade social'. São problemas que medicamentos nunca serão capazes de curar e que estão fadados a se tornar os novos diagnósticos da moda, superando até mesmo o mais recente favorito, a depressão, que é, talvez, o maior saco de gatos já inventado." Então, olhando para seu relógio e rapidamente verificando a mão esquerda de Sheng, Canal levantou-se e acrescentou, "Sinto muito, tenho que ir, mas gostaria muito de convidá-lo e à sua esposa para jantar. Acredito que estarei fora neste final de semana, mas talvez no próximo? Sábado às oito horas?"

"Seu convite é muito gentil," Sheng respondeu, agradecido. "No entanto, precisarei consultar minha esposa antes de dizer sim." Ele refletiu por um momento e, em seguida, acrescentou, "Como poderei avisá-lo se poderemos ou não aceitar seu convite, considerando que o senhor não gosta de atender ao seu telefone?"

Canal refletiu. "De qualquer maneira, precisarei telefonar para o senhor em algum momento após domingo às 03h14 para descobrir o resultado da pesquisa sobre o caractere. Já tenho o seu número – digamos que lhe telefonarei na segunda-feira de manhã, e então o senhor me responderá se poderão aceitar ao meu convite?"

"Perfeito", Sheng respondeu.

Canal agradeceu ao professor pela sua ajuda, sua perícia e pelo chá, e os dois homens curvaram-se levemente um para o outro enquanto Canal dirigia-se para a saída.

## IV

Nem trinta segundos depois de Canal e Errand acomodarem-se em seus confortáveis assentos, a aeromoça da cabine de primeira classe aproximou-se, segurando uma bandeja cheia de copos contendo um líquido amarelo claro borbulhante. "Algum de vocês aceitaria uma taça de champanhe?" perguntou.

Na noite após sua visita ao professor Sheng, Canal telefonara para Errand para lhe dizer que as evidências que ele havia compilado até então sugeriam que ela estava abordando a questão de trás para frente. Em vez de tentar traçar a falsificação buscando seu porto de entrada nos Estados Unidos e de lá ir atrás do fabricante no exterior, ela deveria começar pela fonte – o mosteiro Grande Chartreuse, nos Alpes. Seria muito melhor, sugeriu, fazer uma visita pessoal aos monges cartuxos e tentar convencer o Prior a deixá-los entrevistar os dois monges que, sozinhos, conheciam a receita secreta, para ver se esta poderia ter sido roubada ou copiada com ou sem o seu conhecimento. Errand concordou, imediatamente largou tudo e reservou para ambos um vôo na quinta-feira à noite para Genebra.

Canal virou-se para Errand para que ela respondesse antes à aeromoça. Ela o fez, da sua maneira profissional habitual, "Sim, champanhe," e logo tinha uma taça em mãos.

Quando ficou claro que Errand tinha acabado de falar, Canal sorriu para sua anfitriã, disse "Isso seria ótimo, obrigado," e recebeu uma taça. "*Santé*", ele disse, enquanto erguia sua taça em direção a Errand.

"Viva," ela respondeu, sem grande entusiasmo, segurando a sua.

Canal tomou um gole e pensou consigo, "Agora poderia parecer que os franceses são mais obcecados com a saúde do que os americanos. Os franceses bebem à sua saúde, enquanto os americanos brindam com alegria e alto astral."

"Então qual é a questão dessa fórmula secreta, Canal?" Errand deu início à conversa. "Quero dizer, *Doutor* Canal. Cada empresa tem uma, então o que faz dessa tão especial?"

"Bem, primeiro, esse licor tem efeitos benéficos à saúde bem documentados. Na verdade, a bebida original produzida a partir da receita foi chamada de Elixir da Longa Vida."

"Sim, sim, sei que os franceses são ótimos em provar que tudo o que eles gostam de beber é fabuloso para a saúde," Errand ironizou. "O vinho tinto supostamente tem todos os ingredientes maravilhosos possíveis que a humanidade conhece, e o champagne tem propriedades químicas fabulosas que ninguém compreende ainda. São todos maravilhosos, e nenhum outro alimento ou bebida tem as mesmas virtudes – blá blá blá! Já ouvi todo esse papo. Agora me diga algo que eu ainda não sei."

"Parece-me que você já sabe tudo," Canal respondeu, timidamente. "Não tem sentido continuar."

"Vá em frente," a americana empurrou Canal pelo ombro, em um show de jocosidade, "Tenho certeza de que você tem muitas informações fascinantes para mim."

"Não parece, porém, que você realmente quer ouvi-las."

"Ah, eu quero, eu quero!" Errand tentou ser convincente.

"Permanece a preocupação quanto ao que você vai fazer com elas."

"O que você quer dizer com isso?"

"*Je m'entends,*" Canal pensou. O dito de Cheng Yi, "A palavra do sábio se transforma dependendo da pessoa a quem é dirigida," passou por sua mente. Em voz alta, ele disse, "Nada em particular."

Errand olhou para ele com ar de dúvida, mas deixou passar. "Então, o que há de tão especial nessa receita?"

Canal, que raramente deixava passar a oportunidade de contar uma boa história, passou a falar. "A história da fórmula para este Elixir da Longa Vida é louca e confusa," ele começou. "Ninguém parece ter ideia de onde a receita originalmente veio. Tudo o que sabemos é que ela foi dada aos monges cartuxos em 1605 por François-Annibal d'Estrées. Ele–."

"Você está brincando, não está?" Errand interrompeu. "Você espera que eu acredite que o nome do cara era realmente Francis Hannibal? Que tipo de pais nomearia seu filho Hannibal?"

"Coisas mais estranhas já aconteceram," Canal prosseguiu, imperturbável. "D'Estrées tinha cerca de vinte e oito anos na época, e sua irmã, Gabrielle d'Estrées, foi a bela e amada amante do rei Henrique IV, da França. Como d'Estrées não era o primogênito de sua família, esperava-se que ele dedicasse sua vida à Igreja. Mas depois de servir brevemente como bispo de Noyon, ele preferiu o exército, e eventualmente subiu até o topo, tornando-se Maréchal de France – nos Estados Unidos, hoje em dia, você pode chamar esse cargo de Comandante-em-Chefe das Forças Armadas."

"Bela forma de subir a escada do sucesso!" Errand exclamou em aprovação.

"Sim, certamente é. Ele, obviamente, tinha os contatos certos," Canal opinou. "Curiosamente, parece haver pouca especulação sobre como o duque d'Estrées veio a ter essa fórmula e porque ele a entregou aos monges do mosteiro cartuxo Vauvert, perto de Paris, mas–."

"Pensei que ele a tinha entregue para os monges do mosteiro cartuxo nos Alpes," Errand interrompeu.

"Não, foi para os irmãos cartuxos cujo monastério tinha sido fundado em 1257 por São Luís, Rei de França, no espaço que abriga hoje os Jardins de Luxemburgo, no meio de Paris," Canal explicou. "Talvez você os conheça?" Errand acenou afirmativamente. "Pois eles ficavam muito mais perto de onde o próprio d'Estrées vivia."

"Você parece incrivelmente bem informado, inspetor. Como sabe tanto sobre tudo isso?"

"Reli ontem à noite um livro que tenho sobre os cartuxos," Canal respondeu. "De qualquer forma, o manuscrito logo se encaminhou para o principal mosteiro da ordem, nos Alpes, *la Grande Chartreuse*. Nenhuma informação parece atualmente disponível para esclarecer o mistério de sua origem. Para resumir, em 1605 os irmãos cartuxos receberam um manuscrito já antigo e somente em 1737 conseguiram decifrá-lo por inteiro."

"Para!" Errand bradou. "Cento e trinta e dois anos? Isso é ultrajante!"

"Sim," Canal respondeu, observando atentamente a reação dela, "Posso ver que para você é. Você teria, sem dúvida, demitido quem estivesse encarregado de decifrá-lo depois de três dias, mudado a equipe de monges debruçada sobre ele a cada três semanas e, quando ainda não tivesse resultados após três meses, terceirizado para uma equipe de especialistas em tecnologia da informação na Índia!"

"Vejo que você decifrou todo meu *modus operandi*, doutor," Errand afirmou com mais do que um toque de sarcasmo.

"Afinal, você estaria simplesmente seguindo a prática usual dos negócios."

"Você tem que admitir, no entanto," a executiva continuou, "que teria sido muito mais rápido do meu jeito!"

"Pelo contrário, não teria ido a lugar algum da sua maneira, pois os monges eram os únicos remotamente capazes de decifrá-lo naqueles dias. Quase ninguém mais sabia ler na época, muito menos entender o que era provavelmente latim arcaico e recôndito, e praticamente ninguém fora de tais monastérios tinha o conhecimento botânico necessário."

"Você faz parecer que os monges eram as únicas pessoas educadas no planeta," Errand protestou.

"Teria sido muito difícil encontrar, naquela época, qualquer coisa vagamente parecida com erudição fora de um mosteiro ou escola administrada pelo clero, ao menos no Ocidente. Os monges tinham a tradição de decifrar, copiar e estudar textos difíceis em grego e latim antigo, para não mencionar o Antigo e o Novo Testamento. Não está claro o quanto teria sobrado do que nos referimos, com tanta vaidade, como a civilização ocidental, se ao longo da Idade Média os monges não tivessem preservado os textos clássicos."

"Então devemos a eles a civilização ocidental?" perguntou Errand, ironicamente.

"Não toda, mas muitas, muitas coisas – obras sérias, é claro, mas, surpreendentemente, mesmo obras alegres como as comédias de Plauto. Bem, talvez isso não a surpreenda..."

"Mais champanhe?" Perguntou a aeromoça, que esperava pacientemente por uma pausa na conversa.

"Não para mim," Errand respondeu.

"Com prazer, obrigado," disse Canal. "Você está ciente, é claro, que devemos o champagne a eles?"

Errand olhou para ele desconfiada. "Estou?"

"Você já ouviu falar de Dom Perignon?"

"Quem não ouviu? É um dos champanhes mais caros por aí."

"É verdade," Canal admitiu. "Mas Dom Perignon também foi um monge beneditino da região de Champagne, na França, que melhorou as propriedades naturalmente borbulhantes dos vinhos locais e descobriu como capturá-las, em garrafas de vidro reforçado, com rolhas espanholas. Ele desenvolveu a técnica que é usada para fazer vinhos espumantes em todo o mundo – ou pelo menos os bons, não aqueles que agradam o paladar e olfato somente com a ajuda de aditivos artificiais."

"Sempre ouvi dizer que monges consumiam grandes quantidades de vinho," Errand observou, "mas eu não tinha ideia que eles inventaram o champanhe."

"Para alguém que distribui vinhos e bebidas alcólicas–."

"Eu não pareço saber muito sobre sua origem?" Errand terminou a frase para ele.

"Não," respondeu Canal, "Eu ia dizer que você não parece aproveitá-los muito."

"Champagne vai para a cabeça muito rapidamente, e então não consigo pensar direito," Errand explicou.

"Ah," Canal refletiu, "e devemos sempre pensar direito, não é?"

Errand deixou passar a estocada.

"Você tem medo, talvez, do que você pode dizer se não estiver pensando direito?" Canal insistiu. Errand continuou sem responder, Canal decidiu então mudar de rumo. "De onde mesmo é a sua família originalmente, se você não se importa que eu pergunte? Seu nome de família não é uma versão anglicizada do francês *errant*?"

"Realmente não sei dizer com certeza," respondeu a americana. "Meu avô, por vezes, alegou que tínhamos parentes ao longo da costa atlântica da França, ao sul da Bretanha, mas–."

"Que, como tantas outras partes da Europa, era nada mais que um pântano gigante infestado de malária até milhares de monges passarem décadas escavando canais e drenando o solo para torná-lo arável".

"Mas, como eu estava prestes a dizer antes de você me interromper, meu avô era um mentiroso inveterado, então você pode ter certeza de que tudo o que ele dizia estava tão distante da verdade como poderia concebivelmente ser. De todo modo, não dou a mínima para a minha árvore genealógica! Nunca fui capaz de entender as pessoas que são obcecadas com a sua genealogia. Meus antepassados não me fizeram quem sou."

"Você é uma mulher que se fez por conta própria?" Canal questionou.

"Se você acha que eu deveria dar crédito aos meus pais e avós, que fizeram quase todo o possível para me impedir de ser a mulher que sou hoje!" ela disse, exaltada.

"Então?" perguntou Canal.

"O que você quer dizer, então?"

"Você disse, *se* eu acho que... *Se* é geralmente seguido por *então*," explicou Canal.

"Foi apenas uma maneira de falar," Errand respondeu em um tom um tanto irritado.

"Nada é apenas uma maneira de falar," Canal ensinou. "Seu pensamento foi, talvez, que, *se* eu acho que você deveria dar-lhes crédito, *então* eu estou completamente fora da casinha?"

"Sim," Errand concordou. "Duvido que eu incluísse sua casinha no assunto, mas era talvez algo nesse sentido."

"Eu, é claro, não sei absolutamente nada sobre seus pais ou avós, e não sonharia insinuar que você deveria ser grata a eles por qualquer coisa," Canal esclareceu.

"Fico feliz em ouvir isso," respondeu Errand.

Percebendo a aeromoça passando por eles novamente com uma garrafa de champanhe na mão, Errand pediu que seu copo fosse reabastecido, e Canal concordou satisfeito em também ser servido novamente.

Após rapidamente virar cerca de metade do seu copo, Errand perguntou, "O que você estava dizendo antes sobre o meu sobrenome ser uma versão anglicizada de alguma palavra francesa?"

"Bem, a única diferença é que em vez do *d* no final de Errand, a palavra francesa tem um *t*. O verbo *errer*, do qual deriva *errant*, tem alguns significados, incluindo viajar, passear, movimentar-se sem rumo ou aleatoriamente, desviar-se para fora do caminho correto, aventurar-se quixotescamente, e, por último, mas não menos importante, errar. Você provavelmente está familiarizada com ela a partir da expressão *cavaleiros errantes*, usada em romances antigos para descrever cavaleiros que eram descritos como vagueando pelo campo em busca de dragões para matar e donzelas em perigo para resgatar."

"Parece uma enorme quantidade de carga para carregar em um nome!" disse Errand, terminando seu champanhe. "Só posso esperar que meu avô estivesse errado, como de costume. A versão em inglês com um *d* se aplica melhor a mim."

"Por que," perguntou Canal, "você está em uma missão de misericórdia ou sempre executando mandados? Ou é o significado do inglês antigo da palavra, mensagem e negócios, que você julga adequado?"

"Mensagem e negócios?"

"Sim, o sentido do termo incumbência parece que originalmente envolvia entregar uma mensagem para realizar algum tipo de negócio."

"Você deve ter achado muito divertido quando pesquisou isso depois de me conhecer!" disse ela, olhando para Canal provocativamente, suavizando suas feições.

O avião, que havia se afastado do portão de embarque e taxiado para uma pista principal, sobre trilhas já trafegadas por inúmeros outros aviões, começou a pegar velocidade, lançou-se pela pista e levantou vôo para a imensidão azul.

"Sim, se não fosse seu sobrenome," disse Canal sorridente, retomando a conversa, "eu poderia ter equivocadamente pensado que

Negócios era seu nome do meio. O que me lembra, estou bastante surpreso com você ter reservado a primeira classe. Imaginava que você economizaria cada centavo para mostrar ao seu chefe o quão eficientemente conduz os negócios." Errand parecia estar tolerando bem suas provocações, então ele continuou, "Veja, não estou reclamando, de forma alguma. Estou apenas surpreso."

"Viajar na primeira classe é uma das poucas regalias que recebo."

"E regalias são importantes porque você não é paga o suficiente?" Canal perguntou.

"Não em comparação com os caras acima de mim!"

"E você é tão boa quanto eles," Canal meio declarou, meio perguntou.

"Sou muito melhor do que eles!", ela respondeu, com os olhos piscando.

"Vou beber a isso," disse Canal, levando seu copo a seus lábios. "Então, acredito que é a benefícios generosos que devo a honra de viajar com você e não com um de seus subordinados?"

"Ah não, nunca poderia confiar a meus subordinados um assunto delicado como este," confidenciou Errand.

"*On n'est jamais si bien servi que par soi-même!*" exclamou Canal. "Acredito que os americanos dizem, se você quer que algo seja bem feito–."

"Faça você mesmo."

"Sim, é isso. E você tem razão – quer dizer, você está correta! Acho que vai ser complicado descobrir o que aconteceu com essa fórmula."

"Você ainda não me disse o que ela tem de tão especial," Errand protestou, pressionando o antebraço dele com a mão, e ficou claro pelo seu tom de voz e gestos que o champanhe estava começando a fazer efeito.

"Acho que desviamos do assunto," Canal admitiu. "Mas você está certa – devo falar agora, antes que sirvam o jantar. Porque, se você não me achar terrivelmente rude, eu gostaria de tirar um cochilo depois do jantar, para estar minimamente descansado amanhã de manhã."

"Rude? Nem um pouco. Eu também gostaria de tentar descansar um pouco antes de pousar."

"Como eu estava dizendo, foi somente em 1737 que o boticário–."

"O o quê?"

"O boticário, uma espécie de farmacêutico antigo, decifrou e refinou a fórmula no monastério com a ajuda de vários outros monges, e o primeiro Elixir da Longa Vida extraído de plantas foi produzido. A distribuição era bastante limitada no início, porque a contraparte da sua corporação OH-VEY–."

"É YVEY Distribuidores," exclamou Errand, pronunciando cada letra da sigla separadamente tão distintamente quanto podia.

"Como você preferir. De qualquer forma, a contraparte dos seus Distribuidores YPSILON-VE-YPSILON era simplesmente o irmão Charles e seu burro. Apesar da infraestrutura asinina, o elixir tornou-se popular na região de Dauphinois, não apenas como um tônico de saúde, mas também como uma bebida. Os monges logo decidiram produzir uma versão mais fácil de beber, com menor teor de álcool, porque o elixir original era extremamente forte, e isso levou à criação do Chartreuse verde que conhecemos hoje."

"Não soa como uma história muito louca e confusa para mim," Errand riu, "a menos que fosse um daqueles burros hippies cabeludos que você vê no zoológico."

Impressionado por uma americana conhecer o *baudet du Poitou*, Canal riu e continuou sua história. "Como ocorre muito na história da França, foi a revolução de 1789 que dificultou muito os trabalhos. Os monges foram obrigados a dispersar-se, apenas um deles foi autorizado a permanecer no mosteiro. Foi-lhe dada uma cópia do precioso manuscrito que contém a fórmula, e o original foi levado por outro dos monges, que pretendia contrabandeá-lo para fora do país. O traficante foi preso não muito longe de Bordeaux, mas conseguiu evitar uma revista completa e, eventualmente, entregou o documento a outro monge do lado de fora que voltou para os Alpes, escondendo-se perto do mosteiro, esperando para ver quando baixaria a poeira revolucionária. Quando este último monge finalmente perdeu as esperanças de que a ordem dos Cartuxos fosse restabelecida, ele vendeu uma cópia da fórmula a um farmacêutico em Grenoble.

"Então, em 1810, Napoleão decretou que todos os chamados remédios secretos tinham que ser entregues ao Império, e o farmacêutico teve que enviar sua cópia para o Departamento de Estado. Eles logo a enviaram de volta para ele com a simples palavra *recusado*, sem dúvida porque não conseguiram entender uma única palavra!"

"Sorte dos monges," Errand brincou. "Eles teriam anulado todos os seus direitos de propriedade intelectual."

"Exatamente," Canal concordou. "Após a restauração da monarquia, Louis XVIII permitiu que os monges voltassem ao monastério, e a cópia e os seus direitos à fórmula secreta foram devolvidos a eles pelo farmacêutico."

"Isso deve ter sido um alívio para eles."

"Foi," Canal concordou , "mas depois, em 1903, os franceses expulsaram os cartuxos do país e nacionalizaram o mosteiro, junto com todas as outras propriedades da Igreja na França."

"Os franceses fizeram isso no século XX?" Errand exclamou, genuinamente chocada.

"A maioria das pessoas não se dá conta disso, mas o governo francês ainda hoje é dono de todas as catedrais da França, incluindo Notre Dame."

"O governo é dono de Notre Dame? Isso não faz qualquer sentido!" Errand exclamou, indignada em cada fibra do seu ser anti-intervenção-do-governo.

"Vai entender!" Canal continuou, feliz por ver que ele e sua companheira de viagem tinham pelo menos isso em comum. "Não é cobrado ingresso para visitação, mas os políticos sabem que a catedral mundialmente famosa atrai milhões de turistas a Paris. Assim, o governo, que fez praticamente tudo ao seu alcance para minar o catolicismo na França, paga por sua manutenção."

A executiva americana estava incrédula, e olhou inquisitivamente para Canal.

"Não me pergunte sobre as contradições da política francesa," ele a aconselhou, "caso contrário, você não conseguirá comer o seu jantar. Ou, pelo menos, eu não conseguirei comer o meu. Agora, onde eu estava? Ah, sim, nossos irmãos cartuxos foram expulsos da França, então eles se restabeleceram em Tarragona, Espanha, ao sul de Barcelona, onde seu famoso licor ficou conhecido por algum tempo simplesmente como Tarragone."

"Por que eles mudaram o nome? O reconhecimento da marca é extremamente importante."

"Eles tiveram que fazê-lo, pois o governo francês tinha vendido a sua marca a um grupo de produtores de bebidas alcoólicas que havia tomado a velha destilaria do mosteiro. Felizmente, em 1929 os monges conseguiram tornar-se acionistas majoritários do grupo, e a compraram. Isso permitiu que os cartuxos recuperassem sua marca e sua antiga destilaria."

"E então veio a Segunda Guerra Mundial, que deve tê-los prejudicado novamente," Errand postulou, sua aula de estudos sociais na escola tendo ao menos contemplado um breve panorama do século XX na Europa.

"Surpreendentemente," Canal observou, "as coisas têm sido bastante calmas para nossos monges desde 1930. Calma é, afinal, o que eles presumivelmente buscam ao optar por uma vida monástica."

"Talvez," Errand balançou a cabeça, em dúvida. "Mas sempre acreditei que eles estavam fugindo das mulheres! Por que um homem por vontade própria deixaria o mundo e iria viver com um grupo composto exclusivamente por homens se ele não estivesse tentando fugir de uma mulher, ou das mulheres em geral?"

"Você tem a impressão," Canal perguntou, "que os homens estão tentando fugir de você?"

"Não, porque você pergunta?"

"Porque as suposições de uma pessoa sobre os motivos das outras pessoas são geralmente baseadas em sua própria experiência," respondeu o inspetor.

"Eu só acho que os homens em geral não conseguem lidar com as mulheres – especialmente as mulheres fortes, modernas. Eles estão acostumados com as mulheres de antigamente, que abnegadamente davam e davam, e sacrificavam tudo pelos seus maridos. Eles se acostumaram a receber, e não conseguem lidar com mulheres que querem algo em troca, que querem que os homens dêem tanto quanto elas."

"O engraçado, no entanto," Canal retrucou, "é que muito menos homens procuram uma vida monástica hoje em dia do que havia no passado, quando os mosteiros chegavam à casa dos milhares, se não dezenas de milhares. Então talvez os homens que se tornam monges hoje não estejam fugindo de alguma coisa, mas procurando algo."

"Logo você me dirá que eles estão procurando Deus!" Errand exclamou com sarcasmo.

"Isso é o que eles costumam dizer."

"Por favor," ela bradou cinicamente.

"Outros professam estar à procura da contemplação silenciosa."

"Caia na real!" Errand exclamou, o champanhe tendo soltado sua língua. "Eles querem escapar da guerra dos sexos! O amor é uma guerra hoje em dia, e os caras que se tornam monges já foram feridos tanto que não podem mais competir, ou nunca tiveram a coragem de lutar."

"Então isso que o amor é para você, uma guerra?"

"Porque você tem que personalizar tudo?" Errand reclamou. "Eu não inventei a expressão 'batalha dos sexos'!"

"É isso que está acontecendo entre você e o inspetor Olivetti?" perguntou Canal, imaginando que poderia ser capaz de desvendar a verdade enunciando uma falsidade óbvia.

"Olivetti? Você está brincando?!" ela disse, revirando os olhos.

"Apenas pensei que ele olhava para você de uma certa maneira, e que talvez houvesse algo acontecendo."

"Olhou para mim de que maneira?"

"Você sabe, a maneira como os homens olham para mulheres que..."

"Que...?" Errand fez um gesto em círculos com a mão, insistindo que ele terminasse a frase.

Ele seguiu, "Por quem eles são fascinados."

"Bem, ele pode ser fascinado pelo que ele quiser, é um país livre," comentou Errand levianamente, com um leve rubor em suas bochechas que desmentia sua indiferença. "Mas eu devoro caras como Olivetti todos os dias no café da manhã."

"Você deve ter um sério caso de indigestão!" Canal brincou.

A aeromoça interrompeu-os para tirar suas bandejas. Estendeu as toalhas de mesa, colocou os talheres sobre elas, e serviu a entrada.

# V

Depois de terem partilhado o primeiro prato, Canal consultou o menu. "*Faisan en Chartreuse*", murmurou com apreciação.

Errand leu o menu por cima do ombro dele. "O que é faisão cartuxo?" perguntou.

"É faisão com legumes no estilo dos Cartuxos, o que significa que eles são dispostos em camadas redondas ou ovais," Canal respondeu, lambendo os lábios. "É claro que, como os cartuxos são vegetarianos, eles nunca teriam incluído qualquer tipo de carne no prato."

"Você leu isso também em seu livro na noite passada?"

"Não, meu irmão é um monge na *la Grande Chartreuse* há muitos anos, então sei muito sobre as suas práticas."

Errand foi fulminada. "Espero não tê-lo ofendido com nada do que eu disse antes sobre os homens que se tornam monges," ela disse apressadamente.

"Nem um pouco," Canal renunciou ao pedido de desculpas. "Poucas pessoas percebem a grande variedade de razões que podem levar alguém a se tornar um monge ou freira. Cada um dos padres e irmãos do mosteiro tem uma história diferente, e a história de cada um é composta por questões múltiplas, e muitas vezes contraditórias, como a sua ou a minha. Alguns estão fugindo de alguma coisa ou outra, em um nível, mas buscando outra coisa em outro nível."

"E a história de seu irmão?" Errand consultou.

"Bem, tenho certeza que ele lhe diria uma coisa sobre ela e eu lhe diria algo bem diferente, mas posso assegurar-lhe que é bastante complexa. De todo modo, já fui para a *Grande Chartreuse* muitas vezes no passado e li e ouvi muito sobre os cartuxos."

"Compreendo," Errand respondeu. "Então, na verdade, você concordou em vir para que pudesse visitar de graça seu irmão?" ela comentou, tentando levar a conversa para um clima mais leve.

"Minha participação seria mais compreensível para você se eu tivesse sido atraído por algum interesse pecuniário pessoal?" Canal retrucou no mesmo tom brincalhão.

"Eu não disse exatamente isso," Errand protestou, "mas admito que me perguntei por que você ajuda pessoas como Olivetti com seus casos mais difíceis. Talvez Olivetti não perceba, mas você é realmente uma espécie de Arsène Lupin moderno, cavalheiro-ladrão!"

Canal estava manifestamente satisfeito, "Você conhece os maravilhosos contos de Arsène Lupin, do nosso Maurice Leblanc?"

"Conheço," Errand respondeu, "e lembro que sempre que ele ajudava alguém a resolver um crime ele conseguia embolsar algumas jóias preciosíssimas ou lucros da investigação de uma maneira terrivelmente tangível. Isso explicaria seu estilo de vida opulento." Ela deu um olhar significativo para Canal e acrescentou, no que pretendeu que fosse um tom de provocação, "Talvez você planeje roubar a fórmula para si? Quais são suas intenções, inspetor?"

"Você quer saber o que tem nessa história para mim?" Canal resumiu. "Vejo que você dirige suas próprias questões sobre relacionamentos de uma forma que a mim parece invertida. Você quer saber por que alguém daria algo a outra pessoa sem ter a certeza de obter exatamente o mesmo em troca, se não mais."

Canal notou com satisfação o espanto e a indignação de Errand com essa inversão de sua própria mensagem, mas sua expressão foi interrompida pela chegada repentina da aeromoça carregando um prato muito cheio. Quando o jantar foi servido, Canal pensou consigo, "*Il n'y a que la vérité qui blesse*. Me pergunto como isso poderia ser traduzido? 'Há apenas a verdade que dói? Não, nada literal funcionará aqui... Talvez algo mais na linha de 'Uma observação que erra o alvo não deixa nenhuma ofensa duradoura?' Na verdade, isso soa um tanto familiar. 'Nada dói tanto como a verdade?' Bem, pelo menos é um começo..."

## VI

O Blackberry de Errand já havia tocado a abertura de William Tell cerca de dezessete vezes entre o momento em que o piloto anunciou que os passageiros poderiam ligar seus dispositivos eletrônicos e o momento em que os dois viajantes saíram em seu carro de aluguel de Genebra em direção aos Alpes franceses. O funcionário no balcão da locadora Maxicar pensou que ela estava falando com ele quando ela estava falando com alguém em outro continente, e vice-versa. O mesmo ocorreu várias vezes também com Canal, especialmente quando ela estava usando seu fone de ouvido sem fio. Suas habilidades multitarefa, enquanto preenchia formulários da alfândega e rubricava o contrato de locação de automóvel em meia dúzia de lugares, ao mesmo tempo em que conduzia negócios transatlânticos, estavam em tal evidência que parecia impossível que ela jamais fosse capaz de dar novamente toda a sua atenção a uma pessoa ou atividade por vez.

Canal, cuja tolerância a ruídos era baixa e que odiava a ideia de fazer múltiplas tarefas – desdenhoso como ele era com as tentativas dos psicólogos para associar as capacidades intelectuais humanas com sistemas operacionais de computadores, softwares, ou chips de silício de núcleo duplo ou quádruplo – estava com os nervos à flor da pele. Justificou sua falta de paciência dizendo a

Errand que tinha dormido muito pouco no avião, o que pareceu provável pela forma como ele cochilou assim que partiram com o carro. Percebendo isso, Errand, cujo expresso quádruplo tinha levantado suas pálpebras até sua posição de abertura máxima, desligou seu Blackberry e focou no cenário desconhecido. Quando Canal finalmente acordou algumas horas mais tarde, ele se desculpou por não ter sido seu copiloto e pegou o mapa.

"Não se preocupe, companheiro," ela respondeu alegremente. "Memorizei o caminho até Grenoble, então não precisei de ajuda até agora. Mas você acordou na hora certa, porque acredito que nossa saída da estrada está chegando em breve."

"Perrrrfeito," Canal respondeu, meio grogue, esfregando os olhos injetados de sangue.

A saída de repente apareceu, e a estrada serpenteou prodigiosamente enquanto subia pelo vale para o alto da cordilheira do mosteiro. Os vales verdes deram lugar a encostas silvestres e, eventualmente, picos circulares cobertos de neve. Curvas amplas transformaram-se em curvas fechadas, e as cidades extensas das planícies cederam lugar a celeiros, pequenas aldeias de montanha e resorts de esqui apenas ligeiramente maiores, as montanhas do Maciço de *la Grande Chartreuse* sendo muito menos populares entre entusiastas de esqui do que outras pistas próximas. Uma hora de condução cuidadosa, reflexões silenciosas e observações ocasionais sobre o cenário, trouxe nossos dois viajantes para a pequena cidade de Saint-Pierre-de--Chartreuse, a um pulo do mundialmente famoso mosteiro cartuxo.

## VII

Canal combinara que ele e Errand se encontrariam com o Prior no dia seguinte às duas e meia, em um dos poucos momentos em que os monges não estavam ocupados em orações em suas celas ou na igreja. O Prior propusera que eles se encontrassem no Museu Cartuxo, cerca de um quilômetro abaixo do mosteiro, já que visitantes raramente eram permitidos no seu interior. Do hotel em Saint-Pierre-de- Chartreuse, eles prosseguiram morro abaixo em seu carro alugado, atravessaram uma pequena aldeia, e, em seguida, viraram à direita em um profundo desfiladeiro. Passaram por uma ponte de pedra à esquerda, viraram à direita e seguiram pela longa rodovia para a área de estacionamento.

A partir de lá, prosseguiram a pé por um pequeno caminho coberto de neve, passando por uma igreja de meados do século XII à direita. Subiram os degraus até o que era anteriormente o mosteiro dos irmãos leigos e que, no decorrer de sua longa história marcada por incêndios e pilhagens, foi transformado sucessivamente em um albergue, um hospital para monges doentes e, mais recentemente, um museu. Além da igreja antiga, esse aglomerado de edifícios eminentemente dos séculos XVII e XVIII, conhecido como a Correrie, também engloba ruínas do século XI das primeiras dependências do mosteiro, construídas nos primórdios da existência da comunidade.

Na bilheteria, Canal informou que o Prior esperava por eles, e um jovem foi alertá-lo de sua chegada.

Na maioria dos outros sábados, o museu estaria repleto de turistas de todo o mundo, haveria inclusive ônibus cheios deles. Mas era o auge do inverno, uma grande quantidade de neve havia caído nos últimos dias e o interior do museu estava tão tranquilo como a floresta e as montanhas ao seu redor.

Passos reverberaram pelo corredor e o Prior, acompanhado pelo atendente da bilheteria, apareceu vestido com uma longa túnica de lã bege. O líder espiritual dos trinta e um mosteiros cartuxos em todo o mundo era alto e magro, com o rosto fino e cabeça raspada. Ainda que estivesse circunspecto, dada a natureza da visita deles, ele irradiava calor, mesmo quando vasculhou o rosto deles com seus olhos penetrantes.

Cumprimentou-os em francês e conduziu-os para um escritório próximo, convidando-os a sentar-se. Embora momentaneamente desconcertada com a intensidade do olhar do Prior, Errand não perdeu tempo, e abriu a conversa com um *"Parlez-vous anglais?"* ao que o Prior respondeu que sim. Afinal, o Prior crescera em um dos países germânicos na Europa onde o Inglês é diligentemente aprendido na infância, e é geralmente muito bem falado a partir de então. Errand sentiu-se reconfortada por isso, pois simplificaria muito não ter Canal traduzindo cada palavra, especialmente considerando que ela não estava totalmente certa de que ele seria confiável para fazê-lo.

Ela sintetizou brevemente o que Canal já dissera ao Prior pelo telefone alguns dias antes, indicando que diversos aspectos de suas operações deveriam ser verificados: algum dos monges que conhecia a fórmula poderia ter vendido uma cópia dela? Alguma outra pessoa, seja um padre, um irmão, ou alguém de fora, poderia ter conseguido copiar ou reproduzir de alguma forma a fórmula, copiando-a fisicamente ou plantando algum tipo de microfone ou câmera de vídeo no local? Seria possível que os computadores tivessem sido acessados ilegalmente?

Era evidente, pela expressão facial e balanço ocasional da cabeça do Prior, que ele não estava muito feliz com a perspectiva de ter pessoas de fora olhando suas operações dessa forma. "Jamais ocorreu qualquer investigação desse tipo aqui, e não acredito que eu possa permitir uma."

"Talvez a sobrevivência de toda sua ordem jamais tenha sido arriscada dessa forma antes, padre," Canal propôs, "então deve ser feita uma exceção neste caso."

"*On en a vu d'autres*," o homem com a túnica respondeu involuntariamente, novamente sacudindo a cabeça. Percebendo a incompreensão no rosto de Errand, ele explicou, "A sobrevivência da nossa ordem já foi arriscada muitas vezes, e sempre conseguimos dar um jeito." Pausando por um momento, ele acrescentou, "Os dois únicos monges que sabem a fórmula estão acima de qualquer suspeita, e não acredito que alguém queira copiá-la."

Errand respondeu a essa objeção. "Há muitas pessoas inescrupulosas no mundo que pagariam uma pequena fortuna pela sua fórmula. Eles não mediriam esforços para subornar seu pessoal – quero dizer, sua congregação–."

"Comunidade," corrigiu Canal.

"Sim, comunidade," Errand prosseguiu, "para colocar as mãos nela."

O Prior balançou a cabeça novamente. "Não posso imaginar o que qualquer um dos padres ou irmãos aqui poderia fazer com dinheiro. Você talvez esteja ciente de que, ao contrário de outras ordens monásticas, os cartuxos nunca vacilaram em seu comprometimento com a pobreza, feito por ocasião da fundação da ordem em 1084. Mesmo hoje, quase não temos pertences pessoais, nem oportunidades para adquiri-los. Qualquer exibição deles seria imediatamente notada por todos."

"Eles não poderiam ser mantidos na cela privada do monge, onde praticamente ninguém entra em momento algum?" Canal perguntou.

O Prior refletiu. "Suponho que certos objetos pequenos poderiam escapar à detecção, como uma estatueta religiosa preciosa ou um incunábulo valioso. Isso é uma palavra em inglês?" perguntou, escrutinando os rostos dos dois visitantes.

Canal esperou um momento para que Errand respondesse, se assim desejasse, e quando ela não o fez, ele opinou, "Acredito que o inglês simplesmente adotou o termo do latim *incunabulum*." O Prior assentiu, compreendendo a lógica na explicação.

Errand, contudo, não fora mais sábia. "O que é um incombabulum?"

"Um incunabulum," o Prior explicou, "é um livro que não foi manuscrito, mas produzido nos primórdios da tecnologia de impressão, geralmente entre 1450 e 1500. Embora esses livros sejam bastante caros, eles são geralmente mais acessados–".

"Acessíveis," Canal discretamente o corrigiu.

"Sim, obrigado," o Prior assentiu, "mais acessíveis do que manuscritos medievais, que são geralmente iluminados. Ainda assim, não posso acreditar que...," ele disse, sacudindo a cabeça.

"Além de ganho pessoal," Errand retornou ao tema anterior, "as pessoas muitas vezes são induzidas a vender informações por diversas outras razões. Às vezes a família ou amigos estão em uma situação delicada e precisam desesperadamente de dinheiro para pagar fiança, evitar a falência, ou obter tratamento médico urgente."

Canal inclinou a cabeça, concordando vigorosamente.

"Mas veja, a medicina é pública aqui na França," o Prior objetou, "então as pessoas recebem o tratamento médico de que precisam sem incorrer nas contas médicas exorbitantes dos Estados Unidos de que ouvimos falar." Ele parou por um momento e acrescentou,

"Ainda assim, muitos dos monges mantêm contato próximo com suas famílias, e acredito que qualquer família pode ter problemas em algum momento."

"Talvez um irmão leigo, que nunca poderia ser persuadido a roubar algo em seu próprio benefício, poderia ser persuadido a fazê-lo em benefício de outros que ele ama como a si mesmo?" Canal propôs.

"Ainda me parece muito improvável," o Prior respondeu. Ele então olhou para Canal inquisitivamente, como se para ler nas profundezas de sua alma. "Sei que você frequentemente visita seu irmão mais novo aqui – não teria sido você que teve problemas, teria?"

"Sempre tive a sorte de evitar problemas do gênero financeiro," Canal tranquilizou-o com simplicidade. "Isso teria sido muito fácil, de todo modo – saberíamos imediatamente a quem questionar!"

"Sim, mas na situação presente, não sabemos," o Prior observou, "e não posso permitir que você interrogue trinta e três monges."

Sentindo que o Prior estava prestes a simplesmente se recusar a analisar a questão, Errand aumentou a aposta. "Alguns criminosos," ressaltou, "chegam ao ponto de ameaçar prejudicar a família de alguém para forçá-los a entregar informações. É uma forma bem conhecida de extorsão."

"Não creio que alguém aqui teria sido submetido a esse tipo de chantagem sem ter me procurado para tentar resolver a situação." Parecendo refletir sobre a possibilidade de não ter sido procurado em confidência por alguém no caso de uma eventualidade como essa, acrescentou, "Mesmo assim, pode ser pertinente um exame da questão... terei que pensar sobre isso." Fez outra pausa por alguns segundos e acrescentou, "Enquanto isso, estou disposto a responder da melhor forma possível a quaisquer perguntas que vocês tenham, e buscarei as respostas para todas as perguntas que eu não consiga responder."

Com isso, uma Errand aliviada retirou um bloco de notas de sua pasta. Ela obviamente utilizara suas horas de *jet lag* sem dormir no hotel para um bom propósito, preparando uma lista com todas as possibilidades que pensou que poderiam ser exploradas. "Em primeiro lugar," começou, "ainda é verdade que apenas dois monges sabem a fórmula secreta?"

"Sim, ainda é verdade."

"Seria correto dizer que outros monges sabem pelo menos algumas partes da fórmula?"

"Não, os outros monges não sabem nada além de que o licor contém uma série de plantas que cultivamos e recolhemos aqui em torno do mosteiro, como *Angélique* – receio não saber o nome em inglês–".

"Angélica," Canal veio em seu auxílio, mas o rosto de Errand não registrou reconhecimento.

"*Vulnéraire*," o Prior continuou sua lista.

"Vulnerária," Canal traduziu, mas isso não provocou mais reconhecimento em Errand do que a anterior.

"*Mélisse*", o Prior continuou.

"Erva-cidreira," Canal esclareceu, e dessa vez o rosto de Errand registrou reconhecimento.

"E *bétoine*," concluiu o Prior.

Canal balançou a cabeça. "Acredito que se chama *bettonica* em latim, mas não tenho a menor ideia de qual é a palavra em inglês."

"Suspeito que eu não conheceria, de qualquer maneira," Errand admitiu.

"De todo modo," o Prior continuou, "tudo isso é de conhecimento público. Em outras palavras, os outros monges não sabem mais do que o público em geral."

"Mas," Errand objetou, "alguns dos monges não devem saber um pouco sobre as outras plantas que vocês compram para produzir os licores e os processos de destilação envolvidos? Certamente é preciso mais do que dois monges para produzir todo o álcool que vocês vendem em todo o mundo!"

"Não muitos, na verdade," o Prior discordou. "Você vê, no século XIX abandonamos a destilaria no deserto–."

"No deserto?" Errand parecia perplexa.

Canal explicou, "O movimento monástico começou no deserto no Oriente Médio nos primeiros séculos a.C., e o termo tem sido usado por mais de um milênio para se referir à área isolada onde os monges constroem um mosteiro, mesmo que não seja um deserto no sentido geológico. Toda a terra que pertence à Grande Chartreuse é referida como o deserto."

O Prior concordou com a cabeça. "No século XIX, construímos uma nova destilaria perto de Saint-Laurent-du-Pont, a cidade abaixo do vale a partir daqui, mas ela foi destruída no século XX por um deslocamento de terra – como você chama isso?"

"Um terremoto?" Canal sugeriu.

"Não, isso é um *tremblement de terre...*"

"Um deslizamento de terra?" Errand propôs.

O Prior sorriu. "Sim, isso parece correto. Então fomos forçados a reconstruir novamente, e dessa vez decidimos deixar completamente a serra e colocar a destilaria abaixo, na cidade de Poivron."

"Então não é verdade que os monges lá em baixo em Pouah –," Errand abandonou a pronúncia absolutamente não americana pelo meio, "– na destilaria sabem bastante sobre a fórmula?"

"Na verdade, não há monges em Poivron. Há muito tempo subcontratamos todas as operações de destilação e armazenamento para a Poivron Licores, uma empresa de destilação e distribuição."

"Ah, sim," o rosto de Errand registrou reconhecimento, "essa é a empresa com que nós na YVEH trabalhamos."

Canal perguntou, "Isso não seria mais uma razão para suspeitarmos que eles tenham descoberto a fórmula e–".

Antes que ele pudesse terminar o pensamento, o Prior interrompeu, "Sempre nos certificamos de que a empresa de destilação saiba tão pouco quanto possível sobre o conteúdo. Todo o material vegetal utilizado nos licores vem para o mosteiro, onde é secado e moído. Somente depois que as misturas apropriadas são obtidas, elas são enviadas para Poivron para a maceração – vocês dizem isso?" perguntou, analisando seus rostos, e vendo seus acenos simultâneos, continuou, "e envelhecimento em barris de carvalho. Toda a operação na Poivron Licores é monitorada através de um link de vídeo pelos dois monges daqui que conhecem a fórmula."

Errand estava visivelmente impressionada. Mas a expressão satisfeita da executiva que havia nela logo deu lugar a uma nova preocupação. "E se o link de vídeo que eles usam não for seguro? Alguém não poderia deduzir a fórmula a partir das imagens de vídeo?"

O Prior balançou a cabeça, "É uma linha dedicada, e a Poivron Licores verifica a linha para escutas ou interferência de meses em meses."

Mais uma vez, Errand ficou impressionada com a sofisticação e a segurança das operações dos monges. Olhou para seu bloco de notas, cortou o primeiro item e passou para o segundo. "Alguma parte da fórmula ou lista de ingredientes fica armazenada em um disco rígido de computador?"

"A fórmula em si definitivamente não é encontrada em qualquer computador," o Prior respondeu, "mas eu não tinha pensado sobre o fato de que listas de ingredientes podem ser construídas a partir dos pedidos computadorizados que enviamos a fornecedores e contas que recebemos deles."

"Mesmo estudantes do ensino médio às vezes conseguem passar por firewalls sofisticados em grandes corporações e agências governamentais," Errand advertiu, "o que significa que nenhum dado de pequenas empresas ou indivíduos é inviolável para um hacker corporativo. A única segurança é garantir que os computadores que contêm informações sensíveis não fiquem em rede – ou seja, não sejam conectados a qualquer dispositivo externo que não seja uma impressora, scanner ou monitor. Uma conexão com a internet de qualquer tipo é o suficiente para que seus dados sejam comprometidos."

A sobrancelha do Prior franziu-se. "Sei que nós temos algumas conexões de internet, especialmente para e-mail, mas acredito que foram tomadas precauções para separar os computadores ligados em rede daqueles que contêm o nosso software de faturamento. Terei que verificar isso para vocês."

Continuando sua busca por uma brecha na armadura do mosteiro, Errand perguntou, "E quanto a cópias da fórmula? Posso assumir que, pelo menos nas últimas décadas, o senhor nunca permitiu que fossem feitas cópias da fórmula original ou da fórmula decifrada?"

"Sim, você pode. Os poucos exemplares que existiam antes de 1929 foram todos destruídos, e a fórmula é passada de um monge para outro apenas oralmente."

"Nenhum deles alguma vez a escreveu?"

"Em teoria, não," enfatizou o Prior. "Mas acredito que é possível. Não se pode saber tudo o que acontece a cada momento."

"O que nós queremos determinar," Errand continuou, "é se qualquer pessoa, seja um monge ou um visitante do mosteiro, já teve a oportunidade de fotografar ou fotocopiar clandestinamente a fórmula original ou decifrada."

"Apenas os monges têm permissão para visitar o mosteiro," o Prior respondeu, "exceto uma vez por ano, no dia de visitas, como você bem sabe," acrescentou, olhando para o inspetor.

Canal, que estivera dentro dos veneráveis muros da Chartreuse em muitos dias de visitas, acenou com a cabeça, e em seguida, perguntou, "Mas vocês jamais recebem encanadores, eletricistas, carpinteiros, e até mesmo técnicos de software, que eventualmente vêm ao mosteiro para fazer reparos?"

"Sim, claro que recebemos, eventualmente."

"E eles não poderiam se mover ao redor do mosteiro com bastante liberdade," perguntou Canal, "especialmente quando todos os monges estão reunidos na igreja? Presumo que esses trabalhadores não largam suas ferramentas e deixam o mosteiro assim que os sinos da igreja tocam, para voltar apenas quando termina a oração."

"Não, você tem toda a razão," admitiu o Prior, "mas temos plena confiança na retidão moral daqueles que trabalham para nós."

"Talvez," Errand interrompeu, voltando ao argumento que parecera surtir efeitos mais cedo, "mas assim como um monge pode ser induzido de várias maneiras a entregar informações, operários podem ser induzidos a plantar dispositivos de escuta eletrônicos e câmeras de vídeo nas instalações. Dessa forma, quando um monge passa oralmente o conhecimento para outro, ele poderia ser ouvido por um terceiro na parte de fora–".

"No meu melhor conhecimento," o Prior a interrompeu, "a fórmula não foi transmitida oralmente a qualquer pessoa nas últimas duas décadas."

Errand riscou outro item da sua lista. Ela olhou para cima, não de todo desanimada, e perguntou, "Algum dos monges que conheceram a fórmula de cor já deixou a comunidade, tenham eles assinado ou não um acordo de não concorrência com vocês?"

"Um o quê?" o Prior perguntou.

"Um acordo para não competir com vocês na preparação ou produção de licores," Errand explicou.

"Nós nunca sequer ouvimos falar de tais acordos, pelo menos desde quando estou aqui," afirmou o Prior. Ele refletiu por um momento e, em seguida, acrescentou, "E, se não estou enganado, todos os monges que já a conheceram, além dos dois que atualmente sabem a fórmula, faleceram há muito tempo."

Errand riscou outro item de sua lista. Olhando para o Prior no olho, ela disse, "Sei que isso pode parecer-lhe um pouco estranho, mas você consegue pensar em alguém que teria interesse em prejudicá-los?"

O Prior coçou sua cabeça raspada por um longo momento e, em seguida, respondeu, "Não me ocorre ninguém. Geralmente temos excelentes relações com todos os nossos vizinhos – exceto pelos governos nacional e local, talvez." Um traço de um sorriso apareceu no canto dos seus lábios, e ele disse, "*Há* um mal-entendido ocasional com os proprietários de terra locais, quando nossas ovelhas atravessam os limites das suas propriedades e pastam em sua grama, mas isso geralmente é resolvido com bastante rapidez."

Com essa observação, Canal, Errand e o Prior tiveram sua primeira risada coletiva. "Não é exatamente motivo para uma guerra comercial," brincou Canal. Errand aproveitou a pequena pausa para colocar de volta seu casaco de inverno, admirando, enquanto o fazia, o Prior, que parecia perfeitamente aclimatado no museu mal aquecido vestindo apenas seu roupão.

Sentando-se novamente, Errand riscou outro item de sua lista, e mudou de rumo. "Existe algum aspecto de sua produção, vendas ou operações que mudou nos últimos anos? Qualquer coisa incomum que ocorreu, como flutuações dramáticas no volume de vendas, quedas acentuadas nas vendas em determinadas regiões, ou grandes aumentos em outras regiões?"

"Bem, como muitos outros produtores de licores finos, temos visto um aumento de vendas na China e em muitos outros países do Extremo Oriente, onde anteriormente quase não vendíamos. E, como você, notamos um leve declínio nas vendas nos Estados Unidos, embora não pareça muito significativo. Achamos que era apenas parte de um típico ciclo de tendências, até que você nos ligou e nos alertou para a existência de um produto falsificado de gosto idêntico."

"E quanto à sua própria produção," perguntou Canal. "Ela cresceu progressivamente ao longo dos últimos anos, permaneceu a mesma ou variou significativamente a cada ano?"

O Prior balançou a cabeça: "Não tem crescido. Na verdade, reduziu-se ligeiramente nos últimos anos devido a um aumento na deterioração, conforme me foi dito. A destilaria culpou o clima mais quente do que o habitual, alegando que suas cavernas–".

"Acho que você quer dizer adegas," Canal exclamou em voz baixa, "mesmo que se pareçam com cavernas."

"Sim," o Prior assentiu com gratidão, "suas adegas e outros depósitos não são devidamente isolados para o tipo de calor que tivemos nos últimos verões. E os invernos mais amenos aparentemente não foram frios o suficiente para esfriar as encostas onde elas estão construídas de forma adequada para manter as cavernas – quero dizer, as adegas – a treze graus Celsius durante todo o verão. A percentagem de produto estragado foi subindo pouco a pouco nos últimos três anos."

As feições de Errand demonstravam uma forte suspeita. "Parece pouco plausível – ouvi dizer que vocês tiveram alguns dos anos mais quentes já registrados desde 2003 – mas algum de vocês já examinou isso?"

"Não, temos uma confiança absoluta em nosso destilador," explicou o Prior. "Preferimos absorver uma pequena perda eventual de receita do que azedar nossas relações com nosso destilador, o acusando de adotar práticas enganosas. Trabalhamos com eles há quase oitenta anos!"

"Você disse 'eventual'" Canal comentou. "Houve outras pequenas perdas devido à sua destilaria no passado?"

"Muito ocasionalmente," o Prior respondeu, "mas nunca tão grande quanto as atuais."

"De que percentual estamos falando?" perguntou Errand.

"Acredito que foi de cerca de dois por cento no primeiro ano, três por cento no ano seguinte e quase quatro por cento no ano passado."

"Então neste ano," observou, "pode chegar a cinco por cento e, com uma progressão ameaçadora dessas, em poucos anos–".

"Sim, entendo seu ponto," o Prior a interrompeu. "Certamente vale a pena conferir."

"Talvez possamos acompanhá-lo," Canal propôs.

O Prior coçou o queixo contemplativamente. "Sim, talvez eu pudesse simplesmente dizer que quero mostrar o espaço a um casal de visitantes estrangeiros. Bem, talvez apenas meio estrangeiros," acrescentou, sorrindo para Canal. "*Pas la peine de les inquiéter pour si peu.*"

"*En effet,*" Canal concordou, e depois traduziu para Errand, "Não há por que preocupá-los por enquanto."

"Nem alertá-los para as nossas suspeitas," acrescentou Errand.

"Quanto a inquéritos dentro do mosteiro," o Prior continuou, "precisarei de algum tempo para pensar sobre isso."

"Podemos telefonar na segunda-feira após a tércia?" perguntou Canal. "Isso lhe dará tempo suficiente?"

Errand olhou intensamente para Canal. O inspetor percebeu e estendeu uma mão em sua direção, como que para dizer, acalme-se e confie em mim. Embora com dificuldade, Errand se conteve.

"Acredito que sim," respondeu o Prior, enquanto se levantava. "Enquanto isso, espero que vocês aceitem meu convite para visitar o museu amanhã como meus convidados."

"Não perderíamos isso por nada no mundo", Canal respondeu, enquanto ele e Errand também se levantavam.

As sobrancelhas do Prior de repente formaram um V de cabeça para baixo "Essa foi talvez uma aceitação mais animada do que vocês pretendiam, *mon fils*."

"Talvez sim," Canal reconheceu, sorrindo.

A irritação de Errand a impediu de ouvir esses gracejos de despedida. Ela apertou mecanicamente a mão do Prior e seguiu os dois homens para a saída.

## VIII

O sol da tarde cegou-os momentaneamente ao saírem pelas portas. Pegando seus óculos de sol e olhando para o chão, para não perder nenhum dos degraus de pedra, chegaram a uma espécie de terraço a curta distância da entrada, onde, virando-se, eles tinham uma vista fabulosa das montanhas atrás da Correrie.

Errand abriu as hostilidades, "Como você pôde aceitar esperar por uma resposta até segunda-feira de manhã, presumindo que a 'tércia' ainda faça parte da manhã de segunda-feira? Estamos desperdiçando tempo, inspetor!"

"Os monges aqui seguem a regra beneditina, imposta a todas as ordens monásticas por Carlos Magno no início do século IX, que exige que oito horas por dia sejam gastas em orações. Você não pode esperar que eles discutam qualquer tipo de negócio no Sabbath!"

"Então o que eles fazem no domingo, rezam por dezesseis horas em vez de oito?" ela perguntou sarcasticamente.

"Não, eles continuam a seguir a regra dos três oitos: oito horas de oração, oito horas de trabalho e oito horas de sono. Mas em vez de trabalho, eles se envolvem em atividades de lazer, como caminhar, falar e passear."

"Falar é uma de suas atividades de lazer?" Errand olhou para Canal, perplexa.

Canal olhou para ela, da mesma forma perplexa. "Você não sabe que eles são uma ordem silenciosa? Eles falam em voz alta somente enquanto cantam na igreja, e falam juntos o mínimo possível durante a semana, exceto durante algumas horas de lazer no domingo."

"Eu não tinha ideia de que eles não estavam autorizados a falar uns com os outros!"

"É um preceito que, aparentemente, não pegou muito bem nos Estados Unidos, onde há apenas um mosteiro cartuxo."

"Há um mosteiro cartuxo nos Estados Unidos?" ela exclamou em descrença.

"Sim, em Vermont. Ele se chama Transfiguração e foi fundado na década de 1950."

"Por que alguém iria querer desistir de falar?"

"A ideia parece atrair mais os homens do que as mulheres," Canal comentou, brincando.

"Que tipo de piada é essa, Canal?" Errand replicou.

"Apenas uma declaração de um fato histórico," Canal respondeu, deixando passar dessa vez o tratamento vulgar. "Sempre houve três a quatro vezes mais homens cartuxos do que mulheres."

"Você está tentando dizer que as mulheres não conseguem manter a boca fechada, enquanto os homens conseguem?"

"Estou dizendo que a ideia de manter a boca fechada parece ter mais apelo aos homens do que às mulheres."

"Hmm..." desconfiada, a americana refletiu por um momento, e logo perguntou, "E qual é o sentido dessa coisa do silêncio?"

Quando começou a falar, Canal conduziu Errand pelo cotovelo em direção a uma trilha pela esquerda, e caminharam sob os pinheiros enquanto conversavam. "Pelo que entendo, a ideia é dar a Deus a oportunidade de falar com a alma. Quanto mais se está rodeado pelo silêncio, mais fácil é atingir o *quies mentis*, a paz de espírito. E essa paz interior, esse vazio da mente, deixa espaço para a alma ser preenchida pelo divino. Quanto mais a pessoa está preocupada com o mundano, com o barulho dos assuntos cotidianos, com o que as pessoas ao redor estão fazendo, dizendo e pensando, menos espaço há para a contemplação e a comunhão com o divino."

"Mesmo em um mosteiro?"

"Mesmo em um mosteiro", exclamou Canal. "Como todo mundo, monges podem ser distraídos de sua leitura, meditação, oração e contemplação pelos sons dos irmãos leigos trabalhando ou por fragmentos de conversas com seus colegas monges, comentários sarcásticos que escutam–."

"Bem," Errand interveio, "a menos que eles nunca vejam uns aos outros, sempre haverá oportunidades para um monge pensar que ele foi desprezado por um ou superado por outro."

"Certamente," Canal concordou. "E é por isso que eles passam a maior parte do tempo em celas separadas."

"Era sobre isso que você estava falando com o Prior há pouco?"

"Sim, veja, ao contrário da maioria dos outros monges, os cartuxos passam praticamente todo o tempo em seus próprios *cubiculum*, a sala principal de suas celas individuais. Suas refeições são silenciosamente entregues a eles por irmãos leigos, do claustro principal para uma espécie de armário ou copa, através de uma pequena janela conhecida como *guichet*, que é, em seguida, aberta pelo monge quando ele está pronto para comer. Ele sequer vê o irmão leigo que lhe trouxe a comida."

"Uma espécie de serviço de quarto com um garçom mudo?" Errand questionou.

"Um garçom mudo, sim, *c'est le cas de le dire!*" Canal concordou. "Apenas uma refeição por semana é feita coletivamente no refeitório, aos domingos, e mesmo então não se fala, pois o Prior lê para os monges durante toda a refeição."

"Então mesmo quando estão juntos eles não falam?"

"Não, nem mesmo durante as preces matinais e louvores, que eles cantam coletivamente na igreja todas as noites entre meia-noite e três e meia da manhã."

Errand examinou o rosto do francês, "Você está me sacaneando, não é? Você espera que eu acredite que eles ficam acordados metade da noite cantando?"

"Não estou brincando," Canal respondeu com sinceridade. Ele olhou para Errand, que parecia não saber o que pensar, muito menos o que dizer. Notando sua confusão, Canal continuou, "É difícil para aqueles de nós que vivem no mundo, como eles dizem, compreender sua relação com o tempo e a oração, porque é tudo muito diferente. Há uma certa intemporalidade em suas vidas, cada dia sendo muito semelhante ao seguinte exceto pelos principais feriados da igreja, que marcam as estações do ano para eles.

Nossos dias também são altamente rotinizados de muitas maneiras, é claro: nos levantamos por volta da mesma hora todos os dias, vamos trabalhar, passamos de sete a doze horas concentrando-nos em nossos trabalhos, chegamos em casa e jantamos em torno do mesmo horário, exercemos as mesmas atividades à noite e nos finais de semana, dia após dia e semana após semana, durante anos. O tempo deles também é altamente estruturado, pois eles oram, comem, dormem e estudam no mesmo horário todos os dias durante todo o ano."

Percebendo que sua companheira ainda ouvia atentamente, o francês continuou, "Suas atividades de lazer mudam um pouco com as estações do ano, assim como as nossas, mas a grande diferença é que nossas vidas são estruturadas em torno de princípios fundamentalmente diferentes. No mundo, nossa infância e adolescência são marcadas por cada novo ano na escola, tanto que vocês americanos têm a peculiaridade de lembrar-se do que aconteceu com vocês, nesses primeiros anos, em termos da série em que estavam na escola, e não da idade que tinham no momento."

Canal encostou-se em um pinheiro alto e retirou um pouco de neve de suas calças. "Estamos sempre olhando para o futuro, passando para a série seguinte e, assim que deixamos a escola, conseguindo a próxima promoção. Para nós, o tempo está sempre se lançando e precipitando-se para o futuro. Mas para os monges daqui, uma vez que eles tenham professado definitivamente sua fé, não há séries, estágios, graduações ou promoções, exceto, talvez, em suas almas. Suas vidas diárias são centradas em estudo, contemplação e oração. Sem clamor por reconhecimento, fama, fortuna, aplauso, sucesso–."

"Não de outras pessoas, talvez, mas certamente de Deus," Errand interrompeu.

"Sim, mas dificilmente se poderia chamar isso de clamor, pois tal busca é isolada, privada. Um deles inclusive referiu-se uma vez à cela privada como o *parvis du ciel*, uma espécie de antecipação do céu."

"É difícil imaginar que se poderia encontrar uma antecipação do céu confinado sozinho dentro de quatro paredes," Errand opinou.

"Alguns filósofos dizem que se consegue encontrar a liberdade aí com mais facilidade," o francês respondeu. "Sartre, que era um deles, disse, 'o inferno são os outros'. Então por que a solidão não poderia ser o paraíso?"

"Você não acredita nisso, acredita?" perguntou Errand. "Parece que depende muito de quem são essas outras pessoas!"

"Não," Canal admitiu, "Não acredito nisso, mas não por achar que você pode garantir que outras pessoas não farão da sua vida um inferno se você simplesmente escolher essas pessoas cuidadosamente – me divirto com outras pessoas, quer eu goste delas ou não. Talvez isso soe um pouco estranho, mas..."

"*Você* acha que isso soa um pouco estranho?," ela perguntou, usando a técnica personalizante de Canal contra ele, ao chegarem ao carro, para onde tinham lentamente se dirigido ao longo do caminho de tonalidades esverdeadas.

O inspetor não ouviu o escárnio ou o ignorou. Segurando a porta da frente aberta para Errand, ele comentou, "Soa um pouco estranho. Acho que eu nunca disse isso em voz alta antes. Estou certo de que vou me acostumar logo com a ideia!"

## IX

A viagem de volta para o hotel em Saint-Pierre-de-Chartreuse não era longa, e Canal, que conseguira dormir bem mais do que Errand na noite anterior no hotel, se ofereceu para dirigir. Eles ganharam velocidade enquanto seguiam pela longa entrada da área de estacionamento até a "estrada principal", que nos Estados Unidos nunca teria sido considerada uma via de mão dupla, sendo nada mais do que uma faixa de asfalto de três metros de largura serpenteando seu caminho por um desfiladeiro estreito e sinuoso. Errand nada sabia sobre os hábitos de direção de Canal, mas sentiu que ele tinha perdido o juízo ou o controle do veículo, pois eles despencaram pelos últimos cem metros da estrada. Canal buzinou quando não conseguiu sequer reduzir a velocidade na placa de pare, ao final da rodovia, e deslizou para fora da estrada felizmente desimpedida.

"Que diabos você está fazendo?" Errand gritou, enquanto o carro gradualmente parava de guinar e deslizar na estrada com resquícios de neve.

"Parece que estamos sem freios," Canal respondeu com naturalidade.

"Sem freios?"

"Eu pisei no pedal várias vezes sem sucesso," ele respondeu com simplicidade.

Errand estendeu a mão para o freio de emergência situado entre os dois e puxou-o tão forte quanto conseguiu. A alavanca do freio estava solta, e o veículo, que prosseguia rapidamente pela ligeira inclinação, retardou-se apenas alguns quilômetros por hora. "Nunca é feita manutenção nesses carros?" Errand gritou. "Esta coisa é inútil!"

"Felizmente para nós," Canal disse calmamente, "a estrada entre aqui e nosso hotel não é uma descida. Há, contudo, o pequeno problema da intersecção que está próxima, no vilarejo à frente."

"Pequeno problema?" Errand repetiu, um pouco histérica.

"Teremos que torcer para que nenhum carro passe por lá ao mesmo tempo que nós."

"Ou caminhões, pessoas, vacas, ou–."

A lista de Errand parecia poder continuar indefinidamente, Canal então a interrompeu, "Teremos que estar preparados para virar subitamente à direita em vez de à esquerda, assim, segure firme."

Não seria preciso falar duas vezes. Errand agarrou a alça acima da janela do passageiro firmemente com a mão direita, e segurou a alavanca do freio à sua esquerda, que era inútil, mas ainda estava presa ao carro. O carro estava se movendo mais rápido do que Canal teria desejado quando eles se aproximaram do cruzamento, pois ele podia ver dois carros vindo de diferentes direções. O que descia pela colina à sua esquerda acelerou através do cruzamento alguns segundos providenciais antes de eles chegarem lá. Canal sinalizou com antecedência, gesticulou com o braço esquerdo para fora da janela do motorista, piscou o farol e buzinou incessantemente, e assim conseguiu confundir o condutor que se aproximava deles pelo lado oposto da interseção, o suficiente para fazê-lo parar. O inspetor virou o volante para a esquerda, pisou um pouco no acelerador e, embora a traseira do carro tivesse se desviado pelo cascalho e neve do pátio do restaurante localizado no canto nordeste do cruzamento, não derrubou o poste de ferro que orgulhosamente exibia o cardápio do estabelecimento. As quatro rodas voltaram à estrada e Canal soltou o carro pela longa e sinuosa curva para a aldeia.

"Malditas colinas!" exclamou Canal. "Se passássemos por um trecho plano eu poderia reduzir as marchas e desligar o motor sem que o carro capotasse..."

Errand não tinha uma resposta pronta para isso e permaneceu preparada para qualquer coisa. Simplesmente perguntou, "O que vamos fazer agora?"

"Se percorrermos todo o caminho até a vila, há uma boa chance de batermos em alguém. Então é melhor tentarmos encontrar um desvio onde possamos jogar o carro em uma árvore ou algo assim."

"Uma árvore!" Errand exclamou. "Ótimo. Realmente ótimo." Alguns segundos depois, porém, ela acrescentou, "Acho que você está certo – isso será o mais seguro."

Apesar de sua incomum concordância em relação a algo, nenhum desvio conveniente surgiu. Apesar de examinarem intensamente cada retorno e estrada por que cruzavam, os dois logo se viram chegando à aldeia.

"O que fazemos agora?" perguntou Errand, em pânico.

"Plano Z."

"Plano Z? Qual é o plano Z?"

Passando pelo seu hotel à direita e pela igreja da vila no lado oposto, Canal desviou-se para a esquerda, obrigando o atordoado condutor do carro que se aproximava a acionar seus freios. O veículo 'imparável' entrou em um grande estacionamento quase deserto, com vários hotéis e restaurantes espalhados ao redor.

"Quanta gasolina nos resta?" Canal perguntou a Errand.

Ela esticou o pescoço para olhar para o medidor de combustível e respondeu, "Muita, por quê?"

"Muita é demais. Vamos entrar, então segure-se!" ele exclamou, virando o carro diretamente para um enorme amontoado de neve que os limpa-neves haviam formado no meio do estacionamento.

## X

A aldeia era muito pequena para ter a sua própria polícia, então foi ao prefeito que Canal e Errand explicaram as coisas quando saíram do carro e se restabeleceram. Fora, afinal, o prefeito que tivera que frear bruscamente para evitar atingi-los mais cedo. Quando Canal lhe falou sobre a falha nos freios e mostrou-lhe o freio de emergência sem serventia, o prefeito aproveitou a ocasião para ajudar mais uma vez o seu inútil cunhado, o mecânico. O dignitário local chamou-o pelo seu celular, e providenciou que o carro fosse rebocado imediatamente. O veículo sofrera poucos danos e ninguém havia sido ferido, de forma que a questão foi deixada de lado.

Aguardando o caminhão de reboque, Canal e uma Errand pálida, descabelada e visivelmente abalada entraram em um restaurante com vista para o veículo coberto de neve, e pediram *vin chaud*, vinho tinto quente misturado com muitas raspas de frutas cítricas e especiarias como canela, cravo e noz-moscada. O brilho do fogo de lenha na lareira próxima e o calor da bebida cor de Borgonha tiveram um efeito calmante sobre os viajantes. A voz de Errand acomodou-se em um registro quase suave quando ela elogiou Canal por seu raciocínio rápido e firmeza ao volante.

Canal observou a mudança de tom imediatamente. "Obrigado," respondeu, sorrindo, "estávamos em uma situação um tanto apurada."

Ela riu baixinho de sua distorção do idioma.

"Felizmente", ele continuou, "já estive em algumas situações desagradáveis ao volante antes, trabalhando no Serviço Secreto Francês, então tenho uma ou duas cartas na manga."

"Sim, vejo que essas cartas podem vir a calhar", ela concordou. "Só me pergunto o que isso significa."

Canal levantou uma sobrancelha.

"Quero dizer," Errand explicou, "não é o carro mais novo no mundo, mas você não acha no mínimo estranho que os freios tenham falhado tão completamente?"

"É difícil dizer," Canal opinou. "Não sou especialista em automóveis, mas eu pensaria que, se houvesse um vazamento nas linhas de freio, eles poderiam falhar a qualquer momento."

"Talvez, mas eles não falharam – eles se foram quando estávamos recém começando nossa investigação."

"Então você está dizendo...?"

"Me pergunto se alguém no mosteiro," mas vendo a expressão de Canal, ela apressou-se a acrescentar, "ou alguém ligado ao mosteiro de alguma forma, pode estar tentando..."

"Nos dissuadir de prosseguir com a nossa investigação?" Canal perguntou, minimizando a insinuação.

"Mais como se livrar de nós," Errand respondeu mais incisivamente. "São milhões em jogo aqui, inspetor, e nada irá parar um criminoso desesperado."

"Então você acha que alguém no mosteiro está ligado a isso?"

"Não vejo como isso poderia ser descartado automaticamente."

"Um dos monges?" Canal perguntou, incrédulo.

"Ou outra pessoa que sabia da nossa chegada aqui."

O garçom passou perto da mesa deles, e Canal pediu mais dois copos de *vin chaud*. "Quem mais sabia da nossa chegada?" ele perguntou a Errand quando o garçom se afastou. "O Prior era o único que sabia o propósito da nossa visita. Não me pareceu que ele tenha falado a qualquer um dos outros monges sobre isso, mas suponho que é possível que algum deles tenha escutado nossa conversa e agido por conta própria, ou transmitido sua essência ao interessado."

"Também é possível," Errand sugeriu, "que quem quer que esteja falsificando seu licor tenha grampeado suas linhas telefônicas e esteja monitorando suas conversas, para cortar pela raiz qualquer tentativa de pará-los."

"Suponho que é possível", respondeu Canal. Ele refletiu por alguns momentos e, em seguida, acrescentou, "Discutimos o propósito da nossa visita durante o jantar ontem à noite no hotel? Havia um homem comendo sozinho em uma mesa no canto que percebi olhando em nossa direção várias vezes. Presumi que ele estava admirando-a no–".

"Me admirando?" Errand interrompeu.

"Uma mulher de beleza impressionante como você," disse Canal, imperturbável, "não pode evitar ser observada ostensivamente na França. Nos Estados Unidos, os homens talvez não olhem tão abertamente, não querendo ser vistos olhando – eles são bastante cautelosos, por assim dizer. Os franceses, ao contrário, geralmente querem que se saiba que eles estão olhando. Não me diga que você não percebeu os olhares!" O garçom pousou os dois copos do líquido cor de rubi.

Corando levemente, Errand tomou um gole e respondeu, "Não, você está certo, eles não escaparam à minha atenção. Na verdade, o achei bastante rude, mas não me pareceu que ele tenha olhado em nossa direção com mais frequência em determinados pontos da conversa do que em outros."

"Nem a mim," continuou Canal, "o que parece confirmar a hipótese do francês-olhando-fixamente-a-bela-mulher. Mas ainda assim, como você viu com o prefeito e seu cunhado mecânico, em pequenas aldeias como esta, todos conhecem a todos e sabem da vida de todos quase instantaneamente. O admirador pode trabalhar na destilaria em Poivron ou conhecer alguém lá."

"A única pessoa que sabia da nossa chegada é aquela com quem você falou ao telefone quando reservou nossos quartos no hotel."

"Sim, mas ela me conhece há muitos anos, já que costumo ficar aqui quando venho visitar meu irmão," Canal minimizou essa possibilidade." Eu trouxe outros convidados comigo antes – não posso imaginar por que esta visita em especial teria levantado suspeita em sua mente."

"Entendo seu ponto," Errand admitiu, bebericando sua bebida quente novamente. Então lhe ocorreu uma ideia. "E o seu mordomo?" ela perguntou. "Ele não está a par dos seus planos de viagem e até mesmo do motivo dela?"

"Ele está, mas posso dizer que ele não sabia nada sobre licores Chartreuse antes de eu pedir-lhe para prová-los para mim. E, além disso, ele é fiel no verdadeiro espírito feudal, *fidelis ad urnam*," Canal disse, colocando a mão em seu coração. Ele então retornou à discussão anterior, "Sei que você pensa que um ou mais dos monges está de alguma forma envolvido." O francês dispensou a tentativa de protesto de Errand, e olhou pela janela para o veículo avariado. "Mas você não tem nenhum assistente em seu escritório em Nova York que estivesse ciente do nosso destino exato e da finalidade precisa da nossa viagem? Não foi alguém que trabalha para você que reservou o carro em questão?"

Errand parecia ter sido pega de surpresa. "Você acha que meu assistente executivo pode estar de alguma forma envolvido nisso?"

Canal contentou-se em levantar as sobrancelhas.

"Mas por que ele estaria?" perguntou Errand, perplexa.

"Por todos os tipos de razões," Canal respondeu. "Ele é, por acaso, a pessoa com quem você falou pelo telefone quando estava no meu apartamento?"

Errand refletiu por um momento. "Sim, creio que foi com Alex que falei. Por que você pergunta?"

"É assim que você costuma falar com esse Alex? Se a memória me serve bem, você gritou, "Apenas o faça o mais rápido possível!"

"Bem, ele está acostumado com isso," ela respondeu um pouco defensivamente, enquanto mexia impaciente com a taça. "Tenho certeza de que não sou o primeiro chefe que ele já teve que às vezes dá ordens um pouco bruscamente."

"Suas relações com ele geralmente são mais, como devo dizer?" Canal parecia buscar no ar com a mão esquerda pela expressão adequada, "mutuamente amigáveis?"

Errand riu do sintagma inesperado. "Eu não diria exatamente isso!" ela exclamou. "Ele é um daqueles jovens leões que obviamente quer o meu trabalho, que eu tenho que manter na linha com um chicote e uma cadeira."

"Talvez isso seja motivo suficiente?" Canal perguntou retoricamente. "Há quanto tempo ele trabalha para você?"

"Há cerca de dois anos."

"Então você tem total confiança em Alex?"

"De forma alguma," Errand respondeu. "Não confio nele para nada."

"Ele tem uma ética nos negócios duvidosa?" perguntou Canal.

"*Ética* não faz parte do seu vocabulário," Errand respondeu. "Ainda assim, ele não sabe uma palavra em chinês."

"Ele não precisaria saber. Os falsificadores poderiam facilmente falar inglês."

"Parece muito complicado," Errand continuou a protestar. "Por algum motivo eu não acho que Alex teria inteligência para montar uma operação desse tipo."

Canal ponderou sobre seu comentário. "Na verdade, ele não precisaria ter. Ele não precisaria estar envolvido na operação de forma alguma."

Errand parecia confusa.

"Olha, é muito simples," explicou Canal. "Ele quer o seu trabalho, *n'est-ce pas?*" Errand assentiu. "E ele sabe que para manter o seu trabalho, você tem que descobrir como conter as perdas da empresa devido a esse produto falsificado inundando o mercado." Mais uma vez ela assentiu." Então tudo o que ele tem que fazer é impedi-la de descobrir isso, ou, pelo menos," e fez um gesto com os olhos para o carro preso na enorme pilha de neve, "colocá-la fora de combate por um tempo. Se você estiver presa no hospital, dificilmente poderá estancar a ferida!"

"É verdade," Errand reconheceu. "Ainda assim, parece difícil acreditar que Alex teria contatos em uma empresa de aluguel de automóveis em Genebra."

"Você tem algum tipo de programa de fidelidade na Maxicar?"

"Não, só na Avis e Hertz."

"Então foi Alex quem decidiu reservar um carro para você pela Maxicar?"

"Acho que sim," Errand admitiu. "Ainda assim parece improvável que ele conheça alguém capaz de mexer com os freios aqui!"

"Ele nunca vem à Europa?"

"De vez em quando, eu acho. Mas não posso imaginá-lo associando-se com tipos do submundo."

"Talvez ele não tenha precisado de nenhuma ajuda. Talvez ele mesmo tenha feito isso," Canal comentou bruscamente.

"O quê?" Errand quase caiu da cadeira. "Ele mesmo fez? Isso é impossível! Ele está em Nova York."

"Está? Como você sabe disso? Você falou com ele desde que saímos?"

"Sim, falei com ele logo depois que desembarcamos em Genebra."

"Você ligou para o seu telefone celular?"

"Eu sempre ligo para o seu telefone celular."

"Então como você sabe que ele estava em Nova York?"

"Ele disse que estava em Nova York." O queixo de Errand caiu. "Eu, eu..."

Canal interrompeu suas reticências, "Ligue para ele no telefone do escritório." Errand olhou para ele um pouco atordoada. "Ligue para ele agora," repetiu com firmeza.

Errand remexeu sua bolsa atrás do seu celular. "O que eu digo?" ela perguntou, ligando o telefone.

Canal refletiu por um momento. "Diga a ele que você precisa de uma estimativa da quantidade de produto falsificado entrando no mercado americano. Quero lhe perguntar isso há algum tempo e sempre esqueço".

Errand discou obedientemente, e em seguida olhou para o relógio. "Dificilmente alguém estará lá, já que é sábado," comentou.

"Apenas pergunte a quem atender se Alex esteve no escritório nos últimos dias."

"Boa ideia," Errand concordou. "Droga!" ela exclamou. "Está dando um daqueles recados irritantes informando que não há serviço. Deixe-me tentar de novo." Ela tentou novamente, sem sucesso. "Maldição! Não há serviço aqui em cima das montanhas!"

"A menos que você esteja incluída no plano wireless do prefeito," Canal disse maliciosamente.

Mas Errand não estava com disposição para brincadeiras. Ela bateu com o telefone na mesa, mas alguns segundos depois, o pegou e o ligou novamente. "Ah, ótimo, agora ele nem mesmo liga! A bateria deve estar muito baixa. Inferno, é verdade, esqueci de carregá-lo ontem à noite. De novo não!"

"Você quer dizer," Canal colocou sal na ferida, "que já esqueceu de carregá-lo antes? Esta não é a primeira vez?"

A expressão abatida de Errand contrastava com o brilho nos olhos de Canal. "Faço isso o tempo todo," ela admitiu, como se confessasse um pecado capital. "Fico dizendo a mim mesma para lembrar de fazê-lo todas as noites antes de ir dormir, mas mesmo assim esqueço na maioria das vezes." Ela bebeu o restante de seu segundo copo de vinho quente em um longo gole.

"Você o utiliza principalmente para o trabalho, não é?" Canal perguntou suavemente.

Ela pensou sobre a questão por um momento antes de responder. "Sim, acho que sim, especialmente nas últimas semanas."

"Alguma vez já lhe ocorreu a ideia de que uma parte de você não quer ficar trabalhando todos os minutos de todos os dias?"

Ela descartou essa hipótese com um aceno de sua mão. "Não, apenas sou esquecida para algumas coisas."

"Algumas coisas?" Canal repetiu.

"Sim, como compromissos," comentou. "Tenho que escrevê-los em três agendas diferentes, porque inevitavelmente me esqueço de trazer pelo menos duas delas comigo sempre que saio de casa!"

Canal sorriu com isso, e Errand riu brevemente de si mesma, o *vin chaud* manifestando seus efeitos pelo brilho em seu rosto.

"Se eu fosse seu namorado," Canal comentou timidamente, "eu ficaria altamente insultado."

Errand balançou a cabeça, e seus longos cabelos loiros avermelhados caíram de seu coque e balançaram-se para trás e para frente diante do seu rosto. "Ah, mas eu nunca esqueço compromissos com o meu namorado." Errand apressadamente se corrigiu, "com os meus *namorados*."

Canal fez uma nota mental de ambas as versões. "*Encore heureux!*" ele exclamou. "Ainda há esperança para você," acrescentou em benefício dela. Um objeto movendo-se fora da janela chamou sua atenção. "O reboque chegou. É melhor irmos encontrar o motorista."

Errand permaneceu anormalmente silenciosa quando Canal pediu a conta, pagou, ajudou-a com seu casaco e a acompanhou até o carro.

## XI

O sol da manhã de domingo encontrou os dois viajantes sendo deixados pelo dono do hotel no topo de uma trilha que se estendia pelo vale abaixo da Correrie, às margens do deserto cartuxo, até a antiga localização do mosteiro do século XI, e de lá para o cume do Petit Som, um pico próximo encoberto por um pequeno oratório de pedra.

Canal caminhara pela trilha em um verão e, lembrando-se da experiência enquanto fazia suas malas no Empire State, levou consigo dois pares de sapatos para neve, torcendo para que fizesse tempo bom. Ele alertou Errand sobre a dificuldade da subida, dada a grande quantidade de neve que eles provavelmente encontrariam nessa época do ano. A neve não estaria amenizada em função da escassez de corajosos andarilhos de inverno, que poderiam ter pavimentado o caminho para eles. Concordaram em adotar um ritmo calmo e partiram sem qualquer objetivo de chegar ao topo, especialmente considerando seus equipamentos inadequados e sua falta de preparação. Em vez disso, concentraram suas esperanças na manutenção do céu claro que poderia proporcionar vistas impressionantes do mosteiro, da floresta e dos picos das montanhas circundantes.

Assim que Errand ajustou seu ritmo aos seus sapatos de neve, um tanto grandes para seus pés, e o início da trilha desapareceu atrás da primeira colina coberta de árvores, Canal abordou um tema que estava em sua mente havia algum tempo.

"Então me diga, quem é Martin?"

Errand estremeceu perceptivelmente, mas claramente não pelo frio, pois ela já estava começando a se aquecer. "Martin?"

"Sim, tenho certeza de que era esse o nome," Canal continuou. "Você o repetiu pelo menos duas vezes enquanto dormia no avião há algumas noites. Acordei na primeira vez que você falou o nome dele, e eu não estava certo se era um nome no meu sonho ou no seu, mas então você falou novamente mais alto e com mais saudade."

"Você deve estar se confundindo," Errand afirmou, confirmando sem querer a visão de Hélisenne de Crenne de que uma prova nada pode fazer contra uma cara de pau.

"Não," Canal insistiu, sem ser intimidado pela negação, "era bastante inconfundível. Então, quem é ele?"

"Se você tem que saber," Errand cedeu, "é um cara com quem namorei por um tempo."

"O que aconteceu com ele?"

"Ele me desapontou," Errand respondeu, amargurada.

"A desapontou?" Canal repetiu da forma mais complacente que conseguiu, bufando devido à neve profunda.

"Ele quebrou nosso acordo."

"Que tipo de acordo vocês tinham?"

"Ele mora em Chicago, e eu em Nova York, então concordamos em ver um ao outro apenas nos finais de semana," Errand explicou. "Dessa forma não iríamos interferir com as carreiras um do outro. Em um fim de semana eu ia para Chicago, no outro ele ia para Nova York."

"Parece bastante simples," Canal comentou, "ainda que oneroso para o meio ambiente."

"Também combinamos que não falaríamos sobre morar juntos, muito menos sobre casamento, por pelo menos dois anos." Enquanto ela falava, um constante fluxo de vapor saía de sua boca.

"Dois anos?" Canal levantou uma sobrancelha.

"Isso é tão louco?" Errand perguntou retoricamente. "Não penso que seja. Já vi muitos casais apressarem as coisas e o relacionamento desmoronar em pouco tempo."

"*Prudence est mère de sûreté*," Canal comentou involuntariamente.

"Ahn?"

"Ah, sim, você não fala muito francês. É algo como 'melhor prevenir do que remediar.'"

"Sim, é melhor prevenir do que remediar," ela concordou com vontade. "Mesmo assim, apenas nove meses depois ele anunciou que abrira uma vaga para um trabalho semelhante ao dele no escritório da sua empresa em Nova York, e que ele poderia pedir transferência de Chicago para Nova York."

"Imagino que você ficaria satisfeita por um homem estar disposto a se mudar, sem comprometer a sua carreira," Canal opinou, descansando momentaneamente sua mão enluvada sobre o grande tronco de um pinheiro.

Errand também parou. "Mas ele disse que não solicitaria a transferência se eu não estivesse disposta a morar com ele."

"E, apesar do período de gestação de nove meses, você não estava pronta?" Canal supôs.

"Ele recusou-se a manter sua parte do acordo – concordamos que não falaríamos sobre morar juntos por dois anos!"

Respirando menos pesadamente agora, os dois caminhantes retomaram a trilha profundamente coberta.

"Talvez ele tenha pensado que não teria outra oportunidade de pedir transferência para Nova York se não aproveitasse a ocasião quando ela se apresentou."

"Obviamente," Errand respondeu com impaciência, "mas essa não é a questão. Ele poderia ter se mudado para Nova York sem me pressionar para morar com ele. Um acordo é um acordo."

"A vida nem sempre se desenrola de acordo com os melhores planos de–."

"Sim, sim, sim!" Errand vociferou. "O fato é que ele fraquejou na nossa combinação. Então você pode apostar que teria fraquejado em qualquer outro acordo que fizéssemos."

"Por que, você tinha algum outro acordo em mente?"

"Pode apostar que sim! Eu não deixaria que alguém me intimidasse a comprometer minhas chances de me tornar presidente da minha divisão me pressionando a ter filhos logo."

"Então você estava planejando fazer um acordo com ele também sobre isso?"

"Estava, até que ele destruiu todos os fragmentos de fé que eu tinha quanto a ele ser capaz de cumprir sua promessa. Eu já podia vê-lo de repente vindo para cima de mim com conversas sobre meu relógio biológico e como ele não queria ser confundido como sendo o avô dos seus filhos, em vez de seu pai."

"Ele disse que queria ter filhos?"

"Não, mas escutamos esse tipo de coisa o tempo todo."

"Então você presumiu..."

"Eu não queria arriscar. Um acordo pré-nupcial à prova d'água é a melhor garantia!"

"Boas cercas fazem bons vizinhos?"

"Acho que, de certa forma, nesse caso sim", ela reconheceu, passando por um monte de neve particularmente profundo.

"Mas quando a cerca do seu vizinho está pegando fogo, *tua res agitur*..."

"Ahn?"

"É apenas um velho ditado em latim," Canal deixou de lado sua própria livre associação. Ele parou subitamente e apontou para a esquerda. O mosteiro estava abaixo deles, rodeado por suas antigas paredes protetoras, os telhados dos enormes pavilhões e celas individuais do século XVII cobertos por uma camada de geada branca com vários centímetros de espessura.

"Enorme, não é?" exclamou Canal.

"Parece tão calmo lá, todo coberto de neve assim," Errand maravilhou-se. "Não há movimento de qualquer tipo–".

"Além da fumaça que sai das chaminés," Canal comentou.

"Não há som também," continuou Errand.

"Exceto pelo vento nas árvores."

Canal retirou binóculos de sua mochila, ajustou-os aos seus olhos e olhou por eles.

Errand parecia perdida em pensamentos até Canal oferecer-lhe os binóculos. Ela ajustou-os lentamente para os seus próprios olhos e olhou para o grande complexo de ponta a ponta por um longo tempo.

"Você vê algo?"

"É absolutamente lindo," exclamou Errand. "Tão harmonioso, com esses telhados de ardósia no mesmo estilo das janelas por todos os lados." Sorrindo encantada, acrescentou, "O único movimento que detectei foi um gato alaranjado realizando manobras no canto de um daqueles prédios com telhados de telha vermelha, do outro lado." Ela apontou. "O que são eles?"

"Aqueles são os estábulos, oficinas e a ex-destilaria construída no século XVII. São mantidos separados do mosteiro por causa do trabalho ruidoso que é feito neles," explicou. Algo lhe ocorreu e ele acrescentou, "Esses edifícios têm um nome engraçado, *obédiences*. Ele indica que eles devem sua existência e são fiéis ao resto do mosteiro." Ele apontou para o edifício no meio deles, "É lá que eles secam e moem atualmente a matéria vegetal que coletam e recebem."

"Eles não são tão elegantes quanto os demais, mas são muito harmoniosos da sua própria maneira," ela exclamou.

Nesse momento, os sinos da igreja soaram dez horas. Os dois caminhantes contaram cada badalada. Quando ficou claro que os sinos tinham parado de tocar, Errand perguntou, "Todos os monges seguirão agora para a igreja?"

"Não, eles não retornarão à igreja até depois da meia-noite de hoje. A esta hora da manhã eles podem muito bem estar do lado de fora caminhando, assim como nós."

As sobrancelhas de Errand ergueram-se. "Há alguma chance de cruzarmos com eles?" ela perguntou.

"Não acho que eles estejam autorizados a ir além dos limites do deserto, mas há uma chance de os vermos muito próximos."

Canal recomendou que eles retomassem a trilha, para não esfriarem muito. Errand concordou, mas pareceu sair do local com bastante relutância.

O francês desviou a atenção dela da linda vista para outras questões, retomando o assunto anterior. "Então com esse seu Martin você pretendia assinar um contrato de negócios cuidadosamente escrito. Você pensa em relacionamentos amorosos como parcerias de negócios?"

A pergunta do inspetor foi eficaz em arrancá-la de sua preocupação agradável. "Quando você faz um trato, você o respeita," ela replicou.

"Então você faria um acordo pré-nupcial que indicaria que ele nunca poderia fazer uma mudança de emprego ou de carreira de forma a ganhar menos do que certa quantia por ano, nem ganhar mais de quinze quilos, até que a morte os separe?" Canal perguntou, brincando.

"Uma garota não tem direito a algumas garantias? Você acha que eu quero acabar sendo a única provedora da família?" ela perguntou, ignorando a referência aos acordos pré-nupciais Hollywoodianos.

"Parece que você não confia nele para fazer a coisa certa em todas as circunstâncias ou para levar em consideração o que é melhor para você."

"Não, eu certamente não confio."

"Mas não importa quão exaustivo seja, quantas cláusulas contenha, nenhum acordo pré-nupcial pode garantir que um homem sempre fará o que você quer que ele faça, porque o que *você* quer que ele faça está fadado a ser contraditório, para não mencionar passível de mudança ao longo do tempo."

"Eu sinceramente duvido disso," ela protestou.

"Você quer hoje as mesmas coisas que queria há dez ou vinte anos?"

"OK, você fez seu ponto," Errand admitiu, "mas tudo o que eu estava pedindo era por dois anos," ela exclamou amargamente.

"Como você teve a ideia desse período de espera de dois anos?"

"Não sei, apenas parecia um período razoável de tempo," ela respondeu. "Já ouvi muitas vezes que os homens têm um ótimo comportamento inicialmente, e acabam por ser muito diferentes posteriormente."

"Você sabe onde ouviu isso?" Canal perguntou, começando a respirar pesadamente mais uma vez, sem ter tomado fôlego novamente.

"Ah," Errand dispensou a questão sem refletir, "em vários lugares."

"Você lembra de alguém em particular lhe dizendo isso?"

"Bem," ela disse depois de um momento, "agora que você mencionou, acho que minha mãe uma vez me disse que gostaria de ter esperado mais tempo antes de se casar com meu pai." Errand também ofegava um pouco nesse momento. "Ele era um cavalheiro enquanto eles estavam namorando, mas acabou por se tornar um bastardo egoísta raivoso praticamente assim que pararam de tocar os sinos da igreja em que eles se casaram. Pensando sobre isso, talvez alguma vez ela tenha dito que meu pai nunca teria sido capaz de manter o fingimento por dois anos inteiros."

"Então você está preocupada em não repetir o erro da sua mãe? Parece que você não confia em si mesma para ler muito bem o caráter de um homem."

"Eu não sou psicóloga."

"Não é isso que quero dizer. Estou falando de algo sutil – você tem que conhecer o inconsciente dele e ser capaz de aceitá-lo e mesmo amá-lo. Se você ignorá-lo, se não prestar atenção nele, será a seu próprio risco!"

"Conhecer seu inconsciente? Como eu poderia conhecer isso?"

"Não é tão complicado, na verdade," disse Canal, respirando com mais facilidade agora. "Você apenas deve realmente ouvir e ver. Você tem que perceber quando ele esquece de fazer algo, esquece algo que você disse a ele ou diz algo que não pretendia. Não é preciso ser um especialista para perceber que, quando um homem se engana e diz 'Eu poderia matá-la' quando queria dizer 'Eu poderia beijá-la,' algo nele a odeia profundamente, e isso irá se manifestar mais cedo ou mais tarde."

Errand riu. "Sim, bem, se sempre fosse fácil assim!"

"Você ficaria surpresa com quantos indícios existem, e como eles são fáceis de ler sem ter que olhar com uma lupa. Quando um homem constantemente inventa desculpas relacionadas ao trabalho para não telefonar e para faltar a encontros, você deve ser capaz de ler nas entrelinhas. Quando ele acidentalmente quebra um presente que você deu a ele ou derruba sua bugiganga favorita e pisa nela, você não tem que ser um gênio para descobrir que ele está bravo com você."

"Martin nunca fez nada disso," Errand ponderou.

"Você se lembra de algum lapso de linguagem que ele tenha feito perto de você ou quaisquer mancadas que ele tenha feito relacionadas a você?"

"Acho que eu realmente não presto atenção nessas coisas," ela respondeu, também respirando com mais facilidade.

"Bem, você deveria," Canal aconselhou.

Uma lembrança subitamente retornou à superfície da mente de Errand, "Uma vez eu o escutei falando com seu irmão ao telefone e ele se referiu a mim como Suzy em vez de Sandra," ela riu.

"Sandra?" Canal repetiu sem compreender. Então ele lembrou-se, "Ah, certo, vi isso no seu cartão de visita. Bem, se você é Sandra, quem é Suzy?"

"Acontece que é o nome da sua mãe," ela riu de novo. "Pode ficar mais freudiano do que isso?"

"A verdadeira questão é saber se ele gosta da mãe," o francês explicou. "Ele gosta?"

"Eu nunca conheci alguém que goste mais da mãe do que Martin," ela riu. "Ele liga para ela todas as semanas, e eles conversam muito."

"Muitos homens fazem isso com suas mães, mesmo homens bem mais velhos, mas isso não significa que eles gostem delas. Eles só o fazem por culpa."

"É verdade," ela concordou. "Alguns dos meus ex-namorados eram assim, mas com Martin é diferente. Ele realmente quer falar com ela, e eles riem muito juntos. Por tudo o que ele diz, ela realmente parece uma pessoa maravilhosa."

"Uma pessoa com que não é tão ruim ser confundida?" Canal declarou mais do que perguntou.

"Acho que sim."

"Talvez você não tenha muito com o que se preocupar."

"Estou preocupada que venhamos a morar juntos, ele fique muito confortável e seja o fim de sua paixão por mim. Vamos nos transformar em um velho casal como meus pais, cujos únicos momentos de paixão são quando estão brigando."

"Você gosta de brigar?"

"Eu posso acabar sendo levada por uma briga, se é isso que você quer dizer. Martin e eu tivemos algumas brigas bastante acaloradas."

"Acho que ele não é São Martin!" Canal riu.

"Quem?" ela perguntou, olhando Canal nos olhos.

"Um santo francês muito importante – foi apenas uma piada."

"Pode haver algo do santo nele, no entanto," ela suspirou, "porque sou eu quem começa todas as brigas. Nem sei sobre o que elas são..."

Canal inverteu a preocupação ostensiva dela, "Talvez você esteja preocupada que a convivência porá fim não tanto à paixão *dele* por você, mas à *sua* paixão por ele."

Errand refletiu por alguns momentos. "Eu não tenho exatamente o melhor histórico em permanecer interessada por alguém," ela reconheceu.

Vendo que essa inversão de perspectiva tinha rendido frutos, Canal continuou na mesma linha. "Talvez você precise de mais tempo para ver não exatamente se *ele* irá manter a sua parte do acordo, mas se *você* irá?"

"Esse pensamento passou pela minha cabeça..."

"Relacionamentos amorosos não são estruturados como relações de negócios. Você não pode fazer um acordo amoroso sabendo exatamente o que irá obter em troca. No melhor de meu conhecimento, não existe tal coisa como um seguro de amor!" brincou. "Nem o desejo dele por você nem o seu desejo por ele podem ser previstos com antecedência. Você não pode legislar sobre o amor, ditar os termos do desejo, estipular o interesse sexual ou enumerar todas as cláusulas de prazer – seja o dele ou o seu."

"Você acha que estou tentando forçar *a mim mesma* a ser fiel, a vincular a mim mesma ao amor e ao desejo até que a morte nos separe?"

"Hmmmm..." Canal proferiu uma longa e indecifrável pontuação.

## XII

A atenção do inspetor foi subitamente atraída por algo à direita. Ele cautelosamente deixou a trilha e se aproximou do que parecia uma pedra simples abaixo de algumas árvores. Retirando um pouco da neve, Canal revelou a figura de uma esfera com uma cruz em seu topo em baixo relevo, e gesticulou para Errand aproximar-se e olhar.

"O que é isso?" ela perguntou. "Não é o símbolo da feminilidade?"

"Tenho que admitir que nunca pensei nisso antes!" Canal exclamou. "Na verdade corresponde ao lema dos cartuxos, *Stat crux dum volvitur orbis*. É algo como 'O mundo gira, mas a cruz permanece.'"

"Bonito," Errand opinou após refletir por um momento. "O que está fazendo aqui fora?"

"Em seu auge, o deserto se estendia por cerca de quinze milhas quadradas, e essas pedras esculpidas marcavam as bordas externas do território."

"Eles têm menos terras agora?"

"Ah, sim, muito menos," Canal confirmou. "A terra foi confiscada durante a Revolução, e eles somente conseguiram retomar uma pequena parte dela desde então. Felizmente, eles não são mais tão dependentes do pastoreio para sua subsistência, então não precisam de tantas pastagens quanto antes."

"Por causa dos licores que eles produzem?"

"Exatamente."

"Se não conseguirmos parar a falsificação, eles podem ter que voltar a comer cordeiro."

"Ah, eles nunca comeram os cordeiros," Canal corrigiu a confusão de Errand. "Como mencionei no avião, eles sempre foram vegetarianos – faz parte do seu voto de pobreza."

"Então qual era o sentido de ter ovelhas?"

"Bem, vamos ver," Canal preparou uma lista em sua cabeça, enquanto eles retomavam a trilha. "Eles usavam a lã para fazer suas vestes, assim como fazem hoje, e usavam a pele para fazer pergaminhos para os livros que copiavam. Suspeito que também ordenhavam as ovelhas para fazer queijo," Canal conjecturou, procurando no rosto de Errand por qualquer sinal de reconhecimento. Não vendo sinal algum, ele acrescentou, "Presumo que você nunca comeu queijo de leite de ovelha."

"Não, na verdade eu não sabia que alguém já tinha feito queijo de leite de ovelha."

"Ainda fazem! Especialmente na Espanha. Você nunca comeu Idiazabal ou Manchego?"

"Idiazaque?"

"Vou lhe dar uma amostra deles quando voltarmos para Nova York," Canal sugeriu. "Há uma loja fabulosa de queijos especiais no meu bairro, e eles montam uma linda cesta de presentes."

"Você faria isso por mim, simples assim?" perguntou Errand.

Canal olhou para ela de esguelha. "Simples assim como?"

"Bem, eu quero dizer," Errand hesitou, pouco à vontade, "estamos aqui a negócios…"

"Então não podemos ser amigos?"

Errand corou com a relutância de Canal em fazer rodeios, embora isso fosse pouco visível dado o efeito do ar frio de inverno nas suas bochechas.

"Por mais que eu goste de aprender coisas novas," Canal continuou, "eu gosto talvez ainda mais de compartilhar essas coisas com outras pessoas, especialmente com amigos."

Ainda sentindo-se um pouco desconfortável com as referências de Canal à amizade, Errand adotou um tom mais brincalhão, "Se você quer saber o que *eu* acho, o que você realmente gosta é de se meter na vida de todo mundo."

"Você acha?" os olhos do Canal brilharam.

"Se eu acho?" exclamou Errand. "Você deve ser o maior intrometido que eu já conheci!"

"Bem, qual seria a graça da vida se nada perguntássemos aos outros?" Canal disse sem se defender. "Eu já sei muito do que penso, e por muito tempo fiz análise para me familiarizar com o que eu não sabia que pensava." Errand lançou-lhe um olhar surpreso, mas ele continuou como se não tivesse dito nada de particularmente notável, "Então eu lhe faço perguntas e conheço mais sobre você."

"Você certamente faz perguntas!" Errand concordou. "Eu apenas não entendo o que você ganha com isso."

"Ah, sim," disse Canal, "a eterna questão: o que tem nisso para mim? É essa a pergunta que você faz a si mesma sobre Martin?"

"Sobre Martin? Não sei," Errand refletiu. "Acho que não entendo como funciona o amor. Se você se dá por completo a um cara, ele pode usá-la por um tempo, mas mais cedo ou mais tarde ele foge e você nunca terá de volta o que deu."

Canal observou-a atentamente enquanto ela falava.

"Se você se *recusar* a dar-se por completo, você mantém o cara interessado por mais algum tempo, e ele a cobre de atenção, presentes, flores, o que for! O único problema é que ele não está realmente interessado em você, ele só está interessado na caçada."

"Então você perde, quer você dê ou não?" Canal resumiu.

"Exatamente," Errand concordou com entusiasmo. "É um jogo de tolos. Você recebe nada, ou recebe muito do que você não quer."

"Como era com Martin?" Canal perguntou.

"Com Martin? É difícil dizer," Errand respondeu. "Eu realmente gostei dele desde o começo, então sempre joguei minhas cartas com muito cuidado. Me certifiquei de que não era apenas mais uma aventura rápida, para ele ou para mim, mas eu estava constantemente atormentada com a preocupação de que qualquer passo em falso que eu desse iria perfurar sua paixão por mim como um pino em um balão – puf!"

"Hmm..."

"Eu sei, *você* acha que foi minha própria preocupação de que eu não continuasse interessada nele. E é óbvio que você acredita que eu deveria apenas dar sem pensar em receber de volta – não negue," ela continuou antes que ele pudesse falar qualquer palavra. "Mas, você sabe, eu já ouvi tudo isso antes – 'é melhor dar do que receber' e 'dar é a própria recompensa'. Soa muito bem no papel, mas simplesmente não funciona no jogo do amor."

## XIII

O olhar de Errand foi subitamente atraído por movimentos à sua esquerda.

"Olhe," ela gritou, "são os monges!"

Uma fila de figuras vestidas de branco podia ser vista avançando por um vale não muito abaixo de onde eles estavam, e o som de conversas animadas subia pela encosta da montanha. Errand e Canal pararam, e enquanto observavam, dois dos monges passaram à frente dos demais, chegaram a uma pedra na encosta e começaram a esquiar – por assim dizer – novamente em direção aos demais. Enquanto os monges lutavam para manter o equilíbrio deslizando em seus calçados comuns, os demais gritavam palavras de encorajamento ou riam junto com os esquiadores.

"Eles parecem estar se divertindo," Errand comentou.

"De fato," Canal concordou. "É um grupo bastante animado."

"Eu nunca teria imaginado monges brincando assim," Errand confessou.

"Você os imagina mais como os tipos que se autoflagelam?" Canal perguntou, provocativo.

Errand riu. "O asceticismo certamente é a primeira coisa que me vem à mente quando penso em monges. Acho que nunca pensei realmente sobre isso."

"Certa *joie de vivre* não é proibida," Canal comentou. Alguns monges notaram os caminhantes mundanos e começaram a acenar para eles. Canal acenou de volta com os dois braços e gritou, "*Bonjour!*"

Errand seguiu o exemplo, e depois se juntou a Canal, que prosseguira para a frente de uma pequena capela de pedra à direita. "O que é isso?" ela perguntou, pensativa.

"Este é Casalibus, o local do mosteiro original construído no século XI. Esta é a capela dedicada a São Bruno, o fundador da ordem, e aquela ali," Canal acrescentou, voltando-se e apontando para a esquerda, "é a Notre-Dame de Casalibus".

Errand estava encantada com o local. "Você já testou a porta? Está aberta?"

"Duvido – acredito que elas nunca estejam abertas ao público em geral."

Mesmo assim, Errand tentou abrir a porta, e ficou um pouco decepcionada quando ela não cedeu. Entusiasticamente levou Canal para a parte de trás, para olhar a capela de todos os ângulos. "Porque eles não ficaram aqui em cima?" perguntou após avaliar a vista.

"Tudo, com a exceção destas duas capelas, foi destruído em uma avalanche." Canal virou-se para um pico coberto de neve que se erguia sobre eles a nordeste. Ele apontou. "Acho que você consegue entender o problema deste local."

"Consigo," Errand assentiu, "mas é uma pena, porque é ainda mais majestoso do que onde eles estão agora. O mosteiro era muito diferente naqueles dias?"

"Bem, havia apenas cerca de uma dúzia de monges na época, e viviam dois em cada cela, em cabanas de madeira muito menores do que os aposentos espaçosos que eles têm hoje."

"Dois em uma cela! Eles eram menos silenciosos e mais sociáveis naquela época?"

"Eu não saberia dizer," Canal respondeu. "Talvez apenas significativamente mais pobres."

Errand abordou um assunto que estivera em sua mente nos últimos minutos. "Você acha que é mais fácil amar o próximo quando não se tem um relacionamento romântico com ele?"

"O que você quer dizer?" Canal respondeu à pergunta com outra pergunta.

"Quero dizer, talvez não seja tão difícil para os monges amarem uns aos outros como é para nós," explicou. Então, ouvindo o 'nós' que acabara de proferir como se referindo a Canal e a ela mesma, rapidamente acrescentou, "Como é para pessoas em um relacionamento amoroso."

"O que você acha que tornaria mais fácil?" perguntou Canal.

"Bem, suspeito que eles não estejam tão preocupados se seus colegas monges lhes amam de volta, ou se seus irmãos lhes amam por quem acreditam que realmente são."

"Você acha que não?"

"Acho que isso os livra do problema dos casais, em que se você ama alguém incondicionalmente, você o assusta, e por isso nunca chega um momento em que ambos estão realmente interessados um pelo outro ao mesmo tempo, ambos se doando plenamente."

"Esse momento nunca chega?"

"Nunca na minha experiência," ela exclamou. "E de certo modo também é fácil para eles com Deus, porque você sempre sabe que Deus ama você – o amor dele não vacila, ele não foge se você o ama de volta."

"Você acha que eles nunca têm dúvidas?"

"Bem, talvez então não seja tão fácil para eles amar plenamente a Deus, o que eu sei? Mas, de qualquer forma, o Seu amor por eles parece garantido."

"Talvez não seja tão diferente como você pensa," Canal disse enigmaticamente. Tomando-a pelo braço e levando-a de volta para a trilha, acrescentou, "Nós deveríamos começar a voltar agora."

## XIV

A manhã de segunda-feira encontrou os dois corajosos caminhantes um pouco doloridos, não totalmente descansados após a longa caminhada e posterior visita ao museu cartuxo, e mais do que um pouco ansiosos para obter notícias de diversas fontes: do mecânico em relação ao freio, do Prior a respeito de sua disposição em lhes permitir prosseguir com sua investigação, do Professor Sheng para saber se existia o caractere na garrafa e, em caso positivo, o que significava, e de Alex, o assistente executivo de Errand, para descobrir seu paradeiro.

Errand tentara falar com alguém do seu escritório, qualquer pessoa, no sábado à noite, depois que seu carro havia sido rebocado pelo cunhado do prefeito e eles haviam retornado para o hotel, mas fora mais difícil do que imaginara. Embora ela tivesse se lembrado de colocar na mala o carregador do seu celular, esquecera do conversor de voltagem. Isso teria sido irrelevante, porém hoje em dia ela memorizava poucos telefones, mantendo-os todos armazenados na discagem rápida do seu celular, enquanto que, quando criança, sabia de cor o número de muitos de seus amigos e familiares. Quando ela conseguiu que a recepcionista ligasse a linha de telefone tradicional em seu quarto, ainda teve que falar com a recepção para descobrir que, para obter linha externa, precisava discar o oito em vez do nove. E depois, além de tudo isso, ela esquecera que, da França, era necessário discar 001 em vez de 011. Quando ela já estava esperando ser atendida pelo serviço de auxílio à lista por um tempo que parecia uma eternidade, o único número que havia conseguido obter do operador terceirizado era o telefone principal de toda a empresa. Previsivelmente, ninguém havia sido contratado pela YVEH para atender àquela linha em um sábado à tarde.

Quando Errand já estava irritada o suficiente para bater na porta de Canal e perguntar o que lhe aconselharia, ele já tinha seduzido com sucesso a recepcionista para pesquisar na internet por outros números do escritório e pelo número do celular de Alex, e ninguém havia atendido em qualquer um deles. Canal brincou, "Quando o gato está fora, os ratos parecem ter coisas melhores para fazer em um sábado." O celular de Alex era respondido com uma daquelas gravações irritantes "O número discado está indisponível ou fora de área," que continuou a ser transmitida por toda a tarde de domingo e também na segunda-feira de manhã.

Na segunda-feira, durante o café da manhã na sala de jantar do hotel, Canal informou a Errand que acabara de falar com o mecânico, que informou que nas linhas do freio havia o que pareciam ser pequenos furos. Quando questionado por Canal, o cunhado do prefeito tinha sido incapaz de dizer se eles tinham sido feitos por alguém ou se poderiam ter resultado de desgaste natural, embora tenha afirmado nunca ter visto nada parecido com isso antes.

"Pedi para que ele guardasse os antigos para nós, caso eles sejam necessários como prova em algum momento," disse Canal, tomando seu café. "Ele disse que devia acabar de substituir as linhas dentro de uma hora."

"Eu apenas gostaria de ter olhado ao redor do carro antes de entrar para ver se havia pegadas ou vestígios de qualquer outro tipo em torno dele."

"Sim, mas naquele momento não parecia haver qualquer motivo para preocupação," Canal concordou. "Devemos cuidar onde estacionamos hoje, quando formos para a Correrie. Aliás, o Prior ligou dizendo que se reunirá conosco às duas horas, e que fez preparativos para falarmos com os dois monges que sabem a fórmula."

"Excelente," Errand respondeu um pouco distraída, cortando um pedaço de croissant.

"Teremos que estacionar em algum lugar onde a neve não tenha sido retirada demais," Canal refletiu. "Talvez possamos mesmo polvilhar um pouco..."

"Um pouco de quê?" Errand perguntou.

Ele continuou pensando, mas depois de alguns momentos reclamou, "Não sei como se chama em qualquer língua."

"Pó de pirlimpimpim?" ela sugeriu, rindo.

Canal observou-a atentamente, percebendo a atenuação da sua atitude profissional. "Sim, uma espécie de pó de fada colorido, que nos mostraria se alguém andou ao redor do carro enquanto estávamos no mosteiro."

Errand riu novamente, mas tentou abafar o riso com outro pedaço de croissant. "Teremos que encaixar um almoço rápido antes de irmos," comentou, "porque não conseguirei ficar toda a tarde sem comer. Estes cafés da manhã franceses têm somente carboidratos e açúcares rápidos. Não sei como alguém passa toda a manhã só com isso."

Canal maravilhou-se com sua aparente falta de interesse na investigação. Ele apontou para o lado oposto da sala de jantar e disse, "Tem iogurte na mesa do outro lado, se você quiser um pouco de proteína."

"Adoraria um pouco," ela respondeu, sem terminar de mastigar o último pedaço de croissant. "Estou faminta," ela disse, enquanto se dirigia para a mesa que Canal indicara. Retornando com vários pequenos potes de iogurte, ela explicou, "Deve ser toda aquela caminhada e o ar da montanha."

"Sim, acho que deve ser," Canal respondeu pensativo.

## XV

Incapaz de obter o pó de pirlimpimpim na pequena aldeia de Saint-Pierre-de-Chartreuse, muito menos um conversor de voltagem, já que a maioria das lojas não turísticas estava fechada nas manhãs de segunda-feira, Canal teve que recorrer à farinha de milho amarela. Seu carro alugado pela Maxicar estava de volta em plena forma, ou pelo menos em tão boa forma quanto possível, e ele circulou pelo parque de estacionamento da Correrie até encontrar uma área com neve virgem para estacionar. Quando Errand já havia se afastado do carro, ele largou grandes quantidades de farinha de milho ao redor dele. À objeção de Errand de que ele estava usando muito e que seria visível para qualquer pessoa que se aproximasse, Canal respondeu que provavelmente as aves comeriam três quartos da farinha antes que qualquer pessoa notasse sua presença.

O Prior vestia-se exatamente como dois dias antes, mas estava consideravelmente mais cooperativo. Quando todos se encontravam sentados em seu escritório, começou por dizer-lhes que tinha verificado com os outros monges, e que concluiu que foram tomadas precauções há muito tempo para separar os computadores em rede daqueles contendo o software financeiro, de forma que nenhuma violação do seu sistema poderia ter ocorrido dessa maneira.

"E decidi permitir que vocês conversassem com os dois monges que sabem a fórmula," acrescentou. "Embora eu não tenha nenhuma razão para suspeitar de qualquer um deles, no final de semana percebi que tenho mais dúvidas sobre um deles do que sobre o outro."

"Por que isso?" Errand perguntou.

"Não tenho certeza," respondeu o Prior. "É mais uma impressão vaga do que qualquer outra coisa."

"Talvez você possa fechar os olhos por um momento e ver se algo lhe ocorre?" Canal sugeriu.

O Prior e Errand olharam para ele com desconfiança, mas Canal não se abalou. "Às vezes uma memória cruza sua mente se você simplesmente permitir-se relaxar e não pensar em nada em particular."

O Prior indicou sua vontade de experimentar, e fechou seus penetrantes olhos por alguns instantes. Errand acabou fazendo o mesmo, mesmo obviamente não podendo ter memórias relacionadas com os dois monges em questão.

A estranheza inicial com essa situação entre os três e com o desconhecimento do processo foi tanta que o Prior logo abriu os olhos e afirmou que nada lhe ocorrera. Canal encorajou-o a, mesmo assim, tentar novamente e apenas permitir que sua mente vagueasse.

Um minuto depois, o Prior abriu os olhos e em um tom de voz surpreso lhes disse, "Acabei de lembrar que, há muitos anos, logo depois que me tornei Prior, fui informado pelo irmão que fazia a contabilidade do mosteiro na época, que estaria faltando algum dinheiro na nossa conta principal. O nome de um dos dois monges que sabe a fórmula foi mencionado em relação a esse fato, mas nada foi comprovado e nenhuma confissão foi obtida. Então talvez tenha sido apenas um erro de contabilidade, no fim das contas, e nenhum roubo tenha ocorrido. Em todo o caso, foi tudo muito vago e inconclusivo."

"Você se lembra de algo mais, relacionado a esse monge em particular?" perguntou Canal. Como o Prior balançou a cabeça, Canal pediu-lhe que novamente fechasse os olhos e deixasse seus pensamentos fluírem. Enquanto o Prior fazia isso, Canal notou que Errand também fechou seus olhos novamente, e que o leve sorriso que ela estampava no início parecia estar florescendo e se espalhando pelo seu rosto. "Um sorriso relacionado com Martin?" ele se perguntou. "Certamente não é *la Joconde*."

Quando o Prior abriu os olhos dessa vez, ele parecia menos surpreso e mais relaxado. "Acabei de lembrar que quando o homem em questão veio até nós e nos disse do seu desejo de se tornar um monge, tive uma série de longas conversas com ele sobre suas razões para – como se diz *fuire le monde, fuga mundi*?" perguntou, olhando para Canal.

"Deixar o mundo," Canal respondeu.

"Sim, isso mesmo. Obrigado." Então, dirigindo seu olhar primeiro para Canal e depois para Errand, continuou, "Como vocês podem ou não saber, as razões de cada monge para deixar o mundo são diferentes, e a luta de cada monge com as paixões humanas ocorre de formas diferentes. Para alguns, a luxúria é a maior preocupação, para outros é a gula. Mas para este homem em particular era a ganância, e se não me engano, ele mencionou certas tentações para roubar a que ele quase havia sucumbido no passado. Para ele, a avareza era a paixão mais difícil de superar. Mas isso foi há muito tempo," apressou-se em acrescentar, "e tenho certeza que ele superou há muito tempo tais tentações."

"Ainda assim," Canal sugeriu, "isso pode nos ajudar a orientar nossa investigação."

O Prior assentiu com a cabeça, mas depois pareceu refletir por um tempo. Errand mexeu-se um pouco enquanto ela e Canal esperavam que ele falasse novamente.

"Por razões que talvez sejam óbvias," ele começou, "Prefiro não dizer antecipadamente qual dos dois monges é – talvez faça mais sentido compararmos nossas impressões posteriormente."

Os dois visitantes concordaram com essa abordagem prudente, que descartaria qualquer tentação por parte deles de ouvir no discurso de um dos monges o que estavam mentalmente preparados para ouvir, as teorias tendendo tantas vezes a se autoconfirmarem.

Errand tomou para si a incumbência de abordar o delicado assunto da possível sabotagem de suas linhas de freio por alguém do mosteiro. "Sei que isso pode parecer um pouco aleatório," ela começou, "Mas eu queria saber se algum dos padres ou irmãos é especialmente adepto de automóveis."

"Você quer dizer dirigir ou reparar?" o Prior respondeu com outra questão.

"Reparar".

"Por que, você está tendo problemas com seu carro alugado?" questionou empaticamente. "Um dos irmãos leigos é particularmente bom em reparo de automóveis e pode ser capaz de ajudá-la."

Errand explicou em poucas palavras o que ocorrera após sua visita no sábado, e o Prior ficou visivelmente abalado e alarmado. Ela assegurou-lhe que ninguém havia sido ferido, que o carro estava relativamente intacto e que o mecânico que fizera o reparo dos freios não tinha certeza de que eles haviam sido adulterados. Mas eles não podiam deixar de ponderar se alguém do mosteiro ou nas proximidades tinha deliberadamente comprometido seus freios.

Ainda que claramente preocupado com a escalada aparente da situação, o Prior conseguiu transmitir que o irmão que ele mencionara tinha anteriormente trabalhado como mecânico em uma oficina e, atualmente, fazia a maior parte da manutenção dos carros e caminhões do mosteiro. Ele ofereceu-se para descobrir o paradeiro do irmão no sábado, enquanto Errand e Canal estavam na Correrie.

Voltando à questão do momento, acrescentou, "Fiz preparativos para vocês falarem com os dois monges que sabem a fórmula em um quarto de hora. Como vocês sabem, visitantes são permitidos nas dependências do mosteiro somente uma vez por ano, no dia do visitante, mas como as operações em questão são executados a partir do *obédiences* – como você diria isso?" ele perguntou, olhando diretamente para Canal.

"Anexos," Errand respondeu.

"Anexos? Acredito que não conheço essa palavra," o Prior disse olhando para Canal, que acenou afirmativamente. "Pensei que você não falasse francês," disse a Errand.

"Só sei algumas palavras," ela respondeu, "mas o inspetor Canal me ensinou essa ontem, durante nossa caminhada nas montanhas."

"Bem, dadas as circunstâncias, vou permitir que vocês entrem nos anexos. Talvez você, Senhorita Errand, queira procurar por quaisquer dispositivos eletrônicos que possam ter sido plantados lá sem nosso conhecimento, enquanto você, inspetor Canal, fala à distância que quiser com os dois monges?"

O rosto de Errand evidenciou decepção por ter sido excluída das entrevistas, e o Prior, percebendo isso, explicou que poucos dos monges já viram, muito menos falaram com qualquer mulher. "Além disso," acrescentou, "Nenhum deles fala mais do que poucas palavras em inglês."

Errand indicou que compreendeu, parecendo um pouco menos cabisbaixa.

Canal perguntou, "O que exatamente foi dito aos monges sobre o propósito da nossa visita?"

"Naturalmente, eu não quis alarmar ninguém, então apenas os informei que eles deveriam responder a quaisquer perguntas que vocês tivessem sobre nossas operações, sem revelar nada sobre os ingredientes do licor. Eu disse a eles que vocês estão aqui como parceiros que distribuem nossa bebida no exterior."

"Excelente," Canal comentou. Ele fez uma pausa por um momento e logo recomeçou, "Agora tenho um pedido pessoal bastante incomum para fazer, ou melhor, dois. Sei que estrangeiros raramente têm a oportunidade de ver o manuscrito original da fórmula, mas eu esperava que fosse feita uma exceção no meu caso dado meu–".

"Sem câmeras, filmadoras, ou memória fotográfica?" o Prior perguntou em tom de brincadeira.

"Se eu tivesse uma memória fotográfica! Palavra de escoteiro" Canal também gracejou, levantando a mão direita no juramento clássico dos escoteiros.

"Não são permitidos juramentos aqui," o Prior continuou, na mesma linha.

"Então lhe dou minha palavra de cavalheiro."

"Por que, então, eu não peço ao seu irmão Pierre para mostrá-lo para você?" o Prior disse, olhando para Canal com atenção.

Canal estava visivelmente emocionado. "Vejo que o senhor anteviu meu segundo pedido, padre. Sei que faltam ainda muitos meses para o dia do visitante, e não tive sequer tempo para escrever ao meu irmão antes de deixar os Estados Unidos para lhe avisar que eu estava vindo."

"Bem, já avisei a ele que você está aqui – na verdade, ele acha que vislumbrou você ontem nas montanhas."

Canal sorriu. "Eu me perguntava se ele estaria no grupo que vimos ontem!"

"De fato, estava," o Prior confirmou. E então, em um tom ainda mais jocoso, acrescentou, "Dessa forma, mataremos dois coelhos com uma só cajadada!"

Canal e o Prior riram divertindo-se da piada. Errand parecia estar em outro lugar em seus pensamentos e nada ter ouvido.

## XVI

O Prior acompanhou Errand e Canal até o pequeno conjunto de anexos localizado no interior dos muros do venerável mosteiro. Inicialmente acompanhando os demais, Canal permitiu-se ficar para trás de modo que Errand e o Prior pudessem falar em particular. Canal pensou que o ritmo de vida calmo, lento e reflexivo deste último faria um contraste interessante com o habitualmente frenético estado de espírito nova-iorquino dela.

Chegando às *obédiences*, o Prior levou-os até a estrutura central, onde ocorriam as operações de secagem, moagem e mistura, e apresentou-os aos dois monges. Canal foi para uma sala contígua com o padre Giacomo, um homem na casa dos cinquenta anos com um forte sotaque italiano, enquanto o Prior e o padre Jacques mostraram a Errand as salas onde as misturas eram preparadas.

Após a partida do Prior, Errand começou sua análise das instalações da melhor maneira que conseguiu, considerando que não tinha qualquer treinamento além dos muitos filmes de espionagem que via, e considerando que o padre Jacques a interrompia muitas vezes para mostrar algo aqui ou ali, sem ser capaz de explicar a que estava se referindo em uma linguagem que ela pudesse compreender. Cerca de quarenta e cinco minutos depois, Canal retornou ao palco principal das operações, piscou para Errand e caminhou de volta para a sala adjacente com o Padre Jacques.

A busca cuidadosa de Errand provou-se inútil, revelando nada mais do que algumas cabeças de prego se disfarçando de escutas e cacos de vidro brilhantes tentando se passar por lentes de câmeras.

Quando Canal finalmente saiu de sua segunda entrevista, eles se despediram dos monges e trocaram algumas palavras no pátio das *obédiences*, antes de Canal dirigir-se ao principal mosteiro para encontrar seu irmão.

"Você achou alguma coisa?" Canal perguntou.

"Nada minimamente suspeito," Errand respondeu. "E acredite, tive tempo de sobra para procurar! E você?"

"Nada de qualquer forma conclusivo," disse Canal, "e é tudo um pouco complexo. Contarei tudo a você no hotel durante o jantar." Ele entregou a ela as chaves do carro.

"Você não quer que eu espere por você?" ela perguntou. "Como você vai voltar para o hotel?"

"Sempre posso pedir carona a um dos funcionários do museu. E se não funcionar, ligo para você e peço-lhe para vir me buscar," acrescentou. "Você sabe o caminho, não é?" Antes que Errand pudesse dizer qualquer coisa, ele interrompeu, "Não se esqueça de procurar por pegadas ou outras alterações na farinha de milho sobre a neve em torno do carro."

"Certo," Errand respondeu. "Mas sabe, tenho a impressão de que passamos pelo museu um pouco rápido demais ontem, e ainda há muitas coisas que não entendi sobre o modo de vida deles aqui."

Canal olhou-a atentamente enquanto ela falava.

"Então acho que vou dar uma volta pelo museu enquanto você bate papo com seu irmão. Você pode me mandar uma mensagem quando voltar para a Correrie."

"Tudo bem," ele disse, deixando-a no portão do mosteiro. "Tenha uma boa visita." Ele ficou perdido em pensamentos por um longo tempo enquanto ela caminhava pela calçada coberta de neve.

## XVII

Voltando à Correrie após uma longa reunião com Pierre, Canal viu Errand saindo do escritório em que eles haviam se reunido com o Prior duas vezes. Como ela parecia muito preocupada, Canal fingiu interesse em alguns folhetos perto do balcão para dar-lhe algum tempo. Depois de alguns minutos, ela notou seu casaco e perfil perto da entrada principal e se aproximou. Seu rosto pareceu a Canal um pouco mais relaxado do que antes. Como, contudo, quando questionada se sua visita fora agradável ela se restringiu a um "hmm" afirmativo, ele apenas perguntou se ela estava pronta para partir e, em seguida, guiou seus passos desatentos em direção ao carro.

A noite caiu sobre o ambiente tranquilo, e Canal retirou uma pequena lanterna do bolso do seu sobretudo para percorrer o estacionamento deserto. Soltou o braço de Errand do seu, lhe pediu as chaves e pediu que ela permanecesse distante do carro, para que ele pudesse verificar se o pó de pirlimpimpim havia sido perturbado não apenas por seus amigos com penas.

Sem detectar nada minimamente alarmante, segurou a porta do passageiro aberta quando ela se aproximou e, em seguida, a fechou e entrou no lado do motorista. Ligou o carro, testou o freio de mão e bombeou o pedal do freio várias vezes antes de colocar o carro em marcha.

Notando que Errand não estava mais loquaz do que antes, Canal contou-lhe sobre suas conversas com os dois monges.

"O primeiro dos padres com quem falei foi difícil de ler, pois seu francês era bastante precário e meu italiano está um tanto enferrujado – na verdade nunca foi muito bom."

"Ah," Errand respondeu, "então ele é italiano. Achei que ele falava francês de forma diferente dos outros."

"Sim, o padre Giacomo–."

"Esse era o seu nome?" Errand interrompeu. "Eu não tinha entendido isso."

"Sim, e ele parecia ter um temperamento um tanto escorregadio, quase demais para um monge cartuxo."

"Então você acha que ele pode ser nosso homem?"

"Difícil dizer," Canal comentou. "Eu geralmente presto muita atenção a tiques nervosos, inquietação, balbucios, lapsos de linguagem e os menores tropeços, mas ele não tinha tiques, não estava inquieto e potenciais lapsos de linguagem em francês eram difíceis de distinguir de simples gramática ruim. Tive a impressão de que ele teve um deslize em italiano–."

Errand estava confusa. "O que você falou com ele, francês ou italiano?"

"Um pouco dos dois," Canal respondeu, "ou melhor, uma espécie de mistura dos dois. Ele começava uma frase em italiano, falava um termo técnico ou expressão idiomática particularmente pertinente em francês e, em seguida, continuava a frase em francês até chegar a algo que não sabia como dizer, quando voltava ao italiano."

"Parece difícil de acompanhar," Errand comentou, ao entrarem calma e suavemente na estrada principal.

"Foi, especialmente considerando o quanto estou fora de prática."

"Então que tipo de deslize ele fez?" Errand perguntou.

"Ele disse que tinha cometido um erro a respeito de algo que me dissera mais cedo, que era para ser *mi sono sbagliato*, mas em vez de *sbagliato* ele dissera *spagliato*. A diferença de sonoridade é muito sutil, mas se não me engano, significa algo parecido com transbordar ou inundar, embora possa também ter outros significados."

"Inundar o mercado?" Errand fez uma livre associação.

"Exatamente o que pensei," Canal concordou. "Mas terei que verificar no hotel. E parafraseando Aristóteles, um deslize não faz um criminoso – não necessariamente, de qualquer forma."

"E o outro monge, padre Jacques? Ele me pareceu um cara legal," Errand comentou. "Ele ficava tentando me mostrar coisas enquanto você falava com o padre Giacomo."

"O padre Jacques me pareceu excepcionalmente franco," Canal começou. "Talvez estivesse um pouco nervoso quando eu estava falando com ele, mas não acredito que seja o nosso homem."

"Ele não fez quaisquer deslizes?"

"Pelo contrário, fez alguns," Canal respondeu, "mas nenhum deles parecia levar a um caminho criminal."

"Como você pode saber disso?"

"Bem, é claro que não posso ter certeza absoluta, já que eu não estava exatamente em posição de pedir-lhe para fazer uma livre associação para cada um de seus deslizes – isso teria despertado suas suspeitas quanto à natureza da nossa visita. Mas às vezes é possível fazer suposições bastante razoáveis quanto ao significado pelo tipo de palavras que são ditas no lugar das pretendidas."

"Não tenho certeza se compreendo," Errand disse.

"Bem, por exemplo, o Padre Jacques estava fazendo uma espécie de juramento, *par la sainte vièrge*, pela virgem abençoada, mas em vez de *vièrge*, virgem, ele disse *verge*."

Errand reclamou, "Estou tão no escuro quanto antes."

"Bem," disse Canal, deslocando-se em seu assento, "*verge* tem alguns significados diferentes, um dos quais é uma espécie de vara ou chibata usada na punição corporal. Mas visto em conjunto com alguns outros deslizes que o Padre Jacques fez, o sentido mais sexual do termo se insinua."

Errand virou-se para olhar Canal ao volante. "E qual é o significado sexual do termo?" perguntou.

"Bem, digamos que isso pode sugerir que o padre Jacques foi afetado pelos minutos que passou na sua presença," Canal minimizou, sorrindo o tempo todo.

"E o que isso significa?" Errand insistiu, começando a sorrir também.

"Significa que há uma boa chance de que nosso velho monge não seja de todo indiferente ao *outro* sexo," disse Canal, dando bastante ênfase à penúltima palavra.

Errand soltou uma gargalhada. "Você não quer dizer sexo *oposto*?"

"Sim, isso também."

"Eu poderia ter lhe dito isso sem falar uma palavra de francês! O homem zumbia ao meu redor como uma abelha faminta em torno da primeira flor da primavera. Foi difícil investigar qualquer coisa sem que ele segurasse a cadeira para mim, apontasse algo em um canto, e assim por diante, e ele não tinha a menor ideia do que eu estava procurando!"

Os dois riram com vontade enquanto entravam no estacionamento da igreja em frente ao hotel.

## XVIII

Canal entrou na sala de jantar do hotel uma hora depois e gritou, "O Prof. Sheng sumiu!" Sendo uma noite de segunda-feira e um período de fevereiro que não correspondia às férias de inverno em nenhuma das diferentes regiões francesas, a sala de jantar mal iluminada estava completamente deserta, exceto pela mesa perto do fogo ardente em que Errand pacientemente aguardava sua chegada.

"Ninguém na universidade o viu desde quarta-feira!"

"Você acha que há alguma ligação com a nossa investigação?" Errand perguntou ansiosamente.

Canal dirigiu-se pesarosamente até a mesa e largou-se em uma cadeira. "Eu vi Sheng quarta à tarde. Quem sabe? Eu posso ter sido a última pessoa a vê-lo antes..."

"Antes de...?"

"Não sei," Canal disse desesperado.

"Antes de ser sequestrado?" Errand sugeriu.

"Isso seria preferível a outras possibilidades," Canal disse, dando-lhe um olhar significativo. "Se fosse o caso, poderíamos simplesmente prometer que deixaríamos a questão de lado para que ele fosse liberado."

"Sim," Errand disse lenta e cuidadosamente. "Acho que isso significa que você não descobriu qualquer coisa sobre o caractere chinês que ele estava pesquisando para nós."

"Não, não descobri. O assistente de graduação com quem falei não tinha a senha dele e por isso não pôde acessar seu computador. Aparentemente, ninguém mais no departamento pode. O que provavelmente é uma coisa boa no fim das contas – quanto menos eles souberem, mais seguros estão."

"Muito bem," Errand concordou. "Isto sugere, é claro, que você foi seguido desde o início, e–."

"Ou então que *você* foi, e que você os levou a mim, e eu os levei a Sheng," Canal disse, claramente perturbado com as consequências do que parecia na época um simples pedido por um conselho puramente acadêmico.

Errand pulou de sua cadeira. "Isso me lembra. Tenho que ligar para–."

Ela parou e sentou-se na ponta da cadeira quando a garçonete habitual apareceu na porta, foi até a mesa deles, cumprimentou-os e recitou os pratos da noite. No momento em que a garçonete anotou os pedidos, Errand desculpou-se e correu para seu quarto. Canal percebeu que, pela primeira vez desde sua chegada à França, Errand usava um vestido em vez de um terninho, e tinha o cabelo solto em vez de preso.

A garçonete se virou para Canal e perguntou, "*Le même vin que hier soir?*"

"*Volontiers*", ele respondeu, "*c'était fort bon!*"

"*Donc, une demi-bouteille de–.*"

"*Non,*" ele a interrompeu, "*ce soir il nous faut une bouteille entière.*"

"*Très bien, monsieur*," ela respondeu e saiu.

Canal refletiu sobre tudo por alguns instantes. A garçonete voltou com uma garrafa e a mostrou a ele. Depois de obter seu consentimento, abriu a garrafa com poucos movimentos hábeis, serviu uma pequena quantidade para Canal provar e, depois de mais uma vez obter o assentimento, serviu o vinho para as partes presente e ausente.

Canal tomou um gole de vinho distraidamente num primeiro momento, calculando mentalmente várias possibilidades: freios sabotados, professor sequestrado, assistente executivo desaparecido, diversos deslizes de fala. "Como tudo isso se conecta?" perguntou a si mesmo, "uma conspiração para cometer um crime ou nada relevante?" Não encontrando resposta clara, provou de fato o vinho e refletiu, "Realmente não é um Côtes du Ventoux ruim, este Château Pesquier."

Suas reflexões foram interrompidas pelo retorno de Errand. "Acho que passamos dos limites!" ela exclamou, quando chegou perto da mesa. "É ainda pior do que pensávamos. Ninguém no meu escritório viu meu assistente executivo Alex desde quinta-feira. E seu telefone ainda não atende, nem mesmo sua caixa postal." Parecia cada vez menos provável que não houvesse conexão entre os fatos, mas ele decidiu expressar seu contraponto para acalmar sua companheira de jantar.

"Aposto que ele esqueceu de carregar seu celular, assim como você, mas também esqueceu de pagar sua conta de telefone, então cortaram sua linha."

Errand fitou-o sem compreender. "Então como você explica o fato de ele não ter ido ao trabalho na sexta-feira ou hoje?"

"Ele tem muito trabalho quando você não está por perto?" Canal perguntou, continuando a fazer o papel de advogado do diabo.

"Menos do que quando estou lá, sem dúvidas, mas ainda assim ele deve ter muito que fazer."

"Talvez sua tia Tilly tenha ficado doente e ele tenha tido que correr de volta para o Maine para cuidar dela," Canal fez soar razoável, embora estivesse inventando tudo.

"Não acho que ele tenha uma tia Tilly," Errand rebateu, "mas compreendo seu ponto... É que com a sabotagem das linhas de freio–".

"*Possível* sabotagem das linhas de freio," Canal corrigiu. "Pode ter sido apenas um defeito ou desgaste natural incomum."

"E o professor Sheng desaparecido," acrescentou Errand.

"Talvez ele tenha sido assaltado e tenha passado os últimos dias tentando obter uma nova carteira de identidade e novos cartões de crédito. Nova York não é exatamente a cidade mais segura do mundo," Canal sugeriu. "O problema aqui," continuou, "É que temos somente evidências circunstanciais. Até que tenhamos algo mais sólido para prosseguir, proponho que continuemos nossa investigação como planejado. Apenas tentaremos ser ainda mais vigilantes do que fomos até agora."

Ouvindo alguns dos seus próprios pensamentos sairem pelos lábios de seu companheiro, as feições de Errand relaxaram, ela se acomodou mais confortavelmente em sua cadeira e tomou um gole de vinho com satisfação. "E tentaremos ficar juntos todo o tempo," acrescentou, apertando a mão dele. "Aliás, o Prior organizou nossa visita à destilaria em Poivron," e sua pronúncia do nome da cidade vizinha foi boa o suficiente para Canal entendê-la sem ter que pensar duas vezes, "junto com ele, amanhã de manhã às dez."

"Ah," Canal observou, fingindo inocência, "então você encontrou o Prior depois da última vez que falamos com ele?"

"Sim. Bem, não, não exatamente," ela disse, falando a verdade. "Combinei com ele, ou melhor, pode-se dizer que o obriguei a encontrar-se comigo. Tivemos uma boa conversa enquanto estávamos indo esta tarde para os anexos, e perguntei-lhe se ele teria algum tempo mais tarde para me aconselhar a respeito de um assunto pessoal. Ele me assegurou que não costumava dar orientação espiritual a pessoas de fora, tratando quase exclusivamente com aqueles que haviam optado pela vida solitária. Como descobri no museu que ele também é Prior de todos os mosteiros femininos, eu lhe disse que sabia que ele não desconhecia de todo as mulheres. Ele disse que não teria realmente tempo para mim, mas acho que se pode dizer que eu o pressionei, pois ele abriu mão de sua refeição noturna e leitura por mim."

Canal a observava atentamente enquanto ela falava, e levantou uma sobrancelha.

"Suponho que você vai me perguntar por que eu queria tanto vê-lo," ela comentou, notando o silêncio dele.

"Você quer falar sobre isso?" Canal questionou.

"Acho que sim," ela admitiu. "Sabe, nunca fui muito crente, nem sei o que me levou a me abrir com ele – não estou realmente certa do que eu queria, mas estou feliz que fui."

"Feliz?"

"Sim. Quer dizer, ele disse um monte de coisas que eu suspeitava que ele diria, como que marido e mulher são uma só carne, então quando uma mulher faz algo para seu marido, é como se ela estivesse fazendo para si mesma. Claro, soava melhor da forma como ele colocou."

"Você parece estar colocando muito bem," Canal encorajou-a.

"Ele até me contou a história daquele cara, São Martin, que você mencionou outro dia, aquele que cortou seu casaco ao meio para dar metade a um homem pobre que encontrou na beira da estrada."

Canal ergueu suas sobrancelhas. "Como isso tudo veio à tona?"

"Eu lhe falei um pouco sobre minha situação com Martin," ela começou. "Acho que o confundi um pouco no início, porque ele imediatamente presumiu que éramos casados, e achou difícil entender toda a reserva e egoísmo no meu pensamento sobre nosso relacionamento. Ele me incentivou a render-me a ele, a me dar mais livremente. E então, quando esclareci as coisas, ele afirmou que eu nunca seria confiante e feliz com Martin a menos que nós assumíssemos o tipo de compromisso que só o matrimônio pode trazer."

"E então?"

"Bem, tive que concordar. Quero dizer, o que posso responder a isso? Aqui estou eu, como que vivendo em pecado com–."

"Você não quer dizer que *estava* vivendo em pecado?"

"Bem, só se passaram duas semanas desde que terminei."

"Pensei que você tinha dito que ele caiu fora?"

"Ele voltou atrás em nosso acordo, e quando insisti nos dois anos ele partiu."

"Ah, *je vois*," Canal exalou.

"Então, de qualquer forma, tive que pelo menos provisoriamente concordar com a primeira premissa do Prior, o casamento."

A garçonete chegou com o aperitivo, castanha cozida e sopa de cogumelo.

"*Bon appétit*," disse Canal, pegando sua colher.

"*Bon appétit*," Errand respondeu, e os dois companheiros de jantar iniciaram a refeição com entusiasmo. "Tive mais dificuldade para compreendê-lo depois disso, contudo," ela disse depois de algumas colheradas. "Ele parecia pensar que eu estava falando muito concretamente sobre a questão de ceder, sempre pensando nisso em termos de dar algo que se tem. Ele alegou que a essência do amor está em dar o que não se tem."

A sopa na boca do Canal desceu pelo conduto errado, e ele tossiu por um momento.

"Você está bem?" perguntou Errand. Ela começou a levantar-se para dar a volta na mesa e dar-lhe um tapa nas costas, mas ele gesticulou para que ela permanecesse sentada enquanto ele recuperava a compostura.

"Vou ficar bem", disse ele, secretamente espantado ao ouvir uma das suas próprias máximas sobre o amor repetida nessa remota aldeia alpina.

"Embora eu tenha achado a frase curiosa, não posso dizer que realmente compreendi o que ele estava falando."

"Ele não lhe deu alguns exemplos?"

"Sim, e acho que compreendi o que ele estava tentando dizer com o exemplo sobre um homem rico que dá presentes para a mulher que ama. Como ele pode facilmente pagar por eles, ela dificilmente os tomaria como prova de seu amor por ela. Se ele fosse um homem muito ocupado, sem tempo de sobra, mas dispusesse livremente de seu tempo para ela, ela *seria* inclinada a ver *isso* como sinal de amor."

Canal assentiu. "Mas ele deu outros exemplos que você não compreendeu?"

"Houve um sobre a paixão. Deixe-me ver, como foi?" ela baixou sua colher e refletiu por um momento. "Acho que eu estava falando sobre o problema do jogo do amor, como falei com você, sentindo como se eu não pudesse mostrar o meu desejo por um homem por medo de afastá-lo. E o Prior disse que, como meu desejo por um homem deriva de uma falta de algo por dentro, algo que eu não tenho, não devo ter medo de mostrar essa falta. Devo expressar meu desejo por ele, e quando me entregar a ele, vou ver que ele está se entregando ao mesmo tempo, e nosso amor vai se intensificar, explodindo em chamas, ele disse."

Canal engasgou com a água com gás que acabara de beber, reconhecendo uma das alegorias que inventara fazia tempo sobre a paixão. Quando parou de tossir, perguntou, "E você não conseguiu compreender isso?"

"Bem", respondeu Errand, após retirar seu suéter, o vinho e a sopa quente conspirando para aquecê-la por dentro, "me ouvindo contar a você sobre isso, acho que entendi melhor do que pensei. Talvez o fato seja que não acredito nem um pouco que isso seja sempre verdade!"

"Não?"

"Não!" ela exclamou. "Na minha experiência, uma garota faz bem em se entregar muito lentamente, e em certificar-se de que o cara está se entregando um pouco mais rápido do que ela." Ela terminou o vinho em seu copo e Canal recarregou-o para ela. "Ela deve entregar-se apenas o suficiente para incentivá-lo a continuar se entregando."

Canal nada disse enquanto a garçonete retirava suas tigelas e servia o prato principal, *noisettes de biche*.

"Foi a parte sobre o meu desejo por um homem ser derivado de uma falta dentro de mim que me pegou," Errand continuou. "Achei que ele ia soltar a velha história de que há algo faltando em cada um de nós, e que todos precisamos de alguém para completar-nos – como se pudéssemos de alguma forma ser completados de uma vez por todas," ela comentou sarcasticamente.

Canal assentiu com a cabeça a este último comentário.

"Mas ele me surpreendeu," Errand continuou. "Ele alegou que é só o amor por Deus que pode preencher essa falta por dentro."

Com a boca cheia, Canal restringiu-se a responder com um "Hmm…".

"Eu tive que confessar," ela riu constrangida, "que meu amor por Deus estava longe de…, bem, dificilmente…," ela encolheu seus ombros nus. "Acho que ele entendeu o que eu estava tentando dizer, mas enfatizou que eu deveria amar a Deus com todo o coração, com toda a alma e com toda a força."

"E então?"

Errand comeu um pedaço da carne de veado com molho de vinho e mastigou com satisfação. "Mmm, isso é excelente!" Com mais um gole de vinho ela terminou de engolir. "Acho que foi nesse momento que eu falei para ele sobre a grande questão."

"A grande questão?" Canal inqueriu.

Errand mexia-se um pouco nervosa. "Posso falar com você, não posso, doutor?" Ela olhou para ele, tentando decifrá-lo. "Você não se importa que eu fique falando dos meus… problemas?"

"Nem um pouco, *ma chère*," respondeu carinhosamente, recarregando o copo dela. "Vá em frente."

Com o vinho como sua equipe espiritual, ela pegou sua coragem com as duas mãos e desandou a falar, "Disse-lhe que o problema de dar livremente meu amor vai muito além do que dei a entender, e que o verdadeiro problema era que eu não conseguia ficar plenamente satisfeita com um homem." Ela corou muito profundamente e escondeu o rosto com sua taça de vinho, fingindo sede.

"Plenamente satisfeita?" Canal repetiu, num primeiro momento não inteiramente certo do que ela queria dizer. Mas ao vê-la corar e percebendo seus gestos ligeiros, ficou claro para ele. "Ah, sim, sexualmente satisfeita," disse sem qualquer embaraço. "Você deve ter colocado nosso amigo Prior em uma situação delicada com essa!" Canal comentou, retirando o drama da situação e deixando Errand mais à vontade.

"Acho que se pode dizer que o peguei um tanto desarmado," ela riu, aliviada por Canal estar levando na esportiva.

"Ainda assim, ele é perspicaz," opinou Canal, "e não nasceu ontem – se diz isso em inglês?" questionou.

"Não, mas entendo o que você quer dizer," Errand respondeu.

"Então, o que ele disse?"

"Ele me disse que Deus se deleita em nosso amor por todas as Suas criaturas. Então amar meu marido é adorar a Deus, e ter prazer em amar meu marido é ter prazer em amar a Deus." O rosto de Errand estava bastante vermelho neste momento, com a vergonha, o calor do fogo, os efeitos da comida e bebida ou os três fatores, mas ela se forçou a continuar. "Ele disse que devo amar a Ele," e olhou para cima em direção ao céu, "por meio dele." Apontou para um pequeno anel em sua mão direita. "Através de Martin – que devo ter prazer com Deus através do meu marido," ela exclamou, rindo por não saber como enfrentar a questão. "O que você acha disso, doutor?"

"Bem, eu não teria usado as mesmas palavras, ou formulado exatamente dessa forma," Canal respondeu sério, "mas acho que faz muito sentido."

"Você acha?" Errand foi surpreendida. "Eu tinha certeza de que você iria... Bem, na verdade eu não tinha ideia do que você diria," ela murmurou.

"O prazer sexual para nós, seres humanos, sempre deixa algo a desejar," Canal começou. "Raros são aqueles, homens ou mulheres, que sentem que realmente aproveitam o corpo de seu companheiro tanto quanto poderiam ou acreditam que deveriam, e é só o amor que nos permite lidar com a diferença entre o que sentimos e o que pensamos que deveríamos sentir."

Errand olhou para ele atentamente, agarrando-se a cada palavra.

Notando isso, ele continuou, "E mesmo que o amor nunca seja anônimo, sempre sendo por alguma pessoa em particular, isso não significa que não haja algum Outro dentro ou por trás da pessoa que amamos, seja um pai amado ou Deus Pai. Nosso prazer – sim, até mesmo nosso prazer sexual – com a pessoa com quem estamos é sempre baseado em algo mais, que a maioria de nós só encontra através da nossa amante – não através de uma infinidade de amantes, mas apenas através daquela pessoa especial que é nosso portal, em uma maneira de dizer, para esse algo além."

Canal fez uma pausa momentânea, e Errand encorajou-o com os olhos a continuar. "É claro, não é suficiente dizer a alguém que deveria amar seu companheiro de uma determinada maneira – se isso não aconteceu espontaneamente, pode ser que haja algo bloqueando."

"Sim, veja, não é como se eu não o desejasse," Errand exclamou.

"Tenho certeza que você me deseja – er, a ele," Canal rapidamente olhou em direção ao fogo, sorrindo por dentro, "mas o desejo e o prazer–."

"Eu ouvi isso, inspetor!" Errand atacou. "É isso que você pensa? Ou devo entender que *você* me deseja?"

Os dois companheiros de jantar começaram a rir. A garçonete chegou nesse momento, mas a alegria deles não seria sufocada e continuou enquanto a mesa foi sendo limpa e a sobremesa foi servida. Canal sussurrou uma palavra rápida para a garçonete quando ela estava saindo, e ela retornou com dois copos pequenos de um líquido de cor âmbar.

"Chama-se Aubance", Canal explicou. "Um encantador vinho de sobremesa do Vale do Loire. Deve casar divinamente com nosso *crème brûlée* de maracujá."

"Inspetor, estou começando a suspeitar que seus motivos para me oferecer essas intoxicantes bebidas francesas são menos do que honrosos."

"Meus motivos?" Canal riu. "Parece que você se tornou tão adepta de lê-los como eu sou, então não tenho nada a dizer em minha defesa. *Tchin*!" ele disse, erguendo o copo e tinindo contra o dela.

"*Tchin* a você!" ela sorriu.

"De qualquer forma, antes de eu ser tão rudemente interrompido pelo meu próprio deslize de fala," disse Canal, piscando para ela, "Estava dizendo que desejo e prazer com frequência ficam em desacordo um com o outro. A maioria de nós aprende cedo que o prazer sexual é sujo, indigno, impuro, e dificilmente compatível com o tipo de conexão espiritual que devemos desejar ter com outra pessoa. Por mais forte que possa ser nossa atração física por essa outra pessoa, pensamos nesses impulsos como bestiais, como evidenciando uma conexão animal, que de nenhuma forma se encaixa com a nossa imagem de uma relação ideal com o parceiro perfeito."

Errand parecia estar ouvindo com atenção, então o francês prosseguiu, "As mulheres, na nossa cultura, são evidentemente muito mais inclinadas a se afastar desse tipo de conexão animal do que os homens. Afinal, elas são informadas que são delicadas, preciosas e tudo de bom e devem permanecer puras, bonitas, graciosas e etéreas o tempo todo. Os meninos, por outro lado, são feitos de – como continua? Algo com caudas de cachorrinhos?"

"A versão que sempre escutei," Errand propôs, "é 'cobras, lesmas e rabos de cachorrinhos, é disso que são feitos os garotinhos.'"

"Obrigado," Canal sorriu. "Cobras e caudas de cachorrinhos estão sempre se revirando na sujeira. Eles são sujos, e os homens geralmente não são tão cautelosos em se sujar ou aos outros, certamente não tanto como eram na época de Freud, de qualquer forma." Deu uma primeira colherada no *crème brûlée* de maracujá.

Errand já tinha terminado o dela. "Então onde entra o amor?" ela perguntou, sem interesse na história das paixões dos homens.

"O amor," Canal engoliu, "pode ajudar o desejo e o prazer a superarem suas diferenças – não de forma definitiva, suspeito, pois eles se situam em terrenos fundamentalmente diferentes, mas pelo menos o tempo suficiente para a satisfação sexual sobrevir. O amor engloba nossas necessidades animais dentro de um todo maior sublime, dentro de um relacionamento sagrado – um casamento sancionado por Deus, por exemplo." Depois de saborear outra colherada da deliciosa sobremesa, ele continuou, "Nos tempos bíblicos, se você quisesse desejar bem a um homem no dia de seu casamento, você diria, 'Que os seios dela o satisfaçam sempre, e que você seja sempre cativado pelo seu amor.'"

O rosto de Errand ficou vermelho, e ela se mexeu nervosamente na cadeira, lançando um olhar para baixo para verificar se não estava mostrando muito seu decote. Observando seu desconforto, Canal continuou, "E dizia-se que o corpo de um marido não pertencia somente a ele, mas também à sua esposa."

"Isso está na Bíblia?" ela perguntou com surpresa genuína. Canal assentiu. "Acho que nunca ouvi essas passagens na escola dominical."

"Mas você *ouviu* a prescrição de Deus para crescer e multiplicar-se, não? Deus nunca disse 'multipliquem-se, mas tomem cuidado para não ter prazer com isso'! Acho que é bastante claro que desfrutar da multiplicação é fazer a vontade de Deus, *cede Deo*, e é por isso que acho que o Prior estava certo ao dizer que desfrutar do sexo com seu marido é entrar em comunhão com Deus e desfrutá-lo."

Uma Errand mais tranquila tomou, pensativa, um gole de Aubance. "Então você concorda com o Prior?"

"Da minha própria maneira, acho que sim," respondeu Canal, bebericando também o seu.

"Isso quer dizer que você é um crente?" perguntou Errand.

"Um crente?"

"Católico?"

"Se eu disser que sou," Canal respondeu, "isso teria algum efeito em suas próprias crenças?"

"Não sei…"

"E se eu disser que não sou?"

"Também não sei," Errand respondeu.

## *XIX*

Flocos de neve caíam do céu sobre a cordilheira cartuxa pela estrada do museu até a destilaria em Poivron. O Prior, que conhecia muito bem a estrada, levava Errand e Canal em um dos carros do mosteiro, para não despertar temores de que eles pudessem ser outra coisa além de visitantes curiosos. No carro, o Prior disse-lhes que, segundo constava, o irmão que geralmente fazia a manutenção dos veículos do mosteiro passara a tarde de sábado cortando madeira. Canal compartilhou com o Prior algumas de suas especulações inconclusivas sobre os dois monges com quem tinha falado, e enquanto as suspeitas do inspetor tinham caído sobre o Padre Giacomo, as lembranças do Prior diziam respeito ao Padre Jacques. Eles chegaram à destilaria tão incertos quanto antes, quanto a quem estaria envolvido na operação de falsificação.

Depois de ser recebido pela recepcionista, o pequeno grupo foi levado até o principal químico de alimentos da destilaria, com quem o Prior falara brevemente em várias ocasiões anteriores. O químico, um homem careca de óculos em seus quarenta e poucos anos, mostrou-lhes a destilaria, começando pela área de teste, onde os sacos de matéria vegetal eram entregues pelos monges da Grande Chartreuse, passando pelas cubas e alambiques projetados para maceração e fermentação, e chegando às pipas em que os licores eram envelhecidos. O químico falava apenas algumas palavras em inglês, de ordem altamente técnica, então o Prior voluntariou-se para traduzir para Errand. Mas com o decorrer do passeio, o monge e sua consorte foram ficando cada vez mais para trás, e Canal teve a chance de conversar mais livremente com o químico sobre diversos assuntos, do tempo à política, passando pelo alto preço da eletricidade e do chocolate.

Ao longo da conversa, Canal foi o próprio modelo de afabilidade, não dando voz ao menor sinal de descrença em relação a qualquer coisa que o químico dissesse. Como de hábito, o inspetor prestou muita atenção no estilo e modo de falar do químico, escutando deslizes, insultos, pausas, hesitações e tropeços ainda que leves. Mas durante todo o tempo, ele fez seu melhor para transmitir ao outro que era alguém em quem poderia confiar e com quem poderia falar livremente.

No momento em que eles atingiram as caves de envelhecimento e armazenamento, Errand e o Prior estavam fora da vista e do alcance da voz, e Canal sutilmente manobrou a conversa (que acompanharemos em uma tradução bastante literal) para o tópico da deterioração.

Canal comentou, "E esse aquecimento global! Ouvi de vários viticultores que eles já não podem armazenar seu vinho usando os bons velhos métodos, porque suas caves naturais encavadas na terra não mantêm mais uma temperatura constante de treze graus centígrados. Isso não pode levar a nada de bom! Os menores deles não serão capazes de pagar pelo sistema de controle de temperatura necessário."

"Você não deve acreditar em tudo o que as pessoas dizem," o químico respondeu.

"Estou realmente muito preocupado com isso," o inspetor disse com sinceridade, "porque muitas das minhas bebidas preferidas são feitas por pequenos produtores, que em breve poderão ir à falência."

"Você parece ser um homem sensato," disse o químico, atraindo Canal para um pequeno recesso para fora da área principal de armazenagem e baixando a voz. "Você não tem nada a temer – a temperatura nestas caves é a mesma que sempre foi."

"É mesmo?"

"Não houve nenhuma mudança mensurável nos vinte anos em que trabalhei aqui," disse o químico. "Eu mesmo conto essa história para certas pessoas, pois os não iniciados conseguem compreendê-la. Mas a maioria das pessoas não está disposta a acreditar na história real," disse ele, olhando para Canal convicto.

"E qual é a verdadeira história?" Canal perguntou suavemente, com interesse sincero.

"A história real é que os inspetores de controle de qualidade enviados pelo governo estão contaminando todas as bebidas alcoólicas da França," ele quase sussurrou.

Canal tratou a afirmação do químico como verdadeira. "Como eles estão fazendo isso?" perguntou, no mesmo tom sussurrante.

"Sempre que eles vêm aqui," o especialista começou, "eles furam nossos barris com pipetas contaminadas. Supostamente, isso é feito a fim de recolher amostras para testar mais tarde no laboratório, mas na verdade tem como finalidade estragar todo o barril. O governo pan-europeu, em Bruxelas, tem se queixado da produção excessiva de vinhos e bebidas alcoólicas na França, e o governo francês inventou essa nova legislação de controle de qualidade, como ela é chamada, para lidar com o problema."

Canal controlou as sobrancelhas, que estavam ansiosas para subir em espanto, e em vez disso fingiu estar impressionado. "Muito engenhoso da parte deles! Dessa forma, eles podem reduzir a produção francesa sem a hostilidade dos produtores." Vendo o consentimento do químico, Canal continuou, "Eles devem usar bactérias especialmente robustas para contaminar o Chartreuse, pois o teor de álcool é tão alto que mataria a maioria das bactérias comuns."

Percebendo que Canal era de fato um homem com quem ele poderia falar, o químico confiou nele ainda mais. "A contaminação não é bacteriana," ele sussurrou, "é raimental."

"Você poderia me explicar isso?" Canal sussurrou de volta.

"É simples, na verdade," explicou o químico. "Eles raimenizam as pipetas, e assim que eles as inserem nos barris, todo o líquido instantaneamente sofre raimenização."

"Compreendo," Canal disse gravemente. "E aposto que eles fazem isso com vocês porque seus licores fazem muito sucesso."

"Exatamente," respondeu o farmacêutico, sentindo que Canal tinha compreendido totalmente a situação. "Mas não são todos os inspetores de controle de qualidade do governo que fazem isso – é apenas um."

"Faz sentido," Canal comentou. "Quem é?"

"O homem de cabelos grisalhos," o químico respondeu. "A moça jovem não o faz, ainda que seus chefes mandem que ela faça. Ainda temos sorte, porque as novas regras estão cada vez mais estritas, e suas visitas têm sido cada vez mais frequentes nos últimos anos."

"Mas o homem de cabelos grisalhos faz isso todas as vezes?"

"Ele não o fez durante o primeiro ano da nova legislação. Na verdade, no começo pensei que ele era um maravilhoso cientista – ele sabia tudo. De fato, ele era absolutamente perfeito. Mas logo ele ficou com inveja da minha posição e sucesso aqui, assim como meu irmão mais velho, e deve ter sido por isso que ele cedeu à pressão para diminuir nossos rendimentos."

"Você acha que existe alguma forma de parar esses inspetores?" Canal perguntou, para ver se o químico tinha pensado em alguma solução.

"Não, dada a recém-adquirida fascinação atual por monitorar, medir, aferir e avaliar tudo em todos os momentos. Bruxelas enviaria inspetores aqui todos os dias, se pudesse, só para que pudessem escrever mais regras, aumentar seu próprio poder e destruir nossa indústria!"

"Acho que nós precisamos fazer algo a respeito de Bruxelas", disse Canal, e sua simpatia foi sincera.

Canal apertou a mão do químico e agradeceu a ele por ter-lhes propiciado um passeio tão informativo. Ele retornou para se juntar a Errand e ao Prior, que ainda estavam conversando entre as cubas, e os levou para os escritórios principais.

## XX

Felizmente, Monsieur Dupont, o diretor da destilaria, estaria disponível logo após o Prior perguntar à recepcionista se o diretor poderia dispender alguns momentos. Canal ocupou o tempo em que o diretor os manteve à espera folheando um dicionário grosso que encontrou na sala da secretária do diretor, onde eles esperavam. Quando Dupont, um sexagenário grisalho que falava bem inglês, embora com um sotaque parecido com o de Canal, conduziu-lhes ao seu escritório, o Prior apresentou-lhe Errand (com quem Dupont só falara anteriormente por telefone) e Canal. O Prior lhe informou o verdadeiro motivo de sua visita. Nem minimamente alarmado, Dupont parecia estar genuinamente interessado nos resultados de sua investigação até o momento.

Quando todos estavam sentados, Canal abriu os procedimentos. "Acredito que encontrrrrei a resposta à nossa questão, mas preciso ze mais algumas informações zo senhor. Monsieur Cuve, o químico de alimentos, trabalha com vocês há muito tempo?"

"Ah, sim," o diretor respondeu, "ele está conosco há cerca de vinte anos. Eu diria que ele é o melhor químico de alimentos que já empregamos."

"Ele já teve algum conflito com qualquer outro funcionário ou qualquer um dos gerentes aqui?" Canal perguntou.

"Conflito?" Dupont repetiu. Refletiu por um momento e disse, "Sim, lembro de um há muito tempo."

"Foi com um homem alguns anos mais velho do que ele?"

"Como você sabe?" perguntou o diretor, surpreso. "Ele contou a você?"

"Não, mas é lógico," disse Canal. Ele passou ao próximo item da sua lista mental, "O que é feito com o produto estragado? Vocês simplesmente o derramam pelo ralo?"

"Fizemos isso no início," o diretor respondeu. "Mas com o interesse recente em combustíveis à base de plantas, encontramos compradores que o usam para produzir etanol para biocombustíveis, como biodiesel. Apenas recebemos um pequeno percentual dos nossos custos, mas pelo menos não é um fiasco total!"

"Sim, muito sensível", disse Canal. "Houve mais de um comprador nos últimos anos?"

"Não, apenas um," respondeu Dupont. "Conseguimos encontrar um homem chamado Chippé que nos paga muito mais do que os outros pelo produto estragado, e estamos só com ele há – hmm, deve fazer quatro anos."

Canal lançou um olhar para Errand, em busca de algum sinal de um início de compreensão, mas não encontrou. Voltando-se para o diretor, perguntou, "E quando esse Chippé, cujo sobrenome sozinho deveria ter levantado uma bandeira vermelha," olhou de forma significativa para o diretor, "virá novamente buscar produtos estragados?"

Dupont olhou para a tela de seu computador, deu alguns cliques no mouse, e respondeu, "Amanhã a uma e meia. Por quê?"

"Porque," Canal começou, olhando de Dupont para Errand, e em seguida para o Prior, para certificar-se de que todos ouviam, "a menos que eu esteja muito equivocado, este Chippé tem comprado de vocês volumes cada vez maiores de Chartreuse perfeitamente bom pelos últimos quatro anos, e começou a engarrafá-los e rotulá-los há três anos para vender no mercado norte-americano, como se fosse uma falsificação chinesa."

O diretor não era a única pessoa chocada na sala, como se podia verificar pelos suspiros vindos das duas cadeiras ao lado de Canal.

"Como isso é possível?" perguntou o diretor.

"Seu Monsieur Cuve pode ser um excelente químico de alimentos, mas também poderia ser registrado como doente mental, pois está delirante," Canal anunciou. "Ele tem uma bela teoria quase plausível de que o governo francês pediu aos seus inspetores de qualidade para contaminar um percentual dos vinhos e bebidas produzidos na França para que Bruxelas não comece a impor quotas de produção e a forçar produtores de vinho a reduzir ainda mais hectares de videiras do que eles já reduziram."

"Tudo faz perfeito sentido, e nem seria um plano tão ruim assim do ponto de vista do governo, se você pensar sobre isso," Canal opinou, "até o Monsieur Cuve explicar como a contaminação ocorre. Não tem nada a ver com bactérias introduzidas pelos inspetores quando retiram amostras dos barris, como se poderia ter pensado, mas com um processo que ele chama de raimenização."

"*Comment?*" o diretor exclamou.

"Raimenização," Canal reiterou.

"Estou neste negócio há anos e nunca ouviu falar de tal processo," Dupont sustentou, confiante.

"Eu esperava que o senhor dissesse isso," continuou Canal. "Também não encontrei o termo no gigante dicionário técnico que peguei na mesa de sua secretária. E aposto o que vocês quiserem que não existe em local algum além do vocabulário de Monsieur Cuve! É o seu próprio neologismo, o que deixou claro para mim que ele é delirante, em vez de clarividente quanto às maquinações do governo francês."

"Ainda não entendi tudo," Errand interrompeu.

Canal retomou os fatos para explicar a miríade de detalhes faltantes. "Monsieur Cuve acredita que certo inspetor de qualidade, grisalho, que tem feito visitas cada vez mais frequentes nos últimos anos, está deliberadamente raimenizando cada barril que ele testa. Não é a jovem inspetora mulher que ele acredita que está sabotando todo o seu trabalho duro, mas só esse homem mais velho. Cuve acredita que seu irmão mais velho, que ele sem dúvidas idolatrava quando era pequeno, ficou com inveja dele quando eles cresceram, e fez tudo ao seu alcance para prejudicá-lo. Em suma, este irmão mais velho tornou-se um perseguidor para ele, e agora, se um homem mais velho que ele idolatrava no início começa a olhar para ele da forma errada, ele também se torna um demônio a persegui-lo."

"É assim que funciona?" o Prior perguntou.

"Isso muitas vezes funciona assim, sinto dizer," Canal respondeu. Voltando-se novamente para o diretor, acrescentou, "Então tente mantê-lo longe de homens mais velhos no futuro, além de verificar duplamente suas afirmações quanto à deterioração!"

Dupont, sendo ele próprio um homem mais velho, assentiu um pouco inquieto, e Canal continuou, "Sentindo que seus gerentes provavelmente não acreditariam que o inspetor de qualidade estava raimenizando seus licores, ele inventou essa história de que existem flutuações de temperatura nas caves de armazenamento, que estão levando a uma maior deterioração, daí a necessidade de vender quantidades cada vez maiores de produto para os supostos produtores de etanol."

O rosto dos três ouvintes começou a transparecer compreensão. Após avaliar rapidamente sua audiência, Canal forneceu os detalhes restantes, "Obviamente, Monsieur Chippé descobriu mais rapidamente do que os outros fabricantes de etanol que o produto que ele estava comprando não estava de modo algum estragado ou contaminado, seja porque ele conduziu seus próprios exames laboratoriais ou porque as conversas que teve com o Sr. Cuve o convenceram de que o último estava *tan-tan*," Canal disse, tocando o lado de sua cabeça duas vezes, "cuco!"

"O Monsieur Chippé podia não ser um criminoso no início, mas percebendo a mina de ouro em que estava sentado, por assim dizer, ele obviamente traçou um plano para lucrar muito com isso." Saindo pela tangente, Canal acrescentou, "Na verdade, ele alcançou um bom *ganho secundário* da doença de Monsieur Cuve."

"Então a conexão chinesa," Errand começou, "é–".

"Nada, somente uma cortina de fumaça," Canal afirmou, "e uma muito perspicaz. Chippé realizou a mãe de todas as falsificações, a de passar o artigo legítimo como uma farsa, e fazer com que parecesse que ele vinha da terra infame das falsificações."

"Então é na verdade uma falsificação falsificada," exclamou Errand.

"Uma falsa falsificação", o diretor ponderou.

"Sim, tudo isso ao quadrado," Canal concordou. "O senhor faria a gentileza de entrar em contato com a polícia, Monsieur *le Directeur*? Por favor, peça-lhes para estarem aqui amanhã por volta da uma hora em carros discretos. Dessa forma, podemos seguir o caminhão de Chippé a uma distância segura e descobrir onde se localizam suas operações de engarrafamento e rotulagem."

"Eles devem vir fortemente armados," a americana opinou. "Eles ganham milhões de dólares em lucros anuais com a linha, e podem não se render sem lutar."

"Muito bem", o diretor concordou. Ele pegou o telefone e discou 17.

## XXI

"*On nous suit*", disse o policial no banco do passageiro, torcendo o pescoço para ver melhor o retrovisor lateral.

"O que ele disse?" Errand perguntou a Canal, que estava sentado ao lado dela no banco de trás.

"Estamos sendo seguidos," ele respondeu casualmente. "Me pergunto quem poderia ser… Talvez tenhamos subestimado nossos parceiros."

O cortejo de Peugeots 206 discretos subia pela estrada sinuosa na montanha a alguma distância do caminhão de Monsieur Chippé. Não era a mais imperceptível das operações, mas a polícia tinha pelo menos selecionado carros de cor diferente, que agora – que haviam saído do congestionamento por que tinham passado inicialmente na cidade de Poivron, o que acabou por fazer com que todos eles ficassem o mais próximo possível do caminhão, a fim de não perder nenhuma curva potencialmente crucial – andavam com um espaçamento plausível, na pequena rota que os levava para a cadeia de montanhas de Vercors. O próprio fato de Chippé ter deixado o vale, onde todas as refinarias de etanol estavam localizadas, em direção às montanhas, confirmava preliminarmente a teoria de Canal.

O capitão e outro oficial que dirigia a operação abriam caminho no primeiro carro do destacamento. Dois agentes fortemente armados dirigiam o segundo carro, com Dupont e o Prior no banco traseiro. Dois outros agentes à paisana cobriam a retaguarda, com Errand e Canal a reboque.

O policial no banco de passageiros falou de novo, e Canal explicou a situação para Errand, que estava claramente preocupada. "Parece que um carro atrás de nós vem nos seguindo há algum tempo, desde o vale, pelo menos, e que agora parece estar fazendo algum tipo de movimento." Como se para destacar as palavras finais de Canal, o carro atrás deles começou a buzinar enfaticamente e a desviar, como se tentando ultrapassá-los pela estrada de montanha extremamente estreita.

O agente ao volante passou a manobrar para impedir que o carro os ultrapasse, e o agente no banco de passageiros alertou por rádio os policiais nos outros carros sobre a presença de um maníaco que ameaçava comprometer a missão.

Errand fingiu não compreender a ordem que o oficial latiu para eles para manter a cabeça para baixo, e esticou o pescoço para olhar para o veículo que se aproximava rapidamente. "Não há nada com que se preocupar," ela gritou. "É Martin. E Alex," ela disse, maravilhada com a presença deles, totalmente inesperada. "Só Deus sabe o que eles estão fazendo aqui!" Então, virando-se para o motorista, acrescentou com um forte sotaque norte-americano, "*Arrêtez-vous! Ce sont des amis à moi.*"

Calculando que era preferível perder um pouco de tempo a comprometer toda a operação, o agente parou e avisou os outros dois carros por rádio. Errand saltou e correu para Martin, que também tinha parado e rapidamente saído de seu carro. Abraçaram-se apenas brevemente, pois Errand não se conteve. "O que você está fazendo aqui?" exclamou.

"Quem são os caras do carro? Você está em apuros?" Martin perguntou.

"Os caras no carro?" Errand não estava preparada para a pergunta. Ela olhou para o carro e respondeu, como se fosse evidente, "Eles são a polícia, e esse," ela disse, indicando com a mão estendida o homem que se aproximava, "é o inspetor Canal, o homem que tem me ajudado com a minha investigação."

"Então você não está em perigo?" Martin perguntou, enquanto Alex e Canal se juntavam a eles. "Sua secretária me contou sobre a sabotagem dos freios e o desaparecimento de seu consultor chinês, e pensei que você poderia estar em sérios apuros. Alex apareceu no escritório quando eu estava saindo, e pensei que seria melhor trazê-lo junto," ele explicou rapidamente, deixando de fora um milhão de detalhes.

Um dos policiais gritou, e Canal disse, "Temos que alcançar os outros carros. Errand, por que você não segue com seus amigos e explica a situação para eles, e eu vou com os agentes." Errand concordou, e todos entraram em seus respectivos carros e dispararam para alcançar o restante da comitiva.

Martin, no entanto, não cedeu a palavra a Errand, explicando a ela que tinha certeza de que eles poderiam pensar em alguma solução, e tinha, assim, decidido surpreendê-la, aparecendo inesperadamente em Nova York no dia dos namorados. Não a tendo encontrado em casa durante todo o dia no domingo, e igualmente incapaz de encontrá-la por telefone, decidiu ir até seu escritório na segunda-feira. Lá, foi informado de que ela tinha acabado de ligar da França, e parecia estar envolvida em um assunto arriscado. A secretária tinha apenas um número de telefone para encontrá-la, mas Alex, que sabia exatamente onde ela estava, chegou nesse momento. Tendo encontrado Alex em algumas ocasiões, Martin havia julgado que ele era um sujeito perspicaz, e pediu-lhe para vir junto.

Eles haviam tomado o primeiro avião para Genebra e estavam dirigindo desde o início da manhã. Reunindo esforços, o francês deles felizmente tinha sido bom o suficiente para ligar para o hotel antes de subirem as montanhas. A recepcionista havia a princípio relutado em revelar o paradeiro de Errand, mas quando eles insistiram que ela poderia estar em perigo, ela foi mais prestativa, e indicou que Errand estava na destilaria em Poivron. Eles chegaram quando a comitiva de carros estava saindo, e a tendo-a localizado no banco de trás do último carro, foram imediatamente atrás dela.

Nem Alex nem Martin poderiam diferenciar um carro de polícia francês sem identificação de qualquer outro carro, e como todos os guardas estavam à paisana, os americanos tinham presumido que ela estava sendo sequestrada, e esperavam encontrar uma maneira de passar e depois parar o carro final da comitiva. Eles não sabiam como exatamente lidariam com seus raptores, mas deixaram para improvisar quando chegasse a hora.

Errand ficou comovida e impressionada com a história de Martin. Em voz baixa e apertando seu braço, ela disse a Martin que sentia muito, sentia muito por tudo, sentia muito por ter sido tão teimosa. Ele sussurrou de volta que eles falariam sobre tudo aquilo mais tarde.

Depois, mais alto, ela expressou sua gratidão profunda pela preocupação e bravura deles, embora desnecessárias. Virando-se para Alex no banco de trás, ela perguntou, "O que aconteceu com você? Você parecia ter desaparecido da face da terra?"

"Por quê? Você tentou me encontrar?" ele falou, tendo fingido não estar escutando até agora.

"Sim, eu... Eu queria obter algumas informações de você," Errand estava claramente constrangida com a lembrança de todas as coisas desagradáveis que tinha pensado sobre ele nos últimos dias.

"Pela primeira vez na vida consegui ser assaltado", Alex respondeu, desanimado. "Eu! Pensei que sabia me virar na cidade grande, mas não, no caminho para o trabalho ontem de manhã, muito antes do nascer do sol, fui atacado por dois caras – tive sorte de escapar com apenas uma concussão."

"Você, com toda sua vivência de rua?" exclamou Errand.

"Sim, eu. E eles levaram tudo: minha carteira, meu celular, meu relógio, meu laptop, até o troco no meu bolso," suspirou. "Umas pessoas legais me ajudaram a ir até um serviço de emergência para fazer um raio-X. Por sorte, fiquei apenas com um galo na cabeça –

você quer senti-lo? Ainda está muito grande," disse com orgulho, como se tivesse doze anos. Errand declinou o convite. "Sei que eu poderia ter chegado ao escritório na primeira hora de segunda-feira, mas estava ocupado tentando evitar um roubo de identidade total e completo, e fazer uma nova carteira de identidade e cartões de crédito."

"Não precisa se desculpar," Errand disse. "Eu que deveria pedir desculpas. Se você pode acreditar, considerei seriamente a possibilidade de você ter mexido com os freios do meu carro alugado, por querer o meu trabalho! O inspetor me mostrou que nem sempre o trato com muita gentileza, gritando ordens para você a torto e a direito." Ela olhou para ele com culpa, esperando por algum sinal de perdão.

"Não seja tão dura consigo mesma," Alex disse, acariciando-lhe o ombro. "Eu nunca escondi o fato de que queria o seu trabalho, e ninguém nunca me acusou de ser um escoteiro em minhas táticas. Mas eu tenho *algum* limite," ressaltou, sorrindo para ela.

"Tenho certeza que você tem," ela disse, sorrindo de volta. "O simples fato de que você está aqui–".

"Eles estão parando," Martin interrompeu. "Este deve ser o lugar," disse, apontando para uma fazenda à esquerda envolta por uma alta cerca de arame, enquanto estacionava atrás dos outros carros.

A comitiva tinha parado em uma curva próxima à fazenda, para permanecer fora de vista. Os oficiais no carro da frente tinham visto um portão operado por controle remoto abrir e fechar atrás do caminhão, e uma grande porta de um galpão abrir e fechar automaticamente quando o caminhão estava dentro de um enorme edifício retangular moderno, feito de metal ondulado. O grupo de doze reuniu-se perto do carro da frente, enquanto os policiais discutiam a situação.

Canal disse aos americanos que os policiais estavam discutindo o que fazer, porque, embora tivessem um mandado para fazer uma busca nas instalações, se usassem a abordagem convencional, tocando na campainha e exibindo o mandado, provavelmente dariam aos patifes tempo de esconder muito do que eles estavam procurando. No entanto, o mandado não os autorizava a quebrar portões, cercas ou portas. Eles poderiam pular o muro alto um por um, mas a porta do galpão poderia representar um grande obstáculo, e os carros não poderiam servir de escudo caso os malfeitores abrissem fogo.

Alex virou-se para Canal. "Diga-lhes que posso muito provavelmente conseguir pelo menos abrir o portão para eles sem o uso de qualquer força. Posso conseguir também abrir a porta do galpão," acrescentou. "Pergunte-lhes se permitem que eu faça isso." Canal olhou intensamente Alex, mas não fez perguntas. Os agentes debateram a oferta de Alex por alguns instantes, e concluíram que o mandado não dizia nada sobre civis americanos, e se a polícia por acaso encontrasse o portão aberto, que era, afinal, o que eles haviam esperado..., bem, *"je n'y vois aucun inconvénient,"* o capitão colocou.

Ao receber a notícia de Canal, Alex removeu alguns itens de sua bagagem no porta-malas do Renault alugado, e outro item do porta-luvas. Colocando-os em vários bolsos do seu casaco, deu uma volta rápida entre os pinheiros próximos, localizou um ramo de um metro e meio de comprimento e o utilizou como bengala enquanto casualmente caminhava pela estrada em direção ao moderno portão elétrico. Demorou-se perto da pilastra do portão, analisando a fazenda enquanto fingia que retirava uma pedra de seu sapato e, em seguida, rapidamente cortou um fio com um par de tesouras de unha. Agachando-se para amarrar novamente seus sapatos, empurrou seu bastão pela cerca com as duas mãos, e em seguida puxou-o para fora e caminhou de volta para onde os outros esperavam.

"*Tout va bien*," anunciou com um forte sotaque americano.

"*Ah bon*?" o capitão parecia surpreso.

Canal explicou para o francês e Alex para os norte-americanos que a maioria das portas de correr tinha uma alavanca de liberação de emergência, para que a porta pudesse ser aberta em caso de falta de energia. Alex tinha simplesmente cortado um fio e acionado a alavanca. Tudo o que eles tinham que fazer era levantar ligeiramente o portão e entrar.

"*Très astucieux*!" exclamou o capitão, impressionado com a engenhosidade do ianque.

Alex inclinou-se um pouco e acrescentou: "*Pas de câmera*, sem vigilância por câmeras."

"*Fort bien*," respondeu o capitão. "E a outra porta? A grande?"

Alex retirou um controle remoto de garagem de um bolso interno e o abriu com uma lixa de unha de metal. "*Il s'appelle MacGyver, ou quoi?*" brincou um dos outros agentes, enquanto observavam. Alex explicou que eles haviam se esquecido de reservar um carro alugado antes de deixar os Estados Unidos, e tiveram que recorrer a uma pequena empresa de aluguel de automóveis localizada a quilômetros do aeroporto, que abria durante apenas cerca de quatro horas por dia. Como eles provavelmente teriam que deixar o carro quando não houvesse ninguém lá, o agente tinha-lhes dado um controle, para que pudessem deixar o carro em um local seguro após seu regresso.

"A maioria dessas unidades pode produzir uma variedade de frequências, se você souber como ajustá-las," Alex continuou. Canal considerou esta parte de sua explicação digna de tradução para os oficiais. "Mas não há sentido em tentarmos até que estejamos perto do portão."

Foi decidido que Alex acompanharia os seis agentes dentro da fazenda, e que dois dos carros de polícia seriam empurrados para dentro com os motores desligados, de forma a não chamar atenção para a chegada deles. Se Alex pudesse fazer o controle remoto abrir o portão do galpão, eles teriam o importante elemento surpresa a seu favor. Se não, bem, eles apenas teriam que bater na porta até alguém abri-la, ou encontrar outra maneira de entrar.

Os dois agentes fortemente armados prosseguiram para o portão e levantaram um pouco um lado dele. Ficaram satisfeitos com a facilidade com que conseguiram empurrá-lo para o lado. Quando estava completamente aberto, os dois carros foram levados quase até a entrada, empurrados para dentro com os motores desligados e estacionados frente a frente ao lado do enorme portão do edifício tipo armazém. Os policiais pegaram suas armas e adotaram posições estratégicas atrás dos carros, enquanto Alex brincava com o controle remoto.

Canal, Dupont, Errand, Martin e o Prior estavam perto do portão de entrada com a respiração suspensa por um longo momento, enquanto Alex tentou manobra após manobra com o controle original. Policiais e civis tinham finalmente desistido do melhor cenário e começaram a pensar em um plano B quando um rangido foi ouvido e a porta maciça rapidamente abriu-se.

"*Pas um geste!*" o capitão rugiu por um megafone.

Dois homens e duas mulheres desarmados ficaram paralisados e momentaneamente cegos pela intensa luz solar que ingressava pela porta gigante. Eles estavam agrupados em torno de uma pequena mesa de cartas onde aparentemente tomavam alguns drinks no meio da tarde, e dois deles ainda estavam segurando seus óculos. O capitão ordenou que baixassem seus óculos, colocassem as mãos para o ar e se apresentassem um por um. Ao fazerem isso, ele perguntou se havia alguém mais na parte de dentro. Todos balançaram a cabeça, mas ele de qualquer forma mandou dois agentes fortemente armados entrarem, só para ter certeza.

Vendo isso, o grupo que estava perto do portão de entrada se aproximou.

Percebendo a ilustre figura do Prior em seu longo robe branco cartuxo, um dos meliantes, que acabou por ser Monsieur Chippé, atirou-se no chão diante dele e soluçou, "*Pardonnez-moi père! J'ai cedé à la tentation.*"

Um dos policiais brincou com o outro que ele seria perdoado sim – depois de dez a vinte anos atrás das grades!

Mas o homem prostrado continuou, "*Ça semblait tellement dommage de gâcher toute cette bonne liqueur. C'était plus fort que moi!*"

O Prior respondeu que teria sido uma simples questão de dizer ao diretor da destilaria o que estava acontecendo, em vez de tomar para si o licor não estragado e vendê-lo a preço inferior ao das próprias pessoas que o tinham produzido. O pecador autoproclamado tentou desculpar seu comportamento, dizendo que o transporte de etanol foi o único trabalho que havia conseguido encontrar desde que sua fazenda de leite e manteiga tinha sido efetivamente eviscerada pela eliminação dos subsídios por Bruxelas. Mas o Prior declarou que sempre tinha algum trabalho honesto a ser encontrado se a pessoa se desse ao trabalho de procurar, e que eventualmente o próprio Monsieur Dupont poderia ter-lhe dado um emprego na destilaria se ele simplesmente tivesse optado pela verdade. Dupont, que estava bem perto dele, assentiu com a cabeça.

Isso apenas exacerbou as lamentações do homem deplorável. Ele beijou a bainha da roupa do Prior, culpou-se por toda a operação, declarou seus companheiros inocentes em todos os aspectos e lamentou, amaldiçoando o dia em que fizera uma escolha tão desastrosa.

Canal comentou com Errand com ironia, "Tendo roubado dos monges cartuxos, ele agora terá muitos anos de silêncio contemplativo em um cubículo todo seu!"

Enquanto alguns dos agentes algemavam Chippé e seus três cabisbaixos parceiros de crime e os conduziam para os bancos traseiros de dois dos veículos, o capitão e os civis percorreram as instalações de engarrafamento e acondicionamento. Lá, descobriram impressoras sofisticadas para imitar rótulos e uma máquina especial para gravar as garrafas de vidro. Vindo do outro lado do escritório principal, onde estavam localizados os computadores, Canal comentou com Errand que ela poderia descobrir em poucos minutos através de qual porto de embarque os produtos falsificados entravam nos Estados Unidos, mas que apostava em Nova Orleans, que sempre fora uma espécie de peneira, mas tornou-se um coador gigante desde o furacão Katrina. Ambos riram, percebendo como eram irrelevantes agora tantos detalhes que anteriormente lhes pareceram tão cruciais.

Retornando para os carros, Canal inclinou-se para trocar uma palavra com Monsieur Chippé. "*Où avez-vous trouvé ce caractère chinois?*"

"*C'est mon fils qui l'a tracé à l'âge de dix ans*," foi a resposta.

"*Il connaît le chinois?*" Canal continuou.

"*Pas le moins du monde.*"

"*Connaissez-vous le professeur Sheng?*" Canal continuou.

"*Qui?*" o olhar de não reconhecimento no rosto de Chippé era inconfundível.

"*Laissez-tomber*," foi a resposta do Canal. "Se foi um menino de dez anos de idade que criou o caractere que parecia chinês na garrafa," pensou, "deve ter sido o professor Sheng quem saiu correndo para atender sua tia doente Tilly."

## XXII

Errand, Martin e Canal levantaram-se bastante cedo e tomavam café da manhã juntos no restaurante do hotel. Embora a lareira contribuísse pouco para aquecer a sala, muita luz solar entrava pelas grandes janelas, e um ótimo dia anunciava-se diante deles. Os dois americanos pareciam estar muito tranquilos um com o outro.

"Estou quase triste que o mistério foi resolvido tão rapidamente," Errand comentou. "Estou começando a gostar das montanhas e do ritmo de vida daqui."

"Sim," concordou Canal, "eles têm o mesmo efeito sobre mim, sempre que venho para cá."

"Mal posso suportar a ideia de voltar para–".

"Nova York?" Martin propôs.

"O trabalho?" Canal contra propôs.

"Para ambos!" Errand terminou sua própria frase. "Aqui foi uma espécie de aventura para mim, e é uma pena que já acabou."

"Com um pouco de sorte, a *nossa* aventura vai ajudar a compensar isso," Martin disse, sorrindo para ela.

"E talvez você possa tentar fugir com mais frequência," Canal comentou, "sabe – vocês dois poderiam visitar uma parte diferente do mundo de vez em quando, e provar algo diferente para variar!"

"Sim," respondeu Errand, um pouco perdida em pensamentos. "E quanto a você, doutor? Está triste porque acabou?"

"Acabou? Você está brincando?" exclamou Canal. "Para mim, apenas começou."

"Como assim?" Martin perguntou.

"Bem, quando meu irmão me mostrou o manuscrito original da fórmula para o Elixir da Longa Vida, descobri algo bastante inesperado," ele respondeu, com os olhos brilhando.

"O que foi isso?" perguntou Errand animadamente.

"Ele não foi escrito em latim, como eu tinha previsto, mas sim em Occitano!"

Vendo a incompreensão nos rostos dos americanos, Canal explicou, "Occitano, ou *langue d'oc*, como era conhecida na Idade Média, é a língua que foi falada por centenas de anos no sul e especialmente sudoeste da França. Era a língua dos trovadores, dos poetas de amor cortês, nos séculos XII e XIII," acrescentou. "Mas começou a ser oficialmente subjugada quando o norte da França afirmou controle político sobre o sul no início do século XIII, e foi substituída pelo francês no século XVI."

O entusiasmo do inspetor esvaneceu-se em seus companheiros de café da manhã, e embora Canal tenha se dado conta que assim seria, continuou, "Pelo que sei, sempre foi presumido que o conhecimento botânico no ocidente era transmitido estritamente em latim, mas aqui temos um elixir altamente sofisticado, cujos componentes e processos de preparação são descritos em um idioma que supostamente nada sabia sobre eles."

Sem detectar sequer um pingo de entusiasmo em qualquer uma das faces, concluiu, "Espero descobrir quem inventou a fórmula." Isso sucitou um vislumbre de uma reação, então ele acrescentou, "Suponho que não foi Nostradamus, por isso terei que pesquisar os grandes alquimistas medievais do sudoeste."

Percebendo que Martin e Errand estavam de mãos dadas sob a mesa e piscando um para o outro, Canal deu-lhes um descanso. Errand logo pediu licença, dizendo que tinha coisas para fazer em seu quarto, e Martin e Canal pediram mais dois *grands crèmes*.

Colocando açúcar no café, Martin comentou bruscamente, "Acho que nunca vou entender as mulheres. Faz apenas duas semanas que vi Sandra pela última vez, e não consigo entender como ela parece tão diferente."

"*Souvent femme varie...*" Canal começou.

"Huh?" Martin resmungou.

"Ah, apenas algo que um rei francês disse sobre a capacidade de mudança das mulheres..."

"Veja, não estou reclamando," Martin assegurou. "Na verdade, eu não poderia estar mais feliz!"

"Não?"

"Não," Martin confirmou. "Apenas não entendo – há duas semanas ela me disse que estava tudo acabado, e agora…"

"Você acha que talvez tenha sido um disfarce?" Canal questionou.

"Você quer dizer um fingimento? Fingindo o rompimento, o tempo todo esperando…"

"O tempo todo esperando que você poderia…"

"O quê?" perguntou Martin, perplexo. "Ceder? Fazer uma contraproposta?"

"É difícil dizer," Canal opinou. "Talvez ela mesma não soubesse o que queria. Talvez tenha sido um falso fingimento…"

O olhar no rosto de Martin revelou total incompreensão.

"Talvez," Canal ajudou, "apesar de todos os seus protestos em contrário, ela precisasse que você fizesse algo louco, mudasse as regras do jogo em vez de simplesmente violá-las?"

"Talvez," Martin murmurou, perdido em pensamentos. "Você acha que fui tolo em vir aqui?"

"Acho," Canal exclamou, "que você teria sido tolo se não tivesse vindo!"

Um Alex de olhos vermelhos, bocejando, foi até a mesa onde Martin e Canal estavam sentados, tendo finalmente se arrastado para fora das cobertas.

"Bom dia senhores," ele rugiu, e tropeçou em uma cadeira.

Martin serviu a Alex um pouco de café passado, terminou seu *grand crème* e, mencionando que talvez ele e Canal pudessem voltar para Genebra no mesmo carro – com o que Canal concordou –, despediu-se.

Alex engoliu o café e serviu-se de um segundo copo. Esfregando os olhos, virou-se para Canal e disse, "Errand me deu a impressão de que você é algum tipo de médico do amor."

Canal levantou uma sobrancelha.

"Você vê, há uma garota–".

"Hmm?"

"E eu poderia precisar de alguns conselhos do Dr. Amor..."

"Dr. Amor? "Canal repetiu, examinando o nome. "Dr. Amor Canal poderia ser mais preciso, pelo menos em alguns casos."

# O caso do aperto de liquidez

*"Onde eles amam, não desejam,
e onde desejam, não podem amar."*
Freud

A comoção em torno do prefeito de Nova York ainda estava forte quando o inspetor Ponlevek, que estava investigando as acusações fiscais contra o político, entendeu que o caso estava além da sua capacidade.

Seu colega mais velho no Departamento de Polícia de Nova York, o inspetor Olivetti, estava investigando as acusações sexuais contra o prefeito Trickler, e o próprio Ponlevek fora designado para determinar se grandes quantidades de fundos públicos tinham ou não sido desviadas. Mas as contas municipais acabaram por ser tão complexas – e, na realidade, tão bizarras – que, depois de incontáveis horas gastas com contadores e tesoureiros até a alta madrugada, ele havia jogado a toalha e feito a ligação.

Uma ou duas vezes no passado ele estivera inclinado a fazê-lo, mas nunca o fez – por preguiça, disse a si mesmo. Algum tempo antes, o inspetor Olivetti lhe dera o cartão de visitas de um excêntrico francês que vivia em Nova York, supostamente aposentado do serviço secreto francês, um certo Quesjac Canal. Esse maluco inteligente e abastado ajudara Olivetti a resolver alguns casos que, do contrário, teriam se provado insolúveis. No entanto, houve algo de estranho no teor da recomendação de Olivetti, como se alguma coisa no inspetor aposentado o perturbasse. Mas para onde mais Ponlevek poderia recorrer sem parecer um tolo perante o chefe do escritório?

Era uma fria quarta-feira de inverno quando o inspetor Ponlevek discou o número.

Um inglês, que pareceu um mordomo aos ouvidos atônitos do inspetor, atendeu primeiro, e saiu em busca do homem da casa. Alguns momentos mais tarde, alguém veio ao telefone. "*Allô, oui?*"

"Inspetor Canal?" Ponlevek perguntou.

"Sim, o prrrróprio," a voz respondeu com um forte sotaque francês.

"Cê teria um tempin' pra falar comigo hoje di manhã?" Ponlevek perguntou, com seu igualmente forte sotaque de Nova York. "Sou amigo do inspetô Olivetti."

"Olivetti, *oui je me souviens de lui*. Por que você não vem imediatamente? Eu estava me perguntando quando vocês ligariam."

## I

Minutos depois, Ponlevek estava a caminho, esperando pelo pior. Pelo menos ele não teria que contar toda a história a Canal, já que estava em todos os noticiários: o Prefeito Trickler tinha sido visto deixando uma luxuosa academia de ginástica que era bem conhecida pela polícia como sendo uma "casa de massagem" para a alta classe. Os menos lascivos falavam discretamente sobre as supostas massagens feitas no local, prescritas por médicos, que terminavam com uma pressão lubrificada, como era chamada, enquanto os mais esclarecidos ou escabrosos faziam referências pouco veladas às inúmeras atividades e cenários sexuais disponíveis na casa por uma ampla gama de altos preços.

Ponlevek poderia, é claro, dizer ao francês algo que poucas pessoas sabiam: o departamento de polícia de Nova York nunca tinha obtido provas suficientes para fechar o lugar, mas eles estavam convencidos de que jovens mulheres estrangeiras estavam sendo trazidas para o país e forçadas a prestar serviços na casa. A polícia suspeitava que algumas delas "trabalhavam" por anos para pagar seu voo para os Estados Unidos e sua documentação de trabalho – documentação que nunca era realmente entregue para as infelizes mulheres, mas mantida em segurança na academia de ginástica, onde podia ser obtida sempre que um mandado de busca exigia que fosse apresentada.

Uma operação policial estava em andamento quando Tobias Trickler, o queridinho prefeito de Nova York, inesperadamente deixou o local. Isso levou o inspetor Olivetti, que estava dirigindo a operação, a uma espécie de pânico, já que o prefeito fora um chefe bastante generoso para ele durante os últimos sete anos. Em vez de pegar o funcionário público no local e arriscar um escândalo, Olivetti decidira, em uma fração de segundo, manter documentada em vídeo a visita do prefeito e discuti-la com ele mais tarde, talvez a utilizando para persuadir o prefeito a ajudar a polícia a descobrir quem gerenciava a suposta academia de ginástica e a fechá-la de uma vez por todas.

No fim das contas, a operação não rendera mais frutos do que as anteriores, e Olivetti acabou por entrar em contato com sua testemunha de alto escalão, que optou por negar-se a discutir o tema. Nesse meio tempo, no entanto, um dos outros agentes que havia participado da operação também obviamente reconheceu o prefeito, e fofocou sobre isso com um amigo, que repetiu para outro, até que um repórter ficou sabendo. Durante semanas essa foi a principal história na cidade, o prefeito se tornando alvo de metade das piadas dos programas noturnos de televisão. A situação saiu do controle de Olivetti: Trickler logo foi acusado de pagar por seus tratamentos na "academia de ginástica" com recursos dos fundos de saúde dos empregados do estado de Nova York, de desviar dinheiro público para pagar por seus "encontros" e até mesmo de possuir e gerenciar uma rede de casas de massagem em todo o país e ser a *éminence grise* de um vasto negócio de comércio internacional de escravas brancas. O público pedia uma investigação completa, e a imprensa pedia sangue.

Muitos dos que anteriormente bajulavam o prefeito agora zombavam dele. Seus assuntos pessoais, os detalhes mais íntimos e sensíveis da sua vida privada, eram destrinchados para consumo e diversão do público dia após dia. Ele foi convidado a delegar suas funções como prefeito para o vice-prefeito, enquanto as acusações contra ele eram investigadas. Suas contas correntes públicas e privadas, contas de cartão de crédito, contas de corretagem e registros telefônicos estavam sendo avaliados com um pente fino, e todos para quem ele já havia passado um cheque ou feito um telefonema estavam sendo interrogados sobre suas atividades. Sua atitude oscilava entre o desafio e a desonra humilhada sempre que falava com a mídia, o que ele fazia o mínimo possível.

Toby Trickler, um dos prefeitos mais amados que Nova York já teve! Um belo homem de trinta e oito anos, ele havia tardiamente entrado na briga da eleição para prefeito sete anos antes como candidato independente, quando tanto o candidato republicano como o democrata tinham se provado corruptos até os ossos. Não se sabia muito sobre ele, que nunca antes havia entrado na política. Seu histórico era limpo, já que ele não tinha histórico, e ele não podia ser acusado de aceitar dinheiro de grupos de interesse ou empresas, já que financiou toda a campanha com seus próprios recursos. Seu pai era conhecido por ganhar centenas de milhões com commodities, e presumia-se que o filho havia herdado a visão de negócios do pai.

Antes de se tornar prefeito da capital financeira do mundo, o único trabalho que Trickler já tivera havia sido gerenciar a fundação de caridade da sua família, de forma que ele parecia ser um idealista e um benfeitor. Apenas seus colegas de trabalho na fundação sabiam o que ele era de verdade: nada além de um testa de ferro.

Suas credenciais – um MBA em negócios na Ivy League e conexões familiares – tinham provado ser sua carta na manga, pois a cidade estava no meio de uma prolongada crise orçamentária devido aos gastos perdulários de vários de seus antecessores e a uma das maiores quedas no mercado de ações da história recente, que resultara em uma base fiscal encolhida para os cofres da cidade. Os eleitores viam que todos os serviços básicos na cidade estavam se deteriorando, e acreditavam que Trickler era o único candidato que tinha chances na luta para curar as feridas financeiras da cidade – ao menos eles *rezavam* para que alguém pudesse mudar as coisas.

Suas preces foram atendidas. Apesar da recessão continuada, o prefeito estabilizara a situação em dois anos, e ao final de seu mandato de quatro anos, a cidade parecia estar florescendo. Ninguém parecia muito ansioso para intrometer-se nas causas do milagre econômico da cidade. Trickler, cujas conquistas eram displicentemente atribuídas à sua "disciplina fiscal" – adotar uma linha dura em relação a custos e benefícios, insistir em um orçamento equilibrado e assim por diante –, foi reeleito por uma avalanche de votos.

Seu segundo mandato foi ainda mais próspero. O mantra político de Trickler era agradar a todos o tempo todo, e os eleitores de ambos os lados do espectro político estavam muito entusiasmados com o jovem independente com sorriso vencedor. Pessoas influentes e sedes de empresas haviam permanecido na cidade, em vez de realocar-se para o outro lado do rio em Nova Jersey, Connecticut, ou para os subúrbios, graças à redução nos impostos. Isso havia poupado a cidade do tipo de desurbanização cataclísmica que sofrera nos anos 1960 e 1970.

Sob o reinado de Trickler, o emprego se manteve forte e programas sociais de todos os tipos, anteriormente pendurados por um fio, não haviam simplesmente voltado a ser financiados, mas tinham visto o financiamento *aumentar* muito além da taxa de inflação. A infraestrutura para idosos e doentes de Nova York estava sendo mantida pela primeira vez em anos, e era eventualmente até mesmo melhorada ou substituída. E, milagre dos milagres, o plano de saúde e os planos de pensão dos funcionários da prefeitura já não estavam à beira da falência – na verdade, suas finanças nunca tinham sido melhores. Com sua equipe, o MBA dourado tinha batido em uma pedra e dela fluíram fundos líquidos.

Ou não fluíram? Existe realmente algo como um milagre financeiro? Como o prefeito conseguira o impossível – agradar a todos? O inspetor Ponlevek ponderava sobre essas questões enquanto dirigia até o edifício de Canal.

## II

Quando foi introduzido no apartamento do francês, Canal, um homem de porte médio e idade indefinível, estava absorvido por diagramas circulares desenhados em um quadro branco no canto de um escritório ricamente revestido em couro. Xícaras de café vazias estavam espalhadas pelo local, o francês implicitamente endossando pelo menos uma parte da máxima húngara segundo a qual um matemático é uma máquina de transformar café em teoremas. A melodia de uma música bastante alta, que para o ouvido treinado para o rock do nova-iorquino só poderia ser classificada como clássica, podia ser ouvida, vinda Ponlevek não sabia de onde. O cômodo era grande, mas tão cheio de livros, cadernos e papéis de todos os tipos, espalhados em todas as superfícies disponíveis, que era difícil saber onde sentar, quando Canal finalmente olhou para cima e gesticulou para que ele sentasse.

"András Schiff tocando Haydn no piano," o francês disse distraidamente, enquanto baixava o volume da música. "Sonatas maravilhosas, não é?"

"Devem ser," Ponlevek gaguejou.

"Você é o amigo de Monsieur Olivetti, presumo?" Canal perguntou, avaliando Ponlevek, dos sapatos até a cabeça sem chapéu.

"Sim, meu nome é Ponlevek," respondeu o bem apessoado americano de queixo quadrado. Ele se elevava bastante sobre o francês até se sentarem, depois de Canal empurrar para o lado alguns papéis que estavam no sofá para dar espaço a ele. Canal sentou-se em uma poltrona lateral.

"Esse é um nome francês, você sabia?" Canal meio consultou, meio afirmou, com um brilho nos olhos.

"Não, acredito que é Tcheco," rebateu o inspetor.

"Como se escreve?"

"P-O-N-L-E-V-E-K."

"Você tem certeza que sua família é da Checoslováquia?" Canal persistiu.

"Não, não exatamente," Ponlevek admitiu.

"Pergunto porque, você vê, Pont l'Évêque é um famoso queijo da Normandia – talvez a grafia tenha sido alterada quando sua família veio para a América?"

"Um queijo? Duvido, sinceramente," Ponlevek balançou a cabeça, um pouco irritado.

Canal fez uma nota mental para lembrar-se que, enquanto para os franceses e italianos o queijo é um tesouro nacional, para Ponlevek parecia ser um insulto.

O nova-iorquino mudou de assunto. "De qualquer forma, vim para falar com você sobre instrumentos financeiros. Você sabe algo sobre contabilidade ou economia?"

Canal levantou uma sobrancelha. "Sou conhecido por me meter com a ciência sombria,[1]" disse.

"Ciência sombria?" Ponlevek questionou. "Ah, entendo," acrescentou, depois de alguns momentos. "Coisas deprimentes."

"Isso deprime você," disse Canal, conseguindo, como tantas vezes conseguia, flexionar a última palavra de forma a transformar a declaração ostensiva em uma pergunta.

"A mim? Não. Não como a economia está. Mas é meu trabalho vasculhar as contas da cidade para ver se o prefeito Trickler estava fazendo qualquer negócio estranho, e–."

"Isso o tem deprimido?"

"Sim! É o ninho de ratos mais emaranhado que já vi! As contas pessoais do prefeito são fichinha perto disso."

"Vocês já as verificaram?"

"Já, e como eu suspeitava..." ele parou.

"Como você suspeitava...?" Canal repetiu, tentando encorajar Ponlevek a prosseguir.

"Tudo o que digo deve ser mantido em absoluto sigilo," Ponlevek afirmou, inclinando-se e olhando de forma significativa para Canal. "Nenhum dos resultados da investigação foi oficialmente divulgado ainda. Você não é o tipo que vai sair falando com a imprensa, é?"

"*Motus et bouche cousue*," Canal prometeu, fazendo um gesto com a mão como se estivesse costurando a boca fechada.

"Ahn?" Ponlevek proferiu.

"Pelo jeito você não fala francês?" perguntou Canal.

"Fiz espanhol no ensino médio," Ponlevek respondeu, como se imaginasse que o francês acharia relevante esse fato biográfico em particular.

"Muito mais útil em Nova York, suponho," Canal comentou. "Em todo caso, eu nunca sonharia em falar com aquele odioso bando de oportunistas inescrupulosos e sensacionalistas referido eufemisticamente como a imprensa. Você pode contar comigo para ser tão silencioso como um túmulo."

Ponlevek refletiu por um momento sobre a forma estranha como Canal falava e sobre suas opiniões curiosas. Seria por isso que Olivetti havia lhe dado uma recomendação um tanto morna?

"Você estava dizendo," Canal provocou.

"Ah, sim, como estava dizendo, assim como eu suspeitava, nada havia de duvidoso nas contas pessoais de Trickler."

"Duvidoso?"

"Sim," Ponlevek explicou, "nada inconveniente. Não havia em suas contas depósitos suspeitos de fontes desconhecidas, e nenhuma utilização de seu plano público de saúde com fisioterapia ou massagem terapêutica de qualquer tipo. Ele retirava regularmente grandes quantidades de dinheiro em caixas eletrônicos – provavelmente para as visitas à casa de massagens, mas ele não admitiu nada."

"Não?" perguntou Canal, erguendo as sobrancelhas.

"Não, ele afirma que o dia em que Olivetti e os outros policiais o viram foi a primeira vez em que esteve naquela academia de ginástica, e que alguém pedira para encontrá-lo no saguão do prédio naquela noite."

"Alguém?" Canal ressaltou a palavra.

"Sim, quando o pressionei sobre isso, ele alegou não saber quem era."

"Como se tivesse recebido um telefonema anônimo?"

"Não, ele foi mais cauteloso – provavelmente imaginou que quebraríamos seu sigilo telefônico. Ele alegou que alguém deixara um bilhete não assinado sobre sua mesa naquela manhã, e que ele decidira passar pelo clube quando estava indo jantar, já que era apenas algumas quadras fora do seu caminho, só para ver do que se tratava. Alegou ter percebido que era um tanto suspeito, mas imaginou que ninguém tentaria fazer algo desonesto no saguão de um prédio naquela parte da cidade."

"Naturalmente, ninguém apareceu para encontrá-lo no saguão," Canal conjecturou.

"Claro que não," Ponlevek confirmou. "Ele diz que esperou por dez-quinze minutos e, em seguida, decidiu ir embora."

"*Évidemment*," Canal concluiu, coçando o queixo. "E, claro, ele tinha uma explicação pronta para o que aconteceu com o bilhete – o que foi que ele disse? Ele o perdeu? Ou amassou-o e jogou-o em uma lixeira na rua, já que ninguém compareceu ao encontro?"

Ponlevek estava visivelmente impressionado com a atenção do francês para os detalhes. "A última opção," balançou a cabeça em aprovação. "Procuramos no vídeo por qualquer gesto do tipo, mas ele afirma que jogou o bilhete no chão do táxi que tomou para casa depois do jantar."

"Fácil!" Canal comentou. "Ele obviamente pensou em tudo… O que ele disse sobre os saques frequentes de dinheiro?"

"Ele também foi bastante inteligente quanto a isso," Ponlevek opinou. "Fingiu – penso eu – estar envergonhado no início, mas logo admitiu jogar na loteria quase todos os dias."

"Na loteria?" Canal exclamou. "Difícil de acreditar! A família dele deve ter mais dinheiro do que todo o sistema de loterias do Estado de Nova York." Refletindo por um momento, acrescentou, "É, no entanto, uma maneira de se livrar de grandes quantidades de dinheiro de uma forma relativamente indetectável. Ele disse onde comprava seus bilhetes de loteria?"

"Acredito que suas palavras exatas foram 'aqui e ali,'" Ponlevek disse, sacudindo a cabeça. "Poderíamos perguntar em todas as lojas de conveniência de seu bairro e a uma curta distância da Câmara Municipal, mas–."

"Mas não é ilegal," Canal interrompeu, "jogar na loteria. Na verdade, ele estava fazendo contribuições substanciais para o sistema de ensino do estado de Nova York. Nem é ilegal, até onde sei, receber uma massagem. Você já recebeu alguma massagem, inspetor?"

Ponlevek encolheu os ombros. "Não posso dizer que recebi," respondeu. A ideia de Ponlevek quanto a tonificar seus músculos envolvia correr cinco quilômetros e, em seguida, fazer musculação, ou andar de bicicleta, ou caminhar pelos subúrbios, não ter alguém esfregando suas costas.

"É muito relaxante," Canal opinou. "Tenho certeza de que o prefeito tinha bastante peso em seus ombros, e que eles precisavam ser massageados de vez em quando!" Não vendo reação à sua tentativa de jogo de palavras no rosto do nova-iorquino, mudou de assunto. "Posso oferecer-lhe algo para beber – conhaque? sherry? porto? café? chá?" Canal continuou a aumentar a lista enquanto Ponlevek balançava a cabeça negativamente. Levemente exasperado, o francês finalmente acrescentou, "Coca-Cola?"

"Por favor," Ponlevek assentiu.

"Vocês inspetores de Nova York são todos iguais!" Canal exclamou, apertando um pequeno botão na lateral da mesa.

"Somos?" Ponlevek questionou.

"Unha e carne, você e o inspetor Olivetti, não?" Canal incitou o nova-iorquino.

"Mais como a água e o vinho, eu diria," Ponlevek respondeu, um pouco irritado.

"Sério?" Canal perguntou. "Sempre julgo um homem por sua bebida. Um dos meus autores favoritos às vezes até mesmo dá nome aos seus personagens de acordo com que eles bebem, chamando um de gim-tônica, outro de whiskey sour, e ainda outro de–."

Ferguson, o mordomo alto e careca, abriu a porta e entrou silenciosamente.

"Ah, Fergunson," Canal interrompeu sua própria tangente. "Você faria a gentileza de trazer uma Coca-Cola, com gelo eu presumo?" disse olhando para seu convidado, que assentiu. "Com gelo, para o inspetor Ponlevek. Vou querer um fundo do meu porto mais antigo."

"Muito bem, senhor," Ferguson recebeu os pedidos, sem pestanejar com a tradução inapta da palavra francesa *fond* por "fundo," e saiu sem fazer barulho.

"Muito legal!" Exclamou Ponlevek. "Um mordomo britânico genuíno."

"Sim," Canal concordou. "Ferguson é uma dádiva de Deus." Então, antes de o americano ter chance de retornar ao motivo de sua visita, Canal perguntou, "Então você acha que Olivetti e você são como a água e o vinho?"

"Olivetti é estritamente da velha escola. Sua abordagem não é nada progressista, e ele usa os métodos mais antigos existentes," declarou Ponlevek.

"Ao passo que você…," Canal proporcionou uma abertura.

"A vanguarda é o meu mantra. Tento fazer os rapazes no departamento empregarem as tecnologias mais recentes e as técnicas mais avançadas." Refletindo por um momento, acrescentou, "Isso é apenas entre você e eu, não é? Porque não quero que Olivetti pense... Bem, imagino que você saiba o que quero dizer!"

"Você imagina isso?"

"Sim, você sabe, nós trabalhando juntos no mesmo escritório e tudo," Ponlevek murmurou, preocupado que tivesse colocado os pés pelas mãos.

"Trabalhando juntos no mesmo escritório?" Canal reiterou.

"Sim, e ele pode acabar sendo meu chefe qualquer dia."

"Então você não quer que ele saiba o que você pensa honestamente sobre ele?" Canal propôs um possível fim para sua frase. "*Prudens Futuri?*"

"Ahn?" o Nova-Iorquino grunhiu, perplexo. "Só estou tentando fazer as coisas certas."

"Compreendo," Canal comentou. Então, depois de cogitar por um momento, ele comentou tanto quanto perguntou, "Seu trabalho é toda a sua vida?"

"Tem sido ultimamente, sinto dizer," Ponlevek respondeu, mas retornou à sua preocupação mais imediata, "Então posso presumir com segurança que isso ficará apenas entre nós?"

"Você pode presumir," Canal respondeu, enunciando nada mais.

Ferguson entrou carregando uma bandeja de prata, colocou a Coca-Cola e o porto Tawny na frente de seus respectivos consumidores e saiu tão silenciosamente como tinha entrado.

## III

As três palavras de Canal pareceram suficientes para amenizar as dúvidas do inspetor, pois depois de um curto gole em seu refrigerante, ele voltou ao tópico anterior. "A questão agora, pelo que vejo, é se as contas públicas de Trickler estão perfeitas como um brinco como suas contas pessoais."

Canal, que se sentia um pouco entediado com a perspectiva de investigar nada mais interessante do que um possível desvio de recursos por um funcionário público, animou-se com a expressão idiomática incomum do nova-iorquino. Coçou a cabeça, pensativo. "Estão perfeitas como um brinco," perguntou. "Se você quer dizer o que acho que quer dizer, não há algo errado com essa formulação?"

O nova-iorquino encolheu os ombros.

"Você poderia dizer *estão perfeitamente limpas*," Canal continuou, "ou então *estão limpas que é um brinco*, mas você conseguiu juntar as duas expressões deixando de fora a palavra *limpas*."

"Bem, você entendeu o que eu quis dizer, então o que importa?" Ponlevek disse, desconsiderando a questão, tomando mais do seu refrigerante.

"Se você excluiu a palavra *limpas*, talvez tenha sentido que as contas pessoais do prefeito não eram tão limpas assim?" Canal insinuou. "Você não consegue se ver nelas?" Tomou um gole do seu Porto, observando a reação do nova-iorquino pela borda superior do seu copo.

"Ver-me nelas?" a testa de Ponlevek franziu-se. "Eu gostaria de conseguir, pois ele ganha muito mais o que eu!" Depois de um algum tempo, ele se inclinou para frente no sofá e confidenciou,

"Em investigações como essa, muitas vezes me pergunto se estou realmente vendo *todas* as contas do réu."

"Todas as contas?" Canal repetiu.

"Sim, você sabe, a não ser que o réu me diga, as únicas contas que posso realmente examinar são aquelas vinculadas ao seu registro de seguridade social, as mesmas que aparecem em seu relatório de crédito e que estão listadas em suas declarações de impostos. Então se ele tem uma conta nas Ilhas Cayman–."

"Ou uma conta bancária na Suíça," Canal interrompeu.

"Ou uma conta corporativa, tendo criado uma empresa de fachada, por exemplo, não saberei a menos que ele esteja disposto a me dizer."

"O que as pessoas com tais contas raramente estão," Canal brincou, "Especialmente quando estão sob investigação."

"Exatamente!"

"Então enquanto você sabe que a roupa que ele mostrou a você está limpa, você não sabe se ele tem outras roupas sendo lavadas em outras lavanderias."

"Bonito," Ponlevek respondeu, balançando a cabeça e observando que, apesar de suas peculiaridades, o francês tinha senso de humor.

"Daí a suspeita de que ainda pode haver algo de podre no Estado de Nova York. Foi por isso que você decidiu examinar as contas da cidade?"

"Sempre é possível que ele tenha pago sua massagista direta ou indiretamente dos cofres da cidade." O inspetor inclinou a cabeça para trás e terminou o líquido cor de ferrugem.

"Você gostaria de beber algo mais?" Canal perguntou. "Mais Coca-Cola?"

"Adoraria," o inspetor respondeu, da habitual forma telegráfica.

Canal chamou Ferguson. "Se entendi bem, Monsieur Ponlevek, o problema é que você não consegue compreender as contas do município?"

"Exato."

"Suponho que você tem uma equipe de auditores que trabalham com você," Canal conjecturou, "e a cooperação total dos fiscais da cidade."

"Afirmativo em relação ao primeiro item," Ponlevek especificou. "Vários colegas do esquadrão de fraude têm nos ajudado: contadores certificados, contadores forenses, todo mundo disponível."

Canal assentiu em aprovação. Ferguson cruzou a entrada silenciosamente, e o francês pediu com gestos silenciosos a Coca-Cola para o nova-iorquino e um chá para si mesmo.

"Mas não está tão claro se realmente temos recebido a plena cooperação do superintendente fiscal da controladoria da cidade," disse Ponlevek. "Ele age como se estivesse respondendo a todos os nossos questionamentos de boa-fé e nos mostrando todos os documentos e registros de que precisamos para completar nossa investigação. Mas, enquanto todas as saídas do orçamento fazem sentido e parecem perfeitamente *kosher*, as entradas não parecem fechar, e–."

"As entradas?" Canal expressou surpresa. "Geralmente são as despesas, as saídas que são desonestas ou disfarçadas. Não acredito já ter ouvido falar de um caso em que as entradas – a receita – eram suspeitas!"

"Bem, elas são neste caso, e sempre que lhe pedimos para explicá-las, ele se lança em discussões complicadas cheias de jargões financeiros. Nem mesmo nossos contadores grisalhos conseguem segui-lo. Tudo parece fazer perfeito sentido para ele, mas para mais ninguém. Eu estava esperando que talvez você pudesse descobrir do que ele está falando."

"Quem é esse fiscal?" Canal consultou.

"Um cara chamado Tyrone Thaddeus."

"O que você sabe sobre ele?"

"Membro antigo da equipe do prefeito," comentou Ponlevek. "Entrou no barco um ano após o início do primeiro mandato do prefeito, quando o fiscal anterior se aposentou."

"Jovem?"

"Não sei," Ponlevek deu de ombros. "Todos vamos envelhecer um dia, não é? Talvez ele seja cinco anos mais velho do que eu?"

"Todos vamos envelhecer um dia?!" Canal ressaltou incrédulo. "Você não está em seus trinta anos?"

"Trinta e oito," veio a resposta, "quase no fim da linha."

"Qual linha?" Canal perguntou, com o rosto evidenciando perplexidade.

"Você sabe, o grande 4 – 0," Ponlevek respondeu automaticamente.

"O que há de tão grande nisso?"

"Dizem que a partir daí vai tudo por água abaixo," acrescentou Ponlevek, irrefletidamente.

Ferguson entrou, retirou os copos usados, colocou as novas bebidas diante deles e saiu discretamente.

"Você acredita nisso?," perguntou Canal, olhando o nova-iorquino nos olhos enquanto cautelosamente saboreava sua bebida fumegante.

"Estou começando a me sentir como um homem velho," Ponlevek respondeu, olhando para seu copo. "Eu costumava trabalhar um dia inteiro na delegacia, ir para casa, tomar banho, me trocar e voltar para uma noite na cidade, caçando mulheres com meus amigos. Agora chego em casa acabado, como e adormeço em frente à TV." Olhou para cima de repente, "Mas olha com quem estou falando – estou certo de que você sabe como é."

"*Au contraire*, tenho certeza que não sei do que você está falando," protestou Canal. "Nunca me senti melhor ou com mais energia, e sou muito mais velho do que você ou seus amigos."

"Bem, você deve ser um em um milhão," exclamou Ponlevek. "Todos meus amigos estão começando a reclamar sobre suas dores e pontadas e..." Parou de falar, dando toda sua atenção para a Coca-Cola.

"E?" Canal encorajou-o a terminar a frase.

"Bem, não vamos entrar nisso," disse o jovem, cruzando as pernas nervosamente.

"Nisso?" Canal cutucou gentilmente.

"Esqueça isso," Ponlevek insistiu, acenando com a mão.

"Para um povo otimista, muitos de vocês, americanos, acham que vida acaba aos quarenta. Todo mundo aqui parece ser fascinado por empresários que enriquecem e se aposentam aos quarenta. Você deve realmente odiar o que faz para se cansar tão rápido!", exclamou Canal, provocando seu mais novo associado. "É esgotamento por trabalhar muitas horas no início da vida? Ou vocês não têm qualquer paixão pelos seus trabalhos?"

Ponlevek estava se irritando com a direção que a conversa tinha tomado, mas ocorreu-lhe a sugestão velada de Olivetti de que o francês podia às vezes ser difícil. Ele fez o seu melhor para pôr de lado seu aborrecimento e orientar a conversa de volta ao tema de Tyrone Thaddeus. "De qualquer forma," disse, "o fiscal deve estar no início ou meio dos quarenta anos, como o prefeito."

Canal permitiu-se ser dirigido de volta para o assunto preferido do inspetor, respeitando o nível de conforto do último. "Alguma ideia do que esse sujeito Thaddeus fazia antes de entrar para a equipe do prefeito?"

"Não," Ponlevek refletiu, esvaziando seu copo e mexendo-se no sofá. "Acredito que presumi que ele sempre trabalhou no escritório contábil da prefeitura e foi promovido quando seu chefe se aposentou."

"Pode valer a pena descobrir," Canal opinou. "Pode nos ajudar a entender melhor com quem estamos lidando."

"Boa ideia," concordou Ponlevek. "O que mais você recomenda?"

"Se você puder pesquisar um pouco os antecedentes desse fiscal, podemos nos encontrar no escritório dele amanhã à tarde, logo depois de todos terem ido embora."

"Por que depois de todos terem ido embora?" Ponlevek consultou. "Você não quer conhecê-lo?"

"Ainda não," Canal respondeu. "Ah, e por falar nisso, você pode trazer junto o gerente de tecnologia da informação responsável por todos os computadores do escritório do fiscal?"

Ponlevek ergueu as sobrancelhas.

Canal percebeu sua perplexidade silenciosa. "Podemos precisar de alguma assistência técnica," acrescentou laconicamente. "Digamos, perto das seis?" Canal propôs, levantando-se. "Ou você estará muito cansado nesse horário?" perguntou, caçoando do inspetor.

Se Ponlevek ficou incomodado, não deixou transparecer. Levantou-se e respondeu "Está bom para mim." Seguindo Canal até a porta, acrescentou, "Por que não nos encontramos no saguão de entrada, logo antes das catracas?"

"No saguão? Parece adequado!" Canal disse, piscando para ele enquanto apertavam as mãos.

Quando a porta se fechou atrás do americano, Canal refletiu sobre os temas espinhosos, mas onipresentes, de sexo, dinheiro e política – nunca deixava de surpreendê-lo como esses assuntos pareciam estar sempre conectados. "Como estarão conectados desta vez?" imaginou, retornando aos seus esquemas topológicos no quadro branco. Ocorreu-lhe tentar colocar todos os três em apenas um dos anéis, com o qual se poderia desenhar um nó Borromeu. Ele ficou parado por um tempo diante do quadro branco, perdido em pensamentos.

## IV

Erica Simmons examinou sua imagem no espelho uma última vez antes de sair do apartamento. Aquele seria seu primeiro grande trabalho solo com o FBI – bem, não seria exatamente solo, já que ela estaria cooperando com o Departamento de Polícia de Nova York, mas ela estaria liderando a parte federal da investigação.

Parecia adequadamente vestida, perguntou-se, ou eles conseguiriam ver através dela? Estava aflita enquanto ajustava seus rebeldes cabelos ondulados, não gostando deles de maneira nenhuma. Ela não tinha certeza se ela própria se *sentia* adequada – isso, pelo menos, era claro. Este caso em particular chegou um pouco demasiado perto de casa para o seu gosto, embora ela não tenha querido mencionar isso para seu supervisor quando ele finalmente declarou que a julgava pronta para assumir a liderança em um caso.

Seu avô fora político. Na verdade, ele havia chegado ao elevado nível de senador pelo Estado da Geórgia. Seu filho – o pai dela – tinha seguido os seus passos, e todos esperavam que ele seguisse uma carreira pelo menos tão brilhante quanto a do pai. Mas então os rumores começaram. O senador, seu avô, foi acusado de usar os cofres do Estado como seu próprio fundo de reserva, comprando para ele mesmo brinquedos extravagantes, férias, segundas residências e afins. Foi iniciada uma investigação, que se arrastou interminavelmente. Ele finalmente foi inocentado de todas as acusações, mas o processo penal durou tempo suficiente para estragar suas chances de reeleição.

Como se isso não bastasse, seus supostos pecados respingaram sobre o filho: com seu pai tendo sido rejeitado pelas urnas quando se candidatou para mais um mandato no Congresso, ele se tornou outro homem. Era como se sua própria masculinidade tivesse sido tirada dele, e nada que sua mãe ou ela mesma fizessem o amolecia, animava ou o colocava de volta nos trilhos.

Em retrospectiva, Simmons reconhecia que isso tinha determinado o rumo da sua vida. Se ela tivesse tido escolha, se ela tivesse simplesmente seguido suas próprias aspirações, provavelmente teria se dedicado a cozinhar, talvez até à alta cozinha, pois sempre amara seguir sua avó na cozinha. Mas a emasculação política de seu pai, que – ela não tinha nenhuma dúvida a esse respeito – o levara a beber e deixara sua vida fora de controle, tinha mudado tudo para ela. Sem perceber a princípio, era como se ela tivesse dedicado todos os seus esforços desde a adolescência para reparar algumas grandes fendas no tecido do universo, para retificar aquela investigação aparentemente interminável sobre os assuntos de seu avô, que fizera o mundo desabar ao seu redor. Suas próprias investigações, ela havia resolvido, nunca seriam assim. As consequências humanas eram muito devastadoras.

Nunca pensou que seu avô fosse santo. Em um baú em seu sótão, ela uma vez encontrara uma pilha de fotografias dele, em uma idade em que sua falecida avó obviamente ainda estava viva, parecendo bastante íntimo com mulheres mais jovens de beleza impressionante, que pareciam não ser apenas colegas de trabalho. Mas sentia que ele não teria sido tão inescrupuloso a ponto de pagar por seus extravagantes encontros – algumas das fotografias foram tiradas em cenários tropicais, outras em paisagens europeias – com recursos públicos. Isso seria ir longe demais, e os eleitores deveriam ter percebido isso de imediato, assim como ela o fez. No entanto, eles o tinham arrancado do cargo sem lhe dar chance de ser absolvido.

Era como se ela tivesse dedicado sua vida a rapidamente exonerar seu avô das acusações, bem como a magicamente restaurar seu pai ao seu eu de antigamente. Entrou no FBI como se entrasse em um convento. Apoiar seu pai tinha deixado pouco tempo para outros homens, requerendo, da forma como ela sentia, que passasse anos se matando de trabalhar. Ansiosamente aprendera todos os aspectos dos procedimentos investigativos, para garantir que ela mesma nunca cometeria um erro como o que custara à sua família tão querida. Ela sabia o suficiente sobre as acusações contra o prefeito Trickler, pelos jornais e a partir do resumo que lhe foi passado no escritório, para compreender que esse caso em particular era um campo minado em potencial para ele e sua família, e assim, também para ela. Ajustando seu cabelo uma última vez, e amarrando o cachecol de forma elegante em torno de seu pescoço, preparou-se para a batalha.

## V

Era uma quinta-feira anormalmente amena e ensolarada, um primeiro prenúncio da primavera, quando Canal chegou à Prefeitura na Broadway. Àquela hora da tarde, a luz do dia parecia estar agarrando-se aos seus últimos momentos de vida.

Saindo pelas portas giratórias que davam acesso ao saguão, Canal avistou Ponlevek aguardando com algumas outras pessoas perto da catraca. Ele era particularmente fácil de localizar em função da sua altura, e Canal notou pela primeira vez que ele era bastante avantajado na região da cintura, o que o levou a refletir que pessoas altas conseguem manter certo excesso de peso sem detecção imediata.

Quando se aproximou com um passo enérgico, uma grande mão foi estendida para apertar a sua. O nova-iorquino proclamou espalhafatosamente, "Que bom que você conseguiu vir, inspetor Canal." Então, virando-se, indicou uma mulher elegantemente vestida, e acrescentou, "Esta é a agente especial Erica Simmons, do FBI. Ela se juntará a nós na investigação." Notando o olhar de estranheza de Canal, Ponlevek levantou as palmas das mãos de modo que elas pareciam estendidas horizontalmente a partir de seus ombros, um gesto de desamparo visível apenas para Canal, e acrescentou, "Os federais aparentemente acreditam que algumas leis federais podem ter sido desrespeitadas, e fomos convidados a cooperar com eles."

"Prazer em conhecê-la," disse Canal, abordando a morena marcante e curvilínea, "Sra. Simmons?" O francês flexionou as duas palavras, de modo a transformá-las em perguntas.

A agente do FBI sorriu confusa, tendo raramente ouvido alguém buscar de forma tão perspicaz por informações sobre sua vida privada, e estendeu a mão para apertar a dele. "É senhorita Simmons," ela disse, com um leve sotaque sulista, "mas *você* pode me chamar de agente especial Simmons."

Canal sorriu de volta ao apertar a mão dela. "Especial, de fato!" disse para si mesmo, admirando seu perfil e forma.

"E este é o oficial Sculley," Ponlevek continuou, indicando um homem uniformizado parado à sua direita, "o homem que abre todas as portas." O subordinado baixo e rechonchudo, que parecia, por sua expressão facial, estar ansioso à espera da aposentadoria, restringiu seus esforços a balançar a cabeça na direção de Canal, de modo que Canal apenas inclinou a cabeça de volta.

"Encontraremos o gerente de TI lá em cima," Ponlevek explicou, enquanto os levava através da catraca em direção ao elevador.

"Você descobriu algo sobre Monsieur Thaddeus para mim?" Canal perguntou a Ponlevek, enquanto aguardavam a abertura das grandes portas.

"Ele trabalhava para uma grande empresa de valores mobiliários – como ela se chamava mesmo?" ele se perguntou em voz alta, coçando a cabeça.

A agente especial Simmons tentou ajudar o enorme nova-iorquino, tendo-o achado bonito, apesar da sua barriga saliente. "Merrill Lynch?" perguntou. Ele balançou a cabeça negativamente. "Lehman Brothers?" Ele balançou a cabeça novamente. Conversando com Ponlevek por alguns minutos no saguão enquanto esperavam a chegada de Canal, a primeira impressão de Simmons foi que ele não era particularmente brilhante – e isso parecia estar se confirmando agora. "Goldman Sachs?" ela propôs.

As portas do elevador se abriram e eles entraram.

"Não, não era uma das principais corretoras," ele respondeu, pressionando um botão. "Era um daqueles lugares nervosos, onde os corretores podem fazer quase qualquer coisa, desde que dê dinheiro – mais ou menos como aquele *cowboy* montando um míssil em Dr. Fantástico. Vocês já viram esse filme?" ele sondou todos os presentes, enquanto a pesada máquina ainda se movia.

Os pensamentos de Sculley tinham obviamente se voltado para pastos mais verdes, e Simmons parecia estar refletindo, então Canal respondeu à pergunta do inspetor, "Não posso dizer que sim."

"Stares Burn!" Simmons explodiu.

"Sim, é isso!" Ponlevek olhou-a com apreço. 'brigado'. Ele trabalhou lá por um bom tempo, então partiu para trabalhar por conta própria por alguns anos e, aparentemente, enriqueceu."

"Enriqueceu," Canal ressaltou. "Me pergunto o que poderia tê-lo levado a assumir um trabalho burocrático como fiscal da prefeitura – certamente não foi o salário. Alguma ideia de como o prefeito e Thaddeus vieram a se conhecer?"

"Acontece que eles têm casas de veraneio ao lado um do outro na Califórnia," Ponlevek respondeu, quando as portas maciças abriram-se no segundo andar.

A primeira do grupo a descer, Simmons foi quase atropelada por um homem correndo para o elevador sem se preocupar em verificar se alguém estava saindo. Ponlevek e Canal, que estavam próximos a ela, a seguraram e ajudaram-na a chegar ao corredor. Sem desculpar-se, o homem entrou no elevador e apertou um botão, evitando seu olhar enquanto as portas fechavam, como se não quisesse ser visto.

Recuperando o equilíbrio, Simmons murmurou para si mesma, enquanto permitia-se ser conduzida pelo corredor por Ponlevek, "Blain Cramer. Pergunto-me o que ele estará fazendo aqui."

## VI

O escritório do fiscal proporcionava uma bela vista da cidade, e a decoração e mobiliário eram muito mais refinados do que se poderia esperar em uma instalação municipal, especialmente uma dedicada a questões orçamentárias. A espaçosa sala principal era iluminada com luzes focais de halogéneo embutidas de muito bom gosto, e havia diversos escritórios menores e salas de reunião em ambos os lados.

Ponlevek levou Canal e Simmons para a sala de reuniões que se tornara a sede da polícia de Nova York nas últimas semanas. Acendendo as luzes, Ponlevek disse, "Temos todos os relatórios oficiais de orçamento aqui, tanto as contas provisionadas quanto as realizadas, dos últimos anos fiscais. Imprimimos tudo para podermos analisá-las com cuidado. O que vocês gostariam de ver primeiro?"

Canal olhou para Simmons, para sinalizar que ela poderia escolher antes dele. "Eu gostaria de ver os relatórios de orçamento mais recentes," ela respondeu, tendo observado a galanteria do cavalheiro de aparência distinta, típica do velho mundo. O cavalheirismo desapareceu do seu mundo no dia em que saiu de casa, e a cortesia do francês lembrou-lhe de seu avô e de seus costumes do sul.

Ponlevek apontou para uma alta pilha de papéis na mesa de conferência, e a agente do FBI pendurou seu casaco sobre as costas de uma cadeira e sentou-se de frente para a montanha.

"De minha parte, eu gostaria de ver o escritório do canto," Canal disse, caminhando de volta para a sala principal.

"O escritório do canto?" Ponlevek repetiu, perplexo. Vendo o rosto decidido do outro e sua falta de inclinação aparente para explicar-se, Ponlevek virou-se e disse, "É por aqui."

O inspetor levou Canal até um grande escritório que obviamente fora totalmente renovado em um passado não muito distante. Os painéis de mogno haviam claramente sido instalados por um carpinteiro mestre, o carpete era de lã pura, sendo quase inacreditável que pudesse ser encontrado fora de um quarto de uma cobertura, e a iluminação lembrou a Canal a encontrada no Scentury Club, em Manhattan, onde ele passava muitas tardes. As mesas de madeira, estantes e painéis exalavam o cheiro doce de cera real, e várias plantas exóticas pareciam estar florescendo perto das grandes janelas, de onde a última luz do crepúsculo ainda era visível.

"*Il ne s'embête pas!*" exclamou Canal.

"Ahn?" Ponlevek resmungou.

"Um escritório bastante luxuoso," explicou Canal. "E para um funcionário público! O gabinete do prefeito é tão bom assim?"

"Quase idêntico a este," Ponlevek respondeu. "Talvez apenas um pouco maior."

"Aposto que o escritório do chefe da polícia não chega aos pés deste gabinete," opinou Canal, empregando um pouco do imaginário francês. "Lá na delegacia–."

"Você pode ter certeza de que não temos nada parecido com isso," Ponlevek confirmou, admirando as cadeiras de couro macio, as acariciando com a mão com gosto.

"Estou aqui," uma voz veio do escritório principal. "Me desculpem pelo atraso," acrescentou o dono da voz, um homem de cabelos negros no início dos trinta anos que usava óculos de lentes grossas, colocando a cabeça para dentro do escritório do canto. "Falha do servidor no primeiro andar," explicou. "Sou Jason Pershing, o gerente de TI," acrescentou à guisa de introdução.

Nomes e apertos de mão foram trocados por todos os lados. Ponlevek agora tentava assumir o comando do processo. Virando-se para Canal, disse, "Deixe-me mostrar-lhe as entradas no orçamento que ninguém consegue entender. Imagino que você prefira vê-las na tela do que em papel – não é por isso que você queria o Sr. Pershing aqui?"

"Nem na tela, nem no papel," Canal respondeu, seguindo uma perfeita fraseologia gaulesa. "Eu gostaria de ver os livros sombra."

"Livros sombra?" Ponlevek parecia confuso, assim como Pershing.

"Sim," Canal explicou, "o segundo conjunto de livros, os livros reais – não os que eles preparam para o público. Quero ver os livros que nunca são impressos, aqueles que nunca são exibidos, os que somente o fiscal, e talvez o prefeito, conhecem."

"Você acha que eles..." Ponlevek não se atreveu a terminar o seu pensamento.

"Se seus contadores certificados e forenses não puderam compreender o orçamento oficial, então provavelmente a culpa é do orçamento oficial, não da sua equipe," Canal argumentou. "Empresas de capital aberto neste país são obrigadas a ter seus livros auditados regularmente, o que geralmente significa que devem ser fornecidas explicações abrangentes até mesmo para os débitos e créditos mais implausíveis, reservas antecipadas e vendas e lucros não realizados, dívidas misteriosamente retiradas dos livros e afins. O abracadabra deve receber um nome reconhecível no jargão contábil, e os números, não importa o quão inexplicavelmente inflados ou desinflados eles sejam, devem fechar. Mas nem todos os órgãos governamentais têm a obrigação de contratar auditores externos, o que significa que pode não haver qualquer escrutínio público, a menos que os programas parem de ser financiados ou que estoure um escândalo."

Ponlevek tinha começado a suar profusamente, e agora tirou seu sobretudo. "Então você está convencido de que eles têm manipulado os livros?"

"Manipulado, não sei," Canal respondeu, "mas eles têm – como se diz *traffiquer*," perguntou em voz alta, mas como se para si mesmo – "ah sim, *mexido* com os números, e nós queremos saber porquê."

Virando-se para o especialista em tecnologia, Canal continuou, "Você define as senhas e níveis de acesso para todos no prédio, não é verdade, Monsieur Pershing?"

"Sim," Pershing admitiu, gotas de suor aparecendo em sua testa.

"Nesse caso, eu gostaria que você entrasse no computador do fiscal aqui e nos ajudasse a procurar. Estamos à procura de qualquer tipo de contas duplicadas, nomes ou tipos estranhos de arquivos, software ou firewalls que não foi você quem instalou, em suma, tudo o que levante uma bandeira vermelha."

"Acredito que esse tipo de coisa requer um mandado," Pershing exclamou nervosamente, deslocando seu peso de um pé para o outro.

Canal virou-se para Ponlevek, que removeu um pedaço de papel dobrado do bolso e desdobrou-o para Pershing ler.

Pershing afundou na cadeira atrás do computador de Thaddeus. Resignando-se à tarefa inesperada, inclinou-se para frente o suficiente para pressionar o botão de energia e retirou um pequeno caderno do bolso do seu casaco. "Apenas tenho que localizar suas senhas, e então depois estaremos dentro", ele disse, iniciando seu trabalho. "Receio que isso possa levar algum tempo," acrescentou.

"E, claro, não há nenhuma garantia," Canal enfatizou, "que encontraremos algo. Thaddeus pode manter tudo o que nos interessa em um laptop. Minha única esperança é que, como muitas das entradas e saídas dos orçamentos oficial e sombra inevitavelmente se sobrepõem, ele teria considerado irresistível economizar a si mesmo tempo e energia, sem querer lançar os mesmos dados duas vezes."

Ponlevek ofereceu-se para buscar café. "Pode ser uma longa noite," observou.

"Nada desse café barato de escritório para mim," Canal insistiu. "*C'est infect*! Quero um cappuccino duplo. E você, Monsieur Pershing?"

"Me chame de Jason," disse Pershing, olhando para Canal e Ponlevek. "Quero um expresso triplo."

Canal colocou a mão no bolso e começou a puxar uma nota. Ponlevek levantou a mão de forma a pedir que ele parasse. "Deixe comigo," disse, se virou e saiu.

"Triplo," Canal disse, impressionado.

"*Pas la peine de se fatiguer*," brincou Pershing.

As orelhas de Canal se animaram. "*Vous parlez français?*"

"Não realmente," Pershing admitiu, "só sei algumas músicas."

"Bem, você as utiliza bem," Canal observou. "Foi um uso bastante espirituoso da letra."

"Obrigado," Pershing sorriu distraidamente. "Ah, aqui está!," ele exclamou, tendo evidentemente encontrado a página certa em seu caderno. Começou a digitar furiosamente e a examinar a tela. Enquanto Canal andava pela sala olhando para os livros e objetos de arte, Pershing comentou sobre o que estava vendo na tela "pastas de cartas, navegador, e-mail,... Hmm, interessante."

"Interessante?" Canal ecoou.

"Uma pasta inteira de discursos – parecem discursos preparados para o prefeito sobre temas fiscais."

"Muito interessante, de fato!" Canal respondeu, posicionando-se atrás de Pershing para poder ver a tela.

Pershing continuou seu comentário. "Planilhas – parecem orçamentos mensais e anuais... Vejo que foram impressos no que parece ser a época apropriada do ano, de modo que não deve ser o que você está procurando...," disse. "Ah, o que temos aqui?" Seus olhos se arregalaram. "Parece que alguém dividiu o disco rígido e adicionou uma senha para restringir o acesso para a nova partição. O contador parece saber mais sobre computadores do que eu teria imaginado," acrescentou, visivelmente impressionado.

"Existe alguma maneira de contornar isso?" Canal perguntou, mesmo tendo certeza de que havia.

"Ah, sim, devemos ser capazes de obter algumas informações estudando a estrutura da raiz do arquivo," ele respondeu, pressionando algumas teclas e fazendo a tela ficar vazia e depois branca, e logo trazendo um desconcertante conjunto de símbolos codificados. Estudou a página por um tempo, digitou várias combinações de letras e números repetidamente e inspecionou de perto os resultados que apareciam.

Ponlevek voltou com o café. Simmons, parecendo revigorada e muito falante, juntou-se aos três homens no escritório do canto para participar das libações cafeinadas, também tendo, aparentemente, feito um pedido.

"Argh, o que é isso?" ela gritou depois de tomar um gole.

"Bem," Ponlevek explicou em tom de desculpas, "você pediu café normal, mas eles só tinham cafés aromatizados, então peguei de nozes e melaço para você, já que é do sul."

"Ah, não é de admirar," ela concluiu, "nunca coloco qualquer tipo de adoçante no meu café."

"Sinto muito se você não gostou," Ponlevek apressou-se em acrescentar, preocupado em já ter estragado suas chances com a primeira mulher bonita e elegante que conhecia em muito tempo. Se já tivesse, de fato, conhecido uma mulher elegante antes, ponderou. "Você pode trocar comigo, se quiser. Pedi de Kahlúa e creme. Não sei se vai estar menos doce, mas..."

"Não, esse está bom. E obrigada por trazê-lo," ela disse, sorrindo para ele. "Me disponho a experimentar quase qualquer coisa."

Sorrindo interiormente para o que aquela declaração poderia sugerir, Canal colocou todos a par da situação, indicando que a partição do disco rígido era semelhante a uma arma fumegante – embora pudesse possivelmente conter somente pornografia digital – e que Pershing estava tentando descobrir o seu conteúdo.

Momentos depois de Canal completar sua atualização, Pershing falou. "Muito perspicaz, de fato! A partição é impermeável a todos meus truques e estratagemas habituais. Parece que teremos que adivinhar a senha – caso contrário, teremos que enviar o disco rígido para os verdadeiros especialistas da NSA."

Canal ponderou.

Vendo-o perdido em pensamentos, Pershing acrescentou, "Nós poderíamos, é claro, procurar no seu e-mail, mas isso pode levar bastante tempo."

"Especialmente porque não sabemos exatamente o que estamos procurando," Canal acrescentou. "De qualquer forma, se ele é inteligente o suficiente para esconder parte de seus dados até mesmo dos seus olhos curiosos, ele é provavelmente muito cuidadoso também com o seu e-mail. Acho que seria melhor tentarmos adivinhar a senha."

"Nesse caso," Pershing continuou, "estamos falando de cinco a oito caracteres, possivelmente uma combinação de letras e números. A maioria das pessoas escolhe algo extremamente simples de lembrar, como seu aniversário, aniversário de casamento, número de telefone, número de segurança social, placa – vocês entendem a ideia."

"Tenho algumas dessas informações aqui," Simmons exclamou em um tom satisfeito de voz, ao exibir uma pasta que levava abaixo do braço. Abriu-a sobre a mesa ao lado de Pershing e Ponlevek se juntou a ela na leitura de códigos postais, códigos de área, números de telefone, datas de nascimento e semelhantes. Pershing digitou um após o outro, com frequência tentando diferentes maneiras de escrever cada um deles, de dentro para fora, de trás para frente, convenções britânica e americana, e assim por diante. Seguiu tentando diferentes combinações das estatísticas vitais de Thaddeus por muito tempo depois de Simmons e Ponlevek terem esgotado sua leitura conjunta do arquivo e começado – ela antes, e ele a seguindo – a olhar para as obras de arte ao redor da sala, como se buscando pistas para a senha.

Canal foi o primeiro a quebrar o silêncio. Olhando diretamente para Pershing, ele perguntou, "As senhas iniciais que você usou para acessar seu computador – elas foram escolhidas por você ou por Thaddeus?"

O gerente de TI tirou as mãos do teclado e olhou para Canal. "Elas foram escolhidas por Thaddeus, mas eu as aprovei, já que outra pessoa no prédio poderia ter selecionado as mesmas." Ele pegou seu expresso triplo e bebeu com cautela.

"Quais eram?" Canal seguiu sua linha de pensamento.

Pershing consultou novamente seu pequeno caderno. "A primeira é *sul*."

"Com *o* ou com *u*?" Canal consultou.

Pershing olhou de novo. "Com *u*," respondeu.

"E a próxima?" Canal continuou.

"XmasPres[2] – essa é a que ele usa para o e-mail," Pershing respondeu.

"Você tem algo mais aí?" Simmons perguntou, intrigada com a linha de questionamento do francês.

"Isso é tudo o que tenho," Pershing deu de ombros.

Ponlevek e Simmons pareciam perplexos. Canal refletiu por alguns momentos e, em seguida, voltando-se para Ponlevek, perguntou, "Você não disse que Trickler e Thaddeus tinham casas de praia na Califórnia?"

"Sim," o nova-iorquino respondeu. "E daí?"

"Onde essas casas de veraneio são localizadas? Ao norte da Califórnia? Ou no 'sul' da Califórnia?"

"Acho que em algum lugar no sul," ele disse, caminhando por um momento. "Qual era mesmo o nome daquela cidade? Algo com duas palavras, como San Diego, mas não era isso."

Os outros tentaram ajudá-lo.

"La Jolla?" Canal sugeriu. Ponlevek balançou a cabeça.

"Morro Bay?" Simmons sugeriu.

"Dana Point?" Pershing acrescentou.

"Espere um minuto," gritou Ponlevek. "Sei por que San Diego me veio à mente – começa com San alguma coisa…"

"San Luis Obispo?" Pershing tentou novamente. "Ah, não, isso são três palavras…"

"Santa Mônica?" Canal perguntou, tentando mais uma vez. Ponlevek resmungou.

"Santa Bárbara?" Simmons disse, concluindo que o policial era tão obtuso como ela tinha inicialmente suposto, ainda que fosse muito gentil – teve que admitir isso.

"Sim!" Ponlevek gritou com júbilo, dando a Simmons um olhar apreciativo, consideravelmente maior do que o que dera a ela no elevador. "É isso aí – Santa Bárbara."

Seguindo uma nova linha de pensamento, Canal olhou Ponlevek nos olhos e perguntou, "Por que você acha que esqueceu o nome?"

"Não sei," ele balbuciou. "Esqueço nomes o tempo todo," acrescentou, descartando a questão.

"Você sempre esquece por um motivo, no entanto," Canal advertiu, "seja um nome como Stares Burn ou Santa Bárbara."

Ponlevek lembrou novamente das dicas de Olivetti sobre os modos excêntricos e até meio cansativos do francês, mas tentou dissuadi-lo. "Por que não continuamos com o trabalho que estamos fazendo?" ele propôs, mas sem o tom insistente que esperava transmitir em sua voz.

"É sempre parte do nosso trabalho," Canal lecionou, "investigar os motivos inconscientes das pessoas, e um bom lugar para começar é com os nossos." Olhando para Ponlevek, perguntou, "O que Santa Barbara traz à sua mente?"

Ponlevek não estava admitindo a abordagem, no entanto, e manteve-se obstinadamente silencioso.

"Foi o Papai Noel[3] que o desapontou no passado e você nunca perdoou?" Canal perguntou, dando um tiro no escuro e sabendo muito bem que provavelmente nada cairia do céu noturno.

Ponlevek enrugou as sobrancelhas e olhou para Canal, como se fosse a coisa mais ridícula que já tinha ouvido.

"Não importa o quão aparentemente absurda seja a associação que venha à mente, você deve levá-la a sério de qualquer maneira," Canal o instruiu.

Simmons e Pershing olharam de um para o outro, mas Ponlevek continuou a recusar-se a entrar no jogo, acenando com as mãos em desdém.

Implacável, Canal fez outra tentativa no escuro, "Existe algum mulher chamada Bárbara que você está tentando esquecer?"

Com isso, Ponlevek ficou totalmente vermelho. Canal piscou discretamente para Simmons, que parecia encantada. Ponlevek, recuperando sua compostura com o que parecia ser um esforço considerável, fez o possível para fingir indiferença, virando-se para Pershing e dizendo, "Voltando às questões importantes, tente Bárbara."

Pershing tentou a senha Bárbara, sem sucesso.

"Teria sido muito fácil," comentou Canal. "Thaddeus pode ter comprado a casa em Santa Bárbara como presente de Natal..."

"Não é um presente de Natal ruim," opinou Simmons, emergindo satisfeita de seu momento de transe arrebatado.

"Concordo plenamente!" Ponlevek aprovou, feliz da vida por passar para um assunto diferente. "Eu não me importaria em ser designado para averiguar a casa dele no sul da Califórnia – isso me daria a chance de finalmente ir para lá! Sempre quis saber como é."

"Talvez a Califórnia não esteja pronta para você, no entanto," brincou Canal, implicando com o inspetor.

"Ainda não está pronta para mim?" Ponlevek repetiu. "O que isso quer dizer?"

"Seu sotaque," respondeu Canal. "Não tenho certeza se entenderiam você," ele disse, piscando para o oficial suscetível e crédulo. Ponlevek relaxou e Canal continuou, "Talvez a senha esteja relacionada com Bárbara – você sabe, Bárbara soletrado de trás para frente ou algum tipo de anagrama de Bárbara."

"Arabia?" Simmons propôs. Pershing digitou, pressionou 'enter' e em seguida, balançou a cabeça. "Arábica," ela tentou de novo, mas também não funcionou.

"Abacus," Pershing disse em voz alta, digitando enquanto falava. "Não."

"Babar, o elefante," perguntou Ponlevek, fazendo uma tentativa, agora que podia ver que ninguém estava perguntando sobre a *sua* Bárbara. Pershing digitou Babar, pressionou 'enter' e balançou a cabeça.

"Barbera d'Asti é um vinho delicioso," Canal observou, "mas duvido que seja isso." Pershing tentou de qualquer maneira, e moveu novamente a cabeça.

"Talvez tenha algo a ver com sul e Natal," Canal murmurou, como que para si mesmo. Ficou perdido em pensamentos por um tempo e, em seguida, virou-se para Pershing. "Tente B-A-R-R-A--B-A-S" soletrou.

Pershing digitou cada letra enquanto Canal as pronunciava e, em seguida, pressionou "enter". "Bingo!" gritou. Olhando curiosamente para Canal, perguntou, "Qual é o significado dessas letras que você me soletrou?"

"Barrabás," o francês respondeu. "O homem que foi liberado pelos romanos no lugar de Jesus na páscoa."

"O que fez você pensar nele?" Simmons contemplou-o com reverência.

"Sol é, se não me engano," Canal explicou, "muitas vezes a forma como alguns pais se referem a seus filhos, e o nome Barrabás, que é quase um anagrama de Bárbara, significa filho do pai."

"Filho da mãe!" exclamou Ponlevek. "E você apenas por acaso sabe disso?"

"Bem, ajuda conhecer alguns dos momentos decisivos da nossa cultura," Canal respondeu modestamente. "Thaddeus parece saber também, no fim das contas."

"Ainda não consigo compreender sua linha de raciocínio," Simmons interrompeu. "Não vejo nenhum caminho direto dedutivo ou indutivo que poderia tê-lo levado a Barrabás. Foi apenas um palpite de sorte, inspetor?"

"Eu chamaria mais de algo parecido com lógica associativa," o francês respondeu. "O som de sol é muito parecido com o de sul, Natal é quando o filho do Pai nasceu, e Barrabás – que significa filho do pai – foi igualado a Jesus pelos Romanos quando ofereceram para liberar um ou o outro na Páscoa. As palavras e nomes estão relacionados uns com os outros em uma espécie de rede associativa, fazendo com que cada uma delas seja fácil de lembrar quando momentaneamente se esquece qualquer outra."

"Olivetti estava certo," Ponlevek murmurou baixinho. "O homem é um maluco–."

Seu monólogo foi interrompido por Canal. "Podemos querer manter em mente, uma vez que Thaddeus escolheu esta como sua senha, que Barrabás era um notório criminoso," asseverou, quando se reuniram em torno do computador para ver o que a partição secreta continha.

## VII

A sala de estar do Prefeito Trickler era espaçosa e bem decorada, e ostentava uma bela vista do Central Park. Ponlevek, Simmons e Canal haviam encurralado Trickler ali, aparecendo sem aviso prévio bem cedo no sábado de manhã, depois de terem passado toda a sexta-feira vasculhando os livros sombra. O prefeito era um homem um pouco grisalho na casa dos quarenta e poucos anos, alto, moreno e bastante bonito, mas com aparência um tanto abatida. Ele os havia recebido grosseiramente, permitiu que Ponlevek fizesse as apresentações necessárias de má vontade e ofereceu-lhes um lugar, resignado – não no sofá apertado que teria lhes dado um vislumbre da televisão sempre ligada, mas no sofá espaçoso, com a vista de milhões de dólares do parque. Ele acomodou-se em uma poltrona próxima.

"Então, o que os traz aqui nesta bela manhã?" perguntou, com mais do que um toque de sarcasmo na voz desprovida de qualquer traço de sotaque de Nova York, aproximando-se mais do de Boston.

Ponlevek foi direto ao ponto. "Tivemos a chance de examinar agora os livros reais – em outras palavras, os livros sombra – escondidos no disco rígido de Thaddeus, e gostaríamos que você esclarecesse algumas coisas."

"Não sei do que vocês estão falando," afirmou o prefeito com naturalidade.

"Achamos que você sabe," afirmou Ponlevek, que não se deixaria intimidar, sua coragem aumentada pela presença de uma mulher por quem estava atraído. "Você sabe tão bem quanto nós que no orçamento oficial não há qualquer explicação para a origem de quase um terço da renda da cidade. Aqueles dezenove bilhões de dólares tinham que vir de algum lugar, a menos que vocês estivessem gastando muito menos do que os contribuintes pagavam. Sabemos agora que esses bilhões vieram de um portfólio sofisticado de instrumentos financeiros – não suas fontes cotidianas do tesouro ou do mercado financeiro, embora houvesse um pouco disso, mas alguns dos produtos estruturados mais exóticos do mercado."

"Sim," Simmons entrou na conversa, apoiando Ponlevek, "uma sopa de letrinhas inteira de CDOs, SIVs, swaps, acordos de recompra reversa, futuros e derivativos de todo tipo. Nada parece ter sido específico ou arriscado demais para o seu gosto."

"Mesmo que isso fosse verdade," Trickler retrucou, "o que não é, cada cidade tem o direito de investir seus fundos como lhe aprouver."

"Eu não estaria tão certa disso," Simmons respondeu, desempenhando seu papel como agente federal. "As coisas mudaram bastante desde que o tesoureiro Robert Citron faliu Orange County com seus investimentos especulativos em derivativos nos anos noventa. São agora *obrigatórios* estudos mensais de risco, recomendações G30 são seguidas e fiscalizações por auditores licenciados são escrupulosamente aplicadas."

"Então vocês estão dizendo," respondeu o prefeito ironicamente, "que vão dar um tapa no braço de investimentos da cidade por não seguir o procedimento adequado? Fiquem à vontade!"

"Receio que a situação é muito mais grave do que isso," Simmons continuou, com consternação genuína na voz. "Não há registro desses investimentos, ou mesmo da conta em que são realizados, em qualquer corretora ou banco legalmente registrados nos Estados Unidos. Como não há qualquer vestígio oficial de sua existência, não há registros de sua propriedade nem cálculo de seus lucros e perdas. No que diz respeito ao governo federal, estes parecem ser ativos que você roubou!" ela acrescentou com ênfase, achando, no entanto, difícil esconder sua sincera piedade por ele. "Você está presentemente enfrentando a possibilidade de ser preso pelo que é, sem dúvidas, o maior roubo na história."

"Não seja ridícula!" exclamou o prefeito tenazmente, descartando a ideia. "Se os bens tivessem sido roubados, por que dezenove bilhões de dólares teriam contribuído para o orçamento fiscal da cidade no último ano?"

"Talvez dezenove bilhões seja apenas uma pequena fração do que você ganhou," Simmons conjecturou. "Talvez você não tenha intenção de contribuir com os lucros dos investimentos em qualquer exercício futuro."

"Prefeito Trickler," Ponlevek interrompeu, "com todo o respeito, senhor, isso é um crime muito grave. Se quisermos limpar o seu nome, precisamos da sua colaboração completa. Se o senhor obstruir a investigação, apenas estará prejudicando a si mesmo."

O prefeito olhou para baixo e pareceu olhar para o tapete persa sob seus pés por um longo tempo. "Deve haver algo errado com suas informações," começou, quando finalmente olhou para cima. "As contas inicialmente eram mantidas no Banco de Nova York, mas foram logo transferidas para o PP Banco de Investimentos, constituído no estado de Delaware. O PP Banco de

Investimentos apresenta os registros e declarações de impostos necessários todos os anos."

"Receio que o senhor esteja enganado," Simmons advertiu. "O PP Banco de Investimentos apresentou todos os registros e declarações de impostos necessários até o ano passado, mas não há mais qualquer registro desses investimentos na corretora – eles parecem ter desaparecido."

"O quê?" exclamou Trickler.

"Temo que sim, senhor," Ponlevek simpatizou. O pesar era evidente em sua voz quando ele acrescentou, "Naturalmente, o senhor e o fiscal são os principais suspeitos, já que são os únicos que fiscalizam diretamente o orçamento e as contas."

Canal, que estivera escutando pacientemente os impulsos e defesas iniciais e observando atentamente as reações do prefeito, finalmente juntou-se à discussão. "Talvez o senhor possa nos contar," sugeriu, "como tudo isso começou."

O inspetor de polícia de Nova York e a agente especial do FBI assentiram.

Trickler respirou fundo e recostou-se na poltrona. "Bem, como suspeito que todos sabem, as finanças da cidade estavam uma confusão quando fui eleito pela primeira vez. Tive que cortar todas as despesas e benefícios desnecessários que encontrei: espaço de escritório não utilizado, sistemas operacionais e softwares duplicados, impressoras e copiadoras em escritórios particulares sendo usados para fins pessoais, viagens e refeições para os funcionários reembolsados com demasiada generosidade – o que vocês puderem imaginar. Todos os processos e procedimentos foram simplificados, toda gordura foi cortada e o financiamento para todos os programas foi congelado, em alguns casos até mesmo cortado."

"Quando Thaddeus entrou no barco no ano seguinte, ele instituiu um sistema de gestão de caixa draconiano: cada centavo que não era necessário no orçamento de cada departamento, mesmo que por poucos dias, era colocado em um fundo do mercado financeiro de alto rendimento. Pagamentos de impostos anuais feitos em quinze de abril, pagamentos de impostos trimestrais feitos por empresas e profissionais independentes, e até mesmo os fundos fiscais da cidade coletados bimestralmente dos salários de todos que trabalham nos cinco bairros – todo o fluxo de caixa era desviado por Thaddeus por tanto tempo quanto possível para os mais seguros instrumentos financeiros, e isso muito rapidamente começou a gerar receita para os programas da cidade."

"Então você começou principalmente com investimentos de baixo risco?" Simmons perguntou, prendendo-se a um detalhe que parecia poder provavelmente inocentar o funcionário público.

"Sim," Trickler respondeu, "mas rapidamente me encontrei em uma posição difícil."

"Como assim?" Canal consultou.

"Aprendi da maneira mais difícil que ninguém pode fazer tudo. Você não pode cortar impostos e continuar a financiar todos os serviços considerados vitais pelos membros de seu eleitorado. Na teoria, cortar impostos deveria promover a expansão econômica, o que acaba por gerar receita fiscal global. Por mais que isso possa ser verdade no longo prazo, a maior parte dos políticos não tem tempo suficiente para descobrir," expôs de uma forma um tanto acalorada.

"A base fiscal da cidade continuou a diminuir durante os primeiros anos do novo século, devido à recessão, ao 11 de setembro e ao mau desempenho de Wall Street, e ainda assim eu havia prometido fazer mais do que simplesmente preencher buracos – eu havia prometido reparar a infraestrutura envelhecida de Nova York, revitalizar seu sistema escolar e financiar programas de serviços humanitários."

"Você prometeu ser tudo para todos? Fazer todo mundo feliz?" perguntou Canal.

"Certamente sim!" exclamou Trickler. "Olhando para trás, percebo que foi tolice – mesmo quando você dá às pessoas o que elas dizem que querem, elas ainda não ficam felizes. Elas acham motivo para queixa, alegando que o que lhes deu não era exatamente o que queriam, afinal."

"Marilyn Monroe coloca isso muito bem, acho," disse Canal, piscando para Trickler, "em sua canção 'Depois de Conseguir o Que Quer, Você Não Quer Mais'. Não é à toa que governar é uma das três profissões impossíveis."

"Amém!" Trickler exclamou. "Impossível é a palavra certa."

"Quais são as outras duas?" Ponlevek perguntou.

"Educar e psicanalisar," Canal respondeu, sem constrangimento.

"O que as torna impossíveis?" perguntou Simmons, intrigada.

"Acho que teremos que deixar isso para outra hora," Canal opinou. "Talvez agora devêssemos focar na impossibilidade de governar," disse, dando a deixa para Trickler prosseguir.

O último obsequiou. "Diante da necessidade de aumentar a receita da cidade rapidamente–."

"Se era uma necessidade," Canal o interrompeu no meio da frase, "Foi somente porque o senhor criou uma situação em que tinha que satisfazer a todos o mais rapidamente possível."

"Se não fizesse isso," Trickler respondeu, "poderia dar adeus a um segundo mandato."

"Sim, bem, tem isso," Canal admitiu. "Em qualquer caso...," gesticulou para que o outro continuasse.

"Tyrone continuou me encorajando a deixá-lo explorar outros caminhos financeiros. Eu sabia que ele tinha sido incrivelmente bem sucedido em sua antiga vida como *trader*, então–."

"Falando nisso," Simmons interrompeu, "o que o inspirou a deixar o setor privado e vir trabalhar para o senhor?"

"Acredito que ele já tinha ganhado todo o dinheiro que queria," Tickler respondeu, os olhos voltados pelas janelas para o parque, "e sentiu que deveria dar algo de volta para a comunidade."

Canal ergueu a sobrancelha esquerda.

Percebendo isso, Trickler continuou, batendo os dedos inquietos na lateral de sua poltrona, "Talvez eu fosse um pouco ingênuo quanto a isso, mas suas sugestões iniciais eram incrivelmente perspicazes e sempre úteis."

"Talvez você não quisesses saber seus motivos reais?" Canal estimulou.

"Contanto que tudo funcionasse bem, eu não fazia muitas perguntas," o prefeito admitiu.

"Isso pode levá-lo a um baita problema," opinou Simmons, empregando seu sotaque sulista em sua vantagem.

"Pelo jeito sim," Trickler concordou, adotando um desses olhares castigados que o público já tinha visto na televisão. "Tyrone repetidamente me falava sobre produtos financeiros menos brandos, balançando rendimentos mais altos na frente do meu nariz como uma cenoura, até que finalmente mordi a isca. Começamos com pacotes de hipotecas, embrulhados em pequenos lotes por bancos e supostamente segurados contra perdas porque incluíam apenas porções seniores. Nos dias de hoje todos os conhecem como obrigações de dívidas garantidas ou CDOs, e, brincando, se referem a eles como ADMs, armas de destruição em massa. Pois quando os preços dos imóveis começaram a cair com o estouro da bolha imobiliária, e os pagamentos de hipotecas começaram a subir quando as taxas ajustáveis subiram, muitos proprietários considerados triplo A faliram, e o valor dos CDOs caiu de um penhasco. Mas quando Tyrone os havia proposto para mim há alguns anos, eles estavam rendendo muito mais do que o tesouro e pareciam ser total e completamente desprovidos de risco. Acredito que 'à prova de bala' foi o termo exato que ele usou."

A cabeça de Ponlevek estava começando a girar com todos os jargões financeiros, mas ele deu uma gargalhada profunda após o último comentário, como se ansioso para mostrar que estava seguindo a explicação.

"Mas essa foi apenas nossa primeira incursão no mercado de valores mobiliários sintéticos lastreados em ativos," o prefeito explicou, "e foi uma incursão muito lucrativa por vários anos. Logo passamos para SIVs."

"O que é isso?" perguntou Simmons.

"Soam como mísseis," Ponlevek comentou, contente por não ser o único que não sabia. "Como SCUDs."

"Foi mais ou menos nisso em que se transformaram no ano passado," Trickler concordou. "Mas estavam sendo atirados em nós. Mal sei como explicá-los," confessou.

"Como as finanças da cidade pareciam estar indo tão bem," Canal aproveitou o fio, "Suspeito que o que Thaddeus foi capaz de fazer foi vender ao público algum tipo de título municipal ultramoderno de curto prazo – auction rate securities, talvez – a uma taxa de juros muito baixa e, em seguida, investir o dinheiro que coletava em títulos de longo prazo, que ofereciam taxas de juros maiores, como títulos corporativos."

"Sim," o prefeito acenou para Canal, "Acredito que ele me disse que estava fazendo algo assim."

"Isso lhe permitiu," Canal continuou, "tirar proveito do bom nome e boa reputação financeira da cidade. Investidores conservadores essencialmente estavam emprestando dinheiro para que ele pudesse fazer mais investimentos especulativos e ficar com a diferença."

Ponlevek assobiou. "Arranjo elegante," observou, refletindo em silêncio que os detalhes dos instrumentos financeiros não deveriam ser tão importantes, se nem mesmo o prefeito poderia explicá-los.

"Em essência, ele transformou a cidade de Nova York em um banco," Canal concluiu. "Foi como se ele tivesse convencido os depositantes a colocarem seu dinheiro em poupanças de baixo rendimento enquanto emprestava o dinheiro a taxas mais elevadas. O mesmo princípio dos bancos."

"E de um tipo altamente alavancado," Trickler comentou, aparentemente aliviado por tirar tudo isso do seu peito antes de uma audiência de conciliação. "E isso não foi tudo. Disso, ele avançou para swaps de todos os tipos – moeda, taxa base e credit default swaps – , e, por fim, para todos os tipos de opções e contratos futuros negociados no mercado: contratos futuros de ouro, platina, petróleo, o que você imaginar. O mais louco de que lembro foram contratos futuros de água de Santa Bárbara!" rolou os olhos ao dizer isso. "De qualquer forma, Thaddeus era um mestre da negociação, supostamente limitando o risco com estratégias de negociação como straddles, strangles e collars de três vias. Inicialmente, conseguíamos manter grandes quantidades de dinheiro nas contas apenas por curtos períodos de tempo, mas Thaddeus mostrou sua genialidade tomando grandes posições de curto prazo e vendendo-as com lucro considerável dia após dia."

Simmons sorriu. "Parece que ele voltou aos velhos dias. Nos anos 1990," acrescentou, "dizia-se que era um *day-trader* cruel, com um grande instinto para ganhar dinheiro."

"Admito," o prefeito acrescentou, "que nunca verifiquei seu passado. Vi sua riqueza fabulosa simplesmente como um sinal de sua *expertise* financeira. Em poucos anos, ele não estava simplesmente aumentando nossas contas correntes, mas ganhava muito mais do que precisávamos para governar a cidade. No início tentei dissuadi-lo de qualquer outro investimento especulativo, mas ele me convenceu de que em breve acumularíamos o suficiente para criar um fundo genuíno para a cidade. Você consegue imaginar isso?" acrescentou, saboreando a perspectiva. "Algo que proporcionaria renda em anos bons e em anos ruins da mesma forma, ajudando a conduzir a cidade por períodos de recessão, quando as receitas fiscais inevitavelmente caem vertiginosamente, forçando a maioria dos municípios a pegar como loucos empréstimos do público através da emissão de títulos, como se não houvesse amanhã. Pagar os juros sobre essa dívida é um grande dreno de recursos das cidades, e esses títulos municipais levam anos para expirar."

"É uma ideia intrigante," Canal admitiu. "Se pudesse ser feito, a cidade teria um fundo como os de muitas das universidades privadas norte-americanas, que geram renda e ajudam a pagar o custo da educação universitária."

"Bem," Trickler anunciou orgulhosamente, "a cidade agora *tem* um, graças aos esforços de Tyrone. Se não me engano, somos a primeira cidade do país a ter um fundo. No início, gerou algumas centenas de milhões em juros, e em seguida, alguns bilhões, e no ano passado dezenove bilhões."

"Belo fundo!" exclamou Ponlevek, que estava feliz novamente por entender pelo menos um substantivo importante no abracadabra financeiro em discussão.

"Você está me dizendo," respondeu o prefeito. "Contribuiu com um terço do orçamento fiscal da cidade no ano passado."

"Mas alguns desses investimentos devem ter começado a ir para o sul – quero dizer, ir malcano passado, quando a crise de crédito começou," Simmons interrompeu.

"Certamente," o prefeito concordou, olhando fixamente para Simmons. "Tyrone começou a se queixar das mecânicas regras contábeis de mercado deste país, que estavam forçando os bancos a fazer reservas para grandes perdas com seus investimentos lastreados em ativos. Ele pensou que eles valeriam muito mais do que seu valor atual de mercado se as pessoas apenas esperassem um ou dois anos, e primeiramente se jogou e comprou bilhões que estavam sendo rejeitados pelos bancos. Ele estava convencido de que o pânico era exagerado, e de que ele seria capaz de dar a volta por cima e revendê-los rapidamente por muito mais."

"Mas então o mercado subiu e ele ficou preso com eles?" Simmons postulou.

"Exatamente. Eu disse a ele para não se preocupar – nós tínhamos um colchão grande o suficiente e apenas manteríamos esses títulos até que o mercado virasse. Mas ele foi ficando cada vez mais ansioso pelos *spreads* apertados, e me disse que eu não percebia como estávamos alavancados. Eu provavelmente não percebia," Trickler concedeu, "e, francamente, eu não queria saber."

"Algo realmente muito perigoso, na verdade, não querer saber," Canal comentou. "Pode muito bem ser nossa disposição básica como seres humanos, mas superar isso é nossa responsabilidade ética."

"Eu já não tenho responsabilidades suficientes como prefeito?" Trickler protestou. "Não posso delegar qualquer responsabilidade a ninguém mais?"

"Muitos CEOs são agora obrigados," protestou Simmons, mesmo simpatizando com sua situação, "a assinar os relatórios anuais das suas empresas, dando sua garantia pessoal da precisão dos livros contábeis. Não vejo por que deveríamos exigir menos dos nossos funcionários eleitos."

"Sim, bem, o único mandato de um CEO é ganhar dinheiro, enquanto eu tenho uma cidade para governar!" Trickler exclamou em desafio, quase gritando. "Tenho uma metrópole cheia de pessoas sofrendo com crime, doença, poluição, moradias decrépitas, educação inadequada – não é o suficiente para um homem suportar?" Ele fez uma pausa em sua oratória para respirar ruidosamente, examinando seus rostos. "Acreditem, eu estava mais do que feliz em entregar a responsabilidade pelos problemas fiscais da cidade para alguém tão competente como Tyrone – significava uma dor de cabeça a menos para mim." O prefeito mexeu-se na cadeira desconfortavelmente. "De qualquer forma, um dia no mês passado ele apareceu muito mais calmo, e me disse que tinha encontrado a solução."

"Qual foi?" Canal perguntou.

"Ele me disse que tinha conseguido fazer a permuta de toda a escória no portfolio, todas as ADMs, por um novo produto estruturado – acho que ele chamou de MAMAs ou algo assim."

"MAMAs!" Canal riu. "Você está falando sério? Você já tinha ouvido falar disso?"

"Não, mas eu nunca tinha ouvido falar da maior parte dos instrumentos financeiros que Tyrone empregou antes que ele me falasse sobre eles," Trickler retrucou, os olhos correndo para fora da janela de novo. "Estudei economia essencialmente na escola, enquanto ele sabia quase tudo sobre o mercado."

"O problema agora," Simmons explicou, "é que não há nada nas contas do PP Banco de Investimentos – todos os ativos foram, aparentemente, transferidos para outro lugar."

"Todos?" o prefeito perguntou, preocupado.

"Algum dinheiro parece ter sido deixado para atender aos requisitos mínimos de operação, mas o saldo é muito baixo," ela respondeu.

"Parece que, por permuta, Thaddeus queria dizer Prontamente Enviar Recursos para o MUndo com TAlento," Canal brincou. Trickler deu-lhe um olhar pouco amigável.

"O senhor tem alguma ideia de para onde ele poderia ter enviado o dinheiro?" Simmons continuou.

"Não sei," disse Trickler, olhando para a direita, em direção à televisão. "Para onde as pessoas costumam enviar seus recursos? Suíça? Não, isso é provavelmente muito antiquado," ponderou, cruzando suas pernas. "Talvez Liechtenstein ou um daqueles paraísos fiscais desregulados *offshore*?"

"Podemos contar com o senhor para nos ajudar a descobrir?" perguntou Ponlevek.

"Claro, claro," afirmou o prefeito, de forma um pouco mais fraca, pareceu a Canal.

"O senhor entende que até encontrarmos," Simmons explicou, quase se desculpando, "e descobrirmos quem os enviou para lá e por qual razão, teremos que mantê-lo na nossa lista de suspeitos."

O prefeito se contorcia na cadeira, cruzando as pernas para o outro lado. "Entendo," ele murmurou, olhando para baixo. "Farei todo o possível para obter a informação de Tyrone."

"Isso será o melhor para todos," Ponlevek assegurou-lhe, levantando-se para indicar o fim da entrevista.

## VIII

Enquanto o inspetor e a agente especial pegavam seus casacos e preparavam-se para sair, Canal sussurrou para eles que gostaria de permanecer por alguns minutos, e que eles deveriam ir sem ele. Pediu que esperassem por ele no café localizado no andar de baixo, para que pudessem discutir em conjunto suas próximas ações.

O francês perguntou a Trickler se poderia usar o lavabo, e quando retornou ao hall de entrada, seus colegas já haviam saído. Canal fingiu surpresa, mas, em seguida, agiu como se isso fosse bem vindo, pois ele queria perguntar ao prefeito sobre uma pintura em particular que havia notado na sala de estar. Trickler convidou-o de volta para a vasta sala, e Canal caminhou até uma pequena tela pendurada perto de uma estante.

"É um belo Watteau que o senhor tem aqui," comentou. "Não é *Le faux pas*?"

"De fato, é," o prefeito respondeu, pasmo. "Estou surpreso que você tenha sido capaz de perceber qualquer detalhe de onde estava sentado – você deve enxergar longe."

Canal sorriu para o duplo sentido. "É uma peça linda! Como o senhor chegou a ela? Pensei que fazia parte de uma coleção mantida por um museu em Paris."

A essa altura, Trickler havia se posicionado próximo ao balcão junto à parede, e começou a servir o que parecia ser uma bebida muito forte. Pouco antes de levá-la aos lábios, o decoro disse-lhe para ser educado, e ele ofereceu um pouco da bebida para Canal. O homem mais velho assentiu com a cabeça. Trazendo os copos cheios até onde Canal estava, diante da pintura, Trickler respondeu, "Ela costumava fazer, mas acho que tínhamos os contatos certos. Minha esposa sempre amou a arte rococó e imediatamente gostou dela." Bebeu profundamente de seu scotch. "Mas você sabe como são as mulheres," acrescentou, olhando para a tela, "depois de alguns meses, perdeu o brilho, por isso acabou neste canto."

Canal assentiu significativamente, contemplando a sutil intersecção de três vias entre o tema sugestivamente sexual da pintura, seu nome e a situação em que o prefeito atualmente se encontrava. Trickler convidou-o a ocupar novamente seu antigo lugar no sofá, mais porque ele próprio sentiu a necessidade de ter algo sólido debaixo dele enquanto bebia, o que providenciou quase convulsivamente, do que para encorajar o inspetor a prolongar sua visita.

O prefeito, no entanto, foi o primeiro a falar. "Como um francês como você se envolveu em uma investigação como esta?" indagou, depois de ter se perguntado sobre o assunto desde a chegada de Canal, mais cedo naquela manhã.

"Os meninos de azul, como o senhor os chama, ocasionalmente me procuram devido à minha especialização," Canal respondeu simplesmente.

"E qual é exatamente sua área de especialização?" o prefeito perguntou, olhando-o atentamente. "Finanças?"

"Hmm, sim," Canal respondeu sem ingenuidade, "mas sou mais familiarizado com as práticas de negócios e leis francesas do que americanas."

"O que o trouxe para Nova York?" Trickler perguntou, tentando fazer uma leitura de Canal, e sentindo os primeiros efeitos relaxantes do elixir importado.

"Eu queria uma mudança de ritmo depois de deixar os Serviços Secretos em Paris," Canal disse. "Eu não queria passar eternamente em frente aos lugares associados com minha antiga vida profissional e amorosa."

"Algumas pessoas fariam tudo para ter a chance de viver em Paris," Trickler comentou. "Sei que minha esposa faria," acrescentou, finalizando o restante de sua bebida, e retornando ansiosamente para o bar para pegar mais.

"É um lugar agradável para visitar," Canal opinou, sem generosidade.

"Mas você não gostaria de viver lá, é?"

"Não mais, de qualquer forma," o francês concordou. "Acho que sua esposa não ficaria triste se pudesse estar vivendo lá agora em vez de em Nova York, com toda a atenção da mídia nos últimos tempos," Canal simpatizava.

"Certamente," o prefeito concordou, tomando um grande gole de sua bebida refrescada.

"Como ela está lidando com toda essa história de tráfico de escravas brancas e casas de massagem?" Canal perguntou, em um tom de voz empático.

"Ela não acreditou em nenhum momento, é claro, nas bobagens sobre comércio de escravas, e certamente não acredita que eu possuiria algo tão desprezível como uma casa de massagens, mas..."

"Mas...," Canal encorajou-o a terminar seu pensamento.

"Ela não nasceu ontem!" Trickler explodiu. "Ela sabe que tenho ido lá." Percebendo que tinha colocado os pés pelas mãos, implorou pela discrição de Canal. "Você não vai contar a ninguém, vai, inspetor? Todo mundo já pensa que fui," acrescentou, seu discurso tornando-se fluido, "mas se eu admitir, minha carreira política terminará imediatamente."

"Eu, pôr fim a uma trajetória política tão promissora? As pessoas dizem que o senhor tem boas chances de se tornar presidente. Meus lábios estão selados," Canal assegurou. "Os americanos podem ser muito pudicos sobre essas coisas, mas nós, franceses, temos uma visão bastante mais aberta," acrescentou, como se para justificar sua promessa.

Trickler pareceu aliviado, e o francês retomou a conversa. "Então as coisas não têm ido muito bem em casa?" Canal perguntou indiscretamente, esperando que as libações tivessem sido potentes o suficiente para soltar ainda mais a língua de seu interlocutor.

"Depende do que você quer dizer com as coisas," respondeu o prefeito. "Somos bons amigos e nos damos muito bem."

"Mas?"

"É a parte física," explicou Trickler. "A carne não está disposta."

"Não está disposta?" Canal repetiu, adivinhando o que ele quis dizer, mas não querendo presumir que a falta de disposição da carne era apenas do prefeito.

"Não sem essas pequenas pílulas azuis."

"Tem sido assim há muito tempo?" Canal perguntou, depois de uma breve pausa.

"Tempo demais!" exclamou Trickler. "No início, fui ver todos os médicos que encontrei para tentar corrigir o problema, e todos se esforçaram para me convencer de que era genético. Eu teria ficado feliz em acreditar neles, e apenas tomar uma pílula sempre que necessário, mas então olhei para meu pai," apontou para uma fotografia emoldurada em um balcão perto do bar. "Ele está em sua terceira esposa agora, e não parece ter tido o menor sinal de disfunção erétil em toda sua vida, apesar de uma luta contra o câncer, um par de ataques cardíacos e colesterol nas alturas! Quando os médicos alegaram que devo ter herdado isso do lado da família da minha mãe, liguei para o irmão de minha mãe, e ele me disse, sem meios termos, que se há algum problema com os homens de sua família é por sexo a mais, e não a menos."

"E após ouvir isso," Canal tentou uma hipótese, "você pensou que deveria ser psicológico, e decidiu fazer terapia?"

O prefeito negou com a cabeça. "Nah, ninguém sequer mencionou isso como uma solução possível. Apenas me resignei a tomar uma pílula sempre que o momento parecia certo, mas esses momentos começaram a se tornar menos frequentes e mais espaçados."

"Hmm," Canal fez um som bastante inarticulado. "E então aconteceu algo que fez você perceber que não precisava, na verdade, *sempre* tomar uma pílula?"

Os olhos de Trickler se estreitaram quando examinou Canal. "Sim, um dia, há alguns anos, um amigo me convidou para ir à sua academia de ginástica com ele. Nadamos por um tempo, levantamos alguns pesos, e quando ele propôs uma massagem, pensei, caramba, por que não?"

"Ela devia ser muito bonita, essa massagista!"

"Ela com certeza era!" Trickler concordou. "Nada aconteceu naquele dia, veja, mas percebi que nas circunstâncias corretas eu era qualquer coisa, menos morto da cintura para baixo."

"*En effet!*" Canal adicionou calorosamente. "Poucos somos por motivos biológicos, a menos que estejamos tomando todos os tipos de medicamentos para pressão arterial. Médicos vivem tentando nos empurrar pílulas, mas a maioria dos homens viris não tem problemas para conseguir uma ereção quando está realmente excitado."

"Isso foi o que aprendi, de qualquer forma," o prefeito concordou. "Foi como obter um novo sopro de vida. Percebi que minha esposa não estava mais sendo suficiente."

O francês balançou a cabeça por alguns instantes. "Mas estou certo de que o senhor não descobriu isso apenas dois ou três anos atrás," disse, o admoestando.

"O que faz você pensar isso?" Trickler perguntou, um pouco chocado.

"O senhor disse que o problema começou com sua esposa há tempo *demais*," Canal fundamentou. "Ora, essas coisas geralmente começam no início de um casamento, não depois de quinze anos, e o senhor deve ter tido outras oportunidades para perceber que nem sempre precisa de uma pílula."

"Você me surpreende, inspetor," Trickler declarou, olhando nos olhos do francês. Então, baixando o olhar para a mesa do café, acrescentou, "Você tem toda a razão, é claro."

"Uma mulher cruzou seu caminho e o senhor não pôde tirá-la da cabeça?" Canal conjeturou.

"Eu não conseguia tirá-la dos meus sonhos e devaneios. Eu tinha de tê-la!"

"E então o senhor a teve," Canal completou seu pensamento.

"Sim, a tive, e eis que, sem disfunção erétil" exclamou, rindo com prazer.

Os efeitos do álcool sobre o prefeito foram se tornando cada vez mais evidentes.

Canal compartilhou sua alegria, com os olhos brilhando. Mas então qualificou a afirmação do prefeito, "Pelo menos não no início."

Dessa vez Trickler estava verdadeiramente chocado. "O que você é, algum tipo do leitor de mentes?" exclamou.

"Quando isso acontece com uma mulher, é provável que aconteça também com outras. Cada nova amante parece muito excitante no início, e em seguida, pouco a pouco–."

"O entusiasmo diminui, ir vê-las começa a parecer um fardo, elas começam a chatear-me e eu começo a comprar-lhes presentes em vez de... bem, você sabe."

"O fluxo de libido seca," Canal resumiu. Mudando de posição no sofá, acrescentou, "Isso acontece com os homens por uma variedade de razões – afinal, não somos todos iguais, e agradeço a Deus por isso. Mas talvez no seu caso, o senhor eventualmente acabe falando à sua amante sobre cada pequeno problema no trabalho, fale com ela sobre cada pequena ansiedade, e ela acabe tentando ajudá-lo, tentando orientá-lo, tentando acalmá-lo?" Trickler acenava com movimentos exagerados da cabeça enquanto o inspetor falava. Então, imaginando que tinha lido o prefeito corretamente, Canal continuou, "Logo ela lhe parece enjoativa, porque o senhor deixou que ela usurpasse o papel da sua consciência, lhe dissesse o que fazer, lhe aconselhasse em todos os assuntos, não importa como–".

"Eu diria," Trickler o cortou, "que *ela* começa a pensar que conhece minha própria mente e meus deveres melhor do que eu mesmo, e acredita que é *sua* função me dizer o que fazer!"

"Sim, provavelmente lhe parece que é assim, mas essencialmente é o senhor que lhe permite desempenhar esse papel. Resumindo, o senhor a transforma em uma espécie de mãe."

"Isso é um golpe baixo, inspetor," Trickler protestou, bêbado, inclinando a cabeça com desânimo por um momento, e depois tomando outro gole.

"E uma mãe não é alguém por quem se espera que você fique sexualmente excitado," Canal continuou um tanto brutalmente, sem dar ao prefeito tempo para se recuperar. "O senhor deve amá-la e respeitá-la, tratá-la de forma diferente das outras mulheres. Não é assim que o senhor se sente em relação à sua esposa agora?"

"Acho que sim," o prefeito admitiu como que por reflexo, saltando ineptamente da poltrona e andando para lá e para cá diante das janelas voltadas para o parque. "É que ela parece tanto com uma estátua, se é essa a palavra."

"Talvez no sentido de um objeto de arte bonito, mas frio?" Canal propôs.

"Sim, como se fosse algo que devo admirar, mas de longe." A conversa, o álcool ou alguma combinação dos dois estava fazendo-lhe suar, e ele parou de andar por um momento para enxugar a testa.

"Algo sobre um pedestal, que o senhor não pode possuir, que não lhe pertence?" Canal consultou. Deixando essa observação penetrar por um momento, acrescentou, "Como se ela pertencesse a outra pessoa?"

Trickler digeriu isso por um tempo, retomando a caminhada. "Certamente não a mim, de qualquer forma," finalmente concordou. "Ela está bem ali, mas é como se de alguma forma ela estivesse fora dos limites, não fosse para mim."

"Mesmo quando ela parece querer ser tomada?"

Surpreso no início, o prefeito logo concordou, "Sim. Logicamente, sei que ela quer. Mas é como se todos os fragmentos do meu antigo interesse por ela tivessem sido suprimidos ou proibidos." Ele se atirou na poltrona. "Quando vejo suas fotos, ou vejo a forma como outros homens olham para ela, sou lúcido o suficiente para perceber que ela é uma mulher muito atraente. Mas quando estou sozinho com ela, há algo proibitivo… Uma espécie de barreira."

"Tomá-la seria como roubá-la de alguém? Do seu *pai*?" Canal sugeriu. Sem obter reação, acrescentou, "Ou do pai *dela*?"

"Não sei," o prefeito respondeu hesitante, levantando-se com dificuldade da poltrona novamente para ir servir-se de outro drinque. "Mas há definitivamente algum tipo de bloqueio aí, algum tipo de barreira."

Gesticulou com a garrafa oferecendo um pouco a Canal. Canal aceitou, no interesse do convívio, mesmo que mal tivesse tomado do primeiro copo.

"Então o senhor tem tido uma espécie de problema de liquidez aqui na sua própria casa," Canal resumiu.

O prefeito riu embriagado, enquanto servia o restante da garrafa em seu próprio copo, esquecendo completamente do de Canal. "Sim, aqui mesmo no meu próprio Idaho privado. Acho que é hora de eu sair desse estado em que estou."

"Como?"

"A canção do B-52s – provavelmente não é do seu tempo," Trickler brincou.

"Não é do meu tempo?" Canal exclamou.

"Quero dizer," o prefeito balbuciou, "é de *depois* do seu tempo." Franziu o cenho, parecendo também não ter achado essa construção muito boa. "Ah, você sabe o que quero dizer!"

"O senhor parece pensar em mim como um homem mais jovem," Canal tentou interpretar oato falho, uma vez que seu interlocutor não parecia inclinado a fazê-lo. "Está se sentindo velho esses dias?"

"Toda essa confusão com a casa de massagens e as contas desaparecidas têm deixado meus cabelos brancos a uma velocidade impressionante."

"Bobagem," Canal objetou. "O senhor parece tão jovem e vigoroso como sempre."

"Eu sinceramente duvido disso," o prefeito respondeu, virando-se para olhar para si mesmo no espelho atrás do bar. Examinou seu rosto e pronunciou, "Lamento o dia em que me deixei ser convencido a ir a essa maldita academia! Deve ter sido a pior coisa que já fiz para minha saúde em toda minha vida!"

"A pergunta que me ocorre," Canal comentou, "é por que o senhor continuou a ir lá, em vez de fazer análise – nunca ouviu falar disso?"

"Não se faz psicanálise no meu meio," o prefeito explicou. "Não acho que qualquer pessoa da minha família ou algum de meus amigos já tenha ido ver um psiquiatra."

"Talvez eles simplesmente não tenham admitido," Canal opinou.

"Talvez," Trickler admitiu.

"Ainda assim, o senhor não poderia ter simplesmente encontrado uma nova amante em vez de continuar indo nessa academia de ginástica?"

"Acabei com minha última amante no dia em que decidi concorrer a um cargo público," Trickler explicou, atirando-se novamente na poltrona e derramando um pouco de sua bebida no processo. "Amantes têm mania de falar com as amigas sobre seus namorados, tagarelando sobre coisas que prefiro que não sejam faladas, ameaçam contar tudo para minha esposa – você sabe como é," afirmou, firmemente convencido de que qualquer francês saberia.

"Acho que isso diz algo sobre as mulheres que o senhor escolheu para serem suas amantes," Canal observou. "Suponho que escolheu mulheres que o queriam só para elas, que não eram casadas ou estavam apenas procurando uma desculpa para se divorciarem, mulheres que não estavam preocupadas em proteger sua posição social porque não tinham uma," Canal postulou. "Faz perfeito sentido quando o senhor está tentando evitar mulheres que, pelo menos inicialmente, o lembrem da sua mãe," acrescentou, o tranquilizando.

O prefeito pareceu refletir sobre isso enquanto engolia seu *scotch* novamente. "É mais complicado do que isso," começou. "Sempre pareço ser atraído por mulheres que precisam de mim, que me parecem impotentes de alguma forma."

"Impotentes?"

"Sim," Trickler continuou. "Como se elas precisassem de mim para fazer algo para elas, dar-lhes alguma coisa."

"Alguma coisa em particular?"

"Tudo, na verdade," o prefeito respondeu. "Sempre parece que sou o único que pode dar-lhes o que elas precisam para ser felizes." Um sorriso surgiu em seus lábios.

"Então, no início, o senhor se esforça para dar-lhes o que for preciso para fazê-las felizes, mas então para de dar isso a elas?" perguntou Canal.

"O que você quer dizer, paro de dar isso a elas?" Trickle exclamou indignado. "Você faz parecer como se eu de repente me recusasse."

"Bem," Canal continuou, "o senhor acha que pode haver alguma coisa no senhor que se recusa, que começa a protestar e a querer reter?"

"Você quer dizer, talvez eu comece a sentir que não estou recebendo o suficiente em troca?" Canal limitou-se a levantar as sobrancelhas. "Ou me ressinta de dar o tempo todo?" Canal levantou as sobrancelhas de novo. "De alguma forma acho que me ressinto de dar desde o início," o prefeito refletiu, desanimado. "A carência de uma mulher tem algum efeito sobre mim, mas com frequência sinto que há algo de manipulativo naquilo, mesmo se no início lhe compro coisas e faço tudo por ela."

"Algo de manipulativo?"

"Sim, como se ela soubesse que me atrai dessa maneira. Isso me irrita!" exclamou, engolindo as palavras.

"Você está com raiva das mulheres," afirmou Canal, igualando o calor no tom de voz do prefeito.

"Elas são tão sedutoras e cativantes! Deixam-me louco! Elas me levam a fazer todos os tipos de coisas estúpidas!" exclamou, batendo com o copo sobre a mesa de café.

"Elas o levam a fazê-lo?"

"Não consigo evitar. Acabo me virando do avesso para dar a elas exatamente o que querem, e gasto com elas muito mais do que eu pretendia–."

"Como quando comprou aquela pequena pintura?" Canal sugeriu, apontando com a mão para o Watteau no canto.

O prefeito parecia um pouco atordoado. Depois de alguns momentos, ele encontrou a voz. "Acho que sim," murmurou. "Talvez isso signifique que faço o mesmo com a minha esposa."

Seu interlocutor levantou as sobrancelhas de novo, incentivando-o a ir em frente.

"Você não acreditaria no que tive que fazer para comprar essa pintura do museu," exclamou, sacudindo a mão para cima e para baixo na frente de seu torso.

Canal podia acreditar, sabendo em que museu estava, mas simplesmente repetiu, "Teve que fazer" com uma inflexão de questionamento na voz.

"Sim, *tive que fazer* para deixar minha esposa feliz," o prefeito insistiu.

"O senhor sentiu que tinha que fazê-la feliz?" Canal perguntou. "Assim como o senhor sentiu que tinha que fazer todo mundo em Nova York feliz, à direita ou à esquerda?"

O rosto do prefeito registrou surpresa, e depois complacência. "Você me decifrou, doutor," exclamou, fingindo protestar. "Tenho uma compulsão por agradar a todos. Deve haver algum nome para isso em seus manuais," ele ironizou, "homens que amam demais?"

Canal pensou consigo mesmo, "Mais como homens que morrem de amor, ou que ficam loucos por amor." Em voz alta, perguntou, "Então o senhor ama a todos em nossa cidade?"

"Cá entre nós, doutor, eu não poderia me importar menos com qualquer um em Nova York!" O prefeito exclamou bêbado e altivamente. "Não posso suportá-los com suas lamentações sobre este ou aquele problema, como se a minha única razão para viver fosse resolver a desgraça de cada um."

"Então quanto mais o senhor não gosta deles, mais se esforça para dar-lhes tudo o que pedem?" Canal supôs, sentindo que estava indo pelo caminho certo. "Quanto mais os odeia, mais generoso se torna, a fim de dissimular seus verdadeiros sentimentos?"

O político acenou com a cabeça exageradamente. "Perverso, não é?" resmungou retoricamente. "Desprezo a todos... e a mim acima de todos," acrescentou, recostando-se em sua poltrona.

Canal permaneceu em silêncio, mas fez um gesto para que ele continuasse.

"As pessoas esperam que eu aja como se me importasse muito com o bem-estar dos meus eleitores," continuou Trickler, curvando-se para um lado, "então faço o meu melhor para desempenhar um bom espetáculo para eles. Mas tenho certeza de que a maioria dos eleitores percebe que, como qualquer outro político, só faço isso pela popularidade e pelo poder." Seus olhos estavam semicerrados agora. "A prefeitura para mim é apenas um trampolim para a presidência. Eu nunca disse isso publicamente, porque é considerado errado – deixei a imprensa preparar o terreno para mim, divulgando que eu seria um ótimo presidente."

"Então sua reputação como servidor público consciente–." Canal começou a concluir.

"Servidor público," Trickler desatou a rir, "deve ser o eufemismo mais enganador no idioma inglês! Meu objetivo sempre foi fazer o público servir aos meus interesses."

"Então toda essa conversa sobre ajustar as finanças da cidade, criar um fundo e retificar–."

"A plataforma perfeita para concorrer à presidência!" Trickler exclamou, tentando sentar-se reto novamente. "Eu prometeria fazer pelo Sistema de Seguridade Social, que está quase falido, o mesmo que fiz pelo plano de aposentadoria da cidade – perder para Tyrone dar uma reviravolta, para que ele começasse a se pagar. Nenhum eleitorado poderia rejeitar um candidato que oferecesse isso."

"Não," Canal balançou a cabeça, "Acho que não." Por alguns momentos refletiu sobre a auto aversão e *modus operandi* do prefeito. Como é típico dos obsessivos dar mais a quem mais odeiam e nunca admitir para si mesmos ou qualquer outra pessoa – a não ser completamente embriagados – como são cheios de hostilidade e desprezo. Mas esse ódio teria que se manifestar mais cedo ou mais tarde nas relações sexuais com seus parceiros – ninguém pode manter isso funcionando para sempre! O francês riu interiormente do seu próprio duplo sentido.

No caso do prefeito, contudo, a escala era diferente, pois sua neurose afetava oito milhões de pessoas. Se Trickler pudesse apenas ter elaborado esse ódio, o deixado para trás. Canal balançou a cabeça, lamentando a oportunidade perdida e a vida desperdiçada. Voltou ao seu tópico anterior. "Quando o senhor decidiu entrar para a política, percebeu que teria que fazer algumas concessões em relação à sua vida amorosa?"

"Sim, pensei que seria melhor ser completamente discreto," o prefeito concedeu, inclinando-se ainda mais para a lateral de sua poltrona, e apoiando com alguma dificuldade a cabeça em um braço. "É muito mais seguro fazer sexo anônimo com mulheres que não podem falar sobre meus horários e localização, pois estavam sendo diretamente pagas pelos seus serviços."

"Imagino que é difícil encontrar o anonimato quando todos na cidade conhecem o seu rosto."

"Certamente é," Trickler admitiu, com o queixo caindo sobre a mão que o apoiava. Endireitou-se momentaneamente e acrescentou, "Ainda assim, eu tinha encontrado uma solução bastante boa – a maioria das meninas da academia sequer fala inglês, muito menos lê jornais. Elas só me conhecem como Sr. T. Até que apareceu aquele maldito inspetor, Ol'Spaghetti…"

"Isso explodiria mais cedo ou mais tarde," Canal o lembrou.

"Por que não poderia ter sido mais tarde, em vez de mais cedo?" o prefeito choramingou, amaldiçoando os caprichos do destino.

"Como se costuma dizer, você não escolhe a forma como as coisas acontecem," o francês comentou. "Pelo menos a maioria de nós não."

"Se pelo menos não fosse tão público!"

"Esse é o problema quando se é uma figura pública, não é?"

"Acho que sim," admitiu Trickler, desajeitadamente largando seu copo vazio e colocando a mão em seu estômago.

"Penso que podemos fazer isso da forma mais indolor possível, e esclarecer a maior parte da questão, mas o senhor precisa cooperar mais plenamente," Canal acrescentou, olhando diretamente para os olhos do prefeito.

Trickler estava visivelmente surpreso, apesar de sua postura contorcida. "O que você quer dizer?" disse em um tom alto de voz, esperando que o volume compensasse sua falta de capacidade de soar indignado, prejudicada pelo álcool.

"Acho que o senhor ainda não nos contou toda a história," Canal afirmou com calma. "Acho que o senhor não tem sido sincero conosco, e sabe muito mais sobre a situação do que está deixando transparecer."

## IX

"O senhor pode jogar fora uma carreira política promissora," Canal começou, depois de uma breve pausa, "ou pode jogar limpo sobre–".

Antes que Canal pudesse terminar sua proposição, Trickler ficou verde-acinzentado e saiu correndo para o lavabo. Sons sugestivos de vômito chegaram à sala de estar, levando Canal a refletir que o prefeito certamente não prestara atenção aos conselhos do poeta Euboulo para não exceder três copos: um para a saúde, o segundo para a paixão e o prazer sexual e o terceiro para o sono. Trickler ultrapassou exponencialmente essa quantidade moderada de álcool, uma vez que o grego se referia a vinho aguado!

O francês distraidamente voltou sua atenção para a televisão pendurada na parede atrás dele. Encontrando o controle remoto sobre a mesa de café, aumentou o volume para abafar os ruídos repugnantes, pensando também que assim poderia poupar seu anfitrião do constrangimento, por acreditar que ele nada havia ouvido.

Como tantos de seus colegas políticos, Trickler deixava sua televisão noite e dia sintonizada em um canal de notícias, para o caso de ocorrer qualquer evento importante que pudesse de alguma forma afetá-lo. Naquele momento, o apresentador presumivelmente falava sobre um homem cuja imagem aparecia em um vídeo mostrado em uma pequena janela na tela, um homem cujo rosto Canal não reconheceu. A cena ocorrera na frente de uma boate no Rio de Janeiro, e a pessoa capturada no vídeo era aparentemente bem conhecida para o público norte-americano. Quando Trickler retornou para a sala de estar, a legenda na parte inferior da tela resumia a notícia reportada: Tyrone Thaddeus foi visto entrando em uma boate no Brasil, e havia muita especulação quanto a se ele tinha negócios oficiais lá ou se tinha deliberadamente deixado o país para sempre.

## X

No momento em que Canal e Trickler ouviram a notícia, Ponlevek já havia sido fisgado. De fato, no café dez andares abaixo, o inspetor de polícia de Nova York estava totalmente apaixonado. Não foi tanto o que a linda agente especial Simmons disse que o pegou, pois Ponlevek não era um bom ouvinte e não poderia ter repetido a um terceiro algo além de que ela era de Atlanta, Geórgia, e que havia trabalhado em Washington DC antes de vir para Nova York um ano antes.

Foi o jeito que ela sorriu para ele. O sorriso dela parecia envolvê-lo em uma névoa quente e dizer-lhe que tudo ficaria bem, que ele não era um cara tão mau assim – na verdade, que ele tinha várias qualidades redentoras, e tinha até mesmo algo de adorável.

Ponlevek já estivera apaixonado, muitas vezes desiludido (alguns diriam muitas e muitas vezes), e não era tão inconsciente de si mesmo a ponto de não perceber que muito rapidamente ficava apaixonado e declarava seu amor eterno a uma mulher. Fizera isso uma vez mais, em um passado não muito distante, com Bárbara, da famosa Santa Bárbara. Disse a si mesmo que tinha que aprender a ser mais discreto em vez de abrir seu coração de cara, porque isso assustava as garotas. Vários de seus amigos lhe tinham dito o mesmo – que as garotas preferiam caras que mantinham certa distância e não pareciam precisar delas desesperadamente. E ele tinha notado que os seus amigos que pegavam leve e não se apressavam tinham mais sucesso, e seus relacionamentos duravam mais do que alguns dias, ao contrário de um número razoável dos seus.

Ainda assim, sentia-se incapaz de conter-se na presença de Simmons no café – ela era tão encantadora, tão equilibrada com ele e até mesmo com figurões como o prefeito, tão charmosa com aquele seu sotaque do sul. Ele só queria comprar-lhe um anel e se casar com ela ali mesmo! E daí que ele só a conhecia havia três dias?

Sua natureza era impulsiva, e ele encontrava-se à beira de colocar para fora tudo o que estava sentindo quando algo começou a pulsar em seu peito. No início ele pensou que suas emoções estavam brotando com tanta força que seu coração estava saindo de controle, mas a periodicidade da pulsação lembrou-lhe que tinha ajustado seu telefone para vibrar, e que provavelmente alguém na central estava ligando para ele.

Tirou o telefone do bolso e respondeu a chamada. Era Dóris, da delegacia – tinha uma chamada para passar, de alguém com um sotaque difícil de entender, ela disse. Era Canal, que estava pedindo para Ponlevek e Simmons voltarem ao apartamento de imediato, "Acho que agora o prefeito está pronto para nos contar um pouco mais," explicou.

"Salvo pelo gongo," pensou Ponlevek com algum alívio, enquanto ele e a agente especial se dirigiam até o décimo andar. "Ou melhor, pelo vibrador," corrigiu-se, mas pensando que aquilo parecia bastante obsceno, fez uma nota mental para convidar casualmente Simmons para jantar, já que seu trabalho policial havia sido concluído pelo dia.

## XI

"Ele não parece tão bem," foi o primeiro comentário de Ponlevek ao ver o prefeito esparramado no sofá onde os três investigadores haviam estado sentados antes. "Parece que um caminhão passou por cima dele. O que você fez com ele?"

"Ele bebeu algo que não lhe caiu bem," Canal respondeu laconicamente. Então, em um tom mais baixo de voz que só Ponlevek podia ouvir, acrescentou, "Eu estava com medo que ele fizesse alguma besteira se o deixasse sozinho para ir buscá-los lá embaixo, então pedi à polícia para ligar para você. Espero não ter perturbado seu pequeno *tête-à-tête*."

"Provavelmente você fez uma coisa boa," respondeu Ponlevek.

Canal registrou a resposta para discussão posterior. Desejando prosseguir com o assunto em questão enquanto a receptividade ainda estava boa – ou seja, antes de Trickler apagar – , perguntou em um tom de voz mais alto, destinado também para os ouvidos de Simmons, "Vocês ouviram as notícias no café?"

"Quais notícias?" Simmons perguntou.

"Thaddeus foi flagrado ontem à noite indo para uma boate no Rio de Janeiro," explicou Canal. As faces da agente especial e do inspetor registraram o choque. "O prefeito aqui não tem ideia de por que o fiscal estaria lá," continuou Canal. "Não lhe foi dito para permanecer na região de Nova York durante a investigação?"

"Definitivamente foi," Ponlevek respondeu, "desde o início da investigação."

"Você acha que ele poderia saber que o seu computador foi acessado?" perguntou Simmons.

"É bem possível," opinou Canal, "se Thaddeus sabia tanto de computador como Monsieur Pershing parecia acreditar. De qualquer maneira, acredito que o prefeito Trickler tem alguns detalhes adicionais que gostaria de compartilhar conosco antes de seguirmos nossos caminhos nesta manhã." Canal molhou os lábios em antecipação à palinódia de Estesícoro.

O prefeito, que agora estava com dores tanto na barriga quanto atrás dos olhos, apesar de ter bebido a maior parte do café que Canal preparou para ele antes de chamar seus colaboradores, abriu a boca quando os três investigadores se sentaram no sofá e na poltrona próximos. "Sei que eu deveria ter dito isso a vocês mais cedo," ele começou. "Transferimos todos os fundos da cidade para uma corretora que Tyrone conseguiu para nós nas Ilhas Cayman. Sei que isso é provavelmente um crime federal de algum tipo, mas lhes dou minha palavra de que não estávamos tentando roubar qualquer coisa."

"Então porque vocês fizeram isso?" Simmons perguntou, cabisbaixa.

Algo dentro de crânio de Trickler devia estar fazendo pressão, pois ele colocou as mãos em ambos os lados dela enquanto se reclinava, como para igualar a pressão. Ainda assim, fez um esforço para responder à questão. "As regras de contabilidade neste país exigem que um banco de investimentos reporte seus ativos trimestralmente, e tais ativos devem ser marcados a mercado."

Ponlevek parecia não ter compreendido, então Canal, explicou, "O valor de cada ativo deve ser calculado em termos do que ele traria se fosse vendido no mercado aberto hoje, não do que ele provavelmente valerá em um ano ou dois."

"E com a apreensão nos mercados de crédito," o prefeito continuou, o boletim de notícias e o café tendo-o deixado um pouco mais sóbrio, "não havia compradores para muitos dos ativos que detínhamos, e outros só poderiam ser vendidos por alguns centavos de dólares. Se tivéssemos informado que nossa carteira, que valia cerca de setenta e nove bilhões em junho, valia apenas dezessete bilhões em janeiro," – nesse ponto foi interrompido por Ponlevek assobiando alto – "sabíamos que a notícia acabaria vazando, haveria uma corrida para o banco e seríamos forçados a liquidar no pior momento possível."

"Tyrone também explicou que uma série de novas leis – Basel II ou algo parecido – estava prestes a ser implementada nos EUA, proibindo bancos e corretoras de alavancar suas reservas na medida em que fizemos, e isso também muito em breve nos forçaria a resgatar toneladas de títulos no valor mais baixo que se possa imaginar."

Canal e Simmons trocaram olhares significativos enquanto o prefeito esfregava a barriga.

"Eu não queria pedir ao meu pai um empréstimo," – Canal fez "hmm", mas Trickler continuou falando – "mas consegui juntar um bom dinheiro colocando minha coleção de arte em garantia para alguns tubarões que Tyrone desenterrou que chamam a si mesmos de Artwork Capital Finance. Então vejam, já não sou realmente dono de muitas das pinturas e esculturas em torno de nós," ele fez um gesto com as duas mãos. "E Tyrone aparentemente encontrou alguém louco o suficiente para nos abastecer com o fluxo de caixa necessário para fazer os pagamentos dos juros para nossos detentores de títulos municipais. Agora é realmente verdade: não perguntei onde ele conseguiu o dinheiro porque eu *realmente* não queria saber."

Os três investigadores trocaram olhares.

Com alguma dificuldade, o prefeito sentou-se no sofá como se fosse fazer suas alegações finais. "Então admito que eu sabia que ele estava envolvido em alguns negócios que, provavelmente, não eram inteiramente legais, e que as contas tinham sido movidas para o exterior para ficarem escondidas dos olhos curiosos dos reguladores federais. Mas eu não tinha intenção de fugir com os ativos remanescentes, e acreditava firmemente que ele também não. Só posso esperar que essa excursão para o Brasil não signifique que ele mudou de ideia."

"Eu certamente espero que ele não tenha mudado de ideia, para o seu bem, senhor" Ponlevek observou, bajulador, consciente de que o prefeito ainda era oficialmente seu chefe no momento.

"E eu espero," Simmons acrescentou, olhando diretamente nos olhos de Trickler, "que o senhor tenha sido mais sincero conosco do que foi antes. Quanto mais tempo levarmos para descobrir o que realmente aconteceu mais danos ocorrerão, tanto a curto como a longo prazo."

O prefeito licenciado pensou perceber uma mistura de alarme e compaixão no olhar da atraente agente do FBI. "Você está certa, é claro," disse, olhando-a de cima a baixo, não tão furtivamente como poderia se tivesse bebido menos, e seus olhos errantes não escaparam à atenção de Ponlevek. Trickler então abaixou a cabeça quase até os joelhos, como se estivesse totalmente desanimado.

"Não se preocupem, não sairei da cidade, e vocês podem entrar em contato comigo a qualquer hora do dia ou da noite com quaisquer dúvidas que tenham."

Certos de que, apesar de seu estado lastimável, o prefeito não iria requerer tratamento médico imediato ou fazer qualquer coisa desesperada, os três investigadores se despediram e saíram.

## XII

Erica Simmons, graciosa, penteada de forma elegante e ostentando um terninho de grife, cujo frescor fora apenas imperceptivelmente atenuado pela longa viagem de táxi desde Manhattan, estava sentada em uma mesa de canto do melhor restaurante que o aeroporto Kennedy tinha a oferecer. Canal – que não sabia ao certo por que ela lhe pedira para acompanhá-la em uma viagem transatlântica, mas estava disposto a ir onde quer que o caso o levasse, imaginando que quase sempre havia mais em cada aventura do que parecia à primeira vista – viu a sulista bebendo um copo de vinho tinto, um *syrah* californiano, pelo que parecia, e juntou-se a ela. Pediu uma taça do mesmo vinho, e ela colocou o francês a par de tudo o que havia acontecido nas duas semanas desde que eles haviam se encontrado pela última vez.

A agente especial e o inspetor de polícia de Nova York tinham passado cerca de dez dias nas Ilhas Cayman lidando com as contas *offshore* para as quais Thaddeus havia transferido todos os ativos da cidade. Foram necessárias negociações delicadas para obter a cooperação internacional necessária para congelar as contas, para que nenhuma transação pudesse ser realizada, para garantir que nada seria retirado delas e para ter acesso aos registros de todas as transações desde que as contas tinham sido abertas. Ultrapassadas essas formalidades, os dois investigadores passaram muitas madrugadas debruçados sobre as declarações.

"*Vous n'avez pas chôme, je vois!*" exclamou Canal.

A sulista lançou-lhe um olhar interrogativo.

"Vejo que você não tem dormido em serviço," Canal comentou, quando encontrou uma tradução aproximada, e observou certo rubor no rosto da agente especial em resposta às suas palavras involuntariamente polivalentes. Pelo menos ele assumiu que era em resposta ao que havia dito e não à sopa quente de abóbora que lhes foi servida como entrada alguns minutos antes, o primeiro prato do menu fixo que ela havia pedido para ambos de forma a que tivessem tempo de jantar e ainda pegar seu voo.

De todo modo, ele refletiu, tomando seu copo com o líquido cor de ameixa, talvez fosse simplesmente o segundo copo do *syrah*, que ela parecia estar bebendo com deleite. "Então o que vocês descobriram?" ele perguntou.

"Muitas coisas sobre a polícia de Nova York," a agente especial respondeu com o ânimo leve, "mas não muito que já não tivéssemos ouvido de Trickler sobre as operações de Thaddeus. Embora os investimentos fossem muito pouco convencionais e certamente não fossem permitidos para os fundos de pensão do serviço público, não foi feita nenhuma transferência para contas privadas de qualquer tipo–".

"Ou para academias, casas de massagem ou empresas de fachada que poderiam servir como fachada para redes de prostituição?" perguntou Canal.

"Não, nada desse tipo," Simmons sorriu, claramente satisfeita por liberar totalmente o prefeito das acusações mais pesadas contra ele.

"Outra coisa, porém?" perguntou Canal, percebendo uma ligeira reserva na escolha de palavras dela, que pareciam desmentir o seu sorriso.

"Bem, sim," ela admitiu. "Há algo que ainda me deixa intrigada."

Canal gesticulou para que ela continuasse.

"Parece que foram transferidos para as contas nas Ilhas Cayman mais fundos do que os disponíveis nas contas no PP Banco de Investimentos."

"Você quer dizer que havia ainda *outra* entrada misteriosa, como a inicialmente encontrada no orçamento municipal?" perguntou Canal.

"Sim, e uma grande: treze bilhões de dólares!"

As sobrancelhas de Canal subiram. Vendo que ele estava adequadamente impressionado, a agente especial continuou, "Parece que, em se tratando do prefeito, só há entradas excessivas, não saídas!"

"*Elle ne sait pas si bien dire!*" Canal pensou consigo mesmo, enquanto a garçonete retirava suas tigelas e servia o prato principal. "Curioso," acrescentou em voz alta. "Suas secreções nunca são inexplicáveis, mas sua fontes são!"

"Secreções?" Simmons consultou.

"*Une façon de parler*," Canal respondeu enigmaticamente, refletindo sobre a presença de uma espécie de festim cerimonial[4] no lado da receita em vez de no das despesas. "Então em vez de ter subtraído recursos públicos, o prefeito e o fiscal parecem ter acrescentado algo superfaturado."

"Algo o quê?"

"Superfaturado," ele repetiu. Então, refletindo por um momento, perguntou, "Essa palavra não existe?"

"Nunca a ouvi," ela respondeu.

"Estranho que falte na língua inglesa um significador tão importante," Canal lecionou. "Talvez vocês digam supérfluo? De qualquer forma, denota algo supranumerário, algo excessivo ou supérfluo," explicou.

"Até pode ser excessivo," brincou Simmons, "mas deve vir de algum lugar."

"Mas de onde?" Canal perguntou retoricamente. "Essa é a questão. Você não acredita em geração espontânea, creio," ele disse, levando à boca uma garfada da costela de carneiro diante dele.

"Não na área financeira, certamente," ela respondeu, cortando a dela também.

"Você espontaneamente passou a acreditar nesta geração da polícia de Nova York?" Canal perguntou indiscretamente, embora ambiguamente.

Simmons não estava certa de ter seguido o raciocínio do francês, e franziu o cenho.

"Você mencionou que aprendeu muitas coisas sobre a polícia de Nova York durante a viagem," Canal elaborou sugestivamente.

"Ah sim, aprendi," a agente especial respondeu, "e acredite, não há nada – qual foi a palavra que você usou, superfato? Superfator?"

"Superfaturado," Canal ajudou-a.

"Sim, não há nada superfaturado lá!"

"Não diga?" Canal indagou.

"Eu disse," ela afirmou, rindo de si mesma. "Mas não devo dizer," concluiu, e fingiu dar toda a atenção para o prato na sua frente.

Canal não era – como o leitor fiel está agora bem ciente – o tipo de homem que se considerava "inexperiente nas sutilezas do amor, ou nos deveres de amizade, para saber quando eram necessários gracejos delicados, ou quando as confidências deveriam ser forçadas." As confidências deviam, ele pensava, quase sempre ser obtidas sutilmente, forçadas só se absolutamente necessário. Ele levantou uma sobrancelha para a observação de sua companheira e fez o seu melhor para olhá-la nos olhos, apesar de seu olhar abaixado.

"Não deve?" perguntou, com uma nota de surpresa considerável na voz. "Por que não deveria?"

"Não *se* deve," ela afirmou energicamente, comendo um pedaço de cordeiro.

"Você acha que não é conveniente, e ainda assim já começou a fazê-lo," Canal disse, como que para lembrá-la de que fora ela que dissera algo bastante sugestivo sobre a polícia de Nova York.

"Isso só serve para mostrar como sou descuidada para deixar escapar algo assim na presença de pessoas estranhas. Isso não se faz!"

"Suponho que somos estranhos," Canal admitiu. "Afinal de contas, você é americana e eu sou francês. No entanto, ambos somos da região sul dos nossos respectivos países, sendo a minha família do Périgord, e a sua de..."

"Da Georgia," ela riu, completando a frase, e olhou para cima novamente. "Tenho certeza de que você sabe muito bem, Monsieur Canal, o que quero dizer com pessoas estranhas."

"Sim, *la mixité c'est vraiment quelque chose!*" exclamou, desfrutando muito daquele divertido jogo verbal. "Ainda assim," começou – pois não estava "com medo de ser", na sua própria atitude e bravura, o mesmo que era no desejo, e raramente, se alguma vez, deixava "Não me atrevo" superar "Eu faria" – "talvez você sinta que, porque sou mais velho, você *pode* falar sobre nosso amigo de azul *comigo?*" Então, interrompendo sua própria tentativa de persuasão, Canal exclamou, "Onde está ele, aliás?"

"Ele teve que pegar um voo via Madrid, já que havia apenas dois lugares sobrando no avião em que vamos viajar," explicou Simmons. "Ele se juntará a nós amanhã em Bordeaux."

"Em Bordeaux?" Canal exclamou, surpreso. "Estamos indo para Bordeaux?"

"Sim, bem, não tive tempo de explicar todos os detalhes por telefone."

"Você chama isso de um detalhe?" Canal exclamou. "Eu teria pedido a Ferguson para fazer minha mala de forma bastante diferente para Bordeaux do que para Londres! E teria preparado meu paladar para uma experiência muito diferente, se soubesse. Bem, acho que ainda há tempo para o último, pelo menos."

"Thaddeus tem sido um alvo em movimento, ultimamente, e acompanhar seus movimentos em seu jato particular já nos levou a mudar os planos de viagem várias vezes," a agente especial explicou. "Se Deus quiser, ele ainda estará em Bordeaux quando chegarmos lá."

"Que diabos ele está fazendo em Bordeaux?" Canal perguntou.

"Você pode muito bem perguntar que diabos ele estava fazendo no Rio, Ocho Ríos, Veneza e Cannes! Ele passou por todos esses lugares antes de descer em uma cidade chamada Libourne Artigues de Lussac, algo assim."

"Ah, le Saint-Émilionnais!" Canal exclamou rapsodicamente, depois de levar um tempo para decifrar a pronúncia francesa da americana. "Há, entendo, algumas vantagens em ajudar o FBI. Saint-Émilion e Pomerol, aqui vamos nós!"

"Sim, bem, eu ainda não ficaria muito animado com isso, se fosse você," Simmons o advertiu. "Podemos descobrir em Londres que o fiscal já mudou de rumo e descartar Libourne."

"E perder nosso encontro com Ponlevek?" Canal perguntou, piscando para ela.

"Ah, tenho certeza de que ele se juntará a nós onde quer que formos."

"Ele não é do tipo que deixa uma agente especial fora de sua vista por muito tempo?" Canal gracejou.

"Eu gostaria de conseguir fazê-lo esquecer que sou uma agente especial por um tempo," exclamou, contrariada.

"Ele pensa em você apenas como uma agente, uma colega?" Canal perguntou, embora não achasse que esse fosse o caso, considerando os olhares que tinha visto o agente lançar na direção dela, mas esperando com sua falsa isca pegar uma carpa de verdade.

"Ah não, não é nada disso," ela disse.

"Ele acha que você é um pouco especial demais?" Canal supôs novamente.

"Especial *demais*! Ele parece tão absurdamente impressionado com o meu trabalho e minha história – você pensaria que sou uma Phi Beta Kappa de sangue azul de Harvard!"

"Ah," Canal assentiu, compreendendo, "*esse* tipo de especial. Mais culta do que ele, com mais estilo do que ele, mais bonita do que ele?"

"Se fosse apenas isso. Eu poderia viver com isso. Mas meu avô tendo sido um senador, meu pai tendo sido um congressista, e eu tendo um mestrado–."

"Ele a coloca em um pedestal acima dele?"

"*Muito* acima dele," ela exclamou. "Pareço ser uma espécie de divindade angelical para ele."

"Você não quer ser admirada?" Canal consultou.

"Bem, é claro, é lisonjeiro de certa forma," Simmons admitiu, "mas nenhuma mulher quer ser adorada de longe."

"De longe?"

"À distância," explicou, como se pensasse que o francês talvez não compreendesse a palavra. "Uma mulher quer ser adorada de perto," acrescentou, corando um pouco e voltando-se a seu prato, para dissimular seu desconforto.

"E nosso amigo não queria adorá-la de perto?" Canal perguntou, levando sua afirmação a uma de suas possíveis conclusões lógicas.

"Ah, ele queria sim," ela começou, "mas…" Aqui sua voz falhou e ela corou mais profundamente.

"Mas ele não conseguiu levar ao altar a oferenda certa?" Canal falou, para ajudá-la a completar seu pensamento.

Simmons sorriu timidamente à alusão alegórica e assentiu.

"Então não houve…?" o francês acrescentou, balançando sua baguete para cima e para baixo sobre a mesa.

Ela balançou a cabeça negativamente, rindo.

"Não…," ele perguntou, inclinando a baguete em um ângulo de quarenta e cinco graus em direção à superfície da mesa.

Ela mais uma vez balançou a cabeça.

"Foi assim…?" concluiu, colocando a baguete caída sobre a mesa.

"Sim," ela exclamou, rindo, embora claramente angustiada ao mesmo tempo. Terminou seu *syrah* compulsivamente e, em seguida, acrescentou, "Foi a coisa mais humilhante."

"Você não deve tomar isso como um reflexo de si mesma," Canal disse, tentando tranquilizá-la. "Você é uma mulher muito atraente, e qualquer um pode ver que nosso amigo a acha muito bonita."

"Bonita demais!" ela protestou. "De qualquer forma," acrescentou, "Não me senti humilhada por isso, mas ele certamente se sentiu."

"Ah sim, posso imaginar."

"Tentei assegurá-lo de que estava tudo bem," ela continuou, "que acontece com todo mundo de vez em quando." A sobrancelha direita do Canal subiu. Percebendo isso, ela acrescentou, "Pelo menos foi o que ouvi."

"Como ele reagiu?"

"Não muito bem, acho. Ele ficava falando como estava apaixonado por mim, e quão maravilhosa e incrível eu era."

"O que deve ter feito *tão* bem a você," Canal simpatizou.

"Tenho medo de ter apagado o fogo."

"O fogo?" Canal ergueu as sobrancelhas. "Houve fogo?" perguntou, sem nenhuma pretensão de discrição.

"Sim, dos dois lados!" respondeu ela. "Não me apaixono por um homem assim desde... Não sei, talvez desde que eu era uma garotinha na Georgia."

"Então esse contratempo extinguiu sua chama?"

"Não a minha – a dele," respondeu. "Por algum motivo, parece ter tido o efeito oposto em mim do que o que teve nele."

Canal fez uma nota mental de que a expressão recentemente popular "por algum motivo" era, certamente, muitas vezes um espaço reservado para o inconsciente – para algo completamente inexplicável – na vida das pessoas. Ele então virou levemente a cabeça na direção dela, indicando que prosseguisse.

"Se teve algum efeito, foi o de aumentar minha chama, mas temo que *sua* chama tenha começado a se extinguir."

"A sua está mais forte do que nunca?"

"A coisa mais estranha, não é?"

"Essas coisas acontecem," Canal comentou.

"Acontecem?"

"Sim," explicou o inspetor, "quando um homem mostra fraqueza ou impotência, algumas mulheres sentem que têm uma função ainda mais importante a desempenhar na sua vida, reforçando-o, apoiando-o de todas as formas, sendo o seu *bâton de vieillesse*, por assim dizer, como Antígona foi para seu pai, sua bengala antes mesmo que ele seja velho o suficiente para precisar de uma." Finalizando seu cordeiro, acrescentou, "Quando um homem é forte e potente, essas mulheres sentem que não há lugar para elas na sua vida, elas sentem que não servem para nada."

A agente especial absorveu as palavras de Canal, que ressoaram curiosamente com suas próprias reflexões recentes sobre o que a levou a trabalhar para o FBI.

Percebendo seu grande interesse, Canal continuou, "Mesmo que incessantemente reclamem de suas deficiências, elas podem achar um homem caído ou fracassado muito mais interessante do que um bem-sucedido. E quando o homem com quem estão não é flagrantemente impotente ou sem sucesso, elas podem ser levadas a procurar por algum defeito para criticá-lo. Podem implicar com coisas pequenas, tentando localizar a fenda em sua armadura. E uma vez que encontrem a menor fenda, podem insistir nela incessantemente, assegurando a si mesmas um papel a desempenhar no seu reparo ou compensação."

Simmons, que havia ficado mais impactada com as observações iniciais do francês do que com as finais, solicitou esclarecimentos.

"Então quanto mais um homem parece ter sofrido, mais essas mulheres o acham atraente?"

"Sim," Canal explicou, "e quanto maior a infelicidade, mais elas se sentem compelidas a estar com ele, independentemente do quanto seja insatisfatório seu relacionamento com ele em outros aspectos." Fez uma pausa para examinar o rosto de sua interlocutora. "Você acha que se sente um pouco obrigada a ficar com nosso amigo agora que ele teve essa, digamos assim, dificuldade?"

"Espero que não," ela engoliu em seco, "mas..."

"Mas?" Canal encorajou-a a terminar a frase.

"Mas dado o meu histórico...," acrescentou. "Pareço ter estado fazendo algo semelhante com meu pai há bastante tempo."

Canal arquivou a referência a seu pai para investigação futura, preferindo fazer uma pergunta que estava em sua mente havia algum tempo. "O que você acha que inicialmente a atraiu em Ponlevek?"

A agente especial refletiu enquanto a garçonete removia seus pratos de jantar e os substituía por uma sobremesa de aparência estranha. "O que é isso?" ela perguntou a Canal depois que a atendente saiu.

"Acredito que os ingleses se referem a isso como *blancmange*, ainda que dificilmente se assemelhe com algo que um francês que se preze chamaria por esse nome, e muito menos comeria."

"Hmm," ela resmungou, cutucando o suspeito objeto trêmulo, redondo e gelatinoso. "É difícil dizer o que me atraiu nele inicialmente – ele é tão grande e desajeitado, embora também seja de alguma forma bonito. Mas boa aparência nunca foi extremamente importante para mim em um homem. Tenho certeza de que fiquei lisonjeada com seu interesse óbvio por mim."

"Sim, nosso desejo é incitado com frequência, pelo menos em algum grau, pelo desejo de outra pessoa por nós," o francês propôs. "O que chamou sua atenção nele naquele primeiro dia na Câmara Municipal?"

Simmons riu ao recordar do primeiro encontro deles. "Bem, vamos ver, em primeiro lugar ele esqueceu o nome do banco de investimentos–."

"Stares Burn."

"Depois ele esqueceu o nome da cidade de Santa Bárbara," ela continuou.

"E você, sozinha, descobriu os dois nomes próprios que ele tinha esquecido," Canal comentou.

"Depois teve aquele inesquecível olhar assustado em seu rosto quando você lhe perguntou se ele estava tentando esquecer alguma garota chamada Bárbara!" Os dois riram, e Simmons acrescentou, com seu sotaque do sul, "Ouvi muito sobre a Bárbara desde então!"

"Ela partiu o coração dele?" Canal conjecturou.

"Como tantas antes dela," Simmons respondeu com ênfase. "Apesar de seu tamanho e peso, ele me parece de certa forma desamparado e frágil."

"Como se pudesse precisar de sua ajuda e de sua força?"

"Acho que sim."

"Então ele a vê como muito superior a ele," Canal tentou resumir a essência da situação em poucas palavras, "e você, talvez, seja atraída pela perspectiva de apoiá-lo com sua superioridade?"

"Meu Deus, eu..." Ela parou, mas, eventualmente, assentiu.

"*Quel micmac*!" exclamou Canal.

Ela olhou-o com curiosidade.

"Vocês dois caíram em uma armadilha e tanto."

"Suponho que sim," ela admitiu, olhando para baixo. "Você acha que não há esperança para nós, então?"

"Eu não disse isso," Canal protestou. "Mas é uma espécie de ninho de vespas, como acredito que vocês dizem em inglês."

## XIII

O avião da British Airways saiu do local em que estava estacionado, taxiou interminavelmente até a pista designada, esperou impacientemente até ser o número um para a decolagem e, finalmente, decolou. Tendo deixado as chuvas torrenciais de primavera para trás, Erica Simmons estava acomodada a trinta e nove mil pés próxima a Canal no espaçoso compartimento na parte principal da aeronave para sua missão de extradição.

Canal estava lendo um tratado sobre topologia, enquanto a americana parecia, ou assim pensava Canal, demonstrar interesse na revista de bordo. Os dois haviam declinado do jantar tardio proposto pelos comissários de bordo, mas haviam aceitado a sobremesa, o *blancmange* do restaurante não tendo tido apelo para nenhum deles.

No momento em que a aeromoça havia retirado seus pratos e lhes providenciado um Armagnac pós-jantar, Simmons já havia digerido boa parte de sua discussão anterior. Ela agora se virou para o francês e perguntou, "Como você parece saber tanto sobre relacionamentos? Você foi algum tipo de um terapeuta no passado?"

"Ah, passei por esse terreno uma ou duas vezes," Canal respondeu, fechando seu livro. "E sou conhecido por ler uma boa parte da literatura psicanalítica nos meus momentos de folga."

"O que você recomendaria, então?" a agente especial questionou sinceramente. "Bráulio é realmente o primeiro–."

"Bráulio?" Canal perguntou.

"Sim, esse é o seu nome."

"Eu não tinha ideia," Canal comentou. "É uma ironia, não é?"

"Sim, acho que sim," ela admitiu. "De todo modo, ele é o primeiro homem por quem me interesso em muito tempo."

"Bem," Canal refletiu, "qualquer solução que eu possa sugerir seria, é claro," advertiu, "apenas uma solução temporária – francamente não vejo como a situação pode ser remediada sem tratamento profundo por ambos."

"Ambos?"

"Sim," Canal declarou com firmeza. "O que é molho para o ganso é – como é a expressão americana?"

"Molho para a gansa," Simmons concluiu.

"As tendências de cada um de vocês ativam propensões do outro," ele explicou, "então ambos claramente devem pôr fim a algo – ele a colocá-la em um pedestal, e você a apoiá-lo. Você não é, suspeito, a primeira mulher que ele idealizou, para não dizer idolatrou."

"Ah, não, longe disso," ela respondeu.

"E ele não é o primeiro homem que você tentou mimar e socorrer – você mencionou seu pai mais cedo." Ela assentiu silenciosamente e tomou um gole de licor. "Então é claramente uma tentação de longa data para você também."

"No entanto," ela exclamou, "Você disse que pode sugerir uma solução temporária?"

"Muito dependeria do que você está disposta a fazer," Canal respondeu, dando-lhe um olhar penetrante. "Certos estratagemas de curto prazo poderiam estar fora de sua zona de conforto," acrescentou expressivamente.

"Não tenho certeza se sei qual é a minha zona de conforto," ela respondeu. "Faça uma tentativa."

"Uma abordagem simples," Canal começou, "seria a de você mesma saltar do pedestal." Como seu rosto não demonstrava sinais de compreensão imediata, ele continuou, "Você sabe, dizer ou fazer coisas de modo tão incompatível com a imagem que ele tem de você que ele não poderia mais vê-la como uma divindade angelical."

"Quer dizer, me vestir de forma descuidada, ou dizer coisas estúpidas?"

"Ah, suspeito que você teria que ir um pouco mais longe do que isso! Ele já formou uma imagem bastante definida de você, o que significa que estará inclinado a ignorar roupas que não combinam, meias rasgadas, saltos quebrados e comentários idiotas."

"Você quer dizer que eu poderia ter que fazer algo realmente desagradável ou usar vários palavrões?" perguntou, a menina adequada do sul dentro dela claramente recuando ante a perspectiva.

"Isso pode ser um começo."

"Isso não faria com que ele parasse de gostar de mim por completo?" ela protestou.

"Pode haver um risco de isso acontecer. Mas você não pode fazer uma omelete sem quebrar alguns ovos."

"Não tenho certeza se eu ficaria confortável fazendo essa omelete," Simmons refletiu.

"Não, eu suspeitava disso."

"Não há outra maneira? Alguma outra solução a curto prazo?"

"Há," respondeu Canal, "mas envolve pelo menos tantos riscos quanto a primeira, e poderia facilmente sair pela culatra."

"Bem, vamos ouvi-la de qualquer maneira," declarou, terminando seu Armagnac com satisfação.

"Talvez você tenha notado o rosto de Bráulio quando o prefeito analisou o seu corpo de alto a baixo?"

"O prefeito fez *isso*?"

"Você não espera que eu acredite que não percebeu!" Canal protestou.

"Bem, notei certo movimento com os olhos para cima e para baixo," ela confessou.

"Então, você notou," ele alardeou. "*Encore heureux!*"

"Sim, notei, mas ele estava tão bêbado àquela hora que realmente não dei bola."

"Bem, Bráulio deu," Canal proclamou. "E pareceu que ele estava prestes a bater no prefeito. Pensei que poderia ter que contê-lo fisicamente."

"É tão incomum um homem ter um lado ciumento?"

"Nem um pouco," Canal proferiu. "É uma das coisas mais comuns do mundo. E nada traz à tona a masculinidade de um homem como a rivalidade com outro pela mulher de seus sonhos."

"Então sua ideia é que se eu deixá-lo com ciúmes..."

"Se ele visse outro homem a tratando não como um anjo intocável, mas como uma criatura feita de carne e osso..."

"Sim?"

"E se ele a percebesse respondendo favoravelmente a tal tratamento, isso poderia fazer com que ele a visse de uma forma diferente – da perspectiva do seu rival – e trazer à tona o animal nele," Canal concluiu.

"Não estou certa se gosto de como soa a última parte," Simmons objetou.

"Você não tem certeza de que gostaria de ser tratada com rudeza, arrebatada por um macho?"

"Não é a forma como imagino fazer amor," ela respondeu, impassível.

"Qual é a forma como você imagina?"

"Bem, acho que sempre imaginei como algo mais mútuo do que ser atacada por um homem."

"Você sempre imaginou atacá-lo também?" Canal concluiu timidamente.

"Não, não acho que ataque faça parte do cenário!" exclamou, reflexivamente. Logo acrescentou, "Bem, talvez um pouco. Mas na maior parte do tempo imagino algo afetuoso e terno."

"Afetuoso e terno pode não ser, no entanto, o que faz a velha testosterona fluir em um homem," Canal respondeu. Perguntou-se também até que ponto afetuoso e terno estimulava os hormônios da maioria das mulheres – lembrando-se de que um certo grupo de impetuosas mulheres alcoolizadas certa vez lhe disse, "é bom encontrar um homem duro!" Mas absteve-se de colocar esses pensamentos em palavras, sentindo que Simmons provavelmente revelara tanto sobre suas fantasias sexuais quanto pretendia no momento, pelo menos sem um copo adicional pós-refeição de algo bastante potente.

Simmons parecia estar perdida em pensamentos. Quando retornou de suas meditações, voltou para o tópico anterior da conversa. "Então o que exatamente você tem em mente?"

"Bem, para começar," Canal atendeu ao seu pedido de informações, "Você pode agir, na frente de Ponlevek, como se estivesse interessada no fiscal."

"Interessada em Thaddeus?" ela exclamou. "Não acho que sou uma atriz boa o suficiente para isso! Ele não é de forma alguma o meu tipo."

"Ainda assim ele é rico, poderoso e bastante atraente, a julgar pelo que vi na televisão," Canal reprovou sua contrariedade. "Pode ser um exercício interessante para ampliar seu gosto para homens," disse, sorrindo de forma insinuante. "Mas talvez você sinta que seria *infra dignitatem* – impróprio para você?"

"O outro problema é que não sou nem um pouco do seu tipo," argumentou, ignorando as citações em latim. "O departamento de pesquisas fez uma pasta para mim que inclui biografias e fotos de suas namoradas anteriores, sua ex-esposa e sua nova esposa, e ele parece sempre escolher mulheres com a mesma aparência."

"E você não atende aos requisitos?"

"Não, ele sempre escolhe loiras com cabelos lisos até aqui," disse, desenhando uma linha com a mão perto do cós da sua saia e, em seguida, sacudiu e puxou seu próprio cabelo castanho ondulado na altura dos ombros.

"Nada que não possa ser remediado com uma peruca," Canal contrapôs, despreocupadamente.

"Talvez, mas além disso, elas sempre são muito peitudas," acrescentou, desviando os olhos de seu companheiro de voo por um momento.

"Tenho certeza de que você não é de forma alguma deficiente nesse departamento," Canal observou com naturalidade. "Você apenas não se exibe da mesma maneira que as supermodelos e estrelas do rock amigas dele se exibem! Vi algumas delas no jornal outro dia, e elas parecem ser do tipo que não deixa nada para a imaginação – mostram tudo."

"Sim, bem," ela acrescentou, corando, "Suponho que eu poderia pelo menos fingir interesse em Thaddeus quando Bráulio e eu estivermos juntos. Receio, porém, que ele poderia se sentir tão ultrapassado por Thaddeus em riqueza e poder que se tornaria ainda mais desvalido, em vez de menos."

"Você teria que aceitar deixar que isso seja problema dele, e não seu, *n'est-ce pas*? Você teria que deixá-lo tentar ser um homem por si mesmo, sem a sua ajuda."

"Acho que sim," ela admitiu. "Mas você acha que isso resolveria a situação?"

"Poderia," Canal respondeu. "Há outro truque em que pensei, mas…"

"Vá em frente," disse ela, o encorajando.

"Não, tenho certeza de que você não se sentiria confortável com isso," afirmou com firmeza, sentindo que a melhor maneira de levá-la a concordar seria ter que fazê-la extrair a sugestão dele à força.

"Não, realmente!" ela exclamou. "Eu gostaria de ouvi-lo."

"Bem, me lembro de você dizendo que estaria disposta a tentar quase qualquer coisa pelo menos uma vez."

"Em teoria, pelo menos," ela engoliu em seco.

"Você nunca esteve, suponho, envolvida romanticamente com um homem mais velho?"

"Um homem mais velho?" ela perguntou, com o rosto evidenciando perplexidade.

"Sim, alguém da minha idade, por exemplo," Canal elucidou.

"Da sua idade?"

"Sim, é uma coisa bastante comum," afirmou. "Poderíamos fazer um pequeno espetáculo para Ponlevek," acrescentou, com brilho nos olhos, "dividindo um quarto de hotel, por exemplo. Pegaríamos, é claro," rapidamente acrescentou para tranquilizá-la, "uma suíte com dois quartos separados, mas Ponlevek não teria que saber de todos os detalhes."

Simmons olhou para ele, tentando desenterrar quaisquer segundas intenções por trás dessa proposta imprevista.

"Vá em frente," disse após uma longa pausa.

"Poderíamos encenar uma ou duas *tête-à-têtes* onde ele nos veria e nos pegaria em flagrante delito."

"Em quê?" ela perguntou.

"No ato," explicou. Então, refletindo sobre a natureza dúbia da declaração, acrescentou, "flertando."

"E?" ela encorajou-o a elaborar.

"E," continuou Canal, "se ele não parecer estar chegando à conclusão desejada, posso eventualmente pegar sua mão e beijá-la apaixonadamente."

Ela corou um pouco, mas levantou objeções de ordem diferente. "Bráulio provavelmente se sentiria muito pequeno comparado a um homem da sua inteligência e cultura."

"E, no entanto, ele é um homem muito maior do que eu, e pode achar minha idade um reconforto para sua própria virilidade. Mas, de todo modo, você terá que aceitar a noção de que as inseguranças dele não são problema seu."

"Sim, acho que sim," ela admitiu novamente, com um pouco de relutância.

"O teatro pode até ser divertido," ele acrescentou, olhando para ver a sua reação. "Para mim, pelo menos," ele sorriu.

Ela sorriu de volta. "É uma ideia intrigante," comentou, sem se comprometer.

"Por que você não dorme pensando nela?" Canal propôs. "*La nuit porte conseil.*"

"Como?"

"Os sonhos nos trazem bons conselhos," ele fez uma tradução aproximada.

"Esperemos que assim seja."

Os sonhadores esperançosos entregaram seus copos e reclinaram seus acentos para a posição completamente horizontal, na esperança de conseguirem dormir um pouco antes de aterrissar no aeroporto de Heathrow.

## XIV

Canal dirigiu o carro que ele e a agente especial Simmons haviam alugado em Bordeaux – depois de uma rápida mudança de aviões em Londres – por rotatória após rotatória, enquanto passavam por estradas ainda menores através de vinícolas mundialmente famosas, até chegarem à cidade de mil e trezentos anos de idade de Saint-Émilion. O palpite do francês, de que haveria apenas um hotel perto do aeroporto da pequena Artigues de Lussac em que um homem da imensa riqueza e gosto chamativo de Thaddeus poderia imaginar se hospedar, havia se provado correto. A Hostellerie de Plaisance oferecia, de longe, as acomodações mais caras e altamente cotadas em um raio de cinquenta quilômetros. Onde mais sua vaidade poderia ser suficientemente lisonjeada, a menos que ele houvesse sido convidado para ficar com algum amigo em uma vinícola ou castelo neogótico do século XIX na região?

Do aeroporto de Bordeaux, Canal telefonou para o hotel, reservou uma suíte incrivelmente cara para Simmons e ele próprio, bem como o quarto mais simples no local para Ponlevek, e então perguntou casualmente para a mulher na recepção se seu bom amigo americano Monsieur Thaddeus estava por lá naquela tarde. A recepcionista informou-lhe, sem qualquer necessidade de persuasão, que o americano saíra, mas certamente estaria de volta naquela noite, já que reservara uma mesa para dez, às nove horas, no restaurante do hotel. Canal e seus companheiros fariam parte do grupo? ela perguntou. Não, ele respondeu, sua chegada seria uma surpresa, mas ela poderia reservar uma mesa para três perto da de Thaddeus para as nove horas? – para que a surpresa fosse mais completa. Ela lhe ofereceu a mesa com a melhor vista do castelo do rei do século XIII nas proximidades, e foi isso.

Fora deixada uma mensagem em Bordeaux com a Iberia Airlines para Ponlevek, para que ele soubesse onde encontrá-los, e os dois companheiros de viagem pegaram seu carro alugado e saíram em disparada.

## XV

Quando Ponlevek conseguiu pegar seu voo muito atrasado em Madrid, recebeu a mensagem que Simmons deixara para ele no balcão da Iberia, negociou o aluguel de automóvel com um agente que não falava mais inglês do que Ponlevek falava francês e, finalmente, conseguiu chegar ao hotel situado na Place du Clocher, após ter que se encontrar na mistura de mapas estranhos da Michelin, sinalização estrangeira, rodovias com limites de velocidade em quilômetros e minúsculas ruas de sentido único encharcadas pela chuva, Canal e Simmons jantavam no que parecia ser uma mesa íntima para dois, no canto de uma sala de jantar elegante e mal iluminada do Relais Gourmand, o restaurante de três estrelas do hotel. O salão estava cheio a ponto de transbordar, mas a conversa era silenciosa para os padrões americanos, exceto por uma mesa, que Ponlevek tomou por um grande grupo de anglófonos estridentes.

Aproximando-se dos seus colegas, o nova-iorquino observou com alguma satisfação que, apesar da superfície extremamente pequena da mesa, se poderia claramente distinguir um terceiro lugar, que presumivelmente tinha sido colocado para ele. Sua satisfação desapareceu rapidamente, no entanto, ao notar que a mão de Simmons estava sendo segurada de uma forma que parecia bastante carinhosa por ninguém menos do que o inspetor Canal – presumindo que a parte de trás da cabeça familiar pertencia de fato a ele. Simmons parecia particularmente radiante, e vestia uma blusa de seda que parecia a Ponlevek estar desabotoada até o seu umbigo. Mais enlouquecedor ainda era o fato de que ela estava sorrindo e rindo muito, e parecia estar olhando fixamente nos olhos do francês. Chegando à mesa, ele notou com apenas um pequeno alívio que a impropriedade da vestimenta não era tão grave como pareceu no início, o ponto mais baixo do desabotoamento localizando-se bem ao norte do umbigo.

Simmons e Canal haviam chegado algumas horas antes, e aproveitaram a oportunidade para passear pelo requintado centro da cidade, cujas ruas estreitas de paralelepípedos estavam, no final da tarde, discretamente iluminadas por antiquados lampiões a gás, que destacavam as encantadoras matizes cor ocre das casas de pedra, igrejas, lojas e fortificações. Simmons fora hipnotizada, sem nunca antes ter estado em uma aldeia medieval em qualquer lugar, muito menos na oitava maravilha do mundo. Ela caíra no feitiço da cidade e, em menor grau, sem dúvida, de seu guia experiente, que a escoltou de uma pequena rua romântica para outra, dando-lhe o braço pelas ruelas íngremes que não se poderia, em boa fé, chamar de ruas, apesar de seus nomes, e que representavam igual desafio quer se estivesse tentando subir ou descer, de tão escorregadias que eram as pedras sob os pés. Como não se apaixonar, mesmo que apenas um pouquinho, nesse paraíso medieval, onde nenhuma rua era reta por mais de uma quadra? Onde todos os caminhos levavam em cem passos para uma vinícola? Onde, embora cada nova casa por que passavam parecesse datar de um século diferente da anterior, todas se misturavam em um mosaico maravilhosamente harmonioso, formadas pelos mesmos tons de cor pastel? E onde as encostas íngremes das quais a cidade saltara da rocha ofereciam lindas visitas de construções improváveis, empilhadas umas sobre as outras ao longo de mais de um milênio de acréscimos?

Seu humor sonhador e seu alto astral não foram de nenhuma forma atenuados pela visão do fiscal de Nova York na mesa ao lado na sala de jantar, encantada como ela estava pelo ambiente íntimo, pelo teto com vigas de madeira e pela vista deslumbrante do antigo castelo. Foi com entusiasmo genuíno que ela esqueceu de si e aproveitou a companhia de Canal, enquanto eles comiam suas entradas e bebiam o vinho maravilhoso que Canal havia pedido, aguardando a chegada de Ponlevek.

Diz-se que, embora um homem muitas vezes acredite que uma mulher é alheia à sua existência antes dele procurá-la, ela geralmente repara nele muito antes de ele pôr os olhos nela pela primeira vez. Como confirmando essa alegação, Simmons percebeu Ponlevek parado perto do tablado do maître d'hôtel bem antes dele tê-la visto na multidão de comensais. Ela imediatamente deu a mão para Canal com uma piscadela, e começou a falar e rir ainda mais animadamente do que antes.

"*Ah, mon cher Ponlevek*," Canal exclamou, enquanto o nova-iorquino abria caminho entre as mesas até o canto em que eles estavam, "você finalmente chegou!" Simmons removeu às pressas os dedos das mãos de Canal, fingindo constrangimento por ter sido pega em flagrante, e Canal levantou-se e bateu nas costas do inspetor, com coleguismo incomum. Quando Ponlevek se inclinou para beijar a agente especial na bochecha, ela levantou-se um pouco, de forma bastante instável, pareceu a Ponlevek, ao encontro de seu abraço. Ambos pareceram a Ponlevek já bastante avançados na bebida quando Canal disse, "você deve provar este Saint-Émilion de 1995! É um vinho excepcional, produzido por um velho amigo no Château Meylet. Não só é sem refino nem filtragem, mas também é feito de uvas orgânicas, e não contém aditivos de qualquer espécie." Percebendo que a garrafa estava praticamente vazia, exclamou a um garçom que passava, "*Une autre bouteille, s'il vous plaît!*"

Ponlevek sentou-se. "Que diabos está acontecendo aqui?" perguntou, sem rodeios, convencido de que eles não estavam bebendo um ao outro apenas com os olhos.

"Estamos jantando, como você pode ver," Canal abriu um largo sorriso, "apenas estamos bastante à sua frente neste momento, meu velho."

"Quesjac, quero dizer, o inspetor Canal," Simmons se corrigiu com ênfase exagerada, "me mostrou esta bela cidade antiga. Não é maravilhoso?" Ela emocionou-se. "E fizemos uma viagem maravilhosa até aqui na primeira classe. Sinto muito que você tenha tido que viajar na econômica – foi tudo bem?"

"Vocês dois enlouqueceram?" Ponlevek trovejou. "O que vocês acham que isso é, algum tipo de cruzeiro de férias custeado pelo governo?"

"Mantenha sua voz baixa," Canal sussurrou assertivamente, colocando uma mão firme no braço de Ponlevek. "Você não viu que Thaddeus está com sua esposa e amigos na mesa ao lado? Estamos tentando nos misturar aqui," explicou, dando a Ponlevek um olhar significativo.

Simmons achou impossível não rir com o pensamento de seu namorado enorme apertado em um assento da classe econômica por sete horas, e sua alegria irreprimível afetou o francês, que também começou a rir.

"Nada diz que não podemos nos divertir enquanto estamos em missão," a agente especial sussurrou alegremente. "Não seja um desmancha-prazeres, Bráulio!"

Ponlevek levantou-se e começou a caminhar em direção à mesa ao lado. Canal pegou-o pelo braço e sussurrou, "O que você acha que está fazendo?"

"Viemos aqui para prendê-lo por ter deixado o país estando sob ordens de não deixar a cidade, e é isso que pretendo fazer, imediatamente!"

"O que você espera conseguir fazendo uma grande cena aqui e o envergonhando em frente a todos?" Canal fundamentou, ainda restringindo-o fisicamente. "Você certamente não poderá contar com sua cooperação se primeiro você o humilhar publicamente!"

O nova-iorquino finalmente acalmou sua ansiedade. A comoção à mesa ao lado era, felizmente, tão alta, que a explosão de Ponlevek não tinha chamado qualquer atenção. Mais moderado, o policial relutantemente voltou ao seu lugar.

"Como você propõe fazer isso?"

"Com tato e delicadeza," Canal respondeu. "Vamos primeiro permitir a ele, e a nós mesmos ao mesmo tempo, desfrutar de uma merecida festa gastronômica. Então, quando ele estiver pronto, por assim dizer–."

"Ahn?" Ponlevek vociferou.

"Cheio até a borda," Canal expôs, "com aquela enorme garrafa de vinho que ele pediu – como chamam garrafas de doze litros como aquela? uma Nabucodonosor, acho – ou é uma Matusalém? Não, não, me lembro, é uma Balthazar!" "E uma contraparte curiosa a Barrabás," pensou consigo mesmo. "Homem sábio, de fato!"

"Você sabe o que dizem," Simmons interrompeu em uma associação livre, "quanto maior a garrafa, menor é o..." Ela acompanhou suas reticências com um gesto de mão atrevido, mostrando um centímetro de espaço entre o dedo indicador e o polegar de sua mão esquerda. Canal, que estava tentando se conter enquanto explicava seu plano para Ponlevek, se contorceu rindo, e o divertimento de Simmons era incontrolável, lágrimas escorrendo livremente de seus olhos. Sua risada terminou em um ataque de soluços, e ela foi forçada a pedir licença para ir ao banheiro feminino.

"*Elle a le fou rire!*" Canal alegremente explicou ao sommelier, que tinha aparecido com a segunda garrafa a reboque. O último apresentou brevemente a garrafa para a inspeção de Canal e, depois de obter o assentimento, abriu e provou o líquido roxo profundo, usando a colher de prata pendurada por uma fita ao redor do seu pescoço. Achando-o satisfatório, ou pelo menos demonstrando fazê-lo, ele prosseguiu e serviu a maior parte da garrafa nas três taças caneladas de Bordeaux sobre a mesa.

"Sei qual é o seu plano, Canal," Ponlevek resmungou no instante em que o sommelier saiu, "e não tem qualquer relação com a nossa missão. O que você fez com aquela garota doce e angelical? Eu o deixo sozinho com ela por um dia e você a corrompe até os ossos. Seu velho safado! Você deveria ter vergonha de si mesmo," exclamou ameaçadoramente.

"Que garota doce e angelical?" Canal objetou. "Se você está se referindo à agente especial Simmons, eu jamais usaria qualquer um desses termos para descrevê-la. Ela é uma companhia agradável, veja, mas ela já tem bastante experiência, e não tem nada de santa."

"Já tem bastante experiência?" Ponlevek quase gritou, ao mesmo tempo em que sufocava seu grito, tentando não chamar muita atenção para si mesmo, tendo percebido que era o único do grupo a quem Thaddeus poderia reconhecer. "De que diabos você está falando?"

"Uma mulher bonita não chega à sua idade sem aprender algumas coisas sobre os homens," Canal respondeu calmamente, dando a Ponlevek um olhar significativo. "Foi ela quem sugeriu o plano de atrair o fiscal para o lobby ficando parada de forma sedutora na entrada do salão no final do jantar, e enviando um garçom à sua mesa com uma nota sugestiva pedindo-lhe para encontrá-la do lado de fora."

"Isso é impossível!" Ponlevek reagiu. "Ela é muito inocente para ter sugerido uma tática desonesta como essa!"

"Bem, acredite no que você quiser," disse Canal, encolhendo os ombros. "Mas ela me ensinou algumas coisas sobre o FBI."

"Ela me disse que não teve namorados de verdade desde o ensino fundamental," Ponlevek rebateu.

Simmons retornou à sala de jantar e o francês apontou para ela com um ligeiro movimento da cabeça. "Você realmente acredita que os meninos teriam deixado uma beleza assim sozinha por vinte anos? Talvez ela não tenha querido parecer a você uma mulher vulgar," Canal propôs. "Talvez ela não tenha querido dar a impressão de que tinha mais experiência do que você."

Simmons havia retornado ao alcance da voz, e Ponlevek foi deixado para meditar sobre a transformação radical do comportamento de sua amada, e a explicação quase plausível de Canal sobre isso.

## XVI

A chuva, que vinha caindo levemente ao longo do jantar, transformou-se em uma tempestade torrencial. O vento chegou e uivava bastante, a região Bordelais inteira sendo agredida por uma dessas tempestades de inverno frequentes que sopram do Atlântico, ocasionalmente até caindo um pouco de neve. Nossos três investigadores e sua presa estavam, no entanto, confortavelmente acomodados – pelo menos tão confortavelmente quanto possível, no caso de Thaddeus – na luxuosa suíte Pétrus, de Canal e Simmons, e Canal e o fiscal estavam degustando um licor pós-jantar.

A tática supostamente sugerida pela agente especial funcionou perfeitamente. Thaddeus tinha lido furtivamente a nota escrita em uma pequena letra feminina entregue a ele em uma bandeja de prata pelo maitre, este último indicando a senhora atraente próxima à entrada – que vestira uma peruca loira longa para a ocasião, emprestada pelo único cabeleireiro da cidade – , e Thaddeus prontamente pediu licença da mesa a seus companheiros barulhentos, que estavam tão embriagados que não perceberam sua saída.

Vendo-o levantar-se de seu assento em sua direção, Simmons dirigiu-se até o átrio e, encostando-se em um pilar próximo ao corredor, sorriu convidativamente enquanto ele se aproximava dela. No momento em que ele se dirigiu a ela e pegou sua mão, Canal e o musculoso quatro-por-quatro de Nova York apareceram em cada lado dele, Ponlevek com firmeza convidando-o a segui-los calmamente. Após seus protestos, os três mostraram seus distintivos – Canal também, para o caso de o americano ser evasivo em relação a temas de jurisdição territorial e tratados de extradição – , e Ponlevek permitiu que seu paletó se abrisse o suficiente para que Thaddeus tivesse um vislumbre das algemas brilhantes e da arma regular do Departamento de Polícia de Nova York. Isto teve um efeito calmante imediato sobre o fiscal, e ele pacificamente, embora surpreso, os seguiu até a suíte ultramoderna.

A discussão começou com um gracejo, com o francês perguntando a Thaddeus o que ocasionara seus muitos "deslocamentos," como Canal os chamou, preferindo este galicismo ao termo favorito de Ponlevek – "infrações", infrações à sua ordem para não sair da cidade.

"Chantal e eu estamos juntos há apenas dois meses, e vocês sabem como é com recém-casados," Thaddeus começou, piscando de forma descuidada a Canal e Ponlevek, sua dicção traindo poucos vestígios remanescentes de seu sotaque da infância em Nova Jersey. "Ela é uma socialite, e está sempre sendo convidada para festas por todo o mundo, às quais ela *tem* que ir."

"Então *você* tinha que ir também, apesar da ordem da polícia?" consultou Ponlevek, a quem essa insubordinação genuinamente irritou.

"Não, eu disse a ela que não poderíamos comparecer à festa de sua amiga naquela boate elegante no Rio porque os meninos de azul tinham pedido para eu ficar por Nova York," resmungou Thaddeus. "Mas tentem falar a uma deusa como Chantal, que sempre conseguiu tudo o que quis, que o lugar da mulher é ao lado de seu marido! Tivemos uma enorme briga sobre isso, e quando percebi ela tinha ido sem mim. Ela é vingativa, e se eu não a tivesse seguido imediatamente, ela com certeza teria dormido com metade dos homens na festa. Graças a Deus tenho meu próprio jato," exclamou, pretendendo se gabar ao mesmo tempo em que contava sua própria história triste. "Consegui chegar lá apenas cinco minutos depois dela."

"Então por que você não voltou diretamente para Nova York após a festa?" Ponlevek continuou.

"Esse era o plano," Thaddeus respondeu, tentando apaziguar o policial, "mas Chantal foi convidada para uma festa no final de semana em Ocho Ríos enquanto estávamos na boate, e em vez de ter outra briga gigante, concordei em parar na Jamaica no caminho de volta para os Estados Unidos. Mas é claro que, enquanto estávamos lá, ela foi convidada para o Carnaval em Veneza, e depois para uma exibição privada de cinema em Cannes – você entende a situação," concluiu.

"Como você acabou aqui?" perguntou Simmons.

"Bem, naturalmente, tivemos de retribuir depois de todos aqueles fabulosos convites," respondeu Thaddeus, com mais do que um leve toque de ironia em sua voz, mas, obviamente, satisfeito por ter a oportunidade de dar voz às suas queixas, "então Chantal veio com a ideia de eu – quero dizer, nós – convidarmos a todos para um jantar de sete pratos em um restaurante de primeira linha que ela conhecia. Honestamente, porém, eu pretendia voltar para Nova York amanhã na primeira hora," assegurou-lhes.

"A estrada para o inferno está cheia de boas intenções," Ponlevek brincou. "Pela forma como o jantar ia lá embaixo, não acho que você estaria em condição de voar amanhã. E quem pode dizer se a sua esposa não teria recebido outro convite nesse meio tempo? Você parece muito mais interessado em apaziguar sua esposa e evitar brigas do que em obedecer às ordens da polícia."

"Olha, amigo," disse Thaddeus, conciliatório, "Sei que o que fiz não foi certo, mas realmente não quero estragar tudo com Chantal, como fiz com minha primeira esposa. Mulheres lindas como Chantal não aparecem todos os dias, e ainda não posso acreditar que consegui fisgá-la. Sei que isso me leva a fazer coisas estúpidas de vez em quando–".

"De vez em quando?" Canal repetiu, elevando uma sobrancelha.

"Ok, então ela me deixa louco com bastante frequência e faço algumas coisas estúpidas," Thaddeus admitiu. "Não consigo evitar quando a envolve – algo me invade e não consigo fazer nada a respeito. Mas não é como se eu tivesse assassinado alguém ou roubado um milhão de dólares."

"Mais como treze bilhões!" Ponlevek rugiu. "Olha, não há sentido em negar – sabemos tudo sobre o PP Banco de Investimentos e a transferência de seus recursos para as Ilhas Cayman."

"Não sei do que você está falando," Thaddeus protestou com calma, mesmo que algumas gotas de suor tenham aparecido em seu testa.

"Trickler cantou como um pássaro depois que encontramos os livros sombra na partição secreta do seu disco rígido," continuou Ponlevek, aumentando sua vantagem.

"O quê?" exclamou o fiscal, ruborizando levemente. "Isso é impossível! Você está blefando."

"A casa que você comprou para si mesmo como um presente de Natal em Santa Bárbara, no sul da Califórnia, nos deu a dica, Barrabás," Canal disse, observando Thaddeus de perto.

Ouvir pronunciado em voz alta o horrível apelido com que era insultado quando era apenas um menino teve um efeito chocante sobre o fiscal. Conjurou uma imagem de si mesmo que o tinha perseguido e que ele nunca tinha admitido a ninguém.

"Então," ele proferiu, finalmente encontrando a voz, "Acho que acabou a farsa."

"Com certeza acabou," disse Ponlevek. "A única coisa que não sabemos é onde você conseguiu os treze bilhões que transferiu para as ilhas Cayman que não vieram do PP Banco de Investimentos."

Thaddeus estava estupefato. "Toby também falou a você sobre isso? Espere um minuto – como ele poderia? Ninguém sabe sobre isso, exceto eu," ele murmurou, em uma tentativa alcoolizada de pensar com clareza.

"Passamos dias analisando as contas," Simmons entrou na conversa, "O único lugar onde você poderia obter tanto dinheiro de uma só vez é de um fundo estrangeiro soberano, ou de algum mafioso incrivelmente rico."

"Sim," Ponlevek a apoiou. "E você terá que nos dizer onde o obteve, ou enfrentar acusações de traição, ou–."

"Traição?" Thaddeus objetou. "O que poderia levar a uma acusação tão séria?"

"Bem," explicou Ponlevek, "se você conseguiu o dinheiro de um dos nossos inimigos, como o Irã ou a Coréia do Norte..." A indignação de Thaddeus diminuiu. "Por outro lado, se você conscientemente o obteve do crime organizado, você enfrentará a acusação de cumplicidade com organizações criminosas."

"E se não obtive de nenhuma dessas fontes?"

"Então você tem muitas explicações para dar!" Ponlevek concluiu.

"Mas não posso explicar sem incriminar outra pessoa," Thaddeus protestou.

"No entanto, se você não incriminar essa outra pessoa," disse Simmons, "Você será condenado por apropriação indébita em uma escala nunca antes vista! Entre as violações de leis de investimento e do dever de informar dos municípios e fundos de pensão, a transferência ilegal de fundos da cidade para contas estrangeiras em seu próprio nome e a obtenção de treze bilhões em dinheiro de fontes não registradas e, aparentemente, não autorizadas, mesmo um belo exemplar de homem como você," e deu um sorriso cativante para ele, que não escapou ao olhar vigilante de Ponlevek, "pode não sobreviver à pena de prisão. Vocês sabem a pena que o chefe da Tyco pegou?" ela perguntou, esquadrinhando os rostos ao redor dela. "Acho que foi algo como vinte e cinco anos?"

Com essas últimas palavras, o vento, que estivera uivando ao fundo por algum tempo, escalou muito em sua fúria. Um estrondo foi ouvido do lado de fora em algum lugar, e a energia caiu. Podia-se escutar a comoção na suíte e em quartos nas proximidades, e apenas uma luz fraca lampejava para dentro do quarto, vinda das lamparinas a gás que continuavam a queimar nos postes da cidade.

## XVII

Quando a iluminação de emergência foi acesa um minuto depois, Canal e Ponlevek se viram sozinhos no quarto. A porta principal da sala de estar para o corredor estava aberta. Canal examinou o terreno, enquanto Ponlevek ficou boquiaberto de espanto.

"O que diabos aconteceu?" gritou Ponlevek.

"Parece," Canal respondeu calmamente, "que nosso pássaro escapou." Então, pensando rapidamente consigo mesmo, acrescentou, "Parece que nossa amiga agente especial foi com ele. Tive a impressão no avião de que ela havia ficado bastante fascinada por ele depois de estudar seu arquivo com tanto cuidado, e notei no jantar que ela estava olhando muito para ele. Acho que ela planeja propor que eles fujam juntos."

Ponlevek estava pasmo. "Isso é ridículo!" Ele finalmente conseguiu dizer. "Uma garota como ela não poderia estar interessada por um criminoso como ele!"

"Por que não?" Canal retrucou, sentando-se novamente na confortável poltrona em que estava sentado antes. "Ele é rico, poderoso e com certeza parece saber o que quer. As mulheres tendem a achar essas coisas atraentes em um homem," acrescentou Canal, falando o óbvio para deixar Ponlevek incomodado.

"Erica não é assim!" Ponlevek insistiu, talvez mais para seu próprio conforto do que para o de Canal. "Thaddeus deve tê-la levado com ele como refém, apenas para o caso de precisar de um. Vou encontrá-los!" exclamou, correndo para fora do quarto.

"Eu também!" Canal exclamou, saltando de sua poltrona.

Ele apagou a luz e fechou a porta, mas manteve-se dentro da suíte.

## XVIII

Alguns momentos depois, acendeu novamente as luzes. Tinha ouvido o ranger de uma porta – sem dúvidas a do armário, que ele observara que estava levemente entreaberta depois que a energia voltou, embora antes estivesse totalmente fechada.

Vendo Canal ao lado do interruptor, o fiscal ficou parado no lugar perto da porta do armário. Enquanto esfregava os olhos, que ainda não estavam ajustados à luz, Canal convidou-o a retomar seu assento, e ofereceu-se para servir-lhe outro conhaque pós-jantar. Thaddeus considerou empurrar o inspetor em uma corrida louca para a porta, mas refletiu que o francês, embora não tão grande como seu associado da polícia de Nova York, ainda parecia bastante robusto, e parecia ter lidado com seu licor muito melhor do que ele próprio – a saber, sua confusão da porta do armário com a porta de saída. A coordenação motora do americano nunca havia sido das melhores, mesmo quando ele não bebia, e as brigas que ele tivera com os garotos que zombavam dele nos seus anos de escola nunca haviam acabado bem para ele. Decidiu obedecer, jogou-se no sofá e aceitou a taça de conhaque.

"Bem, isso foi revigorante!" Canal exclamou, erguendo o copo para Thaddeus, como se fazendo um brinde. "Por que você não relaxa e me diz por que decidiu se tornar fiscal da cidade, pra começar, enquanto esperamos meus colegas retornarem?"

Embora incerto quanto à conveniência de jogar conversa fora com aquele inspetor francês, o tema pareceu inofensivo a Thaddeus.

"Eu já tinha feito fortuna no setor privado," ele começou, "e acreditava em Trickler e em sua visão para restaurar a cidade de Nova York à sua antiga glória."

"O prefeito pode ter acreditado na sua história sobre o desejo de dar algo de volta à comunidade," Canal interrompeu com reprovação, "mas não espere que eu acredite nessa conversa mole."

As sobrancelhas de Thaddeus subiram involuntariamente e ele tomou um longo gole de conhaque, concentrando ambos os olhos em seu copo. "Não acredita em serviço público, é?" perguntou o fiscal retoricamente. "Vejo que você não é do tipo que simplesmente aceita aquilo em que é conveniente acreditar. Essa é uma das falhas de Toby, mas certamente faz dele alguém com quem é fácil trabalhar!"

"Sim, isso lhe deu praticamente carta branca para fazer o que queria," Canal concordou. "Então o que você queria?" perguntou, dando a Thaddeus um olhar calculadamente simpático.

O conforto do sofá, a penumbra agradável das luzes, o aspecto simpático de aceitação e compreensão nos olhos de Canal e a qualidade da aguardente conspiraram para incentivar o americano a desabafar sobre pensamentos que não compartilhara com pessoa alguma por muitos anos.

"Bem, se você realmente quer saber," ele começou, ao que Canal assentiu, "eu estava determinado a gerir mais dinheiro do que qualquer outra pessoa no mundo! Eu ganhara meio bilhão para mim como *trader*, mas eu sabia que Bill Gates tinha cem vezes o que eu tinha, e que eu levaria décadas para ultrapassá-lo."

"E nesse momento ele provavelmente teria ainda mais, e a meta teria aumentado ainda mais?" Canal propôs.

"Exatamente," Thaddeus concordou, percebendo que Canal era um homem para quem ele poderia falar a verdade. "Então percebi que não era uma opção viável." Ele tomou outro gole de sua bebida. "Mas eu sabia que a cidade de Nova York já naquela época gastava cerca de cinquenta bilhões de dólares por ano, e percebi que isso me daria muito fluxo de caixa para trabalhar – o tipo de fluxo de caixa com que eu só sonhara em meus sonhos mais loucos."

"Devem ter sido sonhos incríveis," exclamou Canal.

"Você não acreditaria em como se pode sacudir o mercado com dinheiro assim," Thaddeus disse efusivamente. "Você pode fazê-lo subir ou descer à vontade. Você pode desvalorizar certos tipos de ativos despejando toneladas deles pela manhã para comprá-los de novo à tarde por centavos de dólar, quando todos os outros *trader*s desistiram, ganhando muito dinheiro todos os dias. *Isso* é poder!"

"Sim, de fato! Compreendo," comentou Canal, fingindo ficar impressionado. "E quanto a essa ideia do legado, que Trickler mencionou?"

"Legado uma ova," disse Thaddeus com ironia. "Foi minha maneira de acumular mais recursos do que qualquer outro gestor de dinheiro em todo o mundo. E estávamos chegando muito perto, lembre-se," acrescentou, sorrindo maliciosamente. "Mas as coisas começaram a sair dos trilhos depois que estabeleci uma nova plataforma de negociação de futuros com a qual poderia especular sobre o abastecimento de água no sul da Califórnia." O rosto de Canal registrou surpresa, então o fiscal continuou, "Fiz uma grande aposta de que o antigo contrato que dividia as águas do rio Colorado entre vários estados seria renegociado em favor da Califórnia muito em breve. Eu estava certo de que tinha informações privilegiadas confiáveis, mas fui negligente por não consultar especialistas em hidrologia. Eles teriam me dito que o contrato original era completamente falho – ele fora baseado na quantidade de água no rio Colorado durante os três anos mais chuvosos em todo o século XX, então os números poderiam somente descer, e não subir."

"Portanto, sua grande aposta foi por água abaixo?" Canal chegou à conclusão óbvia.

"Certamente foi," Thaddeus lamentou. "Então perdi muito tentando garantir direitos sobre os aquíferos próximos a Mount Shasta no norte Califórnia, que são alguns dos melhores do país. Eu queria tirar proveito do crescente caso de amor dos Estados Unidos com água engarrafada, e talvez até mesmo construir um duto até Santa Bárbara para poder encher minha piscina e regar minhas plantas no verão. Quando pensei que tinha conseguido passar a perna na Nestlé para ganhar os direitos de bombeamento, as pessoas nas cidades nos arredores de Mount Shasta lutaram com unhas e dentes, e isso acabou me custando uma fortuna em honorários advocatícios."

"Suspeito que elas não queriam acabar tendo sua própria crise de liquidez em alguns anos, quando você estaria extraindo todas as águas subterrâneas de seus aquíferos," Canal brincou.

"Uísque é para beber, água é para lutar," disse com ênfase. "Com certeza danifiquei meu fluxo de caixa. Apesar de tudo isso, porém," ele continuou, voltando a inventariar seu talento, "facilmente superei a fortuna de Bill Gates, e estava me aproximando do valor dos fundos do legado colossal da Universidade de Harvard. Em mais um ano ou dois eu teria superado até mesmo Harvard," queixou-se amargamente.

"Você teria sido o rei de Wall Street!" Canal exclamou, fingindo simpatia para mantê-lo falando.

"E aquele que governa Wall Street, governa o mundo," Thaddeus alegou, com mais do que um toque de grandiosidade na voz. "Prefeitos podem ir e vir, presidentes podem ir e vir, mas Wall Street é para sempre. Quando o mercado cai, quem quer que seja o presidente pode estar certo de que será arrancado do escritório. Quando o mercado sobe, o presidente ganha um segundo mandato, merecendo ou não. O dinheiro supera a política sempre!" exclamou.

"Então parece que você acreditava," Canal comentou, mudando ligeiramente de assunto, "que é mais fácil gerir dinheiro do que as mulheres."

"As mulheres são completamente incontroláveis!" Thaddeus exclamou sem a menor cerimônia, feliz em conectar os dois temas. "Não importa o que eu lhes compre, nunca é o suficiente! Não importa quanto dinheiro eu ganhe para elas, nunca é o suficiente! Elas me tratam como…" ele calou-se.

"Como?" Canal repetiu, encorajando-o a continuar.

"Lixo! Como se eu fosse lixo, mesmo eu sendo um dos homens mais ricos no mundo," bradou, com uma expressão desolada.

"Então o rei do mundo não é tratado como rei em seu próprio castelo?" Canal recapitulou.

"Ele é tratado como o mais humilde dos servos, espezinhado como musgo sob os pés de sua senhora. Minha primeira esposa," continuou, sem nem mesmo parar para respirar, "era a mulher mais exigente do planeta. Nada do que eu fazia era bom o bastante para ela. Ela criticava sem dó cada maldita decisão minha. Cheguei ao ponto em que a única liberdade que eu tinha era na mesa do meu escritório. Eu ia para o escritório furioso e impiedosamente destruía qualquer outro *trader* que cruzasse meu caminho."

"Ah, como a vingança era doce!" Ele soliloquiou. "No final do dia, eu sentia como se tivesse recuperado um pouco da minha dignidade, como se tivesse provado que eu era um homem de novo, não um rato, não lixo. Nada me agradava mais do que ferrar cada corretor que eu via."

"Como você se envolveu com uma mulher tão gananciosa, tão tóxica?" perguntou Canal, como se simpatizasse com ele. "Você não sabia como ela era antes de se casar com ela?"

"É claro que eu sabia," Thaddeus respondeu, "e essa é a parte vergonhosa. Ela era tão linda! Eu nunca tinha estado com uma mulher tão bonita antes, e fiquei completamente desnorteado. Eu fiquei tão louco por ela no minuto em que pus meus olhos nela que eu teria casado com ela ali mesmo, antes mesmo de ela abrir a boca."

"O que havia de tão especial em sua aparência?" Canal perguntou.

Um olhar distante veio aos olhos do fiscal. "Ela tinha longos cabelos loiros, olhos azuis sonhadores e um corpo pelo qual um homem poderia matar," ele respondeu.

"Isso soa como uma descrição de sua nova esposa," Canal comentou sem constrangimento.

"Não brinca, Sherlock!" o americano respondeu. "Você acha que não sei que sempre fico louco por garotas com exatamente as mesmas características? Pelo menos esta não é tão cruel quanto a minha primeira mulher era…"

"Você a chamou de vingativa há pouco tempo," Canal lembrou.

"Bem, ela pode ser um pouco, às vezes," admitiu a contragosto.

"Talvez você também seja atraído por uma espécie de olhar malicioso em seus sonhadores olhos azuis?"

"Ahn?" ele resmungou.

"Algo frio e insensível?"

"Não," ele disse com desdém. "Chantal é voluntariosa, às vezes até mesmo irritantemente teimosa. Mas de verdade, ela não é cruel," ele insistiu.

"Ainda não, de qualquer forma."

"O que isso quer dizer?" protestou o fiscal.

"Quero dizer," Canal explicou, suspeitando que o homem havia, de certa forma, escolhido voltar para a mesma coisa da qual se queixava, "que são necessários dois para dançar um tango. Talvez algo em você tenha trazido à tona a crueldade da sua primeira esposa."

"Não estou compreendendo," comentou Thaddeus, embora parecesse estar pensando sobre o assunto.

"Deixe-me colocar para você da seguinte forma," Canal começou, mas antes que pudesse prosseguir, a porta se abriu e Ponlevek e Simmons entraram na suíte.

## XIX

Percebendo que eles pareciam muito corados e despenteados, e ficaram inequivocamente perplexos ao ver Thaddeus sentado calmamente no sofá perto dele, Canal admoestou-os por ficarem se divertindo pelo hotel quando a ação tinha estado ali o tempo todo. Superando sua mudez, Simmons perguntou como Canal conseguira capturar o fiscal sozinho. O francês, não desejando receber mais crédito do que era devido, modestamente indicou que, embora ela tivesse ouvido uma porta se abrindo, não tinha sido a porta da frente – Thaddeus tinha estado na suíte o tempo todo, e estava se mostrando mais cooperativo.

Em tons efervescentes, a agente especial explicou que tinha corrido por todo o hotel à procura de Thaddeus, e finalmente se deparou com Ponlevek, quando ele estava arrombando a porta da suíte de Thaddeus. O nova-iorquino apressou-se em explicar que estava convencido de que Thaddeus tomara Erica como refém ali, já que não havia conseguido encontrá-los em qualquer outro lugar. Lançando a Ponlevek um olhar de admiração, que não escapou à atenção do francês, Simmons entusiasticamente anunciou que o inspetor de polícia derrubara a porta.

"Suponho que teremos de compensar o hotel pelos danos amanhã," comentou casualmente Canal, com um largo sorriso. Um rápido olhar para o relógio para estimar o tempo decorrido desde a partida deles provou que havia, provavelmente, bem mais na história, mas certo de que ouviria sobre o assunto mais tarde, disse, "Enquanto isso, talvez possamos finalmente voltar ao que interessa e finalizar o questionamento do nosso suspeito?" Canal esquadrinhou os rostos de seus colegas, bem como o de Thaddeus, como se para avaliar suas opiniões. Todos pareciam estar de acordo, e Ponlevek e Simmons sentaram-se lado a lado, muito mais perto do que cerca de vinte e cinco minutos mais cedo. "Acredito que você estava dizendo, Monsieur Thaddeus, que seria obrigado a incriminar alguém se fosse nos falar de onde os treze bilhões vieram."

A conversa do fiscal com Canal sobre mulheres, dinheiro e poder parecia tê-lo deixado sóbrio, e agora ele respondeu com celeridade, como um homem acostumado com processos judiciais.

"Muito bem," respondeu, "e eu certamente ficaria relutante em fazê-lo, a não ser que pudesse ter a certeza de que tais revelações me assegurariam uma boa situação com o Estado de Nova York e o governo federal, que veriam o caminho livre para reduzir quaisquer acusações que possam permanecer contra mim. Não estou tentando dizer que sou completamente inocente nessa questão, mas outra pessoa cometeu crimes muito mais graves do que eu, e acredito que é vantajoso para ambos os governos garantir meu testemunho por uma promessa escrita de compensação... ou pelo menos garantias verbais de boa fé," acrescentou, depois de examinar os rostos inflexíveis de Ponlevek e Simmons.

"Você dois," Canal perguntou, olhando para seus companheiros de investigação, "estão autorizados a dar garantias a suspeitos, a fim de assegurar seu testemunho?" Quando ambos assentiram, Canal continuou, olhando diretamente para Thaddeus, "Servirei voluntariamente como testemunha de que eles deram tais garantias, então, por favor, continue, senhor Thaddeus."

O fiscal pareceu pesar tudo em sua mente por um curto período de tempo, mas eventualmente, apesar da ausência de seu advogado habitual e de garantias assinadas oficialmente, pareceu preparado para dizer o que sabia.

Ponlevek e Simmons se inclinaram para frente no sofá de modo a não perder uma única palavra.

"O dinheiro veio do Federal Reserve Bank de Nova York," Thaddeus começou. "Vocês devem se lembrar que o Fed decidiu há pouco tempo oferecer aos bancos recursos do tesouro público em troca de seus títulos lastreados em hipotecas – isso nos ajudou a retirar alguns dos títulos mais tóxicos de nosso balanço patrimonial às expensas do Tio Sam. Mas o Fed tomou a decisão ainda mais radical de permitir que não apenas bancos comerciais capitalizados, mas até mesmo alguns bancos de investimento, pegassem empréstimos em sua janela de desconto." Percebendo o olhar perplexo no rosto de Ponlevek, o fiscal explicou, "Durante décadas, o Federal Reserve Bank só emprestou dinheiro a uma taxa de juro muito baixa, conhecida como a taxa de desconto, para poupanças e empréstimos cuidadosamente analisados. Quando a crise de crédito começou e o Stares Burn faliu, o chefe do Fed tomou a medida emergencial de oferecer empréstimos para determinados bancos de investimento, a fim de impedir que os gigantescos bancos de investimento americanos fossem à falência, o que ele sentiu que poderia potencialmente ter um efeito dominó e derrubar todo o sistema bancário."

"Mas," exclamou Simmons, que estava balançando a cabeça vigorosamente durante a dissertação de Thaddeus, "apenas poucos dos maiores bancos de investimento – aqueles que eram considerados grandes demais para falir sem arrastar o resto do sistema financeiro com eles – foram autorizados a pegar empréstimos a essa taxa de desconto baixa. Como o PP Banco de Investimento conseguiu se qualificar?"

"Eu forcei a barra com o presidente do Fed de Nova York," o fiscal anunciou, como se estivesse interiormente orgulhoso e só exteriormente envergonhado de seu jogo de poder.

"Como você pôde forçar a barra?" Canal perguntou. "Explicando a gravidade da situação financeira da cidade para ele?"

"Eu não precisei," declarou Thaddeus. "Foi uma espécie de *quid pro quo*..."

## XX

Canal estava finalizando sua leitura caracteristicamente superficial dos jornais da tarde, alguns meses mais tarde, em uma confortável poltrona de couro no Scentury Club, sua tranquila e acolhedora casa longe de casa no centro de Manhattan. Ele nunca deixou de se surpreender com o fato de que nada sobre o estado precário das finanças de Nova York aparecera na imprensa, e podia apenas felicitar Simmons e Ponlevek pela maneira como toda a operação tinha sido concluída e como uma grande crise tinha sido evitada.

Mesmo assim, refletiu, eles tinham apenas ajudado a restaurar um sistema econômico com falhas graves ao seu *status quo ante*. Mas o que realisticamente teria acontecido se a cidade de Nova York tivesse falido? Mudança sistêmica? Dificilmente. O governo federal simplesmente teria feito publicamente o que havia feito em segredo: um resgate. Se tivesse sido um município pequeno, como Poughkeepsie ou Podunk, que estivesse à beira da insolvência, ele não teria sido considerado grande demais para falir, mas Nova York era uma exceção, e claramente pedia medidas extraordinárias aos olhos do Fed. O resgate teria custado muito mais, sem dúvida, já que teria ocorrido um inevitável rebaixamento da dívida municipal e uma corrida ao "banco." Mas infelizmente não se poderia esperar qualquer transformação radical, dadas as circunstâncias. Os detalhes da operação complexa passaram em revista diante de sua mente.

Arranjos confidenciais tinham sido feitos com o chefe do Fed em Washington para permitir que o dinheiro que Thaddeus havia "pego emprestado" na janela de desconto do Federal Reserve Bank de Nova York ficasse emprestado por muito mais do que as habituais quatro semanas permitidas, e negociações com autoridades nas Ilhas Cayman tinham assegurado a retransmissão dos fundos para o PP Banco de Investimento dentro de dois anos, momento em que se esperava que o pior da crise de liquidez tivesse passado.

A cidade de Nova York não precisou declarar falência. Os investidores, sem ter a menor ideia de que as finanças da cidade estavam uma bagunça, não hesitaram em comprar seus títulos municipais, e o fluxo de caixa do dia a dia foi assegurado. Não havendo qualquer percepção de crise, nenhuma crise se seguiu.

Simmons supervisionaria os investimentos e negociações de Thaddeus, a partir de então, para garantir a substituição gradual dos títulos da cidade pelos ativos conservadores habituais esperados no portfolio de um município, e o próprio fiscal deveria entregar as rédeas para o próximo na fila, tão logo os títulos estivessem a salvo novamente em Delaware. Todos os detalhes foram cuidadosamente definidos na viagem desde Saint-Émilion de volta para Nova York no jato particular do fiscal: seria contratada uma empresa de auditoria externa para assumir o trabalho da agente especial, e Thaddeus seria instruído a não ocupar qualquer cargo público em um futuro próximo. Seus métodos clandestinos tinham, afinal, que ser sancionados de alguma forma, mesmo que, quando se analisasse a questão, nada tivesse sido realmente roubado. Bem, pelo menos nada totalmente tangível...

O prefeito Trickler foi rapidamente inocentado de todas as acusações relacionadas com peculato e gestão de uma rede de prostituição. Isso não significa que sexo, dinheiro e política não estivessem interligados neste caso, mas simplesmente que eles haviam sido relacionados diferentemente do que se poderia ter suspeitado à primeira vista, o amor – e seu oposto, o ódio, no caso do prefeito – talvez servindo como o quarto anel segurando os outros três juntos, se pudesse, de fato, funcionar dessa forma. A reputação de Trickler fora manchada para sempre, mesmo que ele não tivesse reconhecido nada, mas ele parecia estar levando melhor a situação agora que os quadros cômicos de fim de noite tinham dado uma pausa na exploração de sua lamentável vida sexual. Talvez as "recomendações" de Canal ao prefeito também tenham de alguma forma contribuído para seu ânimo renovado, ajudando a restaurar a liquidez onde a libido deixara de fluir, onde o encanto não vinha ocorrendo por muitos –

Uma voz repentinamente invadiu as reflexões do francês. "*Mon cher Quesjac*! Tão bom vê-lo! Você deve permitir-me convidá-lo para o melhor jantar que o chef daqui pode proporcionar!" O orador era Jack Lovett, um dos psicanalistas mais conhecidos de Nova York, com quem Canal falava com frequência nos últimos anos no clube. Lovett era comparável com Canal em idade e estatura, mas tinha um chocante cabelo vermelho brilhante, e tinha um estilo um pouco mais antiquado e professoral para se vestir – com cotoveleiras em seu casaco de veludo como arremate – comparado com a elegância emblemática de Canal. Canal levantou-se de sua poltrona e os dois homens apertaram as mãos calorosamente.

"Você sempre foi uma dádiva de Deus, meu garoto, mas desta vez você realmente se superou!" o americano apressou-se em acrescentar. "Três novos pacientes por sua causa, e dois deles tão ricos como Creso!" Lovett direcionou Canal pelo cotovelo até a luxuosa e mal iluminada sala de jantar, e eles se sentaram no canto mais distante, em uma mesa pequena e tranquila.

"*Três* novos pacientes?" Canal repetiu. "*Alors, le compte y est,*" ele afirmou com satisfação. "Todos os três apareceram?"

"Sim," Lovett sorriu. "E uma equipe muito improvável, eles são, especialmente o último. Não costumo atender policiais de Nova York."

"Não, suspeito que não," Canal opinou. "A psicanálise não costuma estar em seu radar, e também seus honorários…"

"Ah, esse nunca é o problema," Lovett afastou a objeção. "Cobro de cada um de acordo com suas possibilidades, e os outros dois me pagam tão bem que eu poderia assumir uma centena de policiais mal pagos."

"Ah sim, a velha tarifa variável," disse Canal, com aprovação. Em seguida, adotando uma expressão facial mais grave, acrescentou, "Suponho que você não pode me dizer como eles estão?"

"Não seja bobo!" Lovett exclamou, enquanto analisava a carta de vinhos. "Você é praticamente um membro *bona fide* do Instituto."

"Por favor, não diga isso!" exclamou Canal. "Soa como um destino pior que a morte."

"Bem, então, um membro *bona fide* da *confrérie*?"

"Muito melhor," Canal assentiu enquanto o garçom corpulento tomava o pedido. "O que poderia ser melhor do que ter alguém com quem se pode falar tão livremente como a si mesmo?" acrescentou quando o garçom saiu.

Imediatamente reconhecendo as reflexões de Cícero sobre a amizade, Lovett acrescentou, "Como eu poderia obter alegria verdadeira da boa fortuna, se não tivesse alguém que exultasse com minha felicidade como eu mesmo?" Os dois homens sorriram um para o outro, enquanto partiam o pão juntos. Lovett começou seu relato sobre os três novos analisandos com Ponlevek. "Seu oficial tentou me impressionar, dizendo-me que teria que me matar se respondesse a todas as minhas perguntas, se gabando de saber muito sobre pessoas em altas posições – nunca tive nenhum paciente que tenha iniciado uma análise dessa maneira!" disse Lovett, rindo.

"Como você respondeu?" Canal perguntou.

"O desmascarei."

Uma das sobrancelhas de Canal subiu.

"Eu disse a ele," Lovett continuou, "que provavelmente já tinha ouvido de outros pacientes todas suas histórias sobre os grandes e poderosos, mas que ele poderia ir em frente e tentar me chocar. Naturalmente, nada surpreendente veio à sua mente, e nesse momento informei-lhe que, em qualquer caso, estávamos lá para falar sobre ele, não sobre os ricos e famosos."

"Suponho que muitos homens começam uma análise com certa quantidade de arrogância."

"Ou bobagem," Lovett retirou o eufemismo, sorrindo ao recordar das histórias exageradas de autocongratulação que ele próprio tinha dito ao seu psiquiatra ao começar sua análise. "O ego sente a necessidade de afirmar sua potência no início, no momento em que está à beira da crise. Assim é a vida…"

"Eu sabia que você seria o homem certo para o trabalho," comentou Canal, com aprovação. "Então como nosso querido Ponlevek está se saindo? Ele já começou a explorar a relação entre sua disfunção erétil ocasional e o Édipo?"

"Ah, sim," respondeu Lovett. "Ao discutir sua disfunção erétil, sua fixação em sua mãe, o 'anjo', tem sido essencial, e suas rivalidades com seu pai e irmão estão apenas começando a entrar em jogo."

"Bom, muito bom," comentou Canal, esfregando as mãos. "Me ocorreu que ele precisava estar disputando com outro homem para sentir-se potente, por assim dizer – alguns resíduos de complexos fraternos para serem trabalhados ali?" O americano assentiu e o francês, como se fazendo uma reflexão tardia, acrescentou, "indiquei a namorada a um analista diferente."

"Você quer dizer a noiva," corrigiu Lovett, quando o sommelier chegou com uma garrafa de champanhe *millésime*, um raríssimo Moët & Chandon de 1961, executou os rituais habituais e serviu uma quantia generosa em seus copos de cristal.

"Ah, então eles já estão noivos," Canal refletiu, tinindo sua taça na de Lovett e regalando-se com o espumante celestial. "Lembrei-me que um velho amigo meu em uma situação foi imprudente e aceitou tanto o marido quanto a esposa para análise individual. A coisa toda explodiu em seu rosto e ele teve sorte de salvar a pele! Eu não queria levá-lo a qualquer tentação enviando-lhe também a noiva," Canal concluiu brincando.

"Você deve pensar que sou bastante ingênuo, seu diabo velho, apesar dos meus trinta anos de prática."

"Ela é espetacular, afinal, e você poderia ter sido tentado a fazer uma exceção só desta vez," Canal continuou implicando.

"Então você decidiu me enviar o macaco peludo! O que, não posso manter a atenção na análise com uma mulher bonita no divã?" Lovett meio reclamou, meio brincou.

"Você disse isso, não eu," brincou Canal, piscando. "Acontece com o melhor deles, você sabe, Freud sendo o primeiro da fila... De qualquer forma, pensei – e com razão, posso ver – que você era o único que poderia lidar com Ponlevek, então indiquei Simmons a–."

"Sim, a Cerneauville, eu sei."

"Calculei que ele não era o tipo que se apaixonaria por uma bela figura ou aceitaria sem contestar o conto dos infortúnios de sua família, ou esqueceria que ela adotou uma estratégia própria para lidar com eles."

"Sim, acho que você está certo," opinou Lovett. "E se eu puder acreditar no que escuto do policial, o trabalho de sua noiva com Cerneauville vai muito bem."

"Fico feliz em ouvir isso," Canal disse. Então perguntou, "E como os pombinhos estão se entendendo?"

"Eles parecem estar indo muito bem, na realidade," o analista comentou. "Graças em grande parte, sem dúvida, à sua intervenção."

"Então o oficial lhe contou sobre isso?"

"Duvido que ele compreenda inteiramente o papel que você realmente desempenhou," Lovett respondeu, "mas lendo nas entrelinhas penso ter detectado uma manobra premeditada de sua parte."

"Percebo que não foi o estratagema mais sutil já inventado," Canal admitiu timidamente. "*Mais enfin,*" pensou consigo mesmo, "*il a quand même retrouvé ses moyens, au moins pour une nuit... Combien plus difficile d'apprendre à un homme qu'il ne faut pas prendre une femme avec des pincettes!*"

"Talvez não," o analista admitiu, "mas foi muito eficaz da sua própria maneira". Ele ergueu a taça, tilintou-a contra a de Canal e provou o espumante com sabor de nozes. "Não que eu queira encorajá-lo a continuar a se intrometer como fez dessa vez," Lovett acrescentou, sorrindo amplamente. "Assuntos do coração são facilmente mal calculados, até mesmo pelos mais astutos observadores da natureza humana."

"E eu não sei disso!" exclamou Canal, lembrando de alguns erros que já fizera no passado. "*Tentarei* ser ainda mais cuidadoso no futuro," assegurou a Lovett, com um sorriso que desmentia flagrantemente tal intenção.

"Vai nada!" Lovett respondeu, e os dois homens explodiram rindo.

Lovett foi o primeiro a recuperar a compostura. "O que não entendo," começou, depois de bebericar de sua taça de champanhe por um tempo, "é como você convenceu esses três homens tão diferentes a realizar uma aventura tão incomum e difícil como a psicanálise."

"Como é meu costume," Canal começou, um pouco pretensioso e pedante, "abordei cada homem em seus próprios termos. Enquanto todos tinham questões com mulheres – e grandes questões –, seus problemas eram muito diferentes, assim como os homens eram todos muito diferentes."

Lovett gesticulou para Canal seguir em frente, ouvindo atentamente enquanto cavoucava nas fatias deliciosas de foie gras que seu corpulento garçom tinha posto diante deles.

"A noiva fez todo o trabalho para mim no caso do policial," continuou Canal. "Na verdade, nunca falei com ele diretamente sobre seus problemas com mulheres ou sobre a psicanálise. Esforcei-me para deixar claro para *ela* a importância de ambos entrarem em análise individual, já que cada uma de suas propensões claramente evocava as piores tendências no outro."

"Sim," disse Lovett, "e você deve ter conseguido convencê-la, pois ela parece ter, sozinha, convencido o noivo a entrar em contato comigo."

"Agora *você* enfrenta o desafio singularmente difícil de conseguir que um homem enviado para análise por sua namorada encontre razões próprias para ficar e fazer o trabalho necessário."

"De fato!" o analista concordou. "Mas em uma ironia do destino, o retorno ocasional de sua disfunção erétil tem sido, até agora, meu aliado mais forte."

"Mmm, a velha crise de satisfação como motivador," Canal observou. Acariciando o queixo, acrescentou, "Acho que é uma coisa boa no fim das contas que ele prefira Coca-Cola a coquetéis, pois nas palavras do bardo imortal, essas libações provocam e retiram: provocam o desejo, mas retiram o desempenho."

"Uma situação comovente, de fato," disse Lovett, e riu com vontade de sua própria graça não intencional. "Como você procedeu com os outros?" perguntou, enquanto se esforçava para acabar o foie gras remanescente em seu prato.

"Com os outros dois, minha maior preocupação foi criar uma falsa sensação de segurança, de modo a extrair deles as confissões necessárias. Cada um deles consumiu espontaneamente grandes quantidades de álcool, e foi brincadeira de criança emprestar-lhes uma orelha compreensiva – você ficaria surpreso com o quanto pode ser dito em tais circunstâncias!" exclamou, olhando para o amigo. "Naturalmente," acrescentou, como se para justificar seu comportamento, "não podemos nos dar ao luxo de esperar pacientemente em uma investigação criminal, como você faz em psicanálise, para que as pessoas confiem em nós o suficiente para revelarem suas motivações mais profundas enquanto *sóbrias*."

"Não, acredito que não. Mas você é prejudicado, no entanto, pelo fato de que eles geralmente não sabem quais são suas motivações mais profundas," Lovett lembrou Canal. "Eles não podem lhe dizer o que ainda não sabem sobre si mesmos, não importa quanto licor você dê a eles."

"Nunca foram ditas palavras mais verdadeiras," Canal concordou efusivamente, enquanto terminava o que restava de seu fígado de ganso e o garçom servia mais champanhe para eles. Quando o último saiu, o francês acrescentou, "No entanto, pelo menos com o nosso *trader*, acho que fui capaz de encontrar um ponto de entrada, uma abertura para colocar uma alavanca pela qual despertar sua curiosidade. Ele parecia nunca ter considerado a possibilidade de que eram necessários dois para dançar um tango, e que ele próprio poderia ter incitado as tendências mais gananciosas e cruéis de suas amantes, incentivando suas possivelmente preexistentes propensões rabugentas."

"Esse, de fato, parece ter sido o motivo que o levou a me procurar," confirmou Lovett, bebendo do líquido efervescente diante dele.

"Suspeito," Canal continuou, "que remonta a algumas experiências desagradáveis de infância que eu não posso sequer começar a imaginar." Lovett assentiu com a cabeça. "Seu pai deve estar de alguma forma envolvido, já que o fiscal vê a si mesmo como um filho criminoso do pai..." Canal, em seguida, interrompeu suas próprias reflexões, exclamando, "e sua fixação em loiras peitudas é de uma intensidade extraordinária! Sua paixão por elas o governa como um tirano, não de forma diferente ao grande zangão alado de Platão."

"Ele me parece preso ao imaginário mais do que o habitual, em uma imagem muito específica de perfeição feminina," concordou Lovett. "Mas isso parece estar ligado a algum tipo de síndrome de mulher troféu."

"Troféu e atrofia parecem inextricavelmente entrelaçados neste caso," Canal brincou. "No caso de Ponlevek também, onde a atrofia envolve murchar literalmente, e não apenas figurativamente. Nunca deixa de me surpreender quantos homens querem que uma mulher seja o falo para eles – seja uma mulher que é de uma classe social mais elevada do que a deles, que é rica, que é uma supermodelo, que é uma estrela do rock, que é uma socialite ou que tenha uma formação de ponta. Eles querem não apenas conquistá-la como uma espécie de troféu, mas tomá-la em seu braços e gabar-se dela para os outros, como se fosse um carro de luxo ou um salário invejável."

"Acho que eles sentem que tira a pressão brandirem seus falos fora deles," o analista opinou. "Uma mulher fálica os eleva no mundo e faz com que se sintam importantes, então eles não precisam encontrar uma maneira de fazê-lo eles mesmos."

"Sim, mas isso os deixa encantados pelo falo, não pela própria mulher," exclamou o inspetor. "No início, eles com felicidade entregam toda a responsabilidade pelos assuntos relacionais para ela, já que nunca parecem conhecer seus próprios sentimentos e são incapazes de tomar decisões nessa área. Mas eles eventualmente se ressentem por ela ser capaz de fazer o que eles não são, e por sua própria submissão voluntária a ela, o que, então, coloca uma pressão de ordem diferente sobre eles – algo pelo que eles certamente não pediram."

"A lei das consequências não intencionais está muito viva na psique, não é?" perguntou retoricamente Lovett.

"Com certeza está. Nem as mulheres nem os homens parecem perceber que o que eles sentem que está faltando não é algo que possa ser encontrado em outra pessoa, que está simplesmente escondido dentro de outra pessoa. É um dos grandes problemas do amor," Canal respondeu pensativo, bebericando o líquido dourado de sua taça reabastecida. "Acho que seria demais esperar que a nova esposa troféu do nosso *trader* também tenha iniciado análise?" Canal meio declarou, meio consultou.

Lovett balançou a cabeça negativamente, "não no meu melhor conhecimento."

"Socialites como ela parecem recorrer à cura pela fala somente depois de tudo o mais ter falhado e elas já não conseguirem retirar mais qualquer emoção das festas, sexo aleatório, farra de cocaína e similares."

"Sim, é somente quando não ficam mais animadas com qualquer coisa, não importa quão diferente, e estão total e completamente entediadas com seus astrólogos e gurus, que chegam à nossa porta," Lovett elaborou. "É uma pena que nunca pensem na psicanálise como uma nova forma possível de excitação," acrescentou como um pensamento ulterior meio sério, tomando seu champanhe.

"Sim, uma pena, de fato," Canal concordou, quando o garçom retornou com seus pratos principais, um Blanquette de Veau à l'Ancienne de aspecto delicioso. "Com o prefeito," Canal acrescentou, voltando-se para a última das três indicações, "utilizei um julgamento muito diferente. Fiz o meu melhor para plantar algumas sementes de curiosidade nele em nossas conversas iniciais, mas ele permaneceu muito resistente à ideia de análise, como se fosse algo inferior a ele – como se ele não fosse de forma alguma responsável pela sua situação e acreditasse que o resto do mundo deveria mudar, não ele. Ele parecia muito seguro de si mesmo em todos os aspectos," disse o francês. "Quer dizer, exceto por um!" pensou. "Tive receio de que a abordagem que adotei comprometesse a terapia de alguma forma, mais cedo ou mais tarde," continuou em voz alta, olhando para Lovett profundamente, "mas acho que é melhor você saber que posso ter ido um pouco longe demais dessa vez – eu o chantageei."

"Você o quê?" exclamou Lovett, quase engasgando com um pedaço tenro de vitela.

"Eu ameacei revelar algo em certa região que faria suas visitas à casa de massagem parecerem diversão de escoteiro."

"Você descobriu algo delicado sobre ele que ninguém mais sabe?"

"Sim, você pode colocar dessa forma," Canal respondeu simplesmente. "Basta dizer que descobri como ele adquiriu uma coisa," acrescentou enigmaticamente, saboreando a adição do *Le faux pas* de Watteau à sua própria coleção de arte privada, até que fosse possível devolvê-lo ao Louvre de forma anônima e sem qualquer perigo de acusação a ninguém, "que não deveria ter sido adquirida, uma vez que não estava disponível para compra, pelo menos não por seus proprietários legais."

"Então você está me dizendo que a única razão de ele ter vindo analisar-se comigo é porque você ameaçou expô-lo?" o analista perguntou atônito, garfo e faca pendurados em suas mãos claudicantes.

"Eu não diria que essa é a única razão," Canal respondeu evasivamente. "Eu chamaria simplesmente de impulso ou pontapé necessário para colocar a máquina em movimento. Objetos pesados podem ser bastante difíceis de parar uma vez que estejam em movimento, inércia e tudo o mais…"

A consternação era evidente no rosto de Lovett. "Isso lança uma luz diferente sobre as coisas. Eu não tinha ideia de que havia qualquer motivo dessa ordem para ele ter vindo me ver." Ele bebeu profundamente da sua água com gás. "Ainda assim, devo admitir," acrescentou, um pouco mais animado, "que ele parece estar trabalhando por conta própria. Só posso esperar que não seja apenas uma farsa," acrescentou com ênfase. "Vocês concordaram com um período específico de tratamento? Talvez eu devesse saber algo sobre *isso*."

"Ah, você não tem nada com que se preocupar quanto a isso," Canal tentou tranquilizá-lo. "Concordamos com um período de tempo correspondente ao tempo de prescrição de sua, digamos assim, aquisição ilícita?"

"E quanto tempo seria isso, me diga?" o analista perguntou.

"O considere sob sua custódia por alguns anos. Ainda haverá muito trabalho para ele fazer com você por conta própria depois disso, supondo que ele consiga construir um. Você nunca trabalhou antes com alguém obrigado a fazer terapia?"

"Trabalhei," Lovett admitiu, "mas nunca exatamente nessas condições."

"Esse é um dos riscos que você corre sendo amigo de um inspetor maroto como eu," Canal acrescentou, tentando transcrever a conversa para um tom menor. "Pelo menos o *chef* aqui não é maroto, esta vitela está absolutamente deliciosa!" Lovett assentiu entusiasmado enquanto Canal continuou, "eu gostaria de ter lhe enviado um quarto novo paciente, mas receio que ele seja muito inescrupuloso para se envolver de boa-fé em um projeto psicanalítico."

"Confrontar o inconsciente," Lovett concordou, entre mordidas, "requer de fato certa fibra moral. Quem era esse quarto?"

"Blain Cramer. Tenho certeza que você já ouviu falar dele," afirmou Canal. "Ele era o presidente do Federal Reserve Bank de Nova York."

"Você quer dizer aquele que foi acusado de possuir e operar uma rede de prostituição em massa, usando uma cadeia de academias como fachada?" Lovett perguntou, em dúvida.

"Sim, ele mesmo," confirmou Canal. "É fácil acreditar que alguém disposto a lucrar com um empreendimento tão ignóbil possa subir tão alto em uma agência do governo, mas é difícil imaginar tal pessoa buscando um encontro honesto com o reprimido! Em qualquer caso, o canalha provavelmente ficará fora de circulação por algum tempo."

"Sim, ouvi dizer que ele será condenado a algo como cinquenta anos atrás das grades," disse Lovett.

"Se não mais," comentou Canal, "e não acredito que o sistema de justiça criminal permita que prisioneiros façam análise fora."

"Não, não acredito que permita," o analista concordou. "Eu não tinha ideia," ele acrescentou, "que o presidente do Fed estava de alguma forma conectado com esse negócio de vocês."

"É surpreendente a teia emaranhada que tecemos, quando pela primeira vez – como Sir Walter Scott colocou mesmo?"

"Quando pela primeira vez mentimos," o outro proferiu, fornecendo o restante do verso.

## Notas

1. NT: *Dismal Science*, designação para a ciência econômica cunhada por Thomas Carlyle.

2. NT: *XmasPres* sugere ser a forma abreviada de *Christmas Present*, presente de Natal em inglês.

3. NT: *Santa Claus* em inglês.

4. NT: *Potlatch*, banquete cerimonial realizado por índios da costa noroeste da América do Norte, especialmente os Kwakiutl, no qual os anfitriões distribuíam presentes aos convidados e até mesmo destruíam bens em uma demonstração de superioridade e riqueza – algumas vezes, chegando a perdê-la.